シャドウプレイ
SHADOWPLAY

JOSEPH O'CONNOR

ジョセフ・オコーナー
栩木伸明［訳］

東京創元社

目次

シャドウプレイ

キャロル・ブレイクに

エイブラハム・〈ブラム〉・ストーカー　役所勤めの事務官。のちに劇場支配人へ転身、余暇を使って物書きとなる。一八四七年、ダブリンに生まれ、一九一二年、ロンドンに死す。生涯、文学的成功とは無縁だった。〈ブラムジー〉、〈アーンティー〉（＝「世話焼きおばちゃん」の意）とも呼ばれる。

ヘンリー・アーヴィング　本名ジョン・ブロッドリブ。一八三八年に生まれ、一九〇五年に死去。当代随一のシェイクスピア俳優として名を馳せた。〈ハリー〉、〈チーフ〉（＝「かしら」、「ボス」の意）とも呼ばれる。

アリス・〈エレン〉・テリー　一八四七年に生まれ、一九二八年に死去。イングランドで出演料が最も高額だった女優で、大衆にとても愛された。彼女の幽霊が今もライシアム劇場に出るという。〈レン〉とも呼ばれる。

人間なら誰しも、他者にはほとんど知られていない二番目の自我を持っている。この文章を読んでいるあなただって、他者に知られた人柄の下に本当のあなたが隠れている。その存在を知る者はほとんどいないだろうが、それこそは、あなたという人物を構成する最高の要素なのだ。最もおもしろく、最も魅力があり、最も英雄的で、人柄の不可解なところを解明してくれるその要素こそ、あなたの隠された自我である。

エドワード・ゴードン・クレイグ（エレン・テリーの息子）著

『エレン・テリーと彼女の隠された自我』より

第一幕　永遠の愛

ケント州
ディール近郊
ヴィクトリア・コテージ病院
一九〇八年二月二十日

わが最も親愛なるエレン、

返信がこんなにも遅れてしまって面目ありません。ご想像の通り、身体の具合がよくなかったのです。懐が寂しいのと仕事のしすぎが重なって、この冬の僕は道端で立ち往生した、老いぼれの馬車馬みたいになってしまった。今すぐ死にはしない、と医者が言ってくれているのがせめてもの慰めです。哀れなわが妻にして慈愛深き人も、ロンドンから当地へ引っ越してきました。海浜のちっぽけな下宿屋から乗合馬車でこの病院まで毎日通ってきて、本を読んで聞かせてくれます。夫婦特有のイライラ合戦を心ゆくまで楽しめるのはありがたくて、サンドイッチやデモクラシーをめぐる口げんかなどしています。タイプライターでこんな手紙を書く力が自分にまだ残っているのも、ありがたいことです。

昨夜、例のほら、あの人の夢を見ました。『ハムレット』の第三幕を上演中で、あなたも舞台上にいたのは、くたびれ果てた鳥に木々の噂話を聞かせてやろうという思いやりだったのかな。それで僕は遅ればせながら元気を出して、手紙を書いています。

回顧録をまとめているとのこと、素晴らしいと思います。けど、別れたダンナさんたちは戦々恐々としているでしょうね。ライシアム劇場のプログラム、衣装案のスケッチ、ヘンリーの乾板写真、初日の招待客リストなどが手元にないかとのお尋ねですが、あいにく、その種のものはもう何もないのです（あなたはまだジェンと連絡を取り合っていますか？）。僕の手元にあった資料の中身は、ほぼすべて僕自身の『ヘンリー・アーヴィングの個人的思い出』に詰め込んで、本を書き終えた後は大英図書館に寄贈しました。誰の興味も引かないと思われる、私的なものだけわずかに残して、スーツケース五個分の荷物になりました。あなたが指摘してくれたように、かわいそうなオスカー・ワイルドから届いた手紙を整理して僕が持っていたのは事実ですが、あの厄介な事件があった後、全部燃やしてしまうのがいいと判断して、実行したのです。

僕の手元にあるものはすべて今、同封します。日記から引きちぎったページと私的な下書きが山ほどあるのをひとつに束ねてあります。長年にわたってことばを紡いだその原稿は、いつものような小説か、もしかしたら芝居にできないかという心づもりがあったものの、ついにまとまらなかった。老いに負ける前になんとか作品に仕上げたいと思ったけれど、もはやかつてのように書ける力はわが身に残っていません。金銭の蓄えはなく、ロンドンの家はがっちり抵当にとられているので、これまで書いてきた本では成し遂げられなかったことですが、なんとしてでも稼げる職を探さなくてはなりません。ドイツのハンブルクかリューベックに渡れば生活費は安く済むだろうし、わが妻フローレンスはドイツ語ができるので、いいかもしれないと考えているところ。この歳で移住するのは遅すぎるかな。でも他に食べていく方法がないのですよ。

　さて同封した書き物についてですが、部分的には完成しています。でも、日記のままの部分もあります。登場人物たちの名前を変えることも考えたけれど、結局実名のまま。あなたの名前はあなたの一部だし、美しすぎて仮名につけ替えるなんてできなかった。数か月前、そんなことを思案していたとき、アメリカのアダムズ某とかいう人物が書いた一冊の本に出会いました。その本では著者自身のことが、あたかも小説の登場人物のように三人称で書かれていたので、これもありかなと考えて、僕の原稿でも実名のままにしました。

　あなたは全編にわたって登場します。古ぼけた記憶をたどるうちに、あなたの内側に好奇心が湧き出すようなら本望です。炎と栄光の日々というか、狂気の沙汰だったあの時代に向けて、微笑みのひとつも投げかけてくれたらうれしく思います。原稿を読み進んでもらうと『スペクテイター』誌のためにおこなわれた比類なき女優のインタビューが出てきます。あなたが答えた内容はちゃんと書き起こしてあるのに、なぜか記者の質問が欠けています。難破船みたいな書き物ですが、甲板の板一枚なりともあなたの回顧録に使ってもらえるならば（まあ難しいとは思うけれど）、引き揚げた物品の使用権はあなたに帰属します。

　原稿の多くの部分はピットマン式速記で書きました。この速記はあなたも知っているかな。もし知らなければ、あなたが暮らしている村の若い娘が普通の文字に直してくれるでしょう。あるいはまた、コヴェント・

ガーデンの近くの事務代行請負所のミス・ミニターに頼んだらいい——ああ、あの事務所がある通りの情景ははっきり頭に浮かぶのに、通りの名前が思い出せない。ミス・ミニターは覚えているでしょう。商工人名録に載っているはずです。

　原稿の一部分は、つくった本人が解き方を忘れてしまった暗号で書いてあります。いったい何を、誰の目に触れないようにしたかったのか、もはや思い出せません。

　僕の大切な友人であるあなた、旧友よ、あなたの心の奥底で、僕が書いたことばが動き回るのを想像するだけで、神妙な気持ちになります。だってそういう瞬間には、あなたの一部分と僕の一部分が同じ雨に打たれて、ひとつの傘の下で雨宿りしているようなものなのだから。

　あなたとあなたの家族への愛を込めて、わが最も親愛なる金の星に、僕のことばを捧げます。

　来週は確か、あなたの誕生日でしたよね？

　　　いつもあなたの友人であるブラムより。

追伸：数多くの胸躍る物語と同様、この話も列車内の場面からはじまります。

——

―1―

《この章ではふたりの演劇人がロンドンからブラッドフォードへ旅立つ》

――一九〇五年十月十二日、日の出直前

深まる霧の渦の中で、黒くて熱い怪物がうなる。けたたましい叫び声とともに、鼻を刺す煙をゴフゴフ吐き出している。無煙火薬を思わせる匂い。轟音と石炭、ボイラーを焚く機関助士、黒い鋳鉄と白熱する摩擦。線路と枕木がガタゴト鳴り、朝露が機関車の脇腹でジュッと焼ける。キツネはねぐらへ急ぎ、子鹿は矢のように飛ぶ。イチイの梢で鷹が振り向いて見つめている。

朝日が昇る前にキングズ・クロス駅を出た、郵便列車の一等客室の明かりは薄暗い。ふたりの演劇人が毛布にくるまり、向かいあって坐っている。マフラーも手袋もすり切れた代物だ。不機嫌なふたりが吐き出す息が白い。まだ七時にもなっていない。演劇人は夜更かしするのが仕事だから、徹夜で騒いで朝帰りする以外には、こんな早朝に慣れてはいない。

ヘンリー・アーヴィングはブーツの足を向かいの席に投げ出して、血も凍るようなメロドラマの脚本を霞む目でたどっている。『ザ・ベルズ』。ロンドンからサンフランシスコ、コペンハーゲンからミュンヘンにいたる劇場で、長年にわたって何百回も演じてきた芝居である。この期に及んで脚本に新しい書き込みをする必要があるのだろうか？　窓の外を流れていく牧草地に向かって半ば目を閉じて、長ゼリフの稽古をなぜしているのか？　もうひとりの男はヨガの心得でもあるかのように背筋をぴんと伸ばして腰掛けている。読んでいる本を盾のように目の前に立てて――。汽車はロンドンから北へ向かい、鉄路を軋らせていく。

ふたりがこの前ことばを交わしてから――というか、演劇人が得意な、眉を上げたしかめ面で見つめ合う、あのしぐさを交わしてから――数世紀が経ったかのようだ。キングズ・クロス駅でそそくさと買い集めた羊の足やウナギの酢漬けは食べずじまいで、古新聞にくるまったまま、寒気の中で汗をかいているように見える。マデイラワインの空き瓶が床に転がっている。瓶の底に少し飲み残してあるのは、世の飲んべえ諸氏にたいして、わたしらふたりは駅へ向かう辻馬車の中で飲みはじめて、朝七時前に駅に着いて、汽車の個室に落ち着いて、八時にもならないうちに飲み干すたぐいの人間ではないのですよ、と無言のうちに示そうとしたのだろう。ふたりの間には暗黙の友愛がたゆたっている。たとえるならば、決して浮気をせずに長年連れ添い、幾多の荒波を越えてきた老夫婦の間に生じる絆のようなもの。お互いのことは全部わかっていて、たいていのことは許しあい、言うべきことはとうの昔に言い尽くしている仲。ことばなんてそもそもたいしたものではない、と言わんばかりの――。

「おまえさんが読んでる、そのゴミは何だ?」アーヴィングがそう問う口ぶりには、ウケたがる観客が詰めかけた客席に向かって、大御所俳優が〈高尚な退屈〉を演じているかのような調子がある。

「チズルハーストの歴史ですよ」とストーカーが返す。

「ほう、よりによって」

「チズルハーストはいろんな意味でおもしろい地域です。廃位されたナポレオン三世は苦悶のうちに、かの地で死んでいきました」

「今では大勢の人々が、苦悶のうちにその土地で生きているわけだな」

　これからはじまる一日も長く、張りつめたものになりそうだ。

　鮮血の色をした空に指でなすりつけたような黒雲が浮かび、金色があちこちにぶちまけてある。やがて湿地帯から水を含んだ夜明けが立ち上がり、素人が描く水彩画みたいな薄青や灰色やくすんだ緑が浮かび上がる。たじろいだような枝ぶりのブナ、スズカケ、ナナカマド、風に煽(あお)られても威厳を失わないニレの木立。大空に雁の群れがV字をなして、遠い彼方を目指していく。

　水滴がびっしりついた窓の外に内陸地方が広がりはじめている。遠い町の明かり、煙突、教会の尖塔。レンガ工場。新しい砂利を敷き詰めた道の向こうに採石場。町と町の間のみずみずしい牧草地には牛舎、納屋、磔刑(たっけい)を思わせる案山子(かかし)。緑色の水をたたえた運河の脇に船曳き道。領主の屋敷と果樹園を囲む赤レンガの塀、迷路のある庭園、門番小屋、牧師館。アイルランドの田舎に似た風景だがまったく同じではない。違いは定義できないものの、ある種の光というか悲しみ、おそらくは存在としての不在が違う。イングランドという名の不在が手招きしている。

　スタッブルフィールドの丘をガタゴトと汽車が登り、のろくさ揺れながら下りにかかる。カーブした下り坂をたどるときには弾みがついて不安にさせられる。そうかと思えば急に速度が落ちたりする。軋りながら、揺れながら進んでいく汽車は、乗客の心を翻弄するドラマだ。頭上の棚にロープで縛りつけた、いくつものトランクがぐらぐら揺れる。駅の赤帽はトランクを貨物車に入れようとしたが、アーヴィングがそうさせなかった。汽車はどこかの町はずれに近づいている[1]。

　雨に打たれた小さな家々の裏庭が横滑りしていく。物干しヒモや肥やしの山が車窓を横切り、犬がやかましく吠える。汚れた顔の子どもたちがガラス戸のない窓から手を振っている。痩せて恐ろしげなグレイハウンドが鎖の長さいっぱいまで迫り出してきている。空は黒に近い藍色で、割れた爪のような月が出ていたはずなのに、激しいにわか雨が車窓を叩くので、ふたりは窓の外を覗かずにいられない。

　あごひげを生やし、でっぷり太ったストーカーは五十代になっても、運動選手だった頃の面影がある。ダブリン大学の学生時代にはボクシング、スカル競技、水泳で名を揚げ、溺れかけた人を救助した。三つ揃いのスーツはサヴィル・ロウのギーヴズ&ホークスであつらえた繊細なヘリンボーンで、三十年前の流行を今に留めている。ハンツマンでつくらせた大外套は粗紡毛織で仕立てて、将軍の風格が漂っている。ストーカーには衣服を着こなす才能があり、いつも着心地がよさそうに見える。とはいうものの、この朝身につけている服はどれも一度ならず修理されたものばかり。縫い直し、丈を出し、あるいは詰め、継ぎを当てた衣服は友情そっくりである。粗革製の靴も特注品だが、靴底を張り替え、黒く染め直している。節くれ立った両手の指に血管が浮き出たところは埋もれ木の塊に似ていて、おどろおどろしい。

　アーヴィングははるかに華奢な体格で、病気のために肉が落ち、馬を思わせる長い顔はやつれている。ストーカーよりも十歳年上だとはいえ、年齢よりも老けている。それでも今なお華があり、手足は長く、どことなく落ちつきがない。紫色のベルベットのトルコ帽をかぶり、オーガンジーとリネンのスカーフを二枚重ねて巻き、外套には毛皮の襟がついている。鼻眼鏡は青貝のケースに入れている。疲れが溜まった灰色の目の縁にコール墨でアイラインを描き、黒く染めた頭髪は毎朝——今朝も怠らずに——世話係がカールさせている。ステッキの頭には小さな髑髏(どくろ)をかたどった把手(とって)がある。アーヴィングは、大嫌いなジョージ・バーナード・ショーの〈干し首〉だとうそぶいている。偉大な役者の例に漏れず、彼は自分をどんな年齢にも見せることができる。巡業中にはひと晩のうちに、十四歳のロミオと高齢のリア王を演じわけたりもする。

　彼は短くて太い葉巻に火をつけ、車窓の外を眺めながら、「死びとは旅が早いもの(デイ・トーテン・ライテン・シュネル)」(2)とつぶやく。

　ストーカーは不満げなしかめ面を返す。

汽車はトンネルに入る。明滅する光がふたりの顔を照らす。

「その目を引っ込めるがいい。おせっかいな婆や」とアーヴィングが言う。「俺は吸いたいときに、吸いたいように、タバコを吸うんだ」

「医者は禁煙するように勧めています。わかってるはず。高いお金を払って受けた忠告ですよ」

「医者なんぞ、くたばっちまうがいい」

「あなたは、今夜の公演まで生きてくれればありがたいです」

「なんでだ？」

「会場のキャンセルはもうできないし、保証金は戻ってこないから」

「からかうがいいさ、思いやりのあるおことばをありがとう」

「でも自殺したいなら、どうぞご自由に。はやいほうがいいですよ。ただし、僕が止めなかったなんて言わないこと」

「わかったよ、おふくろさん。なんて面倒見のいいかあちゃんなんだ」

　ストーカーは挑発に乗らない。アーヴィングがつまらなそうに一服吸うと涙目になり、溜まった涙は生のウイスキーを思わせる。アーヴィングは千年生きた老人で、ふざけて自分自身の声色を使っているかのようだ。

「俺はたぶん運がいいと思うんだよ、ブラムジー」

「なんでです？」

「俺はやがて、おまえさんが書いたウケ狙いの本に出て(3)くるやつみたいになるんじゃないかと思ってね。不死者ってやつ。あの連中だよ。ピカデリーを練り歩いて、気に入った若造に牙を突き立てる連中のことだ。悪くない末路だよな?」

「こっちは本を読もうとしてるんですよ」

「ああ、チズルハーストだったな。ロンドン郊外のビザンチウムだ」

「本当に興味があるなら言っておきますが、妻とふたりであそこへ引っ越そうかと思ってるんです」

「本当のところは、おたくのかみさんがあそこへ引っ越そうかと考えてるんだろ? おまえさんはいつものように、かみさんの言いなりになろうとしているだけだ」

「そういうことじゃないですよ」

「おたくのかみさんは強いからなあ」

「黙っててください」

「ズボンが似合うタイプだね。きっとよく似合う。とはいえ、コルセットの中へどうやって突っ込むんだ、教えてくれよ」

「下ネタはもうたくさんです。今から無視しますので。さようなら」

　アーヴィングは喉の奥でくっくっと笑ってから、淀んだ煙と眠気の中へ沈んでいく。ストーカーは手を伸ばして、アーヴィングの手から葉巻を取り、彼がいつも手元に置いている咳止めドロップの空き缶でもみ消す。火の不始末は危険だからだ。

　ストーカーは寒々とした景色を眺める。オークの木立、長い石垣と生け垣の合間に小雪が舞っている。この景色は無数の詩想を養ってきた。アイルランドの修道院の焼け跡には広刃の刀が残り、イングランドの修道院の焼け跡では羽根ペンが拾えるという。

　エレンのやさしい笑い顔が心に浮かぶ。チチェスターで川の畔(ほとり)を歩いたときの記憶。夏場には干上がる川。ずばりの単語があったはずだが思い出せない。ストーカーはまばたきして、エレンの姿を金色の牧草地へ押し戻す。

　昔ゴールウェイの道端で聞いたバラッドが亡霊みたいに、今朝早くから頭の中に聞こえている。

暗い海原でサメたちが
あたしの恋人の胸を喰らう
彼の遺体は海原で揺れていて
彼の魂に安らぎはない
「僕は夜中を永遠に歩く

殺したやつは罪を償え
生前の名はジョン・ホルムウッド[4]
僕の運命は狂ってしまった」

事件の一部始終を説明できる者がいるだろうか？ 早朝の闇わけのわからぬ歌が耳につきまとっている。早朝の闇の中でひげ剃り用の泡から出たか、それとも、鏡の向こうの景色から飛び出したのか？ わからぬままに、一日中つきまとわれるのを覚悟している。彼はこの歌を最初に聞いたときのことを思い出そうとしている。

しくじった物書きは誰でも――ストーカー自身が格好の例だが――人生を耐えていくために、忘れることで自分自身を癒すものだ。ところがこの朝はそれがうまくいっていない。

カーナの村。ゴールウェイ州コネマラの僻村。二十歳の誕生日。アードナリーヴァという地区にいた。彼は裁判所の書記だった。ウェステンラ卿[5]の土地管理人でバノンという名前の男が殺された事件の公判で速記メモをとっていたとき、休廷が宣言された。二十分だったはずの休廷が一時間になり、二時間に延長された。ストーカーは何か飲もうと外へ出た。

道行く人々はゲール語をしゃべっていた。ストーカーは名状しがたい不安に駆られた。多くは裸足で、子どもたちはやせこけていた。彼にはその理由がつかめなかった。じゃがいも飢饉がこの地を襲ったのは確かだが、それはもう二十年も前の話である。人々はなぜいまだに死人のように青ざめて、ぼろをまとっているのか？ そもそも彼らはなぜここにいるのか？

バラッドの歌い手は二の腕の骨が浮き出して見えるほどやせた女性で、ゲール語ではなく英語で歌っていた。「リトル・ホルムウッド」という歌なのだと誰かが教えてくれた。そのとき、裁判所から恐ろしい知らせが追いかけてきた。治安判事が急死したというのだ。被害者の死亡証明書に署名するために執務室にひとりで籠もり、法廷用の黒いカツラをかぶった瞬間、心臓と両眼が破裂した。鮮血が滝のようにほとばしり、執務室の床をびしょ濡れにしたあげく、法廷衣装の中には骨と肉だけが残った。バノン殺害の容疑者は逃げ去ったという。〈悪魔の所業〉が成し遂げられたのを知って冷ややかにうなずく人々がおり、十字を切って立ち去る人々もいた。バラッドの歌い手はその間も路上で歌を歌い続けた。

ダブリンへ戻ってからも、その光景が目に焼きついていた。歌い手の冷血じみた鈍感さが恐ろしかった。そしてその光景の背後で、治安判事が死んだのは歌のせいだよ、という謎めいたささやきが聞こえ続けた。

眠れなかったのでアヘンチンキを服用したものの、いっこうに効果はなく、気分が悪くなり、考えがまとまらず、破廉恥な妄想に襲われた。翌日の夜はダブリン城の役所で仕事をし、退庁した後に劇場へ駆けつけた。数か月前から新聞の文化欄に劇評を書くようになっていた。原稿料は出ないが、劇場へのフリーパスがもらえるのはありがたかった。

劇場へたどり着いたとき、芝居はすでに第三幕に入っていた。外はあいにく大雨だった。濡れて冷え切った彼は暗闇の中で席を見つけられず、プロンプター用の椅子に近い通路に立つことにした。劇場の高窓の外で稲妻が光るのが見えた。古い劇場の例に漏れず、ここもかつては教会だった。雷が近くに落ちて観客がどよめいた。

ヘンリー・アーヴィングは演技をふいに止めて、観客席をぎろっと睨んだ。その目がガス灯を浴びて赤く光った。[6]舞台化粧が顔面の凹凸に沿って流れ、地図に塗料をぶちまけたようになって、その雫がブーツに落ちた。上着と長い巻き髪は汗にまみれ、銀色に塗った木製の剣はガス灯を浴びて輝き、鎖帷子が稲妻をかすかに反射した。彼が黙り込んだその一瞬はとても長く感じられた。アーヴィングは目線をくいっと上げ、舞台端へ向かって静かに歩きだし、左手を腰に当てて、右の袖で濡れた唇を拭った。そうして観客席に向かってにやりとした後、つばを吐いた。

観衆から再びどよめきが起こり、彼はセリフの続きを語りはじめた。あたかも、観客の嫌悪感など意に介さないと言わんばかりに。いや、その嫌悪感こそこの劇にはどうしても必要で、悪を主題とする本作は皆さんの嫌悪感なしにははじまらないのですよ、親切な贈り物をどうもありがとう、とでも言わんばかりに。

「さあ、魔法が働く夜の時間の到来だ、教会墓地が大口を開けるぞ[7]」――彼は大きな口を開き、がらがらした声で続ける――「地獄がじきじきにこの世界に毒気を振りまくのだ!」そう言って身を震わせ、吐きたいのを必死にこらえようとするかのように、自分の喉を掴む。「おお、今なら熱い生き血でも飲める、どんなにむごいことでもやってのけられる」――恐ろしいことばが喉を鳴らしながら飛び出してくる――「昼の日中にもし見たら、震えええ上がるるるようなことだって」。

観客たちは悲鳴を上げた。アーヴィングは絶叫で返す。大声でなく、わめき声でもなく、女のような金切り声だった。彼は鞘から剣を抜き、空中で振り回し、死を予告する妖女のように絶叫し続けた。背筋が凍るような不安を掻きたてる声。男は金切り声を上げるものではない。観客の中には野次を飛ばしたり、退席しようとする者もいたが、立ち上がってオペラ歌手に送るような喝采を叫ぶ者たちもいた。天井桟敷から雷鳴さながらの足踏みが聞こえてきた。ストーカーはごった返す通路にたたずんだまま、喉が渇いてふらふらした。

彼は一階後方の観客席に目を向けた。

与太者、酔っぱらい、はぐれ者に嫌われ者。イボがある、つむじ曲がりの流れ者、女装した男娼。気が触れた女に悪女、女が欲しい不良少年。ペテン師にいかさま師、宿無し、小男、男を漁るアイルランド娘たち、足元が怪しいふしだら娘たち。口が軽い奴、大酒飲み、狩りの勢子、詐欺師、泥棒、ワルガキ、休暇中の兵士たち、驚いて目を剝いたアヘン中毒者、見世物小屋や裏通りの滑稽芝居座から逃げ出してきた連中もいた。そして匂いの渦。半端じゃない。幾重にも重なった強い匂いが鼻をつくと、煉獄行きの汽車の煙みたいに黄色い涙がにじみ出した。

かれらはなぜここへ来るのか？　ストーカーは知らない。知っているのは、かれらがいつもここへ来て、今後も必ず来続けるということ。かれらが生きづらさの痛みをいくら叫んでも、誰ひとり耳を貸さない。かれらには、かれらのために叫んでくれる人間が必要なのだ。それがヘンリー・アーヴィングである。

ブラッドフォード行きの汽車の中で、ストーカーの記憶が〈現在形〉で押し寄せてくる。誰の中にでもいるもうひとりの自分が頭をもたげるかのように。

気が弱くておどおどした若い劇評家が劇場からいったん外の通りへ出て、楽屋口のほうへ回っていく。群衆が集まりはじめている。劇はまだ上演中で、役者たちのくぐもった叫び声が聞こえているが、雨の中、楽屋口の外に人々がやってきている。何十人も。じきに百の単位になるだろう。屋根つきの四輪馬車が来る。

馬車馬が興奮して地面を踏みならすので、御者が群衆に向かって、集まらないでください、さもないと事故になりますよと叫ぶ。巡査たちが到着して、ごった返す人々を押し戻そうとする。だが群衆は彼の名前を連呼しながら楽屋口へ押し寄せる。

アー

ヴィング

アー

ヴィング

　そこへ突然、劇場の案内係がふたりあらわれる。ひとりは雨傘を持ち、もうひとりは棍棒(こんぼう)を振りかざしながら、大急ぎで本人をエスコートしていく。リングを下りたボクサーのような彼の周囲に、ノートを掲げてサインをねだる人々が迫ってくる。一房の髪をねだる人々がたくさんのハサミを突き出している光景は薄気味悪い。アーヴィングは折りたたみ式の階段を上って馬車の中に消える。舞台衣装の上に雨合羽(あまがっぱ)を着せかけられ、片手にシャンパンのボトルを摑んでいる。

　四輪馬車はサックヴィル・プレイスから大通りへ出ていき、警官隊は群衆をなんとか抑えこむ。

「今は移動しないでください。この通りはしばらく進入禁止となります」

「ダブリン城の職員です」ストーカーは静かにそう言って、書類かばんから通行証を出して見せる。「政府の仕事をしているんですよ。通してください」

　ストーカーはなぜアーヴィングの後を追うのだろう？　いったい何をやっているのか？　大通りにそびえ立つネルソン記念柱の下の停留所から、クロンターフ行きの最終路面電車が発車しようとしている。帰宅するにはその終電に乗らなくてはならないのに、四輪馬車は大橋を渡ろうとしている。最初は歩いて追いかけていたが、濡れた舗道でつまずきながら駆け足になっていく。

　馬車が大橋を南へ渡りきったところで、家畜市場へ向かう牛の群れが正面を横切っていくのに出くわして、しばらく立ち往生している。ストーカーはまんまと追いついた。四輪馬車がまた動き出し、ストーカーは丸い牛糞まみれの道を追いかける。凡庸(ぼんよう)な成績で卒業したトリニティ・カレッジの鉄柵に沿ってナッソー・ストリートへ出て、ドーソン・ストリートを南へ下ると、セント・スティーブンズ・グリーンが正面に見えてくる。通り沿いのショウウィンドウが雨水で輝いている。

グリーン沿いのポプラ並木が枝から雨粒を滴らせている。その大枝越しに、山の高い帽子をかぶった御者が御者台を下りて、四輪馬車の扉を開けているのが見える。玄関左右の柱にクリスタルのランプが灯るシェルボーン・ホテルは、クリスマスの絵の中の宮殿さながらにきらめいている。

予定の時刻よりも少し遅れているようだ。ホテルの内部を思い描くストーカーは、いつのまにか心の中で見物をはじめている。イタリア製の大理石と金箔で見事に飾られた舞踏ホールで、楽団がムーレの「ファンファーレ交響曲」を演奏している。アルコーブには裁判官や貴族たちの肖像画が掛かっている。アイスバケットに入ったワインボトル、大皿にはハーフシェル・オイスター、無邪気なリンゴたち。メイドたちがヌードの小像の埃を払っているところ。ストーカーの心の目の前にアーヴィングがあらわれる。燃えさかる溶鉱炉を思わせる豪壮華麗の只中へ歩いてきた彼の手からウェイターが帽子と手袋とステッキを受け取る。ボーイ長がシダの鉢植えの背後の目立たないテーブルへ彼を案内する。

外ではポプラ並木に雨が降り注いでいる。ガラス扉の内側から雨傘を抱えてコンシェルジュとボーイが駆けだしてくる。丈の長い毛皮のコートをまとった優雅な女性が四輪馬車から降りてくる。一瞬動きを止めて、夜空を見上げた後ホテルへ入っていく。馬車は蹄の音を立てて去っていく。

やっと思い出した。「夏枯れ川」——夏場に干上がる川のことだ。

―2―

《この章では劇評が提出され、会いたくない客に居留守が使われる》

青果市場に近い裏路地に小屋掛けの夜店がある。彼が声を掛けると、コーヒーに見せかけたマグカップにジャマイカ産の強いラム酒を注いだ一杯が出てくる。一番安く酔える代物だ。このあたりには深夜になると、娼婦や酔っぱらった兵卒など、町の片隅で暮らす人々が集まってくる。彼はかれらの噂話や無駄話を聞くのを好む。かれらがストーカーを「閣下」と呼ぶのは、皮肉を込めているだけではない。彼は一種の変人というか、風変わりな賢者と見られていて、速記でメモが書けるところなどは周囲にとって驚異そのものなのである。

速記のメモは殴り書きにしか見えないので、かれらはときどき、ノートの文字をどうやって解読するのか訊いてくる。無理もない。速記の解読は骨が折れるから。彼は誰にでも敬意を持っててていねいに応対する。夜更かしの人々に交じっているとなぜだが心が和む。自分の部屋にいると物書きができない。ことばが灰になってしまう。ところがここへやって来ると、ラム酒のおかげだろうか、ことばが泡立ち流れ出してくる。

くたびれた農夫たちが青果物を売りに来るのを見るのも好きだ。生気のない目をした連中が、馬に荷車を引かせて郊外からやってくる。買い取り業者たちはアメリカから来たリンゴや、オランダの花卉や、イングランドの粗挽き麦を積んだ荷馬車に乗って、河岸から戻ってくる。肉屋はいつも血がついた白衣を着ている。街中が寝静まる時間にこつこつ働いている人々がこんなにたくさんいる。その姿を見ると仲間が増えたような気分になる。

ノートを開いてメモを書きはじめると、不潔で、愉快なほどに悪意がこもった空気の中から、あの歌が聞こえているのに気づく。ディケンズの小説に出てくる幽霊か呪いのことばのように、その歌は彼の胸の中でぐるぐる回っている。未来永劫この歌につきまとわれるのか、と彼は思う。

ねえ母さん、いつも元気な兄さんはどこ?
昨日の晩はここへ来て一緒に過ごしたのに
「あいつは死んで地獄行き、死人に口なし」
父さんがそう言い放った

「父さん、むごい父さん、公開処刑に値する罪
ジョン・ホルムウッドを殺したなんて
低い農地を耕していたあの若者を」

彼は今、リフィー川の北岸を歩いている。厚板のように吹きつける風に背中を丸め、汚いカモメと古新聞が舞う渦の間を縫っていくと、週半ばのダブリンのわびしい夜気が空虚で凶悪に感じられる。週末ならワイルド夫人が夜会を開くので、まだしも希望がある。教養ある若い男女や才人が集い、美食が供され、優雅な階段室で恋の真似事もできる。美女だけでなく、手本にしたい人物にも出会えるかもしれない。だが水曜の夜のダブリンは世界一孤独だ。家々の窓は真っ暗で玄関は閉ざされ、店はどこも錠を下ろし、事務所は無人で、夜の思いが眠気を追い散らす。こんな夜をやり過ごすには歩くより他にしかたがない。

やがて明け方の光が差してくる。小さな帆掛け舟が漁網のペチコートを引きながら、河口から広がる海へ出ていく。ひと晩の仕事を終えた街の女たちが衣服を引きずって部屋へ戻っていく。今何時か知りたくないから、ストーカーは懐中時計をポケットから引き出さない。

ダブリン湾が心の目にぼんやりと見えてくる。うねる白波、うなり声を上げる灯台の霧笛。氷が貼りついた船の帆柱に、溺死した水夫の亡霊が鎖で括(くく)りつけられている。帆は絞首刑になった者たちの屍衣をはぎ合わせた代物。これらは彼が書こうとしている芝居の中のイメージなのだが、全体の姿はいっこうに見えてこない。

彼が知るアイルランド人の物書きは皆、アイルランドに興味がある。かれらに近づきたいと思って作品を読んでみたが駄目だった。あの連中は同好会を結成し、パイプをくゆらせながら神秘主義について語りあっている。月曜の夜に集まってケルトの薄明(はくめい)に浸り、まともな精神の持ち主なら何語でも読みたがらないと思われる叙事詩をせっせと英語に訳している。そうして会が終わったら、三々五々路面電車で郊外の家へ帰って

いく。民話、神話、妖精、死を予告する妖女（バンシー）など、スライゴー出身の母がシェリーを一、二杯飲んだ後、ストーカーに語って聞かせたたぐいの話を蒸し返しているだけだ。アイルランド仕込みでございますと言いたげな、それらの埃臭い物語を後生大事に覚えているのは、時代に取り残されたか、正気を失った人間だけである。その手の物語に独特な力強さがあるのはわからぬではないが、いくら読んでも感動せず、こぬか雨を眺めている気分にしかならなかった。湿っぽい挫折（ざせつ）にまみれたアイルランドをマネキン人形が飛び歩いて、わめき散らしているようなものだ。姿は一応見えるものの、毒気を放つわけでも、すごい英雄になるわけでもない。ストーカーに言わせれば、ケルトの薄明に浸っている者たちには影絵芝居（シャドウプレイ）が欠けている。かれらが書くものは、名状しがたいものの退屈な模倣に過ぎない。言わば子どものお絵描きで、本物の悪漢芸術家（カラヴァッジョ）が不在なのだ。少なくとも劇場には観客が必須である。観客が来てくれなければ、芝居は閉幕するより他にない。

　ストーカーは広壮な税関の前を素通りして、陰気な建物へ入っていく。事務所がいくつも入居しているその建物はかれこれ百年の間、リフィー川に映る己（おのれ）の影を軽蔑してきた。ストーカーはさすがにくたびれた様子で板石の床を横切り、大きな身体を揺らしながら、暗くて急な階段を軋（きし）らせる。三階まで上って正面を見ると、〈夜間編集室〉という札がついた扉がある。ノックする前に扉が開く。ミスター・マンセルが彼を迎える。

「ブラム、よく来たね。ずいぶん早起きだな。恐ろしく寒いだろう?」

「じつは夜明かししてしまったんですよ」

「まあ入りたまえ、ちょうどお茶を淹れようと思っていたところだ。今朝はどんな用件かな? 今週は原稿の依頼はしてなかったよなあ」

「劇評を書きました。ヘンリー・アーヴィング。昨晩の『ハムレット』に主演しました」

　夜間編集者は右目を手でこすり、あくびをかみ殺しながら原稿を読みはじめる。口にくわえたクレイパイプはすでに空だ。ふうっと息を吸い込むと、口笛のような音が出て、明け方の疲労感を倍加する。もともと小男だが、薄暗がりの時刻にはなぜか余計に小さく見える。瞳はエメラルドグリーン。陶器のボタンがついたベストを着古して、深紅のズボン吊りを合わせたところはちょっとした伊達男だ。キメージに愛人がいるという噂がある。

「『ハムレット』かね、ブラム？　「星は火か、疑うもよし」[1]ってやつだな」

「そうです」

「どうかな、うーん、どうかなあ。うちの読者にはちょっと強烈すぎやしないかな？　われらが『ダブリン・メール』の読者層は、〈エイボンの詩人〉シェイクスピアの玄人とは思えないんだがねえ」

「演劇を楽しむのに玄人である必要はありません。僕自身も玄人じゃないんです。シェイクスピアだって玄人じゃなかった」

「シェイクスピアがシェイクスピアの玄人じゃなかったってか？」

「シェイクスピアは自分のことを職人だと思っていました。劇場で働く大工の仲間だと思っていたんです」

「ブラム、かねがね君に話しておきたいことがあったんだ。演劇について書いた記事をうちの新聞に載せるのはちょっと場違いだと思わんかね？　本紙にふさわしくないんじゃないかな。だって劇場ってのは身持ちの悪い女どもが入り浸る場所だし、若い連中ときたら――ねえ、君も知っての通りだよ」

「知っての通りっていうのは？」

「ヘイマーケット劇場街のマーティン・ハーヴェイみたいになりたい連中だっていうことだよ。こう見えてわたしは世慣れているつもりだが、本紙の広告主にはものわかりのよくない人たちもいる。君としても、今少し視野を広げてみてはどうかな？」

「どうやって？」

「君はもしかして猫を飼ってないかね？」

「まだ飼ったことがありません」

「うちの読者は猫が出てくるような、心温まる記事がお好みなんだ。とくに、足が一本折れた猫の話とかがね」

「覚えておきます」

「老いた忠犬が死んだ飼い主の墓から離れないとかさ。うちの読者はその手の記事が大好きで、もっと読みたいと思っている。あるいはまた、まっとうに働いていた善良な若者が悪い連中とつきあったあげく、ジンを飲むようになって、頭が変になっちまって、フィアンセを絞め殺してしまうみたいな、道徳的な寓話もいいんじゃないかな？　そのフィアンセが堕落させられて、売春せざるを得なくなるなんていう結末もありだ。近頃は禁酒関係の話題が売れ線だからね」

「アーヴィングはいろんなインタビューで、劇場をまっとうな場所にしたいと言っています」

「でも、どんな名前で呼んでもバラはかぐわしい[2]。悪いが率直に言わせてもらうよ。君が熱を上げているアーヴィングはかなりイカレたやつだと見る人たちもいる」

「どういう意味ですか？」

「見かけ倒しの茶番劇を演じる、見世物師っていう評価だね。巡業舞台でがなりたてているに過ぎないんだと」

「彼は偉大な芸術家で、比類のない天才だと思います」

「そうかな。ろくなものではないようにも思えるが」

「劇評はよそへ持っていきます。どっちみち原稿料はタダなんですから、悪く思わないでください」

　ミスター・マンセルは含み笑いをする。「女王様のところへでも持ち込んでみるか、なあ君？　やってみなくちゃわからない、その原稿を気に入ってくれるかもしれんからね」

「それじゃ、あなたが採用してくれるんですか？」

「まあ、そう急かすなって。坐ってお茶でも飲めよ」

「知りたいんですよ、今」

「君ってやつは風変わりな若造だな、ストーカー君」

　目覚まし時計がガラスを割らんばかりの勢いで鳴りはじめる。ストーカーはベッドから起きてベルを止める。洋服ダンスの鏡に一瞬、近年死んだ父親の顔が映る。片手に黒い鳥かごを持っている。不安な夢の残像だ。部屋の隅に置いた寝室用便器が臭う。窓をみぞれが叩いている。四十分しか眠らなかったが、全然寝ないよりはましである。とはいえましなのは、四十分ぶんだけに過ぎない。

　十五分後、乗馬ズボンを穿き、ボクサー用のランニングシャツを着た彼が、クロンターフの浜を裸足で走っている。どんな天気の日でも毎朝二マイル走るのが、何年も前から日課になっている。幼い頃は病気がちで、何か月も何年も寝たきりになっていた。あんな暮らしは二度と嫌だと思っている。

自分の足が砂を蹴る音に耳を澄ます。小川を横切るときにはしぶきが上がり、向かい風を押し返す。泡波が砂浜に染みこみ、息づかいが体内メトロノームになっている音まで聞こえる。ひとしきり走った後はシャドウボクシング、腕立て伏せ百回。海水ははっとするほど冷たくてぴりりと塩辛い。

見上げればアイルランドの空。穏やかで静かで、いつまでも変化しないように見えるガラスの鐘だ。その下で人間たちは新しい変化を待ちながら右往左往している。ダブリン湾の南を見ると、連絡船がキングスタウンを出ていく。まずは波を蹴ってマグリン灯台へ向かい、その後、彼方のホーリーヘッドを目指して外海へ進む。

彼はロンドンにあこがれている。魅力が強すぎて危険なほどだ。仕事で何度か訪れたときには熱に浮かされたように呼吸困難になり、ピカデリーの埃には灰色だった少年時代を挽回する物質でも含まれているのではないかと思った。夏は暑すぎ、冬は石のように無愛想だった。公園へ行けば喉が渇くし、ギャラリーでは腹が減り、帝国のぶんどり品を並べた巨大な博物館では恐れおののき、ロンドンの人々にダブリンなまりを見破られるのが怖くて黙ったままで過ごした。ホルボーンの物乞いたちには燃え立つような勢いがあって、この街を密かに支配しているのはかれらではないかと考えた。ロンドンという大都市興行において、紳士階級は影の薄い端役にしか見えなかった。

ロンドンには隠れた通りや路地や裏小路が無数にあり、商品はすべて正札販売である。パディントン駅裏の粗末な家々、チェルシーという悦楽の花園。秘密の都市地図をたどれば欲しいものが何でも手に入る。クラブでのささやき、うなずき、肘でちょっと突くこと、それらがすべて道しるべになる。でも移住するとなると手強いだろうな。

合衆国がいいかもしれないと思っていた時期もある。シカゴかボストンかニューヨーク。あの国では男も女も自分自身をつくり直すのだと聞いた。目標と生き方を新たにして、しゃべり方も変えて、必要なら名前だって新しくする。誰がどこから来たかなんて、誰も気にしない。自分の物語は自分で書く。だが本当にそうなのかな、とストーカーは疑いを持っている。

彼は背の高い建物や、建物にはさまれて峡谷になった長い大通りや、鉄の顎を持つ工場から聞こえてくる騒音や、耳障りでだらしない響きの地名を夢想する。シンシナティ！　ブロンクス！　バトン・ルージュ！　ただし問題なのは、まだ若いこの共和国に染みついた粗暴でがさつな力強さに乗れないところだ。あそこへ行ったらうんざりするぞ。

アイルランドの安らぎは、何も起こりそうにないところにある。戦争や革命などの争いの日々はすでに終わっている。かつてこの島では、インドやその他の土地と同じように絞首台が物を言った。今では、〈ペンは剣よりも強し〉などと口走ってみても現実味はなくて、不発で終わる反抗心を煽るだけだ。

見えない敵を相手にストーカーがシャドウボクシングをしている間に連絡船は沖合へ遠ざかり、砂浜では騎手見習いの少年が馬を歩かせている。ストーカーが何をしようと大勢に影響はないので、見向きをするものはいない。何をしたって何ひとつ変わらないのだから。

砂浜に近い下宿屋の小部屋へ戻り、暖炉の脇に置いた簡易コンロにやかんを掛けて、ひげ剃りの準備をする。十六か月の間に九回引っ越してこの部屋にたどり着いた。ダブリン北部の海沿いの村を転々としてきたのだが、選ぶのはいつも、階段を上りきった屋根裏にあるちっぽけな寝室兼居間ばかり。もうじきまた引っ越す予感がする。

同宿の下宿人たちとともに摂る夕食は静かなものだ。五人いる同宿者は揃いも揃ってお互いに興味を持たず、貧しく無言で息が臭い。運に見放された一座が演じる〈活人画〉にはどれほどひいき目に見ても、ナイフで豆を食べるような忌まわしさしか漂っていない。これほどまでに呪われた一座とともに食事せざるを得ないとは、よほどの暗黒郷に墜ちてしまったのだろうか？

ミスター・ミッグス、ミスター・ブリッグス、のっぽのミスター・ローラー、小男のミスター・ローラーとミスター・ストレンジ。ベージュ色の目をしたミスター・ミッグスはギネス工場の経理係をしている。人里離れた内陸地方の、空っ風が吹きまくる十字路の出身で、その土地を離れたが最後、人間らしい生気をすべて失ってしまった。ホタテ貝のほうがまだ生き生きしている。ミスター・ブリッグスはかつてエクセターで女学校の先生をしていたが、市内の公園で何度かたて続けに捕まって以来、教師を辞めざるを得なくなったのだという。小男のミスター・ローラーは、〈皮膚病持ちの子孫〉という名字の語源が示す通りに肌が弱くてやせていて、甲状腺腫を患い、耳のあたりを引っ掻く癖がある。口元にしまりのないミスター・ストレンジは痛々しいほど柔和だが、悲しいかな、地を受け継ぎそうには見えない。「ストーカー君」キャベツのスープをすする彼に同宿者たちが尋ねる。「ダブリン城の役所勤めはさぞかし楽しいんだろうねえ?」

自室の歪んだ窓枠の上に本が積んである。シェリダン・レ・ファニュ、マチューリン、『嵐が丘』、『フランケンシュタイン』。どの本も綴じ糸がゆるんでページがはずれかけている。『シェイクスピア全戯曲集』は質屋とこの部屋の間を行ったり来たりしている。ウィリアム・カールトンの『黒い預言者』はマリーノ図書館へ返さずじまいになった本。『ミュンヘンの死体安置所ガイド』。修道士が使うようなベッドの上の壁に取りつけたコルク板には、好きな俳優の絵はがきが貼りつけてある。ウィリアム・テリス、ヘンリー・アーヴィング、エレン・テリー。

アーヴィングの舞台は七回見た。エレン・テリーは十三回見て、才能と存在感に魅了された。彼女の演技にはこの世のものでない、危険なほどの魔力がある。母親が持っていたぼろぼろの本で読んだ覚えのある、人さらい妖精の話を思い出した。

窓辺に置いたピューターの額縁には、男女が並んで写った銀板写真が入っている。結婚式にも見えるけれど、ふたりとも白目を剝いて葬式のような黒装束。このカップルはじつは蠟人形なのだ。ストーカーの両親の若い頃に見立てられればよいのだけれど、さすがにそれは難しい。本当の両親は何年も前に、妹たちを連れてブリュッセルへ移住してしまった。向こうの方が安く暮らせるのだという。ストーカーはひとりだけ、クロンターフに残った。

ひげを剃り終えた彼は、海岸で手摘みした海藻を紅茶に混ぜてポットに入れてから、ダンベルを上げ下げしはじめる。息が荒くなって手首がずきずきする。午前八時。急がなければならない。二ポンドのダンベル、六ポンド、半ストーンへと上げていく。うなり声は最低限に抑える必要がある。さもないと階下にいる下宿屋の女主人とその母親を驚かせてしまう。とくに母親のほうは犬並みに耳がいい——「ちょいと上へ行って、この家ではお静かに、ってストーカーさんに言っておくれ」「母さん、あの人は体を鍛えているの、お願いだから大きな声を出さないで」「そんならあたしが一発で鍛えてやる。ブーツのつま先でね。プロテスタントのうさんくさい男だよ」。

　ぴくぴくした痛みがはしる前腕をぐっと伸ばしながら、アーヴィングもダンベルで筋肉を鍛えているだろうかと考えた。俳優にはちょうどいいトレーニングになるはずだ。演じるときにはことばだけでなく、身体も使うのだから。おまけに、魂の入れ物になっているせいで怒りっぽい身体は、怠惰にもなりやすいのだから。カトリック信徒は苦痛を信奉していて、苦痛が罪を償い、人間を支えるのだと考えている。大聖堂の控え壁と同様、人間が倒れるのを防いでいるのは苦痛だというわけだ。かれらは魂を救うために身体を懲らしめる。虐待が何かのためになるならそれもまたよし、と認めてしまう。

　簡易コンロの上のやかんが、丸裸の男の筋肉をずっと見せつけられて辟易したと言わんばかりに、控えめな沸騰音を立てはじめる。コンロの火を消そうとして部屋を横切ったストーカーが、黄ばんだカーテン越しに街路を見おろし、見慣れた人影がやって来るのに気づく。

　歩き方ですぐわかる。見せびらかすように歩くその道楽者は、大英帝国の属国であるこの島国では見たこともないくらい高価な服を着ている。この男にとっては、見られることが一種の芸術と化している。

　ストーカーはカーテンの陰に隠れる。見られては駄目だ。あいつには会いたくない。

　クロンターフにこんなに朝早く、あいつがやって来たのはなぜだ？　町の中心部からここまで歩いてきたのか？　階下の玄関の呼び鈴がまず鳴って、ノッカーを三回叩く音が続いた。ストーカーの耳に、松葉杖を突いて玄関へ向かう女主人が「スクリーンの緑の丘」を口ずさんでいるのが聞こえる。玄関扉を開ける重たい音。階段を軋らせながら上ってくる松葉杖の音。ノックをしながら彼女は息を切らしている。

「ミスター・ストーカー、わたしですよ。お客さんが下に見えてます。そろそろ出勤のお時間じゃないんですか？」

　ストーカーは息を殺している。まばたきさえしない。やかんに向かって「こら、黙ってろ」とささやく。

　何分か経ってから、出勤するために階下へ下りていく。玄関に名刺があり、外套掛けに走り書きの手紙がある。

やあ、ブラム。今朝は海の空気が吸いたくなってここまで来たので、もしかして君も健康のために散歩したいかなと思って、立ち寄ってみた。会えなくて残念だ（ケル・ドマージュ）。喜びは次回にとっておこう。

君の友達、オスカー・ワイルド

―― 3 ――

《この章ではひとりの若者が、罪深いおこないをしないよう勧告を受ける》

村は眠っているように見える。小店の窓は軒並み真っ暗で、黒い絹のテープと灰色のバラ飾りでこしらえた花輪を飾った葬儀屋の店頭は、前夜の雨でびしょ濡れになっている。生地屋の脇にできた汚い水たまりに、下宿屋の女主人の母親の犬が鼻を突っ込んでいる。通りからは見えない裏庭に干し草が置いてあるとみえて、土臭い匂いが漂ってくる。郵便局の屋根の上には色あせたユニオンジャックが揺れている。国旗がポールにまとわりついてはたはた叩いている音は、ロウソクが細々と燃える音に似ている。

搾乳(さくにゅう)場の路地裏からあらわれた娘が、朝日を背に黄色く輝いている。黒ずんだミルク缶をふたつ、左肩に載せた天秤棒で前後に担ぎ、彼にちらっと目をやりながら通り過ぎていくその娘から、甘く温かい石鹸の匂いが漂ってくる。裸足の足は白く、茶色の髪はほどけたままで、シュミーズの胸元に十字架が見える。ふと彼は、パリを訪れてノートルダム大聖堂の地下聖堂へ向かっていたときに、黒い目の娘に呼び止められ、マビヨン通りへどう行けばいいのか尋ねられたのを思い出す。彼女はダブリンから来たアイルランド人で、ストーカーをイングランド人だと思ったというのだが、あえて否定しなかった。彼は彼女の正体を見抜いていた。『紳士のためのパリ・ガイド』によれば、その種の女はたいていこんなふうに近づいてくるというのである。

大学の授業へ急ぐ学生の群れを横目にしながら、娘は天気の話や、セーヌ川沿いの露天の本屋の話をした後、ささやくような声で、一緒にお部屋へ行きませんか、と言った。すぐ近くのカネット通りの奥なんです。悪びれずに静かな声でそう言った。女を買うのは怖いので、とりあわないことにした。二十フランの持ち合わせがないので、とだけ答えた。十でいいわ、恥ずかしがらないで。彼はいくばくかの金を渡し、一緒には行かなかった。

雨上がりのクロンターフを歩きながら、彼はあの娘のことを考えている。人影はない。家畜の糞と泥が混じった通りには、目に見えない蠅(はえ)の羽音だけが聞こえている。あの晩は誘いを断った悔いが胸の中であかあかと燃え続けて、いつまでも眠れなかった。彼は真夜中にすばやく服を着替えて、ユニヴェルシテ通りへ戻り、肉欲とは呼びたくないくすぶりを抱えたまま酒をあおった。手のぬくもりと母語の低い笑い声、そして娘とふたりだけで部屋にいる場面を、いつのまにか夢想していた。

　クロンターフ警察署の狭くて薄暗いロビーへ入る。犬の鑑札の交付案内や、さまざまな禁止令や布告の告知文が貼り出されている。山火事への注意を促す古い貼り紙はびりびりに破けている。正面扉には集会禁止令の告知文が釘で打ちつけられている。

　じつに静かだ。やめるなら今だ。これからやろうとしていることは正気の沙汰ではない。ストーカーの腹の中で冷酷な蛇がとぐろをほどく。こめかみがどきどきする。窓口の向こう側から巡査が品定めするように見ながら、机にヒモで括(くく)りつけられた記録簿を開く。

「侵入者を申告したいとおっしゃるのですな。住所は？」

「クレッセント、十五番地。村の反対側の端に当たります。家主は女性、僕は下宿人です」

「ミスター・ストーカー、ですね」

「なぜ僕の名前を知ってるんですか？」

「ははは、山勘ですよ。あなた、有名人ですから」

　巡査は欠けたエナメルのマグカップからお茶をひとすすりして、記録簿の栞(しおり)に使われている革ひもを外し、ごわごわしたページを手際よくめくっていく。右手の指がニコチンで琥珀(こはく)色になっている。

「事件はいつ起きました？」

「今朝早くです。浅黒くて筋肉質、男としては派手な服装でした。太からず細からずの体型で、フェルト帽をかぶっていました。窓から見おろしたところ、脇の庭に入り込んで、うろついていたんです」

「それから？」

「それから窓を開けて、とっちめてやりました」

「ことばで？」

「もちろん、ことばで」

　巡査はうなずいてペンを走らせる。

「続けてください。あとは何か？」

「家主の女性に雇われた庭師のホッゲン老人[1]が使って

いる、園芸器具の収納小屋があるんです。僕はその侵入者が小屋へ押し入って、庭師の老人に挑みかかるのを見ました。老人はいかにも老人らしいことばで反撃していました」

「どのようなことばでした？」

「みだらで下品なことばですよ。このプロテスタント野郎とか、イングランドに媚びを売るやつ（ウェスト・ブリトン）とかいう。僕が窓から、この家には猟銃があるんだぞと言ってやったら、侵入者は海岸通りのほうへそそくさと去っていきました」

「本当に持っているんですか？」

「何を？」

「猟銃ですよ」

「もし本当に猟銃が家にあったら、きっと使ってましたよ」

「その後、何かありましたか？」

「さあわかりませんが、それっきりだったと思います。とはいえ、家主と彼女の母親が心配です。母親は病人なのです」

「で、その侵入者の背の高さは？」

「僕と同じくらいでしたね」

「何か特徴は？」

「さっき言ったように服装がね、軟弱でした。カルチェラタンふうの帽子に、毛皮の襟がついた外套（がいとう）なんか着ていて」

「クロンターフで？」

「僕が一番気になっているのは、その男が家の門のあたりをうろついているのを以前にも見たことがあるんですよ」

　巡査はこのひとことがいかにも重要だと言わんばかりに眉をつり上げる。

「少々お待ちください」彼はそう言ってから後ろを振り向いて席を外し、紫煙がもうとした中で何やら話し合っている同僚たちのところへ行く。そうして、苦虫をかみつぶしたような表情の弾丸頭の巡査とことばを交わしてから戻ってきて、雨合羽（あまがっぱ）をはおる。

「それじゃあこれから一緒にお宅へうかがって、様子を見てみましょう」

「あ、そうなんですか？　僕は仕事に遅れそうなんですが」

「数分しかかかりませんよ。ぜひともご同行願いたいんです。深刻な事例を報告してくださいましたので」

かくしてストーカーは、古参の巡査とふたりで下宿屋への道をとって返すことになる。天気やら鳥やらの話をしながら歩いていく。巡査はゴールウェイの出身だという。「よそ者でしょうな」という彼のことばがふたりの間をたゆたっている。そのふたりを、ヒモで縛った教科書をぶら下げた少年が横目で見ながら学校へ歩いていく。

「ダブリン城で働いておられると聞いてますが？」

「僕のことにずいぶん詳しいんですね」

「あそこはずいぶん長いこと、みんなが苦しみを味わわされてきた場所でしょう。あそこの監獄に入ったが最後、囚人は二度とお天道様を拝めない、と。レンガの壁は破れませんわな。生き埋めみたいなもんでしょう。いや、ひとりごとですよ、忘れて許してください。とはいえ、塀の内側には幽霊のひとりやふたり、さまよってるんじゃないですか、わたしなら喜んで連中の保釈保証人になってやります。だんなだってきっと引き受けるでしょ？」

「幽霊はまだ見たことがないな」

「世の中には見えていない場所ですからね。ときに、ダブリン城ではどんなお仕事をされてるんですか？」

「小治安裁判所を管轄する部門の書記ですよ」

「つまりは司法機関ですな？」

「そんなところです」

「ってことは法律の番人をされていると、わたしと同じで」

巡査はそう言いながら、きいっと鳴る小門を開けて前庭へ入り、墓に似た盛り土をじっと眺め、園芸器具の収納小屋のほうへ行く前に小門の錠前を検分する。二、三回かんぬきを掛けたり外したりして、鼻に皺を寄せている。風が木の枝を揺らす。繊細な透かし彫りのような日光が巡査に降り注いでいる。

キンギョソウが舌なめずりし、イラクサがふところを広げ、イバラの茂みがよだれを垂らさんばかりになっている。

「侵入者を見たのはここですか？」と巡査が尋ねる。

「扉の脇のここですか？」

「そうです」

「へんだな、足跡が残っていません。地面は濡れてるのに」何かを掘り出そうとするかのように、巡査はつま先で土をつつく。

「確かに見たんですよ」

「確かにね。見たものは確かに見えたんでしょう」

巡査は深くかがみ込み、花壇から何かを拾い上げて、その尖った先端に太い指を押し当てている。

温室のトマトはしぼんで皮が剝けている。

「木の杭です。こういうものを放置しておくと危ないので、おたくの庭師さんに伝えておいてください。怪我をしたら一大事ですからね」

「柵をつくっているところなんです」とストーカーは返しながら、草の葉が貼りついた十二インチの木杭を受け取る。巡査は小さくて白い糸切り歯をむき出しにして、その杭をストーカーに突き出すと(2)——

「ミスター・ストーカー!」

はっとして机から顔を上げたら、口の中がからからで熱っぽい。上司のミスター・ミーツが、代金を受け取りに来た葬儀屋みたいにドアの枠を背にして立っている。アイルランド北部出身のこの男はきわめて聖書中心主義的な人物で、人間くさいと思ったことにたいしてはつねに軽蔑をあらわにする。

「今朝、君はいったい何時に出勤して、われわれを喜ばせてくれたのだったかね、ミスター・ストーカー?」

「九時半過ぎだったかと思います」

「よく覚えていますよ、九時半過ぎでした、ミスター・ストーカー。わたしの五感は一応機能しているんでね。さて、ここで質問したいのですが——君の物思いを妨げることになってすまんけれども——九時半をどのくらい回っていましたかねえ?」

「十分か、十五分の遅刻だったんじゃないでしょうか。途中でちょっと邪魔が入って遅れてしまったんです」

ミスター・ミーツは反抗的な住民が暮らす島へ攻め込もうとする戦艦みたいに、ゆっくりと、ストーカーの机に近づいてくる。吸い取り紙の上に置かれた大量の公文書用紙。ヤマアラシのトゲのように束ねられた、削ぐ前の羽根ペン。綴じ込んだ文書が積み重なった山。未処理書類用の引き出しからはみ出した書類。ミスター・ミーツはそれらを見つめながら唇をすぼめたり尖らせたりしている。

「ミスター・ストーカー、わたしが何年に生まれたか知っていますか?」

「すみませんが、おっしゃることの意味が摑めません」

「ふむ、彼はわたしの言うことの意味が摑めないと言うんです。困りましたね。近頃、名門トリニティ・カレッジではどんな教育をしているのでしょうか？　学問の細かい網目の間で迷ってしまったんですね」

目に見えない傍観者に向かって会話の中身を説明してみせるかのようなこの言い回しは、ミスター・ミーツの得意技である。これが出てくるとじきに厄介なことになって、わたしは君の父上を存じ上げておったのだ、という話にもつれ込んでいくと相場は決まっている。

「ミスター・ストーカー、ダブリン城というところは国家管理の実践の場なのだよ。木賃宿ではなく」――と言いながら彼は手で払うようなしぐさをして――「アヘン吸引所でもない」

「はあ」

「わたしどものしている仕事には重要な意義がある。が、その意義が君の目にいつも見えているとは限らない。わたしにさえも見えにくいときがある。とはいえ、わたしどもの仕事はだね、本土（イングランド）におわす上役の方々のご意向や、ここにある秩序・組織の背後にある明敏なるご判断にたいして、疑問を呈することではない」

頼むから蜜蜂（みつばち）の話だけはやめてくれ、とストーカーは思う。

「ミスター・ストーカー、君は蜜蜂の科学的研究について聞いたことはあるかね？　蜜蜂の巣においてはすべての構成員が役割を持ち、それをまっとうしているのだよ、ミスター・ストーカー。もしそれを怠る者がいれば、女王蜂は死ぬ。いいかね、ミスター・ストーカー、定刻に遅れずに出勤し、より若い者たちに信頼感と静かなる意志力の模範を示せるかどうかは、君のその左右の肩に掛かっておるのだ。そしてまた、ここには、清掃作業など補助的な職務をおこなう人材として多くの女性たちが働いていることにも気づいて欲しい。悪い模範を示されたとしたら、女性職員たちはどうなると思うかね？」

「混乱します」

「そう、混乱だよ、ミスター・ストーカー。みんな、どうしたらいいかわからなくなる。そして先へ進めなくなるんだ」

「はい」

「出勤するということの意味はわかっているかね？」

「わかっていると思います」

「給料をもらってここで働いているときには、妖精と連れだってどこかへ遊びに行ってもらっては困る。無意味な夢物語をでっちあげて、社会主義とやらを掲げた新聞なんぞに寄稿している暇はないのだよ」

「おことばですが――」

「わたしの見る限り、白人によるキリスト教社会の改良という方針を掲げていない出版物は、ダブリン市先住民族居住地区（ズールーランド・オン＝ザ＝リフィー）の住人による社会転覆および失地回復を目指す企みと見なすべきである。バナナと無政府。バナナーキーである！」

「はあ、僕は――」

「ミスター・ストーカー、わたしのことばをさえぎってはいけない。君の書き物ならちゃんと読んだ。魔女だのゴブリンだのがうじゃうじゃ出てくるんだね。一度頭を冷やして、自分自身のおこないをよく振り返ってみるがいい」

「僕が書いた物語にゴブリンは出てこないと思いますが――」

　ミスター・ミーツの顔が怒りで赤くなり、瞳には落胆の色が浮かぶ。

「ミスター・ストーカー、君はたいそうな利口者だ。物知りで才人だよ。それじゃあ聞くが、われわれみんなが怠惰に身を委ねてのらくら過ごすだけになったら、世の中はいったいどうなってしまうと思うかね？　たとえばもし、わたしがだね、一日中家に籠（こ）もって庭いじりだとか、フィドルの演奏とか、われながら驚くような遊びごとをやり続けるようになったら？　もしわたしがこの職場へ来なくなったら、いったいどうなると思うかね？」

　これはいかなる基準から考えても不当な問いかけである。

　ストーカーの返答を待たずに、ミイラのようにやせこけた上司は語り続ける。「わたしは君の父上を存じ上げておったのだよ、ミスター・ストーカー。わたしたちはこの城のこの事務室で、長年ともに御上に仕えた。率直に言って、君の父上が推挽してくれたおかげで、わたしは今あるこの地位まで昇ることができた。君を採用するときにはその風采が好きになれなくて、気が進まなかったんだが、君の父上への忠誠と責任を優先して、よりよい人事であったかもしれない判断を封印した。不採用になった男は、軽薄なおどけ者や好色家とつきあって人生を無駄にするような輩（やから）ではなかったよ」

「いったいぜんたい、なぜそんなことが――」

「ミスター・ストーカー、人を見下すようなそのにやにや笑いはやめたまえ。ダブリンは小さな街だ。君は劇場に入り浸っているというじゃないか。嘘じゃないね？」

「確かにときどき劇場へ行きます」

「彼はときどき劇場へ行きます、と言うんですよ！　劇場ってのは悪魔の徴兵事務所なのに」

「おことばですが、それは少し大げさではないですか？」

「おお、神よ、何人たりとも劇場へ入り浸ることがありませんように。劇場通いは個人の堕落にとどまらないのだよ。だって劇場に関わり合いのある女性はみんな、売春をしているのと同じようなものじゃないか？　父上を思いたまえ。人生の目的を考えたまえ。劇場は嘘つきの巣窟で、偶像崇拝が渦巻く穴倉なのだから。エフェソの信徒への手紙、第五章の一節にこう書いてある――〈闇の営みである無駄ごとに関わりあうのはやめなさい、無駄ごとは慎みなさい〉。貧者の共同住宅に暮らす、愚か者やまぬけどもを楽しませるためにつくられた淫らな娯楽に、自らの息子が熱を上げていると知ったら、君の父上はどうお感じになるだろうか？」

「僕が一番最近見た芝居はシェイクスピアの作品です。昨晩見ました」

「それで罪が許されると思うのかね？」

「僕の知る限り、シェイクスピアはキリスト教徒でした」

「魔王サタンも最初は天使だったよ」

　ミスター・ミーツは、手押し車に安座したユダヤの族長メトシェラのように部屋から出ていく。ズボンの裾には自転車乗りのための裾留めがついている。あっけにとられた事務員たちは陰気な顔で仕事を再開する。ストーカーは各地方から届いた法務書類が入った大きな小包を開き、評決や判決の記録をつけはじめる。あらゆる科料と懲役、哀れを誘う犯行のすべては正しく記録され、しかるべく処理されなくてはならない。不履行、窃盗、名誉毀損、地代滞納、身分詐称、放火、追い立て。スライゴーの腹を空かせたひとりの娘が、窓から室内へ手を突っ込んでパンを取ろうとした。食卓の前にいた女は手斧を取って、娘の手を一撃で切り落とした。娘が「コレラに罹っている」と思ったからだという。

ストーカーはときおり、こうした文書の中で燃えている苦悩と苦悶の炎が、自分自身の書く物語に紛れ込んでもよさそうなものだと考えるのだが、どういうわけか紛れ込んだことは一度もない。何はともあれ、書き上げると約束した『事務職のための職務案内』の締め切りが迫っていて、それが済んだら人口調査のとりまとめをしなければならない。ありとあらゆることを書き記しておくのが大英帝国運営の秘訣なのだ。

　昼休みに彼はリフィー川の川岸へ行き、シカモアの木蔭に陣取って、細長い船が行き交うのを眺めたり、荷物を積み下ろす男たちが声を掛け合うのを聞いたりする。ビールの醸造所からホップの酸っぱい匂いが立ちのぼっている。貧しい地区の子どもたちが、かれらには行く術もない彼方の国々へギネスの樽が運ばれていくのを眺めている。昨夜見た芝居の場面や情景が、昼間の残像であるかのように目の奥でちらつく。一時間ほど待ってみたが、とうとうフローレンスは姿を見せなかった。しかたなくダブリン城へ帰ろうとしたら、アッシャー河岸でフローレンスの家のお手伝いが魚を買っているのに出くわした。「お嬢様はお加減が悪いようです。いつもの頭痛が出てしまって」

　事務室へ戻るとストーカーも頭痛に見舞われたが、仕事を続けるより他にしかたがない。郵便物整理係が午後の分を大袋に入れて持ってくる。中には国勢調査の調査票が何百通も入っている。部屋の片隅に置かれた大時計が鈍重に時を刻む。遠くのガス工場からけたたましいサイレンが聞こえてくる。幾抱えもある調査票を仕分けして、そのすべての内容を記録しはじめたところ、ちょっと違う郵便物が交じっているのに気づいた。

　調査票とは違う、小ぶりな封筒から出てきたのは、パリで売っている服喪期間用の便箋を思わせる、高そうな手漉き（す）の便箋だ。灰色の地に黒い縁がついていて、丸の中に逆さ十字が描かれた透かしが入っている。流麗で優雅な筆記体は白鳥の群れを思わせる。

　　　親展
　　　演劇評論家
　　　ブラム・ストーカー殿

　手紙を読みはじめたストーカーの顔に玉の汗が噴き出してくる。

最初、その手紙はニセモノだと思った。ダブリンではよくあることで、ユーモアたっぷりのいたずらと見せて、じつは嫌味で残酷な悪ふざけなのだ。ところが、部屋中をぐるりと見渡しても、彼の反応を品定めするような視線は返ってこず、みなうつむいて仕事をしている。

彼は以後の人生で、この瞬間を決して忘れないだろう。同僚たちのうつむいた頭、時計が刻む鈍い音、そして手紙。

午後七時、彼はセント・スティーブンズ・グリーンの池の畔(ほとり)をゆっくり歩きながらタバコを吸っている。中古のスーツはサイズがきつい。次の給料日は十日後なので、プレスしたてのカラーを買う持ち合わせもない。カフスの外側が黄ばんでほつれかけたシャツは裏返しに着て来た。そして言うべきことがちゃんと言えるように、出番を待つ俳優を見習って心の中でリハーサルをした。

持ち時間は短い。忘れたらお終い。失敗したら後がないので、緊張は呑み込んでしまうに限る。一杯やって景気をつけるか？　いや、やめておいた方がいい。ろれつが回らなくなっては目も当てられない。目を上げると、偏屈そうなイェイツ(3)が小さな太鼓橋を渡っていくのが見える。片眼鏡(モノクル)をつけた、リーダー格のゴリラだ。

シェルボーン・ホテルがストーカーに告げる——ここへ来るな。ここは君が来るような場所ではない。恥ずかしい思いをするだけだぞ。ばかなことはやめて、走って帰れ。

回転ドアを通り抜け、奥行きが百マイルもありそうなロビーを進み、壁の凹(くぼ)みを革張りにしたポーターの詰め所を横目に、巨大な大理石の階段を上っていく。女たちが膝立ちになって紫色の絨毯(じゅうたん)にブラシを掛けている。白い手袋をつけたメイドたちが磁器製のドアノブを磨いている。太ったボーイ長に急かされながら、ウェイターが銀盆をいくつも載せた手押し車を押していく。裕福な人々は静けさを好むから、誰もがささやき声で話す。自分のこめかみを打つ脈拍の音まで聞こえてくる。

ストーカーが薄暗い廊下へ入っていくと、女性の抑えた笑い声がどこかから響く。ガスランプがじりじりとかすかな音を立てている。彼は部屋の数を数えながら、長くて暗い廊下を進む。奇数は右、偶数は左、ついに十三と書かれた部屋にたどり着く。

ノックするが返答はない。もう一度ノックする。返答なし。扉がほんの少し開いているのに気づく。押してみると軋(きし)りながら開く。

室内は広く、重たそうなブロケードのカーテンが引かれている。暖炉で薪がはぜ、火が躍っている。艶(つや)のある暗色の壁紙に、シャンデリアのガラス玉に、ゴブレットやデカンターに、小さなマホガニー卓の上にふたつに分けて置かれた銀器に、赤と橙(だいだい)色の光が反射している。盾(たて)形の台に取りつけられた鹿頭の剝製がうつろなまなざしで見ている。雪花石膏(アラバスター)の燭台(しょくだい)に一本だけ立てられた黒いロウソクがロウの涙を流している。

「こんばんは?」と声を掛けてみる。

暗い影、火が燃える音。

今気づいたのだが、ここはスイートルームの前室だ。暖炉の右側のオーク材を張った壁に金輪の把手(とって)つきの重そうな扉がある。

さてどうしよう? 入るべきか? それとも出直してくるべきか?

「誰かいるのかな?」背後から声がした。

びっくりして彼は振り向く。

暖炉の火が揺れる。

スイートルームの入り口の手前に目立たない扉があって、奥の狭い廊下から黄色っぽいロウソクの明かりが漏れている。そうか、こっちか。

狭い廊下の突き当たりに談話室があり、ダークグレイの夜会服を着たアーヴィングが寝椅子に腰掛けている。銅の受け皿に置かれた三本の黒いロウソクが、本箱の上で燃えている。黒いオニキスの灰皿にはトルコタバコ。アーヴィングは視線を上げぬまま、目の前のオットマンの上に扇状に広げたタロットカードを見つめている。

「君の顔が影になっている」アーヴィングが静かに言う。

「はあ?」

「視力が弱くてね。半歩ほど後ろへ下がってくれるかな」

ストーカーは言われた通りにする。視線を上げたアーヴィングの虹彩が真新しいコインのように輝き、黒々とした頭髪はアザラシの皮のようになめらかだ。

「劇評の魔術師が来た」とアーヴィングが言う。

「僕は——お招きに応じるべきかどうか迷いました。あなたを煩わせてはいけないと思って」

「きっと来るとわかっていた。タロットにそう出ていたから。そういう運命だったのだね。ほら」

　彼が左手の指をひねったかと見ると、どこからともなく〈吊された男〉のカードが指先にあらわれた。パチンと指を鳴らすとカードは消え、彼の顔にはへつらうような笑みが浮かぶ。「ちょっとしたトリックですよ、ストーカー君。手品ってのはあなどれない。部屋の中のテーブルの上にサイン入りの写真を置いておいた。昨晩のハムレットの劇評を感性豊かに書いてくれたお礼です。君の文章には魅了された。お休みなさい」

「失礼に当たるかもしれませんが、僕が書いて活字になった怪奇物語をいくつか持ってきました。お目通しいただいて、もし、脚色に値するものがあるようでしたら、とてもうれしく思います。小さな雑誌に出た作品で、想像力でこしらえた短編小説です。心に秘めた望みを申せば、いつか、戯曲を書いてみたいのです」

「想像力あふれる演劇評論家。だが想像力が邪魔になることはないのかな？　三本腕のピアニストがいたとして、余計な腕はどう使えばいいのだろう」

「想像力のない人生は永遠に続く地獄だと思うのです」

「ほう、そうかね？」

「僕はもちろん、知恵比べをするためにここへ来たわけではありません」

　アーヴィングは伸びをしてから背を丸めて、再びタロットカードを並べはじめる。「君の文章を読ませてもらったが、芸術家肌という感じはぜんぜんしなかったなあ、ストーカー君。その方面を認めてもらいたくてここへ来たのだとすると、失望することになるかもしれない。君が書く劇評には感受性があふれているが、君は創作家ではない。そして、創作家でないことにたいして、君は感謝すべきだよ。芸術家が歩む道は厳しい。孤独をランタンにして、世界を渡っていかなくてはならないのだから」

「たぶん、僕の怪奇物語を読んでもらえれば——」

「君はずうずうしいね」

「あちらの部屋に作品を置いて帰ってもいいですか？　あるいは今、物語をひとつ、朗読させてもらえませんか？」

「君と一緒にもうひとり来ている者がいるね。その人物が君と俺の間に立っている。俺は霊の存在を感じることができる。その人物は、君がここにいるのを嫌っている。その人物は自分の魂の平安のために、君にこの部屋を出ていってもらいたがっている」

「僕は――」

「君は不思議に思っている。俺が君に、坐りたまえと言わないから。あいにく俺は、誰にたいしても席を勧めたりしない。演劇をやっている仲間内ではお馴染みの儀式みたいなものでね。舞台上に飛び出すか、舞台の袖にとどまるかは、君自身が決めなくてはならない。演劇人は迷信が大好きなのだよ」

「僕が今あなたの邪魔になっていない、とあなたが本当に思っておられるのなら、少しの間だけ同席させてください。大変な名誉です」

「それなら坐るがいいさ」(4)相手はそう静かに言う。

「嚙みつきやしないから」

4

《本章では若いカップルが――おそらく口論を避けるために――婚約し、読者の耳に年老いた女性の声が聞こえてくる》

大きなオランウータンは檻の中で生まれ、そこから一度も出たことがないので、檻暮らしは自由だと思っており、柵の外にいる者たちこそ囚われの身なのだと考えている。人間どもはなんとも陰気に見える。かれらはオランウータンをあこがれのまなざしで見つめ、木の実やぶどうを投げることが気晴らしになっている。貢ぎ物をいちいち受け取るのはうんざりだが、人間どもは奴隷なのだからしかたがない。俺ならあの連中を一撃で殺せる。とはいえわざわざ、手を汚すまでもない。哀れな、ガラス玉みたいな目をした連中。ぼろをまとわなければならないのだね。俺たちのいとこだそうだが、あの連中はほとんど猿だ。

王立動物学協会のダブリン動物園の猿舎にほど近い、バラ園の東屋に設けられた鋳物製の噴水式水飲み器の前に立ち止まったのは、顔色のよくないストーカーと、その美貌ゆえにダブリンで最も輝かしいと謳われた女性である。フローレンス・バルカムの肌はカラーラ産の教会用大理石さながらに白く、鳶色の目は大きく、胸の内を語るときには、両手がイタリア人のように表情豊かになる。今、彼女は左右の手を大きく動かしている。

オランウータンの見立てによれば、このふたりはお似合いではない。事実、かれら自身がときどきそれを自覚している。この恋はお定まりのバレンタインカードではじまったのではなく、予想に反して持ち上がったものだからだ。

ふたりはまた歩きはじめて、フラミンゴ池とトカゲ舎を過ぎて、アリクイ山の方へ戻ってくる。しばらくの間ふたりは口を開かない。その沈黙自体が多くを物語っている。無言の幕間狂言にはそれなりの目的がある。せっかく会ったのだから、この散歩が口論で終わるのは避けたい。そのためには少々頭を冷やす時間が必要なのだ。

子守り女に付き添われた子どもたちが輪回しで遊ん

でいる。トルコ帽をかぶったゾウが、白いおがくずを撒いた道を歩いていく。先導しているのは腰布を巻き、アイルランド製のちゃんとしたウェリントンブーツを履いた少年である。オウムたちが興奮して、ライオン舎に向かってギャーギャーまくし立てている。

「ロンドンへは遊びに行くつもりなの？」若い女が冷ややかに訊く。

「遊びというわけじゃないんだ」

「ほとんど会ったこともなければ、どんな人物なのか知りもしない相手があなたを誘ってるんでしょう？人生行路をしばらく下りて、ロンドンへ走っておいでって」

「彼の秘書になるんだよ、フロー。彼は古い劇場を改修して、新たにオープンするんだ」

「臨時雇いの秘書ってことね。臨時雇いのお給料で」

「新しい文学生活のはじまりだよ。道が開けるかもしれないだろ？　うまくいけばいい芝居が書ける」

「ダブリンではいい芝居は書けないの？」

「それはわからない。今まで書けなかったのは確かだ」

「ブラム――」

「この町でいい芝居を書いた者はいまだかつていない」

「その人はその劇場に投資する資金を持ってるの？　ばかばかしい話にしか聞こえなくない？　お金儲けなんてできるの？　チンパンジーが幼稚園を経営しようとしているみたいな――」

「準備万端整っているんだ。図面も見た。ライシアム劇場には長い歴史があって、ストランドに近いから立地も申し分ない。彼は投資者と有力な支援者を確保した。クーツ銀行もついてる。第一級の公演が目白押しで、すでに予約を受けつけている。シェイクスピア、ギリシア劇、ヨーロッパ各地の古典的作品。彼は、劇場を尊敬に値する、堅気の場所に変えようとしているんだよ」

「野心的なのね」

「あっぱれだよ」

「わたしが言いたいのはね、ブラム、どうも理解できないっていうこと。あまりにも急すぎて、思いも寄らない展開でしょう。あなた、その人のことをほとんど知らないのよ」

「生まれたときから知っているような気分だよ」

「この話を打ち明けられて、わたしは正直、どうしていいかわからなくなっちゃった」

「僕は舞台の上で演じる彼を見て、彼のことがわかったように思う。誰だってわかるさ、そこが彼の偉大さなんだ」

「もしそれが偉大さだとしたら、ていうか、わたしはそうは思わないけど、ちょっと大げさすぎるし、嘘っぽく聞こえる。ごく少数の人たちにたいして偉大な存在になるっていうのならわかるけれど」

「要するにだね、彼という存在は、交響曲や名画のようなものなんだ」

「要するにあなたは一枚の絵のそばにいたくて、ロンドンへ走り去るのね」

「フロー、僕はどこへも「走り去ったり」はしない。一時的に転居するだけだよ。そのことについて、ふたりで話し合っておいたほうがいいと思ったんだ」

「あなたの口ぶりを聞いていると、その歩く交響曲さんに恋しているのがわかる。わたしにとってはライバル登場ね」

「そんなばかな、ライバルなんかあらわれやしないさ。説明が難しいな。今日の僕はどうかしている、だいいちここはちょっと暑いよ」

ストーカーは先に立って、薄暗くてひんやりしたペンギン・パフィン舎の方へ向かう。ところが着いてみると、音の反響が奇妙な上に死んだ魚の臭いが染みついていて、水から上がってくるペンギンのぶざまな動きが彼を咎めているようにさえ感じられたので、はやく太陽の下へ戻りたいと思った。小さな南極から逃げ出して、シダレヤナギの下のベンチに腰を落ち着けて、ふたりはしばらく孔雀を眺める。薄ら寒さはまだついてきている。

「ブラム、あなたにはダブリンの生活があるでしょ。年金受給資格のある職にも就いているし。今のところはそれほど高給取りじゃないけど、常勤の仕事で昇進だってある。友達もいるし――」

「友達はいない」

「少しはいるでしょう」

ストーカーは答えない。

「少しはできるわ」と彼女は続ける。「ちょっと努力すればね。真面目すぎて他人と交わらないところを少しだけ変えさえすればいいの。あなたの行く手は順風満帆なのに、どうしてそれを拒否するの？　ロンドンが好きなわけでもないのに」

「嫌いなわけでもない。あそこではくつろげないだけだ。空が広くて、ロンドンの連中は抜け目がないから、中身がちんぷんかんぷんのパントマイムに登場させられている気分になるだけだよ。でも視点を変えれば、ロンドンは僕の夢でもある。成功を狙う物書きにとっては夢の場所だ。こんな機会は二度と来ないと思うんだよ、フロー」

「ふたりのことはどうなるの？」

「ふたりのことって？」

「ふたりで一緒に路頭に迷うのがいい経験になるってこと？」

「そんなんじゃなくて、もっと堅実に暮らせるに決まってるさ」

「絶対確信している、というほどではなさそうね」

「確信ならある」

「それじゃあ、あなたと偉大なるミスター・アーヴィングが共同企画した痛快無類な英雄劇の中で、わたしにあてがわれた端役の内容を確認するわよ。上手にしつけたワンコちゃんみたいに聞き分けのいい娘になって、キングスタウン港の桟橋に走り寄って、ちっちゃなレースのハンカチを振りながら、ごきげんようって叫びます。話はこれでお終いかしら？　刺激たっぷりのロンドン暮らしがはじまるのね。わたしはチョコマカお家へ帰って、ココアを飲みながら刺繍して、聖書のお勉強をいたします」

「フロー、頼むから――」

　彼女の目に涙があふれてくる。「もうたくさん、あなたはわたしがよっぽど我慢強いと思ってるのね」

　彼は彼女の手を取って、「ロンドンは遠くない。二週間に一度、ダブリンへ戻ってこられる。向こうで暮らすのはどんなに長引いても六か月だ」

「静かにして、わたしの心臓！」

「僕の思いやりが足りないせいで、君を動揺させてしまった。ごめん。このことについてはあらためて話せばいい。せっかくの一日を台無しにするのはよそうじゃないか」

「ものごとをまっすぐに言う女性ははしたないとされているけど、それって男性にとても都合がいいことよね。で、もちろん、この世の中が今みたいになっているのはそれが理由。あなたはわたしの恋人で、わたしはあなたのもの。わたしは、わたしたちは結婚すると思っていました。あなたはそれがわかっていると思っていた。そういうこと、よね」

「じつは僕も同じことを考えていた、フロー。お互いに意図を誤解していたんだね。はっきり言おう。君の隣にいたいんだ。ずっと」

ストーカーの顔に触れようとする彼女は悲しそうだ。

「わたしの夢をあなたが覗けたらいいのに、ねえ、ブラム」

彼は彼女を抱きしめる。彼女は彼に激しくキスをする。

「ブラム?」

「フロー?」

「首筋に小さな傷(1)、どうしたの?」

「何でもない。ひげを剃っていて切っただけだよ」

エレン・テリーの声

この音声は一九〇六年、『スペクテイター』誌に連載記事を書くための資料として、衣装デザイナーで著述家のアリス・コミンズ・カーが蠟管録音機(2)で録音したものである。


彼が決断したのはなぜかって? さあねえ……本人に直接訊いてみないと……人生を擲(なげう)って、後先顧(かえり)みずに突然ロンドンへ向かったのよ。でも彼とその話をしたことはありません。確かに信じがたい行動だけど、はっきりしすぎていることの理由って案外尋ねないものよね。

彼の奥さんに訊いてみたらいいわ。いえ、あたしは親しくないの。聡明な読書家です。彼女と会うとこっちが怖じ気づいちゃうくらいよ。

あたしに言えるのは、ハリー――っていうのはアーヴィング、チーフのことね――には会った人をうっとりさせる才能があったということ。たとえ話をしてるんじゃなくて、文字通りうっとりさせることができたの。誰にでも訊いてみたらいいわ。男でも女でも。あの人、ほんとに人たらしだったんだから。

彼に反対するつもりで、言うべきことを予行演習して出かけても、会って十分も話していると、ついイエスと言ってしまうのよ。まったく。自分の考えを相手に染みこませて、イエスを引き出す才能はあっぱれだった。男の小説家が考える理想の妻みたいな人だったわけ。

揺れる木の葉が原因になって風が吹くというような、本末転倒の屁理屈を納得させることができたのよ、ハリーっていう人は。みんなから尊敬されたのも無理ないわね。手強いろくでなし。

……ブラムの本の中に、彼自身が若い頃感じたことが書いてあるわ。ロンドンの話をしている場面。彼がロンドンに着いて間もない頃の印象記だと思って読めばいい。そこに一冊持ってるの？　用意がいいわね。冒頭に近い部分。年寄りの吸血鬼がイギリス関係の本をものすごく読んでいる人物として描かれているんだけど、気づいてた？　そう、そこのところ。ブラムは、ブーツ愛書家図書館の利用券を持っていたのよ。それはともあれ、ちょっと見せてね。メガネを掛けて読んでみましょう。『ドラキュラ』の二四ページ。

しばらく、手当たりしだいにあれこれと蔵書をひっぱり出して見ているところへ、やがて扉があいて、伯爵がはいってきた。伯爵はきげんよく挨拶をして、どうじゃな、ゆうべはよく寝られたかな、とたずねたのち、

「こんなところで書見をしておるとは、うれしいのう。どうじゃ、おもしろい本がたくさんあるじゃろう。この蔵書はな」と伯爵はそこにある何冊かの書物の上に手をおいて、「みなこれは、ひところ前のわしの愛読書じゃよ。わしがロンドンへ行こうと思い立ってから、いや、おかげでずいぶんと楽しい時をすごしたものじゃった。ここにある書物を通して、わしはイギリスを知り、そしてイギリスという国が好きになってな。なんとかしてあのロンドンの雑踏する町のなかで――あの殺到する人の渦のなかで、生を味わい、世の中の移り変わりを見、死をともにしとうなっての。しかし、いかんせん、言葉が書物じこみなので、これがどもならん[3]」

ここなんか読んでいると、ブラムが自分のことを書いているように思えるの。田舎から出てきた若者の気持ちね。「殺到する人の渦のなかで」なんて、よく書けているでしょ。でも伯爵はまだロンドンへ行く前だから、この文章は推測に過ぎなくて、ぜんぜん間違っているかもしれない。それも当然。人間って間違うものだから。でもね、当時のダブリンにはあんまり愉快

なことはなかったみたい。アイルランド人は素敵だし、かれらが紡ぎ出す空想の世界にもあこがれる。甘美極まる破滅とか、ウイスキーの味がする雨なんかも素敵だけど、住みたいところではなかったのかも。灰色だもの。今だって住むのはどうかな。ダブリンっていうのは、ハルみたいなぱっとしない港町にカトリック信徒が住んでいるようなものなんじゃないかしら。

それと、アイルランド人の長話もちょっとね。こっちは礼儀正しくしているだけなのに、興味があると勘違いして、いつまでも話し続けるんだもの。素敵な人たちだけど、自分たちはものすごく独特だと思っているのよ。その点ではアメリカ人と似てる。少々厄介な人たち。

もしあたしがブラムだったとしても、スタートの合図とともにダブリンからとっとと逃げ出したと思う。若いってそういうことでしょ？　若くてとんがったブラムとその奥さんがロンドンへやって来たのよ。よかったじゃない、と言いたいわね。

黒い小型の蒸気船がキングスタウンの港を出ていく。その船の上甲板に設置された救命ボートのそばに、今朝挙式したばかりのカップルがいて、白絹のパラソルをかざした陰で仲睦まじくしている。

新郎が係船柱に腰を下ろし、その膝の上に新婦が坐り、月明かりを浴びたホース岬の方を向いている。新郎が新婦のうなじに唇を這わせると女は嬌声を上げ、男の右手の指関節を自分の唇へ持っていく。左右に見える灯台が、全部わかっていると言わんばかりに目くばせを送ってよこす。太ったウミバトの群れが飛んでいく。

月はほとんど満月で、海に映って揺らめいている。雪がちらつきはじめると息を呑むような光景になった。船乗りによれば海の雪は幸運を呼ぶというが、ふたりともはじめて見る光景だ。

しばらくしてふたりは船室に戻った。寝台に横たわったまま、四方の壁に手が届くほど狭いその部屋で、ふたりは互いの腕の中で眠りにつく。お互いに秘密はなし、何でも言ってくれたらいい、僕は君の最高の友達なんだから、と新郎がささやく。オーク張りの天井から風防つきのランプがぶら下がっている。金色の光が揺らめいて部屋の四隅は薄暗い。

夜が更けていくにつれて、波に弄ばれる船体がギシギシと軋る。明け方近くになると、しぶきが掛かる船の小窓越しにウェールズのスノードニア山塊が見えてくる。ふたりは服を着替えて、ウェディング・ケーキの残りを朝食代わりに、熱いお茶とシャンパンでお腹に流し込む。

ホーリーヘッドはブリテン島で最も醜い町だ。駅に停まっている機関車の煙突から、燃え殻で汚れた煙がすでに立ちのぼっている。嘔吐物の間を縫うように急ぎ足で歩きながら、新婦の額に貼りついた髪をどけようとする新郎のしぐさがあまりにもやさしすぎるのを見て、メソジスト信徒のポーターは、自分自身が十戒のうち、少なくともふたつを破っているのに気づいて目をそらす。彼が運んでいるトランクは三等客車へ届けられる。地平線の少し上に黄色く光る巨大な雲が浮かんでいる。スノードニアの谷、トンネル、隘路、世界がうらやむ奇跡のような橋の数々、さらには平野をいくつも通り越して、鉄路は帝国の首都へ向かう。眠っているうちに汽車はキングズ・クロスに近づき、駅構内へ入るときに立てる長々としたきしり音を耳にして、ふたりはようやく目を覚ます。

空腹でくたびれ果てたふたりが重たい荷物を引っ張り上げて、ようやく街路に出ると、何千もの人々が出勤していく時間帯である。黒い山高帽子をかぶった事務員、青果を手押し車に載せた行商人、雑貨商、銀行員、仕立て屋、女性の売り子、電報配達の少年、使い走り、メイド、御者、レンガ箱や漆喰入りのバケツを担いだ土木作業員、道路工事の親方、煙突掃除人、警官、造花工房で働く娘たち、陸に上がったアメリカ船の水夫たち——かれらが話す隠語や仲間言葉は、ユーストン・ロードを祝福しようと立ちのぼる、熱くて甘美な霧そのものだ。バケツとブラシを持った作業員が何人も膝立ちになって、図書館の壁に書き殴られたスローガンを洗い落とそうとしている。〈女性に参政権を〉。

ストランドに近い馬車道から回り込んだ裏通りの下宿屋は小さな家で、期待していたテムズ川の眺望は望むべくもない。とはいえ、イタリア人の女主人が見せてくれた二間続きの屋根裏部屋は、掃除が行き届いていてこぎれいだし、暖炉にすでに火が入っているのがうれしく、屋根や煙突が延々と連なって見えるのもフランスの絵みたいで気に入った。遠くの方にセント・ポール大聖堂の巨大なドームが見える。

夫が書類と書物の荷物をほどいている間に、妻は市場へ行き、ひと抱えほどの花を買って帰る。丈の高いユリ、ワスレナグサ、シモツケソウ。夫は暖炉でお茶を淹れ、ていねいにカーテンを外して階下の中庭へ持っていき、テニスラケットで叩いて埃を落とす。ふと目を上げると妻が屋根裏の窓から見おろしていて、カーテンを叩くリズムに合わせてダンスをはじめたのに気づく。彼がカーテンを叩きながら、カーテンに向かって悪態をつき、脅しをかけているのを聞いて、彼女は大笑いする。熊みたいに大きいのに、この人ほど純な親切心にあふれた男性には会ったことがない。この人は心の底から平穏を望んでいる。子ども時代のことを決して語らないのは、きっと不幸せだったからだ。そのことを尋ねて欲しくないという気持ちは言わずともわかる。

妻は夫の衣類を防虫剤が匂うタンスと古ぼけた衣装戸棚にしまい込む。重たいブーツ、ツイードのズボン、鳥打ち帽、すり切れた外套(がいとう)。洗濯屋の糊と、石鹸のタイムの香りの奥底からかすかに、清潔で親密な夫の気配が立ちのぼる。彼女は自分の顔に手を当てる。すると彼が身体の中へ入ってきて、その存在が血の中で脈打つのが感じられる。

カフスボタンとタイピン、懐中時計の鎖、背にビロードがついた洋服ブラシ、象牙(ぞうげ)の櫛(くし)とひげ剃り道具が入った革のポーチ、黒テンのシェービング・ブラシ、爪切り、カミソリと革砥。男の世界ってなんて奇妙なの。

黒檀(こくたん)製のきれいな小箱に入った青貝の櫛は彼のお父さんの形見、トランクのサイドポケットには未使用の切手シート、『新郎のための性知識』という本とフランス語の手紙。こんなのを見つけたんだけど、と夫に言おうかどうか迷っていたら、トランクの底で眠っていた四つ折りの新聞の下のパネルがゆるんでいるのに気づいた。そのパネルを持ち上げてみると、南京錠がついた堅表紙のノートが見つかった。表紙に〈極秘――中を見るな〉と書いてある。

「フロー、片づけははかどっているかな?」

夫は扉口で息を切らしている。口ひげとおでこが灰色の埃にまみれているので、生きている彫像みたい。片手にテニスラケットを摑んでいる。きれいにたたんで腕に掛けたカーテンは古代ローマの外衣(トーガ)そっくりだ。
　妻は、このときの夫の姿をずっと忘れないだろう。

　翌日の朝早く、下宿の女主人のだんなさんがやって来たので慌てて起きた。ジェノバ生まれだという、まなざしがとても陰気なその人は籠いっぱいの果物と、パンと瓶詰め肉と上等なお茶をたくさん、それからマデイラワインのハーフボトルを抱えている。日の出直後に劇場から使い走りの少年が来て、「シニョール・アーヴィングからの歓迎の贈り物」を置いていったのだという。ふたりは小さな中庭で、馬具屋が準備しているのを眺めながら朝食を食べる。女主人とそのだんなさんが到来物のお茶の香りを誉めて、そのインド茶はロンドンでもめったにお目にかかれない高級品だと言うのを聞いて、ふたりは、ぜひおすそ分けさせてください、と返す。

　その朝は晴天だがひんやり寒い。ふたりは分厚い外套を着込んで、ストランドの日陰になった側をぶらぶら歩く。宝石屋のショウウィンドウと、婦人服の仕立て屋に陳列された多種多様な色と大胆なデザインの服を見て、目を見張る。ちょっとしたドレスを買おうとしたら、一年分の給料をつぎ込んでも足りないだろう。ピカデリー・サーカスの方へ向かう道筋で彼が宝飾店を指差して、これがギリアン[4]だよと教える。それから老舗果物店ソロモンズの店先に並ぶ見事な品々を見るために足を止める。ネクタリン、黄緑のスモモ、マンゴー、スミルナのイチジク、オレンジピールの砂糖漬けやトルコの甘菓子(ターキッシュ・デライト)を詰めた箱、パイナップル、スペイン産のオレンジ、名前も知らないベリーいろいろ。

　リージェント・ストリートの角にある、人形店のショウウィンドウには不気味な空気が淀んでいる。磁器製の顔、バラの蕾(つぼみ)のような唇、ぱちっとまばたきする目、人毛を植えた頭。売り子はスラム街の娘たちで、売り上げは暗黒世界へ吸い込まれる。売っている人形をうつ伏せにすると「ママー」と言う。

　その人形をベッドの上掛けに坐らせて、服を着せて、髪をとかせば、持ち主が眠っている間も見守っていてくれる。まるで生きているかのように。

　チャリング・クロス方面へ折り返して、かぐわしい香りを放つグリーン・パークに入る。屋根つきの演奏台、模造廃墟、東屋、バラの小道。ダブリンのどの公園よりも清潔で手入れが行き届いている。

「よく眠れた？　疲れてるように見えるけど」

彼女が彼の手を握る。「そうね、あまり眠れなかった。道路がうるさかったでしょ。恋人を称える歌を歌っていたのは若者かしら、それとも酔っぱらいかな。うとうとするのを見計らったみたいに歌がはじまるのよね。ゼンマイ仕掛けなのって、ちょっと笑いたくなった」

「それが都会ってものなのかもしれない。やがて慣れるよ、きっと。僕たちはアイルランドの静けさに甘やかされてきたんだね」

「あなたのいびきはセイウチみたいだった」と彼女が微笑む。「前もって聞いてなかったわ」

彼は歯茎まで赤面しているような気がする。「そうかな、知らなかった。困ったなあ。かわいそうなスズメちゃん、いびきのせいで眠れなかったんだね」

「あなたが眠らせてくれなかった理由はもうひとつあるけど、そっちは許してあげる」

「そう？――期待を裏切らなかったかな」

「素敵だったわ」彼女は彼にキスをする。「今朝、わたしよりも幸せな女は、イングランド中探してもいないい」

「僕は劇場へ行かなくちゃならないのだが、君は今日の午後、何をして過ごす予定かな？」

「あなたと一緒に行こうかなって思っていたのだけれど。敵に会っておきたいから」

彼は声を上げて笑う。「僕が生きている限り、君には敵なんてあらわれないよ」

「田舎娘の心を摑むために、女たらしは必ずそう言うって決まっているの」

「いじめないでくれよ。興味があるのなら、ぜひ一緒に劇場へ行って欲しい」

「わかった、下着姿でほっつき歩いてるかわいい女優さんがいたら皆殺しにして、あなたの大事なライシアム劇場の生存者をあなたひとりにしてあげるわ」

「さて、よきプロテスタント信徒の妻として僕を誘惑から守ってくれた後、午後の残り時間はどうやって過ごす？」

「二時に大英図書館へ行きます。用事があるので」

「友達と会うとか？」

「ううん、ドイツ語の勉強。あそこのリーディング・ルームでドイツ語の文法コースが開かれているの。あの美しい場所で勉強したら、素敵に退屈だと思わない？　とくに雨の日なんか最高だと思う。ガラス窓に当たる雨音を聞いていると、学者になったような頭痛がするのよ」

「君は確か、ドイツ文学はとっつきにくいって言ってたよね？　光が足りないって」

　彼女はくすくす笑い出す。「学校で習ったときには、ドイツ語の簡素なところに惹かれたの。他の子たちはフランス語に熱を上げて、シスター・マリー・テレーズにあこがれていたんだけど、わたしはどうしてもアールの音をマスターできなくて、女性名詞と男性名詞の区別もあやふやなままだった。かといって、イタリア語会話は母音が強すぎて、マシュマロを永遠に食べ続けるみたいになっちゃうでしょ？」

「ふうん、僕にはよくわからない。今度、語学を教えておくれよ」

　彼女は彼の腕を抱きしめる。「それからわたし、著作権と特許関係の法律も勉強したいの」

「なぜ？」

「あなたの仕事のお手伝いがしたいから。あなたがすごい人気作品を書いたときに」

「そりゃあ、ありがたい。そのうち、予定表がぎっしり詰まる日がくるからね」

「あと、今日の午後遅くに、ハイ・ホルボーンの職人学校の副校長先生と会う約束をしてあるのよ」

「それはまた、どういう学校？」

「組合が運営する学校で、いろんな専門職人とその家族のための学び舎。もうじき新学期がはじまる夜間クラスで、読み書きと代数の基礎を教えるの。貧しい人たちの間で教育の必要性がとても高まっているのよ」

「君が教えるのかい？　労働者たちに？」

「かれらの奥さんたちにも教えるわ」

「そいつは驚いた。びっくりだよ」

「喜んでくれると思ったけど」

「いやいや、君の行為や考えが僕を嫌な気分にさせることは決してないさ。けど、君は教師をした経験はなかったよね——」

「あらまあ、大騒ぎしなくて大丈夫よ。経験なんてじきに積めるんだから。ただの繰り返し。そんなに顔をしかめないで、ブラム。怒ったか、嫉妬しているみたいに見えるわ」

　彼が彼女の顔に手を触れて言う。「ごめん」

「まさかあなたは、自分が帰宅するまでの間、わたしが母鶏みたいに巣の周りでコッコッと鳴き続けたり、あなたのシャツを洗濯し続けたりするなんて、思ってたわけじゃないわよね？」

「いやその」

彼女は彼にやんわりと言う。「あなたは忙しくなるでしょ。わたしもなのよ。植えられたところで咲くつもり。そうすればふたりとも幸せになれる。あら、あそこで何をしているのかしら？　ブラム、見て」

彼は百ヤードほど離れた芝生の奥の、ライムの木立のあたりを見つめる。緋色と黒の制服を着て、銃剣を肩に掛けた、英国王の護衛兵（ビーフィーター）が隊列を組んで、豪華なドレスを着た女性たちを警護している。その様子はまるで、召使いたちが芝生の上に巨大な赤絨毯（じゅうたん）を広げたかのようだ。銀色の日傘が林立する陰で執事たちがピクニック籠の中身を広げ、アイスバケットを用意している。三脚を立てて、フードの準備をしているのは写真師だ。見物に来た群衆が歓声を上げ、ユニオンジャックの旗を取り出す者もいる。

「女王は若返ったみたい」とフローレンスが言う。「そう思わない、ブラム？」

「誰が若いって？」

「よく見て。真ん中にいるでしょ。シルクの素敵な上靴を履いている人。あなたはいろんな才能に恵まれているけど、観察力にはひどく欠けてる。よく見てね、わたしたち、ロンドンへ来た最初の朝に、早くも女王を見ちゃったのよ。なんて幸先がいいんだろう、そう思わない？」

―5―

《この章では雇用条件の変更が提案される》

ウォータールー橋の上空を飛ぶカモメの姿が、夢の中を滑っていく大型帆船を連想させる。ロンドン市内の教会の鐘がいっせいに鳴り響いて、正午の喜びを知らせる時刻だ。

ライシアム劇場は閉鎖されている。掲示板のガラスはひび割れ、正面の石段には枯葉が積もり、割れた瓶が散乱している。正面の柱廊玄関は路上生活者たちの便所になり、正面扉に掛けられた南京錠は錆が古びて真っ黒になっている。通りを少し行ったところのロイヤル・オペラ・ハウスが誇る大理石の端正な正面は、わざとらしい腰の低さを見せつけるかのようだ――**〈おお、君、見捨てられた哀れなる、あばら屋の芝居小屋〉**。

ブラムとフローレンスはライシアム劇場の外壁に沿って、石畳が敷かれた狭苦しいエクセター・ストリートへ入る。両側に立つ倉庫が高いせいで薄暗い。楽屋口があるはずなのだが標識も表示板もない。壁の凹み（くぼみ）で無宿者が寝ている。ちっぽけな十字形の窓から娼婦が見おろしている。ストーカーは内心思う。こんなはずじゃなかったのだが……。

曲がり角の向こうから、小柄で太った男が馬車馬と大型荷馬車を引いてくる。ユダヤ教徒の肩衣（タリス）をつけ、黒いつばの帽子をかぶっている。

「道に迷ったのかね？　どこへ行きたいのかな？」

「劇場の入り口を探しているんです」とフローレンスが答える。

「一緒においでなさい。山男のヤンケルと申します。こっちですよ。さあさあ」

ふたりはバーレイ・ストリートをパカパカ歩いていく老いた雌馬の後についていく。愛想のいい小男はライシアム劇場の暖房炉で燃やす燃料を運んできたのだが、ずっと前からこの仕事を続けているので、「楽しい歌をたくさん」聞いたと言う。「ここですよ」小男がのぞき穴のついた扉を指差す。木材に鉄板をかぶせた扉である。「三回ノックすれば、ウォルターが入れてくれます。どうぞ、どうぞ」

ノックするまでもなく、重たい扉が引きずられるように開く。開けてくれたのはウォルターなる人物ではなく、十三歳くらいの色白の少女である。挨拶もせぬまま背を向けて、暗い廊下を小走りで去っていく。ふたりは中へ入って扉をどしんと閉める。

　完全な静寂。遠い彼方でぽたりぽたりと水が垂れる音、見えない石畳道で呼び売りをしているらしいかすかな声。

「**犬の肉だよ、上等な犬の肉**」

　通路の突き当たりに傾いた机が鎮座している。デスクマットの上に片目の黒猫がいて、近づいていくふたりを睨みつけながら背中に逆毛を立て、うなり声を上げる。

「そんなに怒らないでよ」とフローレンスが笑い出す。よく見ると暗がりにさらに三匹の猫がいて、闖入者を睨んでいる。やせこけて黄色い目で、女王のような憤怒を見せる猫たち。古いポスターからピエロが笑いかけ、道化者が跳ね回っている。長年放置されたリネンから腐った果実のような匂いが漂ってくる。壁にはキノコが生えている。

　階段を上る。廊下の壁は赤いビロード張りで、壁の絵はみな傾いているか、損傷している。さらにたくさんの猫。壁の凹みに。破れた椅子の上に。劇場バーの壁で爪を研いでいる。ボックス席の汚れたカーテンの間から出てくる。廊下の先に左右に開く扉があって、その向こうが何やら騒がしい。

　観客席に出てみるとポールや足場が林立し、天井からは足場板や梯子や張り綱やランプの鎖が吊り下がっている。作業員を数えたら百人ほどになるだろう。大工。舞台の背景画家。椅子張り職人は座席の取りつけ作業中。舞台の上でチューニングを試みる楽団の脇で、効果音の雷鳴が轟いている。クラリネットの軋るような音色。叫び声。ヴァイオリンの金切り声。ボックス席を鉄梃とバールで解体し、木枠と漆喰でできた間仕切りをハンマーで壊す作業員たち。かさばる大道具——絶壁上部のハリボテや銃眼つきの胸壁——は脇へどかされている。これらすべては今後自分が仕事をするための準備作業で、自分が到着する前には何もはじまっていなかったのだ、と考えると不思議な感慨が湧き起こってくる。

「ちょっと」ストーカーがひとりの男を呼び止める。野生動物みたいなものを抱えていると思ったら、カツラの山だった。

「はいよ、なんだい？」

「ここに到着したことをミスター・アーヴィングに知らせたいのですが……。妻も一緒に来ました」

「誰？」

舞台の天井裏から大声が響いて――「おい、下、気をつけろ」――海の嵐を描いた巨大な背景幕が釣り上がっていく。暗い青色と銀をかぶせた緑色、白波をかきわけて進む大きな船、Z形の稲光に切り裂かれた大空。キャンバスは長年巻かれていたらしく、カビの汚れや、星形の穴や、平行線になった深い皺がいたるところにできている。哀れにして壮大なこの眺めを見上げて、楽団のまばらな面々が歓声を上げる。

「着いたね」

ストーカーが振り向く。

アーヴィングがにやりと笑う。長くてやせた顔は真っ黒で、肉感的な唇にはべったり口紅を塗っている。ゆったりと着た外衣は深紅と銀色で、異教の祭司を思わせる高い襟は耳まで届きそうだ。

「われらが夢の小島へようこそ」とアーヴィングが言う。「長年君を避けてきた幸せに、ここで出会えることを願っている」

握手の手応えは弱々しく、ぐずぐずと長い。感嘆と不条理が入り交じった印象は、クラスで一番背の高い女子と出会った感じに近い。とはいえ口元に微笑みはなく、張りつめていて、左右の目はほら貝のようにうつろである。

「この衣装に驚いたかな。すまん。午前中ずっとオセロに扮したところを写真に撮っていたんだ。ある男に頼まれてね、うっかり引き受けてしまった。とんまな連中から行きずりの感謝を受けたいなんて、われながら不思議だね。自分自身でいるときに写真を撮られるのは嫌いだから、いつだって別人に扮するのだよ。人間はどう見えるかが大事だからね。肖像写真を撮られた経験は？」

「ありません」

「やってみるべきだ。目鼻立ちは悪くない、凜々しいよ。あごのあたりがいい。光の当て方を工夫すればハンサムに撮れる」

彼はフローレンスにふしだらな目を向ける。

「端役の面接を受けに来たのかな？ 書類を持ってミセス・ライリーの面接を受けてくれ。彼女は舞台裏のねぐらにいるから。あの人の箒の柄に足を引っかけて転ばぬように」

「ミスター・アーヴィング」とストーカーが口を開く。

「あの――」

「演劇人同士はファーストネームで呼び合うこと。名字は悪運を招くからな」

「わかりました。それではヘンリー、僕の妻を紹介させてください。フローレンスです」

「奥さんがいるのだね？　こりゃあすまなかった。大変失礼いたしました、ミセス・ストーカー。ブラムが結婚しているとは知らなかったもので。なんとまあ、お似合いのカップルじゃないですか、じつに、じつに。目が大きくていらっしゃる、ミセス・ストーカー。いやはやもう」

［ここから先、九十七語からなるパラグラフが暗号で書かれているのだが、解読できない。その部分に続く原稿はピットマン式速記術による「大ざっぱなメモ」で、主に対話の形で書かれている。］

フローは困惑しているが、それも無理はないだろう。アーヴィングはうろんな面持ちで目を合わせない。

彼　君たちの婚礼に招待されたら、俺は泣いてしまっただろう（**フローレンスを抱きしめる**）。お互い、よい友達になれると思いますよ。俺はそういうところに勘が働くんだ。あなたは演劇はお好きかな？

フロー　わたしは夫を愛しています。夫に喜びと幸せを与えるものも好きです。

彼　人妻というより聖女。しかもそのお名前が十五世紀に栄えたわが最愛の都市と同じとあっては、幸運な星のめぐり合わせと申すより他にない。

彼は劇場の改修工事とその莫大な費用について短く語った。現場監督が書類を持ってくると内容を見ずに署名した。それから、顔の黒塗りを落とすためにタオルと洗面器いっぱいの水を持ってこさせた。化粧をしているのだとばかり思っていたが、これは彼自身が考案したやり方で、水彩絵の具とリンボク・オイルの混合物を塗っているのだそうだ（メモ――彼の付き人の名前はウォルター・コリンソン）。ちょうどそこへ舞台の袖から、大きな黒いブルマスティフがあらわれて、彼はその犬を呼び寄せた。「ファシーです」。口の周りがよだれでべろべろになっている。が、飼い主を愛しているのがわかる。

　僕が口火を切った。

　今日、僕の職務内容について、ざっと確認しておけるといいなと思ったのですが、お時間を割いていただけますか？　お忙しいように見えますので、出直してきたほうがいいでしょうか？

彼　何々のように見せるっていうのは、職業上の特殊技能なのだよ。

僕　確かに。

彼　それはそれとして、君の職務内容っていうのはどういうことかな？

僕　あなたの代わりに手紙の返事を書いたりする仕事がたぶんありますよね？　あと、俳優さんたちのスケジュール管理とか。個人秘書というのはそういうのが職務内容なのかなと思って？

彼　そんなところだろうね。

僕　前任者の方と打ち合わせて、職務内容をリストにしておこうかと思いまして。もしかして、すでにリストはできているとか？

彼　君の前任者はいない。

僕　だとしたら、あなた宛てに届いた仕事の手紙の、返信を書いていたのは誰ですか？

彼　君が言ってることはよく呑み込めんなあ。ねえ、奥さん、あなたとあなたの御夫君に古き廃墟をお見せしましょうか？　もちろん建物のことですよ。この俺ではなくて。

フロー　あなたがとてもお忙しいのはわかっています。すでに舞台は拝見しましたよ。

彼　舞台なんてただの顔です。身体の一部、左右の目にすぎません。内臓のことも知っておく必要があります。さあ、行きましょう（アロン・ヌー）。

　アーヴィングは上手から舞台裏へ入り、大道具の収納庫を見せた。修復にはかなり大勢の作業員と清掃人を要すると思われたが、天井の高さは百フィート、数多いレーンには四百本のロープが設置されており、十八世紀初期のたたずまいが残っている。山中の峠を描いた背景幕（『リア王』のためのもの）が見え、楽団の楽器もここにしまってある。ここにはおびただしい数の猫がいるのに、ネズミたちがわが物顔で走り回っている。あちこちにバケツが置いてあるのは梁からの雨漏りを受けるためのもの。腐朽と不潔が蔓延している光景は目を覆いたくなる有様だった。

　そこから僕たちは、狭いので一人ずつしか通れない通路を引き返して舞台裏へ戻った。はずみ車、スライダー、トラップ、車、ウインチ、軸棒に巻いた背景幕、錘つきの張り綱、鉛の錘、滑車、レバー、迫などが入り組んだその場所は船の内部に似ていたけれど、ロウソクの明かりにぼうっと照らされた空間が薄暗くて、明け方の光を連想させた。「アヴドラハフト」というゲール語の単語を思い出した。ロスコモン州の田舎からわが家へ働きに出て来たブリジット（名字は忘れた）というお手伝いさんから教わった単語で、僕はまだ六歳だった。単語の意味は「調理される前の暗闇」。

　アーヴィングは楽しそうに〈サンダーラン〉なるモノを見せてくれた。木製の軌道に長い筒をかぶせた装置で、その中で砲丸を転がすと雷鳴みたいな轟音が響くのだ。彼の講釈によれば、この建物は一七〇〇年代に建てられた礼拝堂がクエーカー教徒の集会所に転用され、後に絵画陳列室となり、一世紀前に劇場へと改装された。この劇場に何度も出演した経験があるアーヴィングは、三か月前に賃貸契約を引き継いだのだという――「銀行うんぬんとか、裏表がありそうな契約だとか、説明しようとすると退屈で長ったらしい話になる」。

　ちょうどいい機会なので、かの有名な〈ライシアムのビフテキ部屋〉はどこにあったのか訊いてみた。その昔、道楽者たちが飲んで騒いで博打を打って、魔王を呼び出したとされる部屋のことだ。アーヴィングはチンパンジーみたいに大笑いしてから語り出した。自分も本で読んだことがあったから見つけてやろうと思ったのだが、劇場内にそれらしき部屋はなかった。どうやら、ミセス・ストーカーの前ではことばにするのを慎むべき〈お淫ら三昧〉がおこなわれたというその部屋は、劇場内に散在するねぐらめいた空間を組み合わせたもののようだ。彼はさらにつけ足して、劇場というのはそもそもが巧妙なごまかしをおこなうところで、観客を暗闇の中で引き回す場所なのだと言った――「役者たちは下劣な話が大好きだが、それはこの職業の単調さを和らげるからだよ。役者という稼業には、何もしないでじいっと待つ時間がつきものなのでね」。

彼（**僕たちを案内しながら**）見ての通りここはまだできあがっていない。幸いなことに、問題を整理するために君がやってきてくれたわけだ。とはいえ、人間にはある種の不完全さを好むところもあるのではないか、そう思わんかね？　完全なんてものは退屈だから。

非常に急な螺旋階段を上って〈バンド・ルーム〉と〈グリーン・ルーム〉の前を通り過ぎ、細長い増築部分を通って、今度は石造りの階段を下りた先の、古い衣装倉庫とおぼしき部屋へ入った。中世騎士の陣中着、男性用胴着、各種の靴下、ガウン、アーサー王が着るような外衣などがすべて虫に食われている。格子窓にガラスは入っていなかった。

彼　君ぐらい若いと、ウィルズが書いた『さまよえるオランダ船』という芝居は知らないかな？

僕　ダブリンで二回見ました。

彼　すごいな、ホントか？　千年も前の芝居なのに。第四幕で亡霊がテクラの問いかけに答える場面があっただろう？

僕（**引用しながら**）「わたしたちはどこにいるのか？」

彼「生者と死者の間にいるのだ」

そして、フローレンスに向かって――

彼　おわかりの通り、主人公は死んだのですよ。死は恐ろしい。俳優ってものは楽屋でいつも死について考えている。というのも、生者でも死者でもないのが俳優だから。そう考えれば奇妙に心が和む。そう思いませんか?

フロー　あいにくですが、芸術家が考える浮き世離れした幻想にはあまり興味がありません。わたしは現実の世の中で生きる方を選びたいので。

彼　おお、現実の世の中、無慈悲と飢えにさいなまれる不快な地下牢。あなたはそれを歓迎するのですな。

フロー　現実の世の中をそのようにとらえると、重荷を背負うことになりそうです。

彼　思想家っていうのは信頼できませんな。俺の場合、感じることだけが行動の動機になる。あなたが言う現実の世の中も、われわれ芸術家の行為がなかったら、いっそう耐えがたい場所になるのではないかな?

フロー　わたしは、芸術なしに人生はあり得ないと言う人たちの方が信用できません。だって世の中には貧しい人が大勢いて、かれらは芸術どころじゃないんですから。食料などの些細なものなしに人生はあり得ない、と言い換えるべきでしょう。あとは住むところも大事。それ以外の論点はぜんぶ見せかけです。

彼　ミセス・ストーカー、あなたには気概がある。

フロー　これで全部じゃありませんよ。

彼　もちろんです。あなたにはブラムもいる。

フロー　ずっと一緒に生きていきます。

彼　階段の上には小部屋が並んでいます。俺の居室もあるし、通路を左に曲がった石炭貯蔵室の手前には、劇団員用の化粧室が並んでいる。それから化粧品部屋、小道具部屋、カツラ部屋、ガス部屋、大工道具置き場、主演女優室、コーラス部屋、楽団長室。使い走りの男が地図を持って駆けずり回っていますが、彼の名前は知りません。足の格好が悪くてフケ症の、ウェールズ出身で、いつも、〈吹雪の中を走ってきました〉みたいな感じの男なんですが。とにかくここは古き良き迷宮みたいなところです。じきに慣れます。それじゃあこれで失礼しますよ。例の肖像写真のポーズを取らなくちゃならないので。あの写真家はまだいるかな。そしてその後は、喉にストリキニーネを注入します。喘息持ちなのでね。それで明日から来てもらえるかな？　肩書きは〈総支配人〉でいいかな？

僕　それは冗談ですか？

彼　ジョークは女生徒のためのものだよ。

僕　でも僕には劇場の管理運営はできません。そういう方面の経験がないので。

彼　（**両肩をすくめて**）難しいことなんてあるかい？　劇場に君を管理運営させればいいんだよ。

僕　あれ、ちょっと待ってください。そういう取り決めはなかったはずです。以前おっしゃっていたのは、秘書的な仕事をパートタイムでやって欲しいという話でしたよ。僕は書き物もしたいので、時間が――

彼　おやおや、わからんちんを言わんでくれよ。君は自分自身を管理運営しながら、立派に生きてきたんだよな？　順風満帆とお見受けするよ。奥さんまでいるんだから。べらぼうなわからんちんは言わないこと。

僕　いえ、でも、あなたに必要なのは、どこか大きな劇場で総支配人をした経験を持つ人物でしょう。ものすごく大変な仕事が待っているんですから。

彼　新しい経験をするのが怖いのかね？　そんなことで芸術家になれるのかな？

僕　僕は芸術家になるために、しかるべき時間を充てたいのです。基礎固めをごまかすのは憎むべき欺瞞ですから。

彼　（**いきなり怒気をはらみ、こわばった暗い笑顔を見せて**）ストーカー君、君の判断をどこまでも尊重することはあらためて言っておく。だが今君が迷っているのは、ゼロとほぼゼロの間だぞ。俺がここに立って、うなずいてみせることができる間は、わが劇場内で俺を誹謗（ひぼう）することは許さない。何が言いたいかわかるかね？　それとも外へ出ようか？

しばしの静寂。彼はタバコに火を点けた。

彼　陳謝します。ミセス・ストーカー。あなたの目の前で聞き苦しい発言をしてしまいました。あなたの御夫君との間で誤解があったようなのです。こちらとしては、本格的な劇場で働いてもらえば当地での拠り所になりますし、高い給料を受け取ってもらえる地位に就くことはご本人としても得るところが多く、やがては立派な成果も上がるに違いないと考えたわけです。読み違えました。おそらく御夫君もそう思われておるのでしょう。ダブリンへ戻って事務仕事をまたなさりたいのであれば、お止めしません。わが祝福と少々の失望とともにお見送りいたしましょう。ウォルターが旅費をお支払いいたします。さあ、握手を。

フロー　今のご提案について夫と話し合いたいので、一、二時間お待ちいただけませんか？

彼　もちろんです。が、今一度陳謝します。一時間とさせてください。代わりの方をすぐに探しはじめないとなりませんので。

僕　劇場はいつ開業するのですか？

彼　六週間後。こけら落としは『ハムレット』だよ。

僕　なんと、六週間後。屋根はまだ穴だらけなのに！

彼（**無表情で**）　観客に雨傘を配れば大丈夫。

僕　この劇場の主要な資産を精査する必要があります。

彼　それはごらんの通りだ。

僕　劇場関係の収支状況、会計簿、賃貸契約の約款捺印証書のことを言っているんです。

彼（突然、あきれたような笑い声を上げ、僕の背中をぽんと叩く）　君はよほどのバカなのか、少々あきれるね。君ほど体格がいい人間がなんでそんな細かいことにこだわるんだ。約款捺印証書はストランド十九番の法律事務所、ブレイスウェート、ローリー・アンド・クロプストック(1)で作成した。元帳は舞台上手（かみて）から裏へ入ってすぐ右手の小部屋にある。読んでもちっともおもしろくないとは思うがね。バーナード・ショーのエッセイと同じだ。鍵束はここにある。くつろぎたまえ。そうそう、まだ君の承諾は得ていなかったが、ドアに名札をつけておいたよ。

僕　ええと、今日、後ほど時間をいただけませんか、取り決めについていくつか質問したいことがあるので――

彼　**はいはい、行きますよ、ごらんの通り、タタール人の弓から飛んだ矢よりも速く(2)。**

汚れた窓を開けてエクセター・ストリートを見おろすと、妻が大英図書館へ行くために辻馬車を呼び止めているのが見える。彼は癇癪（かんしゃく）を起こしたのを悔やんでいる。あんなものの言い方をするんじゃなかった。フローレンスにあんな自分を見せたことはほとんどない。ああ、みっともなかった。

　下の通りで、バラッドの歌い手が魔女のマリオネットを操っている。集まってきた子どもたちが、大笑いして手を叩いている。男の子がひとり、吹き流しを掲げている。

風を起こした
悪い魔女
赤ん坊を袋に入れて
袋を投げた
大海原へ
風を起こした
君とわたしに

昼時（ひるどき）になると事務所や商店から大勢の人々が出てき

て、細い舗道が混雑する。物乞いたちも忙しくなる。

　娘がひとり、通りの向かいの薬局の前で物乞いをしているのがふと目に留まる。今朝、劇場の楽屋口を開けてくれた少女。黒ずくめの服を着た陰気な子で、宿無しみたいに裸足の足を引きずって、左右に位置を変えている。まるで不気味なダンスを踊っているかのようだ。通行人に向かって手を差し出しているのだが、誰も立ち止まらない。幼い娘に物乞いをさせてはいけない。悪くした場合、少女の行き先はひとつしかないのだから。

　リージェント・ストリートの人形店で人形たちがゆっくりまばたきしている。

　あの娘がこの劇場で働いているのなら、ちゃんと給料を払うべきだし、守ってもやるべきだ。ここで働いていないとしても、しかるべく手を貸すべきだ。少女はストーカーの視線を感じたかのように、ゆっくり目を上げる。その微笑みは冷ややかで、凍りつくほど攻撃的だ。彼はなにか悪いことでもしたのだろうか？　それとも少女は、彼を誰かと勘違いしているのか？　彼女は見上げるのをやめ、足を引きずって通りを歩いていく。


　彼は腕っ節が強い方だけれど、壁面につくりつけられた金庫の扉が錆びついているので、開けるのに骨が折れる。ずっしり重い会計帳簿と封蠟つきの書類の分厚い束をようやく取り出して机の上に置き、その脇に自分のノートを広げる。それから一時間、何列にも並んだ数字をていねいに検討し、訂正や差引計算の誤りを正していくうちに、集中しすぎてこめかみが痛くなった。ところが、どれほど検算し直しても数字が一致しないので、いちいち数字を声に出しながら今一度、計算し直す。不一致の幅は狭くなったものの、まだ完全には一致しない。

　おまえを狂わせてやろうか、と数字たちが言う。**おまえの精神を食い破ってやる。逃げられるうちに逃げてしまうがいい。**

　部屋の扉を開けて仕事をしていると、作業員や掃除人がしばしば通りかかる。彼はかれらに、この劇場の座席総数や、一階前方席と二、三階の半円形桟敷席のマップがあるかどうかについて尋ねる。チケットはいくら？　広告はどんなところに出している？　役者たちへの支払いは現金？　チケット売り場はどこにある？　トイレはどこに？　楽団長は誰？　いろんなことはうまくいっているのかな？

　誰も何も知らない。足を止めずに行ってしまう者もいる。これではまるで、見世物小屋のつまらない出し物か、誰も見たがらない芝居に出させられた役者じゃないか。

　その晩、下宿屋の部屋に戻って簡単な夕食をすませた後、フローレンスの顔色が悪く、どこかうわの空で、口数も少ないのに気づく。彼は会計帳簿を持ち帰り、食事中もずっと検算を続け、口には出さないものの、しつこく食い違い続ける数字に悪態をついていた。彼女はコーヒーカップを覗き込んでいる。何か訊きたいことがあるのだ。

「あの人はあなたのお給料について何か言ってた？」

「いや、直接には何も。ただ、午後遅くにメモが届いた。最初は週給三ギニーで、一年以内に四ギニーに昇給するという条件だよ」

「素晴らしいじゃない、ブラム！　チェルシーかピムリコに一軒家を借りられるわ」

「君さえよければ、劇場に近いところに住みたいんだけどな」

「それは嫌」

「わかった、そのことについてはあらためて話そう」

　どこかで犬がキャンキャン吠えている。聖メアリー・ル・ストランド教会が鳴らす午後九時の鐘が聞こえてくる。

「大英図書館はとてもおもしろかった」とフローレンスが口を開く。「館員の人たちが親切で物知りなのよ」

「よかったね」

「あなたも行ってみるといいわよ、ブラム。ケルト文学の本がたくさん。ダブリンの図書館にはない蔵書があるんだから」

「行ってみる」

「司書さんが、アヴェロックという人物のことを書いた写本を見せてくれたの。人々の首をはねて、乙女らにフン族のような仕打ちをした男。みんなでそいつを殺そうとしたのだけれど、もちろん死ななかったの」

「彼が何をしたかわかる？」

「アヴェロックが？」

「いや、アーヴィングだよ。賃貸料を支払うために銀行から借りた金を担保にして、さらに三つの銀行から金を借りてる。衣装、大工仕事、椅子張り職人への支払いもかさんで涙が出そうだよ。作曲家に新曲を依頼して、ヴェネツィア製のシャンデリアも買った。舞台の緞帳は七千ギニーもするんだ」

「わたしにできることは何かないかしら？」

「金遣いが荒すぎて正気とは思えない。理解しようとしてるんだけど、途方に暮れてしまうよ」

「わたし、そろそろ寝なくちゃ」

「なにしろ緞帳が――」

「一緒に眠らない、ブラム？」

「これを終えてから。すぐ行くよ」

翌朝八時近くに彼は長椅子で目覚める。彼女の書き置きがあり、大英図書館へ行くとのこと。暖炉に火は入っているものの部屋は暖まっていない。窓の外についた雨粒のせいで、変な形の影が壁に映っている。

一時間後、ジャーミン・ストリートの公衆浴場で汗を流した後、下宿屋へ戻ってくると、玄関通路に彼宛の手紙が一通届いている。几帳面で小さな文字は母親の筆跡に間違いない。その場で封筒を開いたところへ女主人が自室から出てきた。エプロンで手を拭きながら心配そうにこっちを見ている。

「ご機嫌いかが、シニョーレ？」

「元気ですよ。ありがとうございます」

「ちょっとオハナシしていいですか？」

「はいもちろん、どうかしましたか？」

「シニョーラは、今朝はお元気ですか？」

「元気ですよ。用事があってもう出かけましたが」

「ひとつ、お聞きしたいことあります。シニョール・アーヴィングのことで」

「はい？」

「どんな様子ですか？」

「と言いますと？」

「故郷の村では――イタリアの話ですが――年寄りたちが言います。神様が人間に耳をふたつ、口をひとつ与えたのには理由がある。しゃべることの二倍、聞くようにしなさい、と。もっともでしょ？　噂がありまず。うちには昔から役者さんの下宿人たくさん、その人たちがシニョール・アーヴィングの噂話しています。わが神よ！」

「噂話には疎い方なんですが、どんな噂があるのでしょうか？」

「シ、シ、もちろん。わたし、何も言いません。でもひとりの役者います、シニョーレ。ときどき働き、ときどき働かない。他の役者と同じ。でもその人はセント・ジェームズ地区のデューク・ストリートの、五部屋もあるアパートに住んでる。その人はオークションへ行く。絵画買う。孔雀(くじゃく)の衣装、手縫いのブーツ。エレン・テリーはイングランド一の女優ですが、そんな暮らししてません、シニョーレ。彼女は質素に暮らしてます。ところが例の人ときたら、他の人が一年食べていけるお金を一着のスーツに費やします。知りたい——どんな様子ですか?」

「すみませんが、仕事に遅れそうなので、今はこれで」

「シ、前にもひとり、遅れがちな人がいました。それで」——女主人は喉を掻き切るしぐさをしてみせる——「サヨウナラ(アリベデルチ)」。

「前にもって?」

「シニョール・アーヴィングにはあなたの前に四人、秘書がいました。みんな若い男性。長続きしなかった」

「信じられませんね、そんな話は」

「気をつけて(スタイ・アッテント)、シニョーレ」そう言いながら、彼女は玄関の外套(がいとう)掛けに常備している聖水器に指先を浸け、胸の上ですばやく十字を切り、ストーカーの額にも手を伸ばして十字を描く。[3]「神のご加護を(ディオ・ティ・ベネディカ)」。

　街路は冷え切っていて、空気が雨の匂いを含んでいる。コヴェント・ガーデンを急ぎ足で歩きながら、ショウウィンドウに映る自分自身の姿を都合よくねじ曲げる。きっぱりと志操堅固、山高帽にふさわしく冷静沈着、頼りにされる人柄を持ち、分別のない田舎者には耳を貸さず、噂話などは決して信じない男へと。

　とはいうものの、それとはまったく相容れない姿形もショウウィンドウに見えるので困ってしまう。人毛を植えた人形たち。磁器製の足がカチカチ音を立てている。ところが足を止めて今一度見つめると、もうそこに人形たちの姿はない。

―6―

《この章では、早朝に配達される郵便で新聞の切り抜きが届き、耳に残る名前を持つ人物との出会いが描かれる》

『ニューヨーク・トリビューーン』紙
一八七八年十一月三十日からの切り抜き
「ある俳優の肖像」
G・グラントリー・ディクソン記者による署名記事

ロンドンのライシアム劇場の、彼の執務室は広さこそ十分だが、しつらえは驚くほどみすぼらしい。壁に掛かっているのは読者諸賢もよくご存じの、どこの家にもある〈刺繍見本〉である。婦人のたしなみを稽古するために若い娘に課される、この種の初歩的な手芸作品には通例、聖書の一節や教訓的な対句、決まり文句などが引用される。

ところがこの部屋の〈サンプラー〉には少々冷ややかな響きがある――「よき友の失敗は蜜の味」。

ヘンリー・アーヴィングの面持ちは深刻にして厳粛、陰鬱な深みをたたえたところはミケランジェロのダビデ像を思わせる。長く伸ばした黒髪は詩人さながら。二重顎で唇がくっきりとして、頭部は大きく、鼻が高くて眉毛は太い。イングランド人だがその顔色は奇妙にも、地中海地方の出身者を彷彿とさせる。体格がよく、花崗岩のように堅固でハンサムな彼は船乗りか農夫か、いずれにしても野外で働く人のようだ。身のこなしは優雅かと見ると、ぎごちなくなるときもあり、心身を疲れさせるかと思われる早口でまくし立てるのだが、その間身体は坐ったまま身じろぎさえしない。

一番大切な宝物は、と尋ねられたヘンリー・アーヴィングは、銀の額に入れた写真を記者に見せてくれた。サラ・ベルナールが柩の中で眠っている写真である。

ミス・ベルナールは生きていて、おそらくは病気でもないのに、そのような奇妙な写真を世に出すとは、彼女の広報担当者は何を考えているのでしょうか、と記者が尋ねると、先方はこう返す――「彼女はたぶん元気なのでしょうがね、俳優たる者は皆、本当は生きていません。この写真はそういう意味だと思います」。

彼の大きな灰色の目は、ランプの下では黄褐色に見える。かなりの近眼であるらしく、目を細めてものを見る癖があるのだが、そのしぐさはあたかも、他の人間には見えない幻影を見ているかのようだ。ドイツ語とオランダ語に堪能な彼は、美術品および「降霊術と錬金術に関する」中世の書物を「細細と」蒐集している。

「裕福ではないし、裕福になりたいとも思いません。それよりも重大な呪いはこの世にないでしょう」

「富よりも？」

「そうです、所有者が働く必要がなくなるほどの富。小間物を買っているうちはよいのだが、富を持つと世の中にひとつしかないようなものが欲しくなる。そういうモノは人間の考えを独占することになるので、持つべきではないと思う。人間に悪影響を及ぼすのですよ。些末なことに想像力を使うようになるから」

　彼の机の上に、イタリアの民話めいた物語の本が置いてある。「人生の最初の頃は操り人形でした」彼は記者に向かっていきなりそう断言した。「やがて本物の少年になりましたがね」

　彼はひっきりなしにタバコを吸った。そして、火がついたままのタバコが灰皿の上で燃え尽きるのを忘れたかのように放置してしゃべり続け、有名人を冗談交じりにこきおろした。いささか大げさなその話は猫が喉を鳴らすような、あるいはフェルトのように柔らかく耳に響く声で語られた。彼は左手の親指の先が欠けている。「ちょっとした事故でね。ショーの目玉に突っ込んでやったんですよ」

　ミスター・アーヴィングはミスター・ジョージ・バーナード・ショーが大嫌いで、〈憂鬱退屈男〉というあだ名で呼んでいる。市井の人々とかれらの暮らしを物語にすることの重要性を力説するショーとは意見が合わないのである。ミスター・アーヴィングはミスター・ショーの演劇について、「サラブレッドを見ようと思ってアスコット競馬へ出かけたのに、蚤に食われた騾馬が二頭いて、そいつらがどぶに頭を突っ込んでいるのを見せられるようなものですよ」と語る。

　記者はミスター・アーヴィングが、女性に参政権を与えることに賛成しているらしいという噂を聞いていたので、尋ねてみた。

「そうですね、もちろん、男性から参政権を取り上げるのに賛成です」

　イングランドのおおかたの俳優同様、彼は歯切れのいい中流階級のアクセントで話すが、持って生まれたアクセントではなさそうである。そして、あらゆる俳優の例に漏れず、彼の謙遜は自慢の一形態である。大喝采を長引かせるにはひざまずき、お辞儀をするのが最も有効であるとわかっている。

手袋をつけるしぐさや、リハーサルのさいに舞台の前方へゆっくり出ていく姿を見れば、他人に見られている状態で仕事をする芸術家がどういうものかがわかる。彼が最近雇い入れた雑用係はアイルランド人で、主人のそばを離れることはめったにない。新妻が夫の世話を焼くようにかいがいしく面倒を見、演劇界の巨人が絶えず欲しがるレモンとパプリカ入りのホットティーを準備する。ダブリン出身のこの雑用係はことばが不自由なわけではないのだが、絞首台に臨む愛国者さながらに冷静な尊大さを保ち、めったに会話の輪に入ってこない。この比喩が的外れではないと思えるのは、彼の雇い主の風貌がかのロバート・エメットに生き写しだからである。誰あろうエメットこそは、絞首刑にされた後に斬首され、イングランドから輸出されて世界各地に行き渡った〈絞首人さらし台〉の上でさらし者にされた人物である。

ひとつ奇妙なことがある。二時間に及んだ今回のインタビューの中でも最も興味深い内容が語られたと思われる部分のノートを記者がチェックしたところ、記録されていたのはとりとめのないおしゃべりばかりで、意味深い発言は何ひとつ書きとめられていないことが判明した。あたかもノートのインクが消えたかのようであった。とはいえ、以下の一節だけは正確に記録されていた――

「演技するのが稼業ですから、パンに塗るバターみたいなもの。芸術性の探究も肝要で、魂の中にあるはずの秘密の部屋みたいなもの。ところがその部屋がどこにあるかは見つけにくく、鍵のありかもわからないから、扉はしばしば力ずくで押し開けるしかない。スタイルが必要なのはそのためですよ。スタイルが力になる。自分自身のスタイルができると、部分同士の釣り合いが変化する。そうするといたるところが部屋になる。森、海、獄舎の独房、妖精の国、部屋はあまたの球体でお互い同士の内側で回り続けている――すべてが同時進行で、お互いを知らぬままそれぞれの軸の上で回っている。少なくとも自分では、そんな感じで捉えています。ゴーストが存在するのを知っているのが芸術家だと思いますね」

ミスター・アーヴィングは今、たいそう豪奢な計画を立てているせいで、ロンドンの演劇界で話題になっている。多くの人々が、このゴーストが失敗をしでかすのを見たがっているのだ。

ロンドン市エクセター・ストリート
ライシアム劇場楽屋口

ライシアム劇場
支配人室より
一八七八年十二月十一日

母さん、

手紙をありがとう。うれしかった。同封してくれた、僕の雇い主に関する新聞記事にも感謝。ただ内容は勘違いだらけで、真実とはほど遠かった。ブリュッセルでもアメリカの新聞が手に入るんだね。世の中には知られていないことだけれど、じつはロンドンでも公園のベンチや路面電車の中でけっこうひんぱんに、『ニューヨーク・タイムズ』や『シカゴ・トリビューン』が見つかります。ゴーストの郵便配達人が集団でアメリカからやってきて、ロンドンを駆け巡っているんじゃないかと思うほどです。アメリカ人の目を通してみると、世の中はずいぶん違って見えるものですね。次回はもっとゆっくり書くつもりだけど、せわしない返信でごめんなさい。

ブリュッセルは今も住みやすいとのこと、なによりです。妻と僕もロンドンに馴染んで、すべて順調です。母さんと妹たちに結婚式に参列してもらえなかったのは残念でした。でもそちらの財布の事情はわかっているつもりなので、ご心配なく。フローレンスに会ったらきっと気が合って、娘が増えたような気分になると思う。

彼女は思いやりがあって用心深く、ひょうきんで目ざとくて気前がよく、楽観的で聡明です。また同情心が厚く、何ごとにも心を深く動かされます。ロンドンへ移ってきて以来、彼女と僕はまったくケンカをしないわけではありません。とはいえ、知らぬ同士が一緒になったわけなので、新婚のうちはむしろ、このくらいが普通なのではないか——というか、そうであって欲しい——と願っています。暮らしのペースが変わったせいで不安なことも少しあります。一人暮らしが長かったせいか、僕自身、生活のリズムや仲間づきあいが固定化していたのだと今ごろ気づきました。妻はものわかりがよくて寛大ですが、僕のせいで意見の不一致が生じることがあります。もっといい夫になりたいし、それは可能だと思っています。

劇場での僕の仕事は、最初考えていたよりも激務であるとわかってきました。でも慣れればやがて楽になるでしょう。開場は数週間遅れました。当初の予定通りに開場していたら、僕は精神科病院へ入る結果になっていたかもしれません。というのも、毎日五十通も手紙を書かなければならず、にわか仕込みのことがらに責任を負わねばならないからです。一日中しゃべり続けなので、帰宅したときには疲れ切っています。僕の雇い主は行動が常軌を逸していて、そのことは演劇界では有名なのですが、僕が見聞きしただけでも奇癖や仰々しさが目立ちます。とはいえ世の中に、普通の人なんているのかな、とも思えるわけで、床屋でも配管工でも王様でも、それぞれに奇妙な習癖を持っているものなのでしょう。世間には、女性こそ何をやらかすかわからない、と言い張る人がいるけれど、僕はその意見には賛成できない。

　住まいは広くないものの、暮らしは快適です。いろいろ落ち着いたら少し広いところへ引っ越したいねとふたりで話しています。母さんは前の手紙に、演劇関係者は倫理観がないから気をつけなさいと書いてくれましたね。でも心配には及びません。僕の仕事はもっぱら劇場経営に関することなので。

　雇い主との申し合わせで、僕が書く作品の中で舞台用に脚色できるものがあれば、考慮してもらえることになっているんだ。そのうち、そちらの方面でも活躍できるかもしれないのでやる気満々です。最近考えているのは、アメリカの南北戦争を扱った『リンカーン大統領の暗殺』という芝居。知っての通り、暗殺犯は戦争の結果に不満を持つ俳優で、野蛮な犯行は劇場内でおこなわれたのです。あるいは兄弟同士の不和をテーマにした芝居もいけるかな、と考えていますが、まだわからない。近い過去の暗殺事件を舞台に上げるのは時期尚早かな、とも思っています。

　それじゃあ母さん、ざっとこんなところが僕の近況です。最近はなぜか、胸がざわざわすることが多いけれど、理由は不明。僕のために祈ってください。

　二ポンド同封します。

　乱筆お許しください。ロンドンへ来てから字が下手になったようです。

　取り急ぎ。母さんと妹たちに親愛の情を込めて。

エレン・テリーの声

不思議なことに――あなた、タバコ持ってらっしゃる？――ありがとう――いえね、不思議なんだけれども、あの劇場の建物がどんなだったかについては、ほとんど記憶がないの……（**聞き取れない**）……長年劇場で過ごしてきたせいか、どこの劇場も同じに思えて。でもね、ハリーが大枚をはたいて改修工事をしたのは知ってます。とにかくみんなの噂ではそういう話だった。まああの人のことだから、話を大げさにしてたのは間違いないわね。なにかすごいものを隠しているって思わせるのが大好きな人だったから。

信じてもらえるかしら、あたしはいつハリーと出会ったかが思い出せない。あの人は大空みたいに、いつもそこにいたのよ。ふたりで最初に『ロミオとジュリエット』を演ったのはサイレンセスターだったかな、あたしが十九か二十歳の頃。彼は親切で男前だった。ほんとにハンサムだったのよ。年上の役者たちには愛想よく接する人でね、旬の時期が遠く過ぎてしまった役者にたいしても、心からの敬意と連帯感を持って接しているのを間近に見て、感動しました。なにしろこの世界は浮き沈みが激しいから、その日暮らしをしている役者も多いのよ――ああ、かれらみんなに神様のお恵みを。でもあの人はそういう日雇いの役者たちを公演の翌朝散歩に連れ出したり、公園のベンチで一緒に過ごしたりしていた。そうやってちやほやしたり、役者人生の苦労話に耳を傾けたりしてたわけ。で、かれらに話しかけるときにはサーとかマームとかをちゃんとつけていた。そういった細かい心遣いが物を言うの、わかるでしょ。

ハリーについて話すときにいつも大事だと思うのは、あの人が最初はとても貧しかったということ。駆け出しの役者が旅回りをするんだから、あの時代、腹ぺこだったのはわかるわよね。ちゃんとした寝床もなく、お風呂にも入れずに、ある町から次の町まで仕事を求めて六十マイル歩いた結果、くたびれ果てて寒さに凍えている。ハリーはそういう状態がどんなふうだか、ちゃんとわかっているの。彼自身とても貧しかったから肌着が買えなくて、野原やよその家の玄関先を泊まり歩いた冬もあったのでね。そういう冬を生き延びてきたベテランの役者たちは、彼にとって英雄そのものだった。ハリーは先輩たちを見習ったのよ。

彼とあたしはその後もときどき、地方の安宿なんかで出くわすことがありました。いつ会っても愉快で魅力に溢れていて、出会った相手に、自分はかけがえのない人間だと思い込ませるのが上手だった。浮気者の悪ふざけなの。でもね、いたずらだとわかっていても、うまく騙(だま)されれば悪い気はしません。

あの人のパーティーでの持ちネタは、自分自身の声色を使ってマクベス夫人を皮肉たっぷりに演じてみせること。「ほら見てみろよ、俺は自分を突きはなしてみせるぜ」っていうのが彼のポーズだった。もちろんほんとは、突きはなしてなんかいないのだけれど。

あのお馬鹿さんが使うもうひとつの手は、髪を誉めること。「おお、君のその、赤リンゴ色の髪はなんて見事なんだ。その色は〈ラセット〉って呼ぶのが正しいのかな?」って。あの人は役者部屋に大勢の人間がいたら、その中の男性のふたりにひとりは女性の目の色を誉めるに違いない、ってわかっているのよ。ハリーがいつも髪を誉めたのはそれが理由。

そんな調子だから、彼が他の男たちとは違うってことは当然わかってきます。直感と感受性と洗練がほとばしっているんだもの。彼が女性の髪を誉めているところを五百回は見たことがある。ミスター・ラセットよ。早朝でも、初日終演後のパーティーでも、あなたはドリアン・グレイの家の屋根裏の肖像画に似ていることにされて、「おおドーリン、なんて素敵な髪なんだ」ってなるわけ(**笑う**)。

あの人はすぐに誰かと恋に落ちるの。とても激しく恋に落ちて、その人の心を射止められなかったら、自殺しかねないそぶりを見せる。でもその三分後には違う人に恋をする。あなたが卵をゆでている間に、よそへ行って永遠の愛を誓って、拒絶されたらロンドン橋から身を投げるのがあの人。あのエネルギーには恐れ入るわね。

高い煙突のあるウェストミンスター・ガス製造所ができたのは何年だったか忘れたけど、彼はとても喜んでいました。だって、愛を拒絶されたときに飛び降りる場所が増えたんだもの。

ゴルフボールを打ち続ければ、ホールインワンすることもあるわよね。あの人はそういう男。女性に言い寄る流儀はまさに、〈下手な鉄砲も数打ちゃ当たる〉だった。

そうやって日の出を待ち続けるのが彼のやり方だったんだけど、この相手は自分とはベッドへ行かないなってわかったとたん、なんだかほっとした感じになって、奇妙におとなしくなった。いったん収まったことは蒸し返さない主義だったわね。だから彼は厄介者とは見なされない。へんてこな悪党。なまくらだったことは一度もない。ほら、一心不乱にしゃべる人っているでしょう？　夜十時過ぎてビール一杯しか飲んでなくても気にならない、みたいな。ハリーはまさにあのタイプ。

　あのタイプは決してバカじゃないの。罪の意識を感じたがらないカトリック信徒みたいなものよ。低いところから高いところへ水を流そうとする。わざとらしく見えないように工夫して、ポンプなんか使ってね。

　あの人ったらあるとき、あたしの妹に向かって、一緒に逃げてくれって持ちかけた。逃亡先は確かロッテルダムだったかな。妹に断られると、今度はあたしの弟に頼んだ。ハリーを理解したかったら、このあたりがキモだわね。相手が誰かは二の次で、とにかく一緒にロッテルダムまで逃げてくれる人が欲しかった。それがハリーっていう人。

　それって誰もが望むことでしょう？　もちろん決してうまくはいかないのだけれど。おそらく、すでにロッテルダムへ逃げおおせた人たちだって幸せになれるかわからない。みんなどこへ逃げたらよかったのかしらね。もしかしてクラウチ・エンド？

　何はともあれあの人は成長して、それなりに分別もついて――こういう言い方でいいのかな？――ライシアム劇場を開くまでになった。何歳だったかって？　さあ、三十代半ばだったんじゃないかしら。この業界では年齢についてとやかく言うことはないのでねえ、たぶん三十六歳くらいかな？　あの人はずいぶん長いこと三十六歳でしたよ（**笑う**）。それで、三十六歳になった頃にはずいぶん大人っぽくなって、一学期に一回頭を叩いてやればすむ程度の悪童には成長していました。ハリー君もそこそこ大人になったわよねって。男子ってそんなものでしょ。

　ライシアム劇場の一番よかったところは、ロンドンのど真ん中にある立地そのものだと思います。あたしは国内でも外国でも、さまざまな都市で演じてきました。ケルン、ベルリン、パリ、シドニー。ほんとにすごい劇場は方々にあります。ニューヨークもいいわね。でもなぜかわからないけど、劇場が一番似合うのはロンドンだと思う。お天気と関係があるのかもしれないな。

　そしてシェイクスピア。彼がこの同じ通りを歩いたかもしれないと思うだけで、血が沸き立ってくるじゃない。テムズ川がすぐそこにあって、ちょっと向こうにはグローブ座がある。サザーク・ロウとかエンバンクメントに立てば、『マクベス』が湧き上がる。ピープス。キット・マーロウ。亡霊がそのへんにうようよしている。駆け出しの女優だった頃、あたしはそのことに気づいたんです。でもそれはかれこれ三十世紀も昔のハナシ。あたしの中にあふれていたのは——あれはなんて呼べばいいのかしらね？

　でもね、ブラムがロンドンへやってきたとき、あたしはライシアムにいたわけじゃない。なんとなく、あそこにいたような気分になることは多いのだけれど。ブラムはあそこに陣取って、雨の日に窓から差し込む光みたいな存在になった。素敵な人よ、胸に住みついてしまうくらいに繊細でお堅いの。そのくせ、うわの空なところもあって、左右違う靴を履いて外出してしまうタイプ。修道士になったらよかったのになあと思ってました。

　劇場支配人には全然向いてなかった。いつも夢みたいなことを考えている人なんだから。劇場にとって大切なお金とかチケットのこととか、側溝の修繕やロビーの清掃や、役者たちがお互いに毒殺を企んでいないかとか、そういう方面には意識は向いてなかったわね。でもそれでいいの、そんなことは最低限で十分、劇団全体の意気込みは上がります。むしろ、些末なことに神経を使いすぎるとお客さんの鼻についてしまうの。

　一方、ハリーはいまいましいほど役立たずで、劇場経営なんて卑しい仕事だと思っていたから、ブラムがあの仕事を引き受けたのは不思議。ブラムはあらゆることを仕切らなくちゃならなくて、ハリーはすごく傲慢だった。ブラムはハリーをありのままに受け止めることができたのよ。

　あたしはからかって、「ヘンリー九世」って呼んでましたけど。

　でも純情な人はやがて、役柄そのものになりきるものです。ブラムはそうなったんだと思う。どうしてそれができたのかは〈神のみぞ知る〉ですけれどね。

　彼は三階桟敷（さじき）で座席数を数えようとしているのだが、二日酔いのせいでうまくいかない。数えるたびに数が違ってしまう。三回数え直したが全然駄目。だいいち、ようやく見つけ出した客席全図が四十年前のもので不正確なのだ。おまけに階下の観客席でひっきりなしに騒動が起こるので、やかましくてしかたがない。

　トランペット奏者がリバプール生まれのチケット係と口げんかしている声は、地獄から響くアリアみたいだ。新調したボックス席の湾曲した前面にキューピッドや金箔（きんぱく）を貼った天使や盾（たて）形の紋章を取りつけている石膏（せっこう）職人たちが、作業しながら大きな声で冗談を言い合っている。ちょっと振り向いてから向き直ると、座席数が変わったように思えるのだ。悪ガキたちにからかわれている新任教師の気分——。

　俺たちを数えようとしても無駄だぞ、とビロード張りの椅子たちがうそぶく。俺たちの上に埃が落ちて、溜まっていると思うかもしれないがそれは違う。俺たちが埃をつくっているんだ。あんたたちが俺たちを折りたたむと、俺たちはギイと鳴る。ぐっと下げてくればウーンとうなる。俺たち木工品はマンハッタンの先住民と同じだぞ。湿っぽい尻の臭いが染みついているのは、何世紀も椅子として奉仕してきたからだ。折りたたみ式のビロードの顔にいつも尻を押しつけられてきた仕返しをしてやるからな。俺たちに運が向く日が近づいている。おまえたちの上に坐ってやるぞ。俺たちを針で刺したとして、俺たちの身体から血は流れないのか？(1)

　彼は階上席（バルコニー）の最前列まで歩いてきて一階後方席を見おろす。するとなんだかめまいがして、飛び降りたい衝動に襲われる。

　作業員たちがレモンの皮の切れ端とシナモンのかけらをまき散らしている。それらの匂いが猫を追い払うのに効果があると誰かが言ったのだそうだ。その一方で、清掃人たちが膝立ちになっていつ終わるかわからない猫の糞の掃除をおこなっている。三匹の大きくて見栄えの悪いぶち猫が舞台の上に坐って、ときどき前足を舐めながら作業を眺めている。人間と猫のどちらが観客でどちらが演者なのかは明らかというべきだ。

　細身でキツネのような顔をして、きつすぎるスーツを着た人物が、三階桟敷のてっぺんから階段を下りて、彼の背後から近づいてくる。

「ミスター・ストーカーですか？」

「そうですが」

客席の間を下りてきたのは若い男である。

「ジョナサン・ハーカー(2)って言います」歌うようなコックニーで男がしゃべり出した。「手紙出したんすけど、見てくれましたか？」

「僕はこの劇場へ来たばかりなんですよ、ミスター・ハーカー。いろいろ学んでいるところです」

「でしゃばりだったかもしんないけど、ミスター・アーヴィングに直接、舞台背景を描く画家の見習いとして雇ってくださいって手紙書いたんす。スケッチをいくつか持ってきたんで、よかったら見てくれませんか？」

森や荒れ地の風景、兵士を描いた鮮やかな肖像、ていねいなペン描きの迷路模様、海景、トルコのバザールの情景。

「よく描けているじゃないですか、ミスター・ハーカー。絵の勉強はどこで？」

「懐（ふところ）が温かいときになんべんかパリへ行きました。でもほぼ独学っす」

「昔から？」

「子どもんときから」

「しかし、ちょっとうますぎるな。細部の手際が背景画家に求められるレベルを超えている。『絵入りロンドン週刊新聞（イラストレイテッド・ロンドン・ニュース）』に当たってみようとは考えなかったのですか？」

「劇場で仕事したいんっす。そこは心に決めてます。新聞のために絵を描くことには興味ないんで」

「なんでまた？」

「だって悲しいじゃないっすか。爆発、地震、戦争、誰も望んでないニュースばっかっすよ。『絵入りロンドン週刊新聞』に絵を描く仕事をもらって、毎週一枚描く約束でズールーランドへ行った友達がいたんす。ところがそいつったら、自分の殻（から）に閉じこもって出てこなくなっちまったんすよ」

「あいにく今は雇える見通しが立ちません。数か月したら劇場運営が軌道に乗ると思うので、出直してきてもらえないかな？」

「掃除なんか得意っすよ。速いし。雇って損はさせません」

「そこは疑っていませんよ。君がよさそうな青年であることはよくわかる。何歳ですか？」

「二十歳っす、次の誕生日で。昼も夜も働きますから、お願いします」

「さて困ったなあ。どうしよう。どういう条件を求めているんですか?」

「そっちがちょうどいいって考える条件ならどんなでも。求めてるのは経験っす。大金を稼ごうとは思ってません。手はじめなんだから、ビールが飲めるくらいのお金がもらえれば御の字で」

「数えるのは得意かな、ミスター・ハーカー?」

相手は声を上げて笑い出す。「大丈夫だと思いますよ、はい」

「それじゃあ、この劇場の座席をぜんぶ数え上げてください。ここに雇われたつもりで」


午前三時。まっとうなロンドンは熟睡している時間帯である。

市内の彫像たちがぴくんと動いて軋りはじめ、緑青をまぶした姿で苔むした台座を下りてくる。

デスマスクを顔につけたアイルランド総督の銅像がある。うつろな目をした州長官の大理石像にはひびが入っている。陸軍大将の騎馬像は、時の流れとロンドンのカモメのせいですっかり汚れている。それらの彫像たちがガチャガチャ音を立てながらハイド・パークを横切り、街中に悪夢をにじみ出させる大元のサーペンタイン池へ集まってくる。赤ん坊なら溺れさせかねない勢いだ。

彫像たちほど世間から邪険にされているものはない。雨に蝕まれてきたかれらは、何百万人にも上る通行人が無関心なのを耐え抜いてきた。

鐘塔に貼りついていたガーゴイルが自由になり、死を告げる天使たちが墓から剝がれ、一万基の墓石からちっぽけなキリスト像が解放される。死んだ伯爵と死に遅れた夫人たちが花崗岩の柩の蓋をいっせいに押し開ける。さまざまな大建築の外部を飾っていた、厳めしい柱に刻まれた堂々たる石の鷲たちが次々に羽ばたいて、ホワイトチャペルの上空を舞う。

ケント州からカムデンに至る死の床で重い身体がどすんと落ちる。医師はそれを発作、心臓麻痺、ご臨終と呼ぶ。彫像たちはふいに再び動きを止める。

フローレンスが、ベルリンの英国領事館で働いているいとこから届いた小包を持って、朝食室へ入ってくる。包みを開くと『英国怪奇物語傑作集』をドイツ語に訳した海賊版が出てきた。ストーカーがごく初期に書いた短編が収録されているのだ。

「ちょっとうれしい驚きだね」と彼が言う。

「どういうこと?」

「だって誰かがわざわざ翻訳したんだ。作品を読んでくれたのはうれしいじゃないか?」

「許可を得ないで翻訳したのは悪いことなんじゃないの? あなたには一銭も入ってこないのよ」

「版権というのは傲慢な考え方だよ。わがままだとさえ思う。いったいどうすれば、想像力の産物を所有できるっていうのだろう? 鳥の歌に版権はないよ。夜明けにも」

「鳥の歌と夜明けのつくり手は毎日、何十億回も感謝されているわ」

「それとこれとは話が別だよ。僕の作品なんて取るに足らないものだからね」

「なぜそんなことが言えるの?」

「たいていの本はすぐ消える。悲しいけどそれは事実だ。文学における幼児死亡率は高いんだよ」

「どんなものでも生誕を記録する価値があるわよ、ブラム」

「それはいい考え方だね。普及はしてないけど」

「本には著者の予測を超えた死後の生があると思うの」

「どんなふうに?」

「何年も経ってから読者を得るってこともあり得るでしょう。小説家が死んだ後にだって」

「そういう例は聞いたことがないなあ」

「なんで? あり得る話じゃない」

「理屈ではあり得るかもしれないけど――」

「本が正しく評価されるかどうかにも関わりがあるわよね、ブラム。そうじゃない?」

「そろそろ仕事に行ってくるよ。落ち着いて」

十一時少しすぎに、劇場総会と名づけた会議を開く。ボックス席係、案内係、舞台係、衣装係、大道具の移動係、背景画家、演奏者。出席者は総勢八十七人に及ぶ。ストーカーは勤務当番表を配布し、質疑応答に時間を割く。ほとんどの質問は未払いの賃金に関するものだが、猫に関する提案もある——「キツネの小便を二、三ガロン手に入れればいいんです。猫を追い払うにはあれが一番なんだから」。その提案に対して彼は劇場支配人として、場内にキツネの尿を振りまくわけにはいかない理由を詳しく説明し、キツネの尿を何ガロンか入手することの困難さについてもこまごまと語る。

ストーカーはアーヴィングもこの会議に出席してくれればいいと考えているのだが、当人は顔を見せず、伝言もない。「チーフは日没まで寝てるんですよ[3]」と誰かが冗談を言う。

昼休み、ストーカーはずきずきする頭を抱えて辻馬車に乗り、グリーン・パークへ行く。そうして噴水で頭を冷やし、シャツの袖口にひとつふたつ走り書きをする。

老人が車椅子に乗り、お手伝いの娘が押していく。小学生の男子がふたり、公園の鉄柵に棒を突っ込んで、ガラガラ音を鳴らしながら歩いていく。ハルニレのひんやりした木蔭で裸足の男がうたた寝している。かれらの物語はどんなものだろう？　かれらは何をしているのだろうか？

ストーカーは、静まりかえった大英図書館で妻が本と書類に囲まれているところを想像する。そしてその同じ妻が立ったままネグリジェを脱ぎ、落ちたネグリジェを足首に絡めたまま、彼の方へ歩いてくるのを思い浮かべる。結婚とは奇妙なものだな。世の中の人々もこんなふうに感じているのか？　まるで読めない楽譜みたいだ。

執務室に戻ると、手紙がついた小包が机の上に置いてある。「よかったらこの本を読んで、脚色できそうなネタを探してみて欲しい。もし何か見つかったら、考えをまとめてみたらいいんじゃないか？　ヘンリーより。追伸——フランス語は読めるよな。君好みの本かもしれないと思ったので」

同封されていた本は、はじめて聞く名前のアメリカ作家が書いた、熱に浮かされたような短編集のフランス語訳で、パリの小さな出版社から出た一冊。不気味で病的な物語の数々は寒気を催させるたぐいのものだ。地下室の壁に生き埋めにされたり、死者の心臓が鼓動していたり、分身（ドッペルゲンガー）につきまとわれて心をかき乱されたりする話。中にはひとつふたつ、脚色できそうな物語もあるものの、小説の場面を無理に舞台に乗せようとすれば台無しになってしまいそうでもあった。とはいえ、燃え殻から立ちのぼる芳香のように彼自身の着想が立ち上がってきた。過去ではなく、現在のピカデリーを舞台とする怪奇物語である。

悪の権化みたいな怪物がこの街に忍び寄ってくる芝居を見たら、観客は震え上がるだろう。食屍鬼（しょくしき）を貴族のように描いてやろう、と彼は思う。サヴィル・ロウの最高級店で仕立てた服に身を包み、オペラ座にボックス席を持ち、自家用四輪馬車を乗り回し、メイフェアの紳士倶楽部の会員権まで所有して、口を開けば上流階級のアクセントが流れ出す男だ。夜ともなれば百段の階段を上り、自邸の屋根に突き出した小塔のガラス張りの部屋からハイ・ホルボーンを見おろす。胸中に深い悲しみをたぎらせたそいつは、カミソリをチョッキに忍ばせて街へ繰り出す。おお、復讐がはじまるぞ。

そうだ、あとひとひねり。その怪物は男ではなくて男装の女にしよう。男たちにずっと虐待されてきた女性。まず手はじめに彼女は、男たちの妻たちをさらう。そうしておいて、夜半に打って出るのだよ。

どうかな、いけるかな？　見る人を動揺させ、不安にさせて、無力な問いかけを引き起こすことができるだろうか？

どんなに時間があっても物語を検討し尽くすのは不可能である。だが興行的に成功させるためなら、いくらでも練り直す。お金がすべてなのだから。今までそれに気づかなかった。書き手が一番欲しいのは時間であり、失敗できる余裕であって、逃れたいのは家賃の支払い、親指をねじで締めつけるようなあの重圧。金銭なんてものは数字に過ぎないけれど、必要不可欠なものでもある。数字は現実そのものの虚構化だからだ。

衣装デザイナーは早急な打ち合わせを提案してくる。楽団の指揮者は第二ヴァイオリンがまだ雇われていないので慌てている。カツラの多くがシラミにやられているので、役者たちが浮き足立っている。早変わりのための更衣室の窓ガラスが二枚、割れたままになっている。プログラムの印刷を請け負った印刷屋が支払いを求めている。今の状況は途方もない嵐の只中（ただなか）で桟橋（さんばし）に突っ立っているようなもので、手をこまねいていれば波か嵐のどちらかにさらわれてしまう。

　ストーカーは審判用のホイッスルを買い、製作会議に持っていくことにした。会議をはじめるとたいていは収拾がつかなくなるから、その笛を力いっぱい吹く。そうして、お互いにいっせいに怒鳴り合っても何ひとつ達成できませんよ、と諭す――ここに僕の帽子があります。皆さん、これをかぶってください。この帽子をかぶっている人だけに発言権がある、ということにしましょう。他の人たちは黙って話を聞くのがルールです。

「……ミスター・ストーカー、ミスター・ストーカー、わたしはいの一番に……」

「ひとりずつお願いします！　ルールに従いましょう……」

　今すぐ辞職すると息巻いていたクローク主任も帽子ルールを受け入れた。

　その結果、会議場は氷でこしらえた大聖堂みたいな場所へと姿を変え、氷河のように静かで、どこまでも透き通った空間になった。アーヴィングは二階正面桟敷に姿を見せ、短剣でザクロの皮を剝きながら、血みどろに見えるつぶつぶの果実を愛犬に少しずつ与えるようになった。

7

《ピットマン式速記(1)で記された日記からの抜き書きには穏当でない表現が含まれているので品位を重んじる倫理観をお持ちの読者各位にはこの章を端折(はしょ)ることをお勧めしたい》

一八七九年一月五日

今日、僕の最初の本がダブリンから郵送されてきた。ダブリン城のアイルランド総督府に勤めていた頃、上司たちから委嘱されて書いたものだ。『アイルランドの小治安裁判所で働く事務職のための職務案内』。

タイトルとは裏腹に、心を奪う読み物に仕上がっている。

フローが誉めてくれた。ふたりでシャンパンを開けた。

一八七九年一月六日

経費削減の方法を検討してきたことについて、H・Iに話す。H・Iは上演のたびに役者全員の靴を蜜蠟(みつろう)で磨くよう主張してきたが、今後はそれを週二回に削減し、しかも主役級の役者の靴のみとしたい。それ以外の役者の靴は、蜜蠟の何分の一かの値段で買える、普通の靴磨きで磨くこととしたい。

H・I　すべての靴を毎日、蜜蠟で磨くこと。マチネがある日は二回磨く。

自分　その必要がありますか？

H・I　ある。

自分（**不承不承に**）　それではお望み通りに。

H・I　剣、王冠、甲冑(かっちゅう)はすべて上演の前に磨き込み、衣装もすべて洗濯してアイロンを掛けておくこと。衣装に染みをつけた役者は、ひと晩分の出演料を没収される。俺の舞台には一点の汚れも許さない。観客は魔法を見たがっている。魔法を見てもらわなくちゃならないんだ。

Ｈ・Ｉには見えていなかったが、彼が立っている舞台の背後で、灰色の汚い猫が、荷造り用の木枠から空いたチェロケースへ、そこからさらに小道具のギリシア彫刻へと飛び移って遊んでいた。猫は積もりに積もった埃の中からこっちを冷ややかに睨んでいた。次の瞬間、そいつはアテナの像に飛び移って埃をパッと散らかした。

あの場面はしばらく脳裡に居すわりそうだ。

蜜蠟を三十ポンド注文した。

一八七九年一月七日

昼食をすませてから（かなり波乱含みの）リハーサルを抜け出した。ピカデリーのハッチャーズ書店へ行き、しばらく前に注文した本がどうなっているか尋ねたのだが、その本はアメリカ合衆国から届いていないか、または、サウサンプトンの税関で留め置きになっているらしい、と高飛車な調子で聞かされて、じれったくなった。ここは文明国の首都だぞ。一冊の本が税関を通過するなんていとも簡単なはずじゃないか。そう考えるといらだたしい。

ところが驚いたことに、帰ろうとした僕を若い店員（生意気な物言いをしたやつだ、髪は黒）が呼び止めたので、カウンターへ戻ると、なんと不思議（ミラビレ・ディクトゥ）なことに、たった今届いて開封した荷物にその本が入っていました、とさ。

その本というのは、エドワード・ヘルシング[2]とエドマンド・ラグランジュの共著による『現代の劇的効果に関する原理と科学及びそれらの実践』。全体としてよく書けているとは言いがたい一冊で、植民地人である著者たちが書く英語には殺人を咎めるかのような語法が目立つけれども、舞台上で特殊効果を得るための方法がていねいな図解付きで解説されているのはよい。本物らしく見える稲妻（いなずま）、嵐の音、激流、軍隊の突撃、大砲の発砲炎、地震、大旋風、暴風雨、煙の渦、亡霊などなど。それらの多くは、実際にやってみようとすると恐ろしく費用がかかりそうだが、アメリカの興行主は金に糸目をつけないと見えて、湯水のように経費を使う前提でこの本は書かれている。とはいうものの、百万長者でない劇場でも実践可能かと思われる魅力的な考案もないではない。

舞台化粧に関する章はとくに有益で、「モロッコ人」「アラブ人」「猿のようなアイルランド人」「(浅黒い)地中海人」「犯罪者」「スペイン人」「貴族」「殺人者」「(男の)やくざ者」「(女の)性悪」「公爵に手込めにされた娘」などの類型を見せるための、効果的な化粧法が解説されている。さらにこの本で最もおもしろく、役にも立つと思われるのは、「日没」や「小鳥が鳴く明け方」などの表現法を扱った章である。とりわけ、紗幕の背後に立てた複数の鏡を三角形をなす角度に配置することによって役者の姿を消すトリックは、きわめて巧妙で畏怖の念さえ覚えさせる。

このトリックやその他いくつかのものに関してはしっかり研究するつもりだ。というのも、劇場の観客は古いやり方にはすぐ飽きてしまうものだから。ロンドンの演劇界ではその種の退屈がすでにはじまっているので、新しい感動、僕たちの時代にあった現代の興奮がなくてはならない。この点でライバルたちを出し抜くことができれば、ライシアム劇場は勝ち残れるだろう。ヘルシングの序文にはなかなか明晰な文章がある。「観客の集中をそらしたり、裏をかいたりすることで、多くのことが成し遂げられる」。そう言われればその通りだ。

書店から劇場への帰り道、警察が治安維持のためにピカデリー・サーカスを封鎖しているのに出くわした。通りかかった首相の馬車に塗料を投げつけた女がいたというのだ。しかたなくレスター・スクエアの方へ迂回したのだが、悲しい気持ちにさせられた。貧しい人人がそこに大勢集まっていて、皆が皆、見るも無惨なほどにやせ細っていたからだ。人間としての威厳を奪い取られた人を見るのはつらい。中にはアル中やアヘン中毒とおぼしき人々がいて、女性や子どもたちもぞっとするほどみじめな様子だった。かれらの多くはアイルランドからロンドンへやってきた人たちであるらしい。嘆願する声を聞いてそれがわかった。僕はできるだけの寄付をした。もっとできたらいいのにと思った。

裕福にして寛大であるはずの王国において、なぜこれほどの欠乏が許されるのか？　かれらはロンドンの人々と同じように感じ、同じものを求めているはずなのに、僕たちにはどうしてそれがわからないのだろう？

かれらを見たのはわずかな時間だったけれど、僕の目には涙があふれた。一羽の鳩が汚い草地でぴょこぴょこ跳ねていた。片方の翼に怪我をしていた。ごみの山を漁っていた小さな野良犬が走ってきた。ぼろをまとった子どもがひとり、「こら、だめだ」と叫びながら飛んできて腕を振り回したので、飛びかかろうとした犬は退散した。戦う術もない鳩はよちよちした足取りで去っていった。でも、ここは大都会だから、どこかでまた危機が待っているに違いない。とはいえこの場面を見たとき、僕は心の底から揺さぶられた。世の中の情けや正義について知る機会がまだほとんどないと思われる小さな子どもの心にも、不当な暴力を退けようとする願いが備わっているのを知ったからだ。

劇場の方へ戻ろうとしてチャリング・クロス・ロードを曲がり、セント・マーティン・イン・ザ・フィールズ教会の脇の路地を通ってストランドへ出た。ふと見ると、ヴィラーズ・ストリートの角のフレンチ・カフェの窓辺に、まぎれもないチーフの姿を発見した。ひとりで坐って『マンチェスター・ガーディアン』紙を読んでいる。彼は新聞から目を上げてこちらに気づき、にっこり笑って手招きした。

「ほう、気高きミスター・ストーカー、今朝のご機嫌はいかが？」

元気ですよ、と僕は言った。

「よかった」と彼は返した。「鷲のようなまなざしで太平洋を見つめたときの、たくましきコルテス(3)のようなものだな」

そうして、シベット・コーヒーを一緒に飲まないかと誘った。

山盛りの皿みたいな仕事が待っているので劇場へ戻らなくちゃならないんです、と僕が言うと、ライシアムはかれこれ二百年間なんとかやってきたのだから、今から三十分ほどふたりが介入しなくても決して倒れやしない、と相手は返した。

「君が通りかかってくれたから、いまいましい新聞から解放される」チーフが晴れ晴れとした顔で言った。「なぜこんなものを買ってしまうんだろう？　読みたいことなど何ひとつ書いてなくて、進歩・向上のために読んでおくべきだ、とかいう触れ込みの記事ばかりが並んでいる」

今朝の——もう午後だが——チーフは以前よりも愛想がよく、やさしさも見えて好感が持てた。ポリッジに携帯用酒入れ（ヒップフラスク）から酒を垂らして食べている。「バーボン郡産のウイスキーだよ」と彼は言った。「今こそ飲むべし（ヌンク・エスト・ビベンドゥム）、なあ君（モン・ブラーヴ）」

その物腰には朝起きぬけの眠たげな雰囲気があり、男っぽい魅力をかもし出している。

「ゆうべは大荒れだった」彼はにやりとしながら、悔やむようにつぶやいた。「たちの悪い連中とつるんで冥界（めいかい）へ下った。望み通りのお楽しみが待っている世界だ。頭がガンガンする。ふだんアルコールは飲まないんだが」

「なぜ飲まないんですか？」

「飲むと平凡な人間になるからだよ」

だとすれば、あなたは演劇界で盛んな〈ブドウ教〉に帰依しない唯一の人物かもしれませんね。

「ええと、待てよ」と彼は続ける。「ちょっと数えてみよう。君も見たように、朝は働き者の馬のごとく、ポリッジとともに一杯のバーボンをたしなむのが日課だ。午前十一時頃には景気づけに一、二杯の白ワインと天然炭酸水（セルツァー）を飲む。昼食にはボルドー産赤ワイン（クラレット）を一瓶、食後にはローヌ地方の酒精強化ワイン（ミュスカ・ド・ボーム・ド・ヴニーズ）、午後三時頃にはポンコツのボイラーに燃料をくべる意味で、フルートグラスに冷えたシャンパンを一杯。舞台に上がる直前に一、二杯ビールを飲むのは、汗をかいてみせるための水分補給。お客さんは俳優の汗が好きだからね。舞台が終わるまでは一滴も飲まない。その後はほんの一口たしなむ程度。俺は事実上、ほぼ禁酒主義を貫（つらぬ）いているんだ」

僕は大笑いした。そして、本当の意味で舞台を下りたチーフを見たのはこれがはじめてだと気づいた。素顔の彼は別人だった。

「笑い顔がやさしいじゃないか」と彼が言った。「もっとひんぱんに笑った方がいい。フキゲンな顔がゴキゲンになるから」

コーヒーと黒ソーセージ（ブラッド・プディング）が目の前に届いた。

「仕事は順調かな、ブラム？」

「問題がないわけではありませんが、解決する見通しはついています。少なくとも僕はそう思っています」

「リハーサルのほうもうまくいってるかな？」

「はい、大丈夫だと」

女性がふたりしか登場しない『ハムレット』について、チーフは新機軸を考えていた。エルシノアの宮廷を大胆に膨らませて、「男だけじゃなく女も登場させて、できる限りにぎやかにしよう。ムキムキの太ももの男どもが舞台上を歩き回る場面ばかり見せるのはつまらない。フットボールの試合じゃないんだから」。

実行できるようただちに検討に入ります、と僕は答えた。

「考えていたんだが」と彼が続けた。「君の肩の荷は重いだろう。どんな形の補助が必要か言ってくれ。秘書か何かをつけた方がいいかね。熱心にやってくれているのはありがたいので、君を失いたくない。その一方で、弊害の芽があるならあらかじめ潰しておきたいんだ」

僕は彼を見つめた。

「金の話だよ」とチーフが言った。「週給四ギニーに昇給しようと考えている。今すぐは無理だが少ししたら可能になる」

「ありがとうございます。今でも妥当以上の金額だと思っていますので、うれしいです」

「ではその方向で。働く者には相応の賃金が支払われなくてはならない」

「もうしばらく様子を見ましょう」

「そうしよう。今聞いておくべき問題は他にあるかな？　役者たちが殺し合ったりしていないかね？　そういう輩（やから）がいたら持ち場から外してやればいい」

僕は役者たちに関することでひとつだけ、役者たちの代わりにチーフに尋ねてみたいことがあった。

「わかりました。でも今のところ殺し合いは起きていないようです」

僕はチーフがなぜいつもリハーサルに顔を出さず、役者たちに段取りを任せたままにして、劇場からしばしばいなくなってしまうのか、奇妙に思っていたのだ。それについて尋ねると、彼は、馴れ合いにならぬようにしているのだと答えた。自分がやる演劇においては、「新しさと危険さ」によって生じる「火花」をこそ大切にしている、と。彼は僕の考えを訊いてきたので、
長年の経験から生まれたあなたのやり方を尊敬しますし、理解もしているつもりですが、あえて言わせていただくなら、とくに若い役者たちは、あなたがかれらと一緒にいるだけで学べることがあるように思います、

と答えた。かれらにとってあなたは錨で、誘導灯で、一種の父親でもあるのですから。チーフはそれを聞いてうなずいていた。

「イングランド人はやたらに周到な準備をしたがるが、俺はあれが嫌いなんだ」と彼は言った。「最高の結果は準備からは生まれない。ひとりでにあらわれてくる。〈起きる〉ものなんだ。君も俺と同じケルト人だから、もちろんわかるだろう」

「あなたと僕が同じ？」

「君の目の前にいるのはサクソン人ではない。俺は母親からコーンウォールの血を引き継いでいる。君も俺も元をたどれば、いにしえのケルト語と伝承と風習に行き着くのだよ」

「気づきませんでした」

　ここでちょっと話題がとぎれて、少しの間、ティースプーンがカップに触れる音だけが聞こえた。「ところでミセス・ストーカーは元気かね？　給料が上がることで、彼女がロンドン生活に馴染む助けになるようだといいのだが。君は仕事ばかりやってちゃいかんよ」

「はい」

「放っておかれた奥さんは心が干上がってしまう。この業界でそういう例をたくさん見てきたんだ。そうなりたくないだろ」

「はい」

「君に加わってもらったことが、われわれの冒険全体にとってどんな意味を持つのかはまだわからない。が、よい友人とともにやっていくことで、新しい試みに伴うリスクは軽減されると思う」

「光栄です」少々当惑しながら僕は言った。「友人と呼んでもらえるなんて」

　彼は次に興味深いことを言った。

「友情というのは相手が誰だかわかるってことだ。一種の里帰りと言ってもいい。うまく説明できないけれども、誰だって一度や二度は経験している。君と会ったとき、俺は君が誰だかわかった。言えるのはそれだけだ。言ってる意味が通じているかな？」

「はい、もちろん」

「俺は夜、自分の中へ入っていく。正直に言うがね。若い頃、背中に大きな切り傷を負って、そいつがときどき痛むので、アヘンチンキを飲むことがある。アヘンは肉体がない魂だけの世界へ誘ってくれる。そこでたくさんの人々に出会った。俺自身にも出会った。こんなことを言い出したら君を不安にさせるかもしれんが、俺はあそこで君にも出会った。どこか前世で、君と俺は——その分身だろうがね——結婚していた。いやもしかすると来世かもしれない。神のみぞ知る、だ」

僕は声を上げて笑った。「僕たちのどっちが新郎で、どっちが新婦だったんでしょう?」

彼は微笑(ほほえ)みを返しながら、「ときどき頭がどんよりする奴だな。地面に縛りつけられた、想像力の翼を持たない頓馬(とんま)野郎だ。俺たちは今、小学生の少女たちみたいに他愛のないおしゃべりをしてただけじゃないか。さあ、仕事に戻るぞ。ぼんやりするな!」

外の通りへ出た彼は口笛で辻馬車を呼んだ。銀行に用事があるのだという。なぜか僕の頭の中に、レスター・スクエアで見た貧しい人々の姿が蘇(よみがえ)った。

僕は彼に言った。「ひとつ訊いてもいいですか?」

「いいよ」

「妻と僕が最初にライシアム劇場へ行ったとき、エクセター・ストリート側の扉を十二、三歳の少女が開けてくれたんです。お腹を空かせていたみたいで、虐待されている感じの子でした。あれは誰ですか?」

「うちの劇場に少女はおらんよ」

「でも少女を見たんですよ」

チーフは首を横に振った。「子どもは劇場で働くことが禁じられている。賃貸契約の条項に入ってるんだ」

「奇妙だな。確かに見たんですが」

「何を見たのか知らんけれども、劇場に少女はいない」

辻馬車がやってきて停まり、彼は手を振って去っていった。

僕は歩く道筋を変えて、ソーホー経由で劇場へ戻ることにする。ディーン・ストリートから横丁へ入ったところにあるはずの、ザ・ドレイクスとかいう〈歌の穴倉〉を探してみようと思ったのだ。劇場の若い連中が話題にしていた店で、深夜、男たちが集まって歌ったり社交を楽しんだりする場所なのだそうだ。だがどうやら住所を間違えて覚え込んでいたようで、店を見つけることはできなかった。

残念。ロンドンが寝静まる時間に、地下の店で大勢の連中と歌を歌ってみたかったのだが。

そのうちまた探してみよう。

―◆―

一八七九年一月十二日

今朝、日曜日だというのにハーカーが出勤してきた。あっぱれと言いたくなることが多い男だ。ハーカーみたいな部下が大勢いてくれたらどんなに助かるだろうと思うけれど、ひとりいるだけでも感謝すべきなのだろう。

ハーカーに手伝ってもらって、『現代の劇的効果』に載っていた実験をしてみた。化学変化を利用して煙を出すという触れ込みだったが、ふたりのネクタイを黒く汚す結果に終わった。近々薬剤の調合比率を見直してもう一度やってみるつもりだ。それはそれとして、ハーカーは役に立つ上に人柄もよく、楽しく穏やかな若者である。僕たちはふたりして一時間ほど、舞台下で埃と油まみれになりながら油圧式の迫と格闘し、ひどく錆びたクランクをいじった結果、幸いにも修復することができた。ハンマーを振り回すのがとても楽しかった。男同士が協力し合って流す汗ほどすがすがしいものはない。

ハーカーの驚くべき好奇心と、学ぼうとする純粋な気持ちには、つくづく感心させられる。

彼は、他人に教えるにふさわしい知識の持ち主だと思う。

一八七九年一月十三日

ハーカーが僕のために、詳細できわめて美しい図面を引いてくれた。一階前方席、二階正面桟敷、三階桟敷の座席がいちいちぜんぶ書いてある。この図面さえあれば、特定の日の空席状態を知ることができる。図面上の売れた席に、×印をつけたチョッキのボタンを置きさえすればいいのだ。ハーカーのおかげでできたもうひとつの重要な改革は、舞台の天井部分に学校で使うのと同じ黒板を設置することで、背景幕の巻き上げ係がすべての指示を書きとめられるようになったこと。彼は名案が湧き出す泉である。

ふと僕はハーカーに、ザ・ドレイクスとかいう〈歌の穴倉〉へ行ったことがあるか尋ねてみた。彼は僕と目を合わせずに、自分は行ったことがないが、行った者たちを知っていると答えた。ついこの前、探してみようと思って覚えていた所番地まで行ったのだが、看板も表札も見つからなかった、と話したところ、「そういうのは出してないんすよ」とまだ目を合わせずに教えてくれた。「どうしてもあの店に行きたい者だけがたどり着けるようになってるみたいっすね」

「あそこの客は主に独身者なんだよな、ハーカー君?」

「そうっすね、類は友を呼ぶと言いますから。まあそういうことっす」

「ロンドンのパブはそういう店が多いね」僕は冗談のつもりで返した。

「そういうわけっす」と彼は答えた。

「あの店ではどういう歌を歌うのかな?」僕はさらに訊いてみた。

「モリー・コックルシェルズが火曜日に出演するそうっす。午前三時頃に。滑稽（こっけい）な歌が多いって聞いてます」

「彼女はいい声なのかな?」

「歌手っすから」

「なるほど」

「でも、いつも歌を歌っているわけじゃないんすよ」と彼は続けた。「警察がガサ入れに来るときだけ、みんなで歌い出すんっす。隠れ蓑（みの）っすよ」

「ふむ」

「そうなんっす」と彼は続けた。「ザ・ドレイクスは紳士が行くところじゃないっす。パクられますから。紳士ならもっとましで安全な店へ行きますよ」

「警察に捕まらないような店ってことかな?」

「恐喝に引っかからないっていう意味もあるっすね」

「用心深い紳士ならってことだね。そういう紳士はどこへ行くべきだろう?」

「ポートランド・プレイスの近くにいい店があるって聞いたことがあるっす。でもそこは会員制で年会費が千ギニーもするって。どうやったら会員になれるのか知りません」

「いやもちろん、好奇心で聞いてるだけだよ」

「そうっすよね。こっちも話す先から忘れてるっす」

　ライシアム劇場の日々に関して、帳簿の左側（借方）に記入しておくべきことがある。リハーサルに参加するようチーフに勧めた僕の提案は残念なことに、関係者には熱意を持って受け入れられなかった。チーフは今日の午後からはじまった『ハムレット』のリハーサルに参加したのだが、次のようなことが起きてしまった。
僕は舞台の袖にハーカーとふたりで立って、真新しい麻ロープをほどきながら冗談を交わしていた。すると、ハムレット役のチーフと、死んだ父親の亡霊役の役者との間で、聞くにしのびないやりとりがはじまったのだ。

チーフ　おまえは墓から目覚めたデンマーク王を演じているんだ。酔っぱらった煙突掃除人が垣根の向こうで、ひとりごとをつぶやいてるわけじゃないんだぞ。やり直しだ、この老いぼれ！　俺たちを怖がらせてみろ。おまえの演技のあの世っぽさときたら、売春宿の痰壺と同じ程度なんだよ。

ミスター・ダンスタブル（**亡霊の役で**）「わたしにはもう時間がない。わが身を苦しめる地獄の炎の中へ戻らなくてはならないのだ(4)」

チーフ（**いらいらして**）「おお、哀れな亡霊！」

ミスター・ダンスタブル　「哀れみなどいらぬ、それよりも耳を傾けてくれ、今から語る一部始終に」

長い沈黙。亡霊がセリフを忘れたことが明らかになり、いたたまれない。

チーフ　口を開(ひら)けよ、いったいぜんたい何を待ってるんだ、電報でも来るってのか？

ミスター・ダンスタブル　すみません、少し休憩を。

チーフは怒り心頭に発して高価な椅子を蹴り倒す。

チーフ　五分だぞ、このロバ野郎。休憩してオート麦でも喰らうがいい！　戻ってきたときにセリフがちょっとでも出なかったら、おまえの心臓を細切れにして、ドアの上の明かり取りに詰め込んでやるから覚悟しろ。括弧(かっこ)つきの――うさんくさい――顔をした、男っぽさのかけらもない、にやけた老いぼれめ、出ていけ！

ここに至って僕はハーカーに他の場所での仕事を指示し、自分は舞台へ出た。若手の役者たちの中にはチーフに怒りの目を向けている者も目立つ。かれらが見ている前でチーフの癇癪(かんしゃく)をこれ以上長引かせるのは得策でない。そんなことになったら、チーフというリーダーの存在意義に疑いが生じるからだ。

　チーフは今舞台前方の左手に立って、二度と言えないほどひどいことばで悪態をつぶやきながら、衣装係に持ってこさせたウイスキーをがぶ飲みしている。愛犬が鎖を引きずりながら寄ってきて、まるで犬のぬいぐるみを着た人間みたいに、チーフの太ももあたりに鼻面を寄せて慰(なぐさ)めている。チーフは僕を見ると、今ではそれとわかるようになった仕方でうなずいた。招いているのではなく、拒んでいるのでもない。どうすればいいのだろう？

　そういえば今日の昼間、小さなことに気がついた。ちょっとおもしろい発見だったので、彼に話しておもしろがってもらえたら、この場の空気に蔓延(まんえん)した毒を抜く助けになるかもしれないと思った。どうだろう、やってみるか。

　僕は彼に、たいしたことじゃないんですがちょっと相談したいことがあります、と言った。

「どんな？」

「奥様から伝言が届いて」と僕は続けた。「奥様と家族の方たちが初日のチケットを欲しいとのことです」

「手配してやってくれ」

「ちょっと気づいたことがあるんですよ。ミセス・アーヴィングのお名前はうちの妻と同じフローレンスなんですね」

「だから？」

「いえ、ただそれだけです。偶然だなと思って」

　チーフは雷が来そうなほど暗い顔をしている。「君と俺の心は離れてしまった。君がそのことに関心があればの話だがね。この場を繋ぐ話題は他になかったのか？」

　そっけないことばに投げ飛ばされて、僕は慌てて考え直した。「大工の増員がさらに必要です」こう返すのが精一杯だった。

「しかるべく手配してくれ」

「すぐに使える資金が底を突きかけています。今朝、小切手が一通不渡りになりました。銀行にさらなる財政援助を頼んでもらえますか？」

　チーフは僕が言った最後のセンテンスを、カラスが鳴くような冷笑とともに、アイリッシュアクセントで繰り返した。嫌味だった。「君には思い当たらんのだろうね？　いま再び、君らのために援助の要請をするよりも、俺は今、もっと差し迫った困難を抱えているんだがなあ」

「僕のために？」

「君ら全員のため！　みんなのためだよ！　ひっきりなしに些末なことを持ちかけて、俺を妨害するのが君の仕事なのか？　俺がどれほど忙しいかわかってないだろ、俺を干からびさせようってわけだな？　支配人としての給料を払ってるんだ。管理運営ってやつをしたらどうだ。ふきんみたいに俺を絞り上げるのもほどほどにするがいい」

　鎖を引きずったチーフの犬が口からよだれを垂らしながら、僕をめがけて突進してきた。何人かの役者はおびえて飛び退き、僕もとっさに震え上がった。チーフがパチンと指を鳴らすと、犬はとたんにおとなしくなった。

「この困難な状況の中で」うろたえながら僕は言った。「僕なりに最善を尽くしてきました。あなたに望まれているのなら、僕はこれからもできる限りのことをしていきます。ただ、僕の奉仕があなたの期待に添わないのであれば——」

　チーフは再び威張り散らしはじめた。「君はこのていたらくを最善と呼ぶんだな。こうなると最悪の方も見てみたくなる。オープンまであと一週間しかないのに、背景画さえ描けていない。俺が自分で描かなかったから悪いとでも言いたいんだろう」

　僕は蜂に刺されたように叫んだ。「ミスター・ハーカー、用意はいいかな？」

「ミスター・ストーカー、行きますよ」舞台の天井から声が聞こえたのと同時にどすんという音がして、巨大な背景幕がほどけて下りた。

　舞台の床から埃が舞い上がり、粗布の表面にさざ波が立ったが、一瞬後にぴんと張った。若き友人ハーカーの手になるエルシノア城はかつてないほど壮麗な姿を見せた。漆黒の狭間胸壁、そびえ立つ銃眼つきの胸壁、ずらりと居並ぶカルバリン砲の砲口、ランプの明かりが見える高窓、黒と銀のガーゴイル。一面に銀泥を引いた空は舞台の明かりと相まって、忘れがたい豊かな輝きを放っている。高さ五十七フィート、幅八十二フィートの背景幕に脈打つ、緊迫したエネルギーのうなりが聞こえるかのようだ。役者、大工、観客席を整えている作業員が皆畏怖に打たれて息を呑んだ。次の瞬間、劇場の隅々から怒濤(どとう)のような喝采(かっさい)が巻き起こった。一階前方の椅子席を拭いていた女性、シャンデリアのガス灯の点灯係、石膏(せっこう)職人、ガス担当の少年、舞台下の暖房炉係がこぞって声を上げ、楽団のヴァイオリニストたちは弓で弦をとんとん叩いた。「ブラボー、すごいぞ！　でかしたぞ、背景画家！　フレーフレー！　ライシアム劇場」

ひとりだけむっとしている者がいた。

そこに居合わせた全員同様、チーフも感激しているのが伝わってきた。だが彼はすねた子どもみたいに意固地になっていた。喝采に背を向けて、舞台の袖にすっと消えていく背中を愛犬が追いかけた。狭い階段を上り、ひとりで使っている居室へ向かったのだろう。僕は慌てて追いかけて、あなたが今、みんなとハーカーにひと声掛ければ士気が上がります、と彼の背中に向かって言った。

「給料を払っているのは俺だ」階段の頂上から冷ややかな声が響いた。「俺は連中の母親じゃないぞ。やれやれ、乳を飲ませたいならよそでやってくれ」

その捨てゼリフを残して彼は自室へ引っ込み、扉を後ろ手に閉めた。ばたんと閉めた勢いが激しかったので、リハーサルのスケジュールを書いておく掲示板が僕の目の前の壁から落ちた。

今日のリハーサルはこれでお終いになった。

奇妙なことに、猫たちは大挙して去っていった。大王か何かが退去命令を出したのかもしれない。

一八七九年一月十七日
午前四時三十三分

睡眠薬入りの飲み物を飲んだ。モルヒネ粉末とカンフルが二ドラム入っていたのだが、不愉快な夢を見るはめになった。チーフが霧を吐き出している夢だ。黄色い雲みたいなおぞましい何かが、葉巻の煙みたいに彼にまとわりついているのだが、この霧は生きている。[5]濃くなったかと思えば散り散りになって、窓から出ていく。その霧を吸い込んだ者は倒れるか、お互いを爪で引っ掻くかしている。目覚めたとき、大汗をかいていた。下宿の部屋には僕ひとりしかいない。

フローレンスは昨晩、ダブリンへ帰った。ドーソン・ストリートの聖アン教会で甥っ子の命名式があるのだ。ふたりで結婚式を挙げた教会よ、と冷ややかに言い残して去った。

昨日口げんかをして、仲直りする前に出かけたのだ。

彼女はまたもや奇妙な考えに取り憑かれている。今度はハンガリーで僕の小説の海賊版が出たという。僕はいつも、海賊版で儲かるのはごくわずかな金額なので目くじらを立てる必要はない、と言っているのだけれど、彼女はどうしても気になるらしい。もううんざりするくらい、彼女には繰り返し言っているのだが、著作権を保護するのはべらぼうに難しいと思う。

ところがフローレンスにも言い分がある。大英図書館でいろいろ調べて、公証人に相談もしたらしい。彼女によれば、僕が物語に脚色して劇を書いたとして、その作品を一度でも上演すれば、普通の劇と同等の著作権保護を受ける権利が生まれるのだそうだ。しかし、そんな考え方はあまりにもばかげていると思ったので、今後は僕の許可なしに法律家を雇わないで欲しいと言った。彼女はそれでもあきらめずに、「世の中の発明家には特許を受ける権利があるわよね。ジェニー紡績機とか計量器と同じように、本だって発明品でしょ?」と言い返した。僕は、「残念ながら、本は発明品と言えるほど役に立たないよ」と返した。フローレンスは怒った声で「大人になりなさい」と言い残して、もうひとつの部屋へ入った。やがて荷物をまとめて戻ってきて、ダブリンへ行ってもいいかしら、と訊いた。駄目だと言いたかったけれど、やめておく。僕たちはお互いに、口に出していないことにたいして許可を求め合っているように感じていた。何かをごまかしている気がしたのだ。いいよ、と言ってから間違えたと気づいた。だが彼女は行ってしまった。

夜遅く、イーストエンドのシャドウェルの川辺まで歩いた。ひとりで水辺に突っ立ったまま、テムズ川をいつまでも眺めていた。

なんだか結婚生活がお終いになったみたいな気分。いや、本当はそんなことを考えていたわけじゃない。ごまかしていただけだ。

胸に秘めた思いがチーチーさえずったり、カーカー鳴いたりするのが聞こえる。明け方は虫が好かない。人形たちが歩き出すなら、今がそのときである。

一八七九年一月十八日

深夜十二時半

昨日の朝、ハーカーと（衣装を着けた）見習い役者たちと一緒にストランドへ出て、明日の夜初日を迎える――おお神よ、われらを助けたまえ――『ハムレット』の広告ビラを道行く人々に配っていたときのことだ。アトキンソンズ文房具店のショウウィンドウに、近頃多くの人たちが熱心に噂している新式の携帯用タイプライター(6)が陳列されているのを見つけた。とても楽しかったし、仲間意識は深まったけれど、チケットの売り上げに貢献したとは思えないビラ配りを終えた後、文房具店へ入って、その機械を間近に見せてもらった。その結果、僕の心臓はキューピッドの矢に射られてしまったらしい。

ミスター・アトキンソンは、試しに使ってみるために機械を持って帰ることを許可してくれた。じつは今、そのタイプライターでこの文章を書いている。これはすごい機械だ。とてもおもしろい。キーを叩くときに出るカチンカチンいう音も心地よい。二枚の紙の間にカーボンペーパーを挟んで打てば、完璧な複写ができあがる。なんて簡単なのだろう！

つい今しがた、僕は劇場の掲示板に貼り出す短信をこの機械で書いた――〈関係者全員が献身的に働いてくれたことに感謝する。全員に神の恵みがありますように。チーフ〉。

とはいえこの機械で手紙を書くのは時間がかかりすぎるので、今しばらくはペンに戻ることにする。

タイプライターの助けを借りれば、書き手はどんな人物になりすますこともできそうだ。

―8―

《この章ではさらなる日記の抜粋が開示され、指輪が交換され、著名な客が舞台裏を訪問する》

一八七九年一月十九日

特別な日、そして夜。僕はこの日を決して忘れないだろう。

舞台裏は異様な興奮状態だった。美服を着け、化粧と甲冑で決めた男の役者たちと、豪華なシルクのドレスを着けて深紅の室内履きをつっかけた女の役者たちがわさわさしているのは豪勢な光景で、夏の陽気に酔っぱらった庭園か、魔術師が命を吹き込んだ宝飾店のショウウィンドウを眺めているような気分になった。だがさすがに、オフィーリアがタバコの灰を自分の衣装にこぼしながら、船乗りみたいなことばづかいでしゃべっているのを耳にしたときには、注意せずにはいられなかった。僕が通りかかったとき、彼女はガートルード役の女優と大笑いしていたのだ――「男とベッドをともにするのは薬だよ、わかってるでしょ。別れた男の思い出を乗り越えたかったら、別の男の下へもぐり込むのが一番なんだから」。とはいえ、ときには聞こえても聞こえないふりをするのが若い連中とつきあう秘訣である。かれらの生意気なおしゃべりは無垢のあらわれなのだから。

午後七時まで、ピラミッドをこしらえた古代エジプト人を思わせる勤勉さで、塗装職人とニス職人があちこち仕上げやら手直しやらをしていた。観客席全体が新しい塗料と絨毯の匂いを発散していたので、僕はハーカーに指示して舞台上でお香を焚かせた。

懐中時計で確かめて午後七時二十九分きっかりに、二、三階の半円形桟敷席、ボックス席、一階前方席にあらかじめ配置しておいた、場内案内係の主任たちに声をかけた。するとかれらから、「準備できてます」の声が次々に返ってきた。聖メアリー・ル・ストランド教会の七時三十分の鐘が鳴ったのと同時に、僕は宣言した――「今、七時三十分。皆さん、開幕まであと三十分です。ありがとう。扉を開けてください」。

観客が満ち潮のように入場しはじめたとき、プロンプター用のデスクに一番近いボックス席の壁の塗料が一部分まだ乾ききっていないのを見つけた。周囲には誰もいなかったので、大急ぎで刷毛を探してきて、ひとりでなんとか応急処置をした。

最初にやってきたのは古ぼけたコールテンやモールスキンや水夫用外套を着た貧しい人々で、酔っぱらいが多く、案内係にぞんざいな口を利いていたが、心根はやさしい人たちだった。ひとり、通りすがりに怖い目つきで僕を睨みつけて、「おい、そこの空財布、何を見てやがんだ?」と因縁をつけてきた奴がいたので、「うせろ」とひとこと返した後でいくつか冗談をやりとりした。その男を含む二百名ほどの野次馬たちは、新調した鋳鉄製の仕切り柵の後ろの椅子席へ案内された。自画自賛になるが、その区画は改装がとてもうまくできたと思っている。かれらには劇場からビール(と、ハーカーの発案で特殊な用途に使ってもらうための空き瓶も)が配られた。これらの群衆がみな席についてわいわい騒いでいる間に一般客たちが席へ案内された。

ボックス席、一階後方席、天井桟敷にいたるまでの席から席へ、列から列へと観客席がみるみるうちに埋まっていった。観客がおしゃべりし、声を上げて笑うざわめきが隅から隅まで劇場に行き渡って、死にかけていた老女ライシアムに輸血がおこなわれたかのように思われた。僕は何人かの役者とともに幕の隙間から観客席を覗いた。生まれてはじめて見る興奮がそこにあった。目が回り、舞い上がって、うれし泣きしそうになったけれど、ふだん通りを装ってしゃんとしていなければならなかった。「おお、世話焼きおばちゃん・ブラム」――僕のことを劇場の連中がこんなふうに呼ぶようになったのはこれが最初だ――「すごい眺めじゃないか?」。かれらはさらに僕をからかって続けた。「アーンティーも衣装を着けろよ。一緒に舞台に立とうぜ、おもしろいから」

午後七時五十三分、舞台の天井へ上がっていく直前の大道具係に声を掛けて、今回の『ハムレット』にはセリフがきっかけになる箇所が七十九か所あるので、よく耳を澄まして抜かりなく操作してくれるよう念を押し、君たちの仕事を信頼している、とひとこと添えた。大道具係たちは「アーンティーにバンザイ三唱!」と叫んだ。花売り娘と見習いの舞台係たちも集合している。かれらのほとんどは貧しい地域から来ている若者である。チーフも僕も、かれらを劇場で雇うことによって、かれらが世の中と繋がっていく道筋を見つける助けになればいいと考えていた。教育をはじめとする機会には恵まれていない若者たちだが、かれらにはとても魅力を感じる。

僕は花売り娘と見習いの舞台係たちに向かって言った――これからみんなで気高い仕事に乗り出そうとしています。僕たちひとりひとりがライシアム劇場の代表なのですから、礼儀正しく背筋を伸ばして、勤勉な少女と少年らしく、両親たちが誇りに思ってくれるように振る舞いましょう。その後僕はひとりひとりと握手し、二シリングの祝儀とタイプライターで書いた感謝の手紙を手渡した。僕はかれらの存在と、かれら同士の気取らない友達関係に深く感銘を受けた。

初日の売り上げを教区内の貧しい人々にすべて寄付する、というチーフの提案も好ましいと思った。彼は個人でも百ギニーを寄付していた。

外で稲妻が光った。高窓から見える夜空から差し込んだ閃光が観客席と閉じた幕を照らし出し、人々は歓声を上げた。われらが母なる自然も、ゴシック的な雰囲気を盛り上げるのに力を貸してくれているようだ。八時五分前になったので、楽団に指示してオーケストラピットに入ってもらった。場内から大喝采が湧き上がり、長く続く。手はじめに二、三曲軽めの曲が演奏されても、安い席のざわつきは収まらない。だが「女王陛下万歳」が聞こえてくると、（ほぼ）神妙な静寂が観客席を（ほぼ）支配しはじめる。そして名誉革命当時に流行った「リリブレロ」と「タラの館の広間のハープ」が続く。そろそろ観客席の照明を消すタイミングを指示すべきだな、と思ったそのとき、小道具係の主任が飛びこんできて緊急事態を知らせた。

報告を聞きながら、僕は頭が真っ白になってしまった。何かきたないことばを口走った記憶はあるのだが、おそらくは単音節の摩擦音の羅列にすぎず、ことばになっていなかったに違いない。とはいえ、それでも、考えをまとめる助けにはなった。僕は小道具係の主任に向かって、緊急事態の発生は絶対に口外しないよう指示した。劇団に不安を蔓延させてはいけない。魔神を瓶から出したら最後、取り返しがつかなくなるからだ。僕はオーケストラピットにメモを送り、追って指示するまでの間、序曲の演奏を続けること、何があっても絶対に演奏の中断はしないように、との指示を出した。そうして小道具係の主任と彼の助手の後について〈化粧室一〉へ向かい、ふたりは部屋の外に待機させた。

アーヴィングが化粧室の窓際にたたずんでいる。裸の上に化粧着だけをつけて、片手に長柄の短剣を握っている。雨粒がガラス窓を打つ音が奇妙な喝采のように聞こえ、明滅する稲妻は光と影の異様なドラマを演じている。扉が開く音を聞いて振り返った彼の顔は憔悴して血の気が失せ、強風に煽(あお)られて葉を落とした裸木そのものに見えた。

「何度も吐いてしまった」と彼はつぶやいた。「休演にしてくれ」

あと一分で開演の時間になります、休演はできませんと僕は返した。

「準備不足だ」と彼が言った。「頼むから。キャンセルしてくれ」

彼はおびえて、わなわな震えている。悪夢を見た子どもか、月に照らされた公園で夢遊病からふいに目覚めた人のように激しく動揺している。僕の見るところ、この状況は気むずかし屋がポーズを取っているのではない。かまって欲しくてやっているのでもない。チーフはもっとどす黒い敵意にからめ取られている。

「劇場は立錐の余地もありません」僕はあえて言った。「みんな、あなたを愛していますよ。観客の声が聞こえませんか？」

今や観客が声を合わせて、アーヴィングの名前を連呼している。

「しかたない。返金はしてやってくれ。俺は体調不良だ」

「なんて言えば？」

「具合が悪いとか。喘息とか。何でもいい。ただ、臆病風に吹かれたせいでこうなったことだけは、劇団員に内緒にしておいて欲しい。チーフが臆病者だったとみんなに思われるのは耐えられないから」

「よく理解ができません。何を恐れることがあるんです？」

彼は何も言わずに僕の目の前で背中を丸めて、押し黙ったまま涙を親指で拭っている。こんな光景を目にするのははじめてだし、相当たくましいはずのわが想像力でも、さすがにこれは予測できなかった。僕はことばに窮した。

「友人として僕を信じてください」と言うのが精一杯だった。

「笑うんじゃないだろうな?」

「信頼して話してください、男同士なんですから」

「俺の目が悪いのは知っているよな」

「どういうこと?」

「思ったよりも視力が落ちてる。最近ひどいんだ。今晩、化粧しようと思って椅子に坐ったが、鏡に映る自分の顔がほとんど見えなかった」

「じれったいのはわかります。明日朝一番に眼科医に連絡しましょう。ただ、さしあたっては――」

「舞台の上で遠目を使って暗闇を見つめるときがある。人の顔を見るんじゃない。子どもの頃からそうなんだが、怪物が怖いんだよ」

そのとき気づいたのだが、化粧台の上の花束や電報に交じってスコッチウイスキーのボトルがあり、すでにけっこう飲み進んだ形跡が見えた。なるほど、彼はこの酒で気を紛らわそうとして、ほろ酔いの国へ出かけていたのだ。すでに霧の中からヘブリディーズ諸島が見えはじめていたのだろう。僕までなんだか北の国で迷子になった気分になり、彼のために一杯注ぎ、もうひとつのグラスにはウイスキーを多めに注いだ。

「子どもの頃、吃音(きつおん)障害があったせいで」と彼は言った。「先生たちにひどく叩かれた。そんなことないとわかっちゃいるが、今でもときどき、俺を失敗させようとして、先生たちが暗闇の中で待ち構えている気がしてしかたがない。俺なんかどうせ、みんなに忘れ去られるのがオチだ。旅回りの商人の思い上がった息子が俺だよ。この子はろくなものにならん。悪魔みたいな先生たちはいつもそう言っていた」

「鋭敏な人間に悪魔はつきものですよ」

「君には悪魔はいないようだが」

「たくさんいます」

「俺には見えない」

「父と母は僕を捨てました。何年も前に僕を残して移住していったんです。僕は子どもの頃とても身体が弱くて、学校へ通えなかった。両親が恋しいです」

「俺には君のような勇気がない」

「僕には勇気なんかありません。ダブリンから来た退屈な事務員です。それ以上の者ではないですよ」

「君は芯が強い。誰だって君に会って二分後には芯の強さがわかる。俺の中に何があるかわかるか?　何もないんだ」

「ばかを言わないでください」

「俺はね、夜ごと、俺の内側へ入っていく。想像を絶する嵐の中へ。邪悪な幻影の中へ。俺が頭の中でどんなことを考えているかが見えたら、君は俺を憐れむあまり、殺したくなるに違いない」

　稲妻はいつのまにか、恩知らずのろくでなしみたいに消え去っていた。アーヴィングの悪鬼にも似たやつれ具合は、舞台へ上がるのにちょうどよさそうに見えてきた。コルク張りの壁にはさっきの短剣が刺さっている。彼が繰り返し突いたせいで壁は穴だらけだ。チーフの話がほらだとは思えなかったけれど、役者連中は、とくにほろ酔い加減になるとこの手の話を語ってみせるのが得意だということは承知している。

「舞台へ上がってください」と僕は言った。「悪魔どもに逆襲してやればいい」

「それはできない」

「上演が終わるまで僕がずっと立って見ています。僕がいる方向を見てください。セリフをそっちに投げてください」

「無理だ」

「栓が動かなくなるところまで、勇気を絞り出すんです[1]。これはあなたの運命ですよ。運命が待っているんだ。一緒に働いてきた男たち、女たちが、持てるものをすべてあなたに捧げました。あなたはみんなに、すべてを捧げてもまだ足りないと言うつもりですか？」

「みんなには、俺は体調不良だと言ってくれ」

「そんなことを言ったら僕は地獄に落ちます。言いたけりゃ自分で言うがいい！」

　彼はうなずいた。そして奇妙なことをした。彼は左手の薬指にオパールのシグネットリングをいつもつけているのだが、後援者から贈られたというその指輪は、かつて名優エドマンド・キーンがつけていた逸品だという。彼はそれをやや苦労して外し、僕につけろと言ったのだ。

「幸運を呼ぶお守りだ」と彼は続けた。「初日の記念品だよ」

　こんなに貴重なものは受け取れません、と僕は言った。

「演劇界では、初日の夜に差し出された贈り物は断るべからずという古い慣習がある。だが君が俺に何かくれるというのはありだよ。俺も受け取らなくちゃならないから」

「あなたが欲しいものを僕は持っているでしょうか？」

「おお、アーンティー」彼はくすくす笑い、その顔が少しだけ明るくなった。「あいかわらずだな」

僕はその頃、父の形見のクラダリングをつけていた。その手の指輪はゴールウェイの海辺の村で旅行者相手に売られている品で、数シリングの値打ちしかない代物だ。僕はそれを外してチーフに進呈した。彼は目に涙を溜めながら自分の指にそれをはめた。

「死か栄光か」と彼は言った。「衣装を着けるのを手伝ってくれ」

このとき、僕の不安を代弁する懐中時計は八時二十分を指していて、チョッキに穴を開けそうな勢いで時を刻んでいた。観客席にはいらだちが渦巻き、大向こうから野次が飛んでいた。僕が慣れない手つきで衣装を着せかけていたとき、彼は、僕が聞いたこともない言語で何かつぶやいていた。後からコーンウォール語だとわかったのだけれど、アフリカのツチ人の言語だったとしても驚かなかっただろう。

彼は短い手紙を書いて、奥さんと家族がいるボックス席へ届けさせた。それからようやく、壁に突き刺してあった例の短剣を手に取って三回キスをした。付き人のコリンソンと小道具係の主任が迎えに来て、彼を舞台の袖まで連れていった。ふらつくほど酔っぱらった状態で連れていかれるその姿は、治安判事のところへ連行されていく娼婦を思わせた。神経をすり減らし、緊張が極点に達していた僕は少しの間、動けなかった。アーヴィングが舞台に上がったのは観客のどよめきでわかった。トランペットがいっせいに鳴り響いた。

ダブリン城がとてもなつかしくなった。分厚い会計帳簿、心安らぐ埃。ミスター・ミーツの小言はそよ風の子守唄みたいだった。淀みきっていて変化は皆無、絢爛（けんらん）豪華な見当違いが蔓延していて、あらゆるものを黙らせる陰鬱（いんうつ）さが広がる中で、事務員たちは食後の平穏なげっぷをしていた。

人間の悲しさは、運命の女神が置いてくれた場所にじっとしていられないところにある。

僕がチーフの部屋を出たときウイスキーのボトルは空になっていた。

ストーカーが舞台の袖へ下りてきたときには、出動要請を受けた巡査たちが劇場周辺に到着し、腕組みしたり、警棒を構えたりして警備をはじめていた。アーヴィングは舞台上でまばゆいスポットライトを浴びながら、ハーカーが描いた背景幕に映る自分自身の巨大な影を相手に雄渾な演技をしている。ただ、芝居の序盤からずっと声がかすれ、声量は乏しく、ためらいも見える。他の役者たちはアーヴィングの気後れを感じて戸惑っている。舞台天井で待機中の大道具係は、セリフによるきっかけを三分間で七か所捕らえそこなった。

「聞こえねえぞ、主役」という野次が一階席の後方から飛んだ。

アーヴィングに笑い声が浴びせられた。彼は額を拭った。吃音が出て息が詰まった。

「し、し、死んで、ね、ね、眠って……それだけか、お、お、おそらくは……[2]」

舞台袖のストーカーがハーカーに尋ねた。

「あの手紙はミセス・アーヴィングに届けてくれたかな」

「はい、わたし自身がボックス席へ届けましたが、ミセス・アーヴィングの姿は見えなかったっす。妹さんと何人かのお友達はおられたっすが」

「妹さんは何と?」

「ただ、ごくろうさま、とおっしゃったっす」

観客席からシューッという音が湧き起こる。アーヴィングは舞台上で仁王立ちになっている。巨大な蛇が下水管から抜け出して、舞台めがけて滑り寄っていくかのような音。

「どうしましょう?」

「ここは我慢のしどころだよ。チーフの勝負だ」

「負けそうっすよ」

「落ち着いて。勝つよ」

プロンプターの助手が舞台裏の収納庫の方から小走りで袖へやってきた。心配そうな顔をした、幼い少年を連れている。

「この子かな?」

「そうっす、ミスター・ストーカー」

「僕の隣に立ってごらん」とストーカーが言った。

「ここに。怖くないよ。むしろわくわくするはずだ。でっかく、強く、君がここに立てば、元気の素になれる。君の姿は、君の父さんから見えるからね。ハーカー、レモネードを持ってきてくれるかな」

　十フィート離れたところから、スポットライトを浴びたアーヴィングが振り向いた。少年は恥ずかしそうに手を振った。父はうなずき返し、つっかえながらセリフを語り、大汗をかいて舞台前方へ進んだ。そうして片手を尻に当てて背景幕を見上げた。ゆるい拍手が観客席に広がり、指笛と足を踏みならす音と野次が続いた。

　天井桟敷から声が飛んだ――「アーヴィング、つっかえてんのか！」。

　彼は決闘を申し込まれたピストル撃ちのように声が来た方向を睨みつけた。

「眠ってしまえば」――彼はことばを吐き捨てた――「胸の痛みは即座に終わる。この身体につきまとう、千もある自然な苦しみだって終わる。願ってもないすべての終わりだ。死んで、眠ってしまえばいい。だが、眠ればおそらく夢を見るぞ――ああ、夢ってのは邪魔なやつだ、だって、ね、ね、眠りの中では――」。

「あの」とハーカーが言った。「幕を下ろしましょうか？」

　アーヴィングは舞台の最前面に出て、嵐のような嘲笑を浴びる。そうして観客席を見据えながら、シャツの胸をあらわにする。左右の瞳には悪魔のような光が宿っている。

「どんな夢に悩まされるかわかったものではない」ハムレットは雄叫びを上げ、観客は立ち上がって足を踏みならす。「死すべき人間の身体から抜け出したとしても、ためらいは消えやしない」ここに至って、セリフは観客席からの轟音にかき消され、誰の耳にも届かない。ハムレットは轟音をその身に受け止め、長い髪を左右に振りながら両手を高く上げる。観客は泣き叫び、甲高く笑い、悲鳴を上げている。アーヴィングはここで、歴史上いかなる役者もやったことがない振る舞いに打って出た。

　舞台を下りて観客席へ分け入っていく。

　満席の観客があんぐり口を開けている脇の通路を進んでいく。

　一階後方席のあっけにとられた観客を尻目に、鋳鉄製の仕切り柵へ近づいていく。

　そうして柵によじ登り、袖の中から短剣を取り出す。

　歯をむき出しにしてうなるようなセリフの続きがはじまると、魅了された観客たちが彼に触れようとした。

「疲れ切った人生を不満たらたら、汗水たらたらで歩いていく。なんでかと言えば、死んだ後どうなるのかが怖いからだ……人間の意志をブレさせる……こうやって考えているうちに、俺たち人間は皆、臆病者になるのだよ」

観客席からどよめきが上がる。アーヴィングの名前が連呼される。舞台の袖でストーカーは涙を流した。シャンデリアを揺らすほどの喝采が湧き上がったとき、ハーカーがストーカーを肘でつついた。かすかに光るアイボリーのイブニングドレスを着た女性が舞台裏へやってきて、裏方たちに黙ったまま挨拶をし、抱擁し、握手をしている。身のこなしに、おてんば娘のような野性味と独特な気品が同居している。自分の肉体をうまく着こなしているのがわかる。声を出さずに笑う姿がなめらかで、あたかも影から生まれたかのように、影の中を滑っていく。彼女は手袋を外し、アーヴィングの息子の上を向いた顔にキスして、彼の奔放な巻き毛を両手でくしゃくしゃにした。

次に、くわえタバコをしていたプロンプターの唇からタバコを取り、スパッと吸ってみせてから相手に返した。ローゼンクランツを演じた役者が椅子を勧めたが、微笑み(ほほえ)とともに辞退した。

「すごかったわね」ハーカーに手を差し伸べながら彼女が言った。「背景幕が見事でした。あたし、エレン・テリーといいます」

—9—

《この章では陰鬱（いんうつ）な幕間劇が演じられ、驚くべき小国が見出され、裸体の露出をめぐる問題が考察される》

終演後に舞台上で、初日祝いのパーティーがおこなわれることになった。アーヴィングは黙り込んで心を閉ざし、疲れているように見える。

「行ってしまったっていうのはどういうことだ？」

「さっきも言った通り、彼女は舞台の袖へやってきて短い挨拶をした後、すぐに帰ったんですよ」

「俺に会いたくなかったからか？」

「袖にいたのは三十秒ぐらいでした」

「伝言はないのか？」

「この名刺にあります」

「読み上げてくれないか？　今、手元にメガネがないんで」

「〈よくできました。あなたのエレンより〉」

「それだけ？」

「彼女が初日に来てくれたことを新聞各紙に流しておきました。さあ、シャンパンのグラスを取ってください。祝いましょう」

シャンパンと言われても、アーヴィングは元気が出ない。写真師に向かって顔をしかめ、握手や抱擁を求める役者たちに横柄な態度で応じ、お世辞を言う人々に不機嫌な応対をする。料理人たちはソーセージを焼いたり、ロブスターをゆでたりするためのコンロを準備している。場内の柱は絹クレープで美しく飾られている。仮装衣装をつけた芸人たちがリュートやダルシマーをかき鳴らしはじめる。バケツが何かの拍子に倒れて、中に入っていたロブスターが数匹舞台の上を袖に向かって這っていく。

「生きているやつを調理するのが最高なんだ」とアーヴィングがつぶやく。「批評家と同じだよ」

「僕はこれで失礼します」とストーカーが言う。「ちょっと疲れました。それに、今晩中に片づけておきたい書き物があるので。万事うまくいきましたからね」

「帰るのは許さん。言うことを聞かなければ呪ってやる。あ、笑ったな、呪いを信じてないだろう？」

「僕は科学を信じています」

「あれは愚者の宗教だ」

「科学は計測可能な真実です。呪いは絵空事でしょう」

「ダーウィンを読んでみるがいい。愚者でさえ、ときには正しいことを言うものだ。大昔、猿どもはことばをしゃべれなかった。ところがやがて、しゃべれるようになる連中が出てきたんだが」――アーヴィングはグラスの酒を飲み干す――「それを信じない連中もいた」。

「それで？」

「それで、以後の世代には少数の猿がしゃべる能力を持ち、それ以外の連中はしゃべることができず、しゃべれることを信じもせぬままになった。小さい進歩であっても、進歩をもたらすのはつねにエリートだっていうことだ」

「その考え方は非現実的だと思いますよ。僕は万人平等論者です」

「ご自由に」アーヴィングは不機嫌な顔をして、ローストビーフを短剣で突き刺して食べる。生焼けのレバーも食べる。油の混ざったレバーの血があごを伝い、シャツの襟を濡らす。「今までの人生で三回、敵を心から呪ったことがある。そいつの名前を十九回唱えた。これは黒魔術の秘数だよ。三回とも相手は一か月以内に死んだ」

アーヴィングの愛犬が舞台の袖から出てきて、飼い主に近寄っていく。彼は犬に血の滴る肉を与える。女の若い役者が三人、ぶどうを載せた盆を笑いながら持ってくる。「アーンティー、腹ぺこなんじゃないの、これ食べて」

「ご婦人方、よろしいかな」とアーヴィングが含み笑いをしながら割り込む。「君たちのアーンティーはお真面目だから、修道院へお帰りになる時刻なんだよ」

「あら、アーンティー、行かないで！……まだ帰っちゃ駄目、残念すぎる……アーンティー、一緒にダンスしましょう、わたしが男役をするから？」

「ウェイター」とアーヴィングが声を掛ける。「わがアーンティーにシャンパンを」

「あと一杯だけ皆さんとご一緒します」


―――

夜が明けてから、労働者や学童に交じってふらつく足で家路を急ぎながら、彼はタヴィストック・ストリートの売店で新聞を買った。鍵をガチャガチャいわせて下宿屋へ入る。住人がみんなで使う朝食室のテーブルに女主人が坐っている。ポリッジ用の深皿に取り囲まれた、つやつやしたその顔は、規律を絵に描いたようだ。

上の階の自室へ行き、暖炉に火を点けてやかんを載せ、窓際の長椅子に身を預ける。窓台にロンドン名物のむさ苦しいカラスが羽を休めて、彼の動きを目で追っている。空はスモッグのせいで黄色がかった灰色に見える。神々が嘔吐(おうと)したかのようだ。

アーヴィングの大勝利
ライシアム劇場、改装されてついに復活
にぎやかな初日にはミス・エレン・テリーの姿も
アーヴィング主演による公演開幕

読むうちに手が震えて目が痛くなる。そして、この部屋にいるのは自分ひとりではなかったことに気づく。

「やあ、フローレンス、ただいま」

彼女の髪は長くて豊かで、カモメの卵のような灰青色の部屋着を着ている。

「大丈夫なの、ブラム？　心配したわよ」

「初日の舞台が終わった後、祝いのパーティーをしたんだ。それがけっこう長引いてね。まだちょっと酔っぱらってる」

「思った通りにうまくいったの？」

「少々の不都合はあった。なにしろ準備期間が短かったからね。エレン・テリーが来たんだ。握手したよ」

「わたしの手紙は受け取ってくれた？　昨夜、使い走りの男の子に頼んで届けてもらったんだけど」

「忙しすぎて開封する暇がなかったんだ。でもありがとう」

「何に対してありがとうって言ってるの？」

「幸運を祈る手紙をくれたからだよ。励ましをありがとう」

「それ、幸運を祈る手紙じゃないわよ。昨日、わたし、医者へ行ったの」

「そうだったのか。それで――」

暖炉のそばに腰を下ろした彼女の顔が青ざめている。

「赤ちゃんができたの」

一八七九年一月二十日

正午に劇場へ行った。正面扉はちゃんと閉じられて鍵が掛かっている。ただ、石段に空の酒瓶やタバコの吸い殻が散乱し、怪しい溜まり水があちこちにできている。みっともないので、モップとバケツを取り出して小便の池を清掃した。

この手の狼藉(ろうぜき)は演劇界では日常茶飯事である。

ちょっとしたものが目に留まって心がざわついたのだが、偶然に違いない。劇場の玄関に設置された掲示板の下枠に人形の靴が置かれていたのだ。

ロビーへ入ると、シルク張りのソファーがあちこち破れ、三面ある大きなフランス製の鏡に赤ワインらしき染みがついていた。役者たちの乱暴狼藉の痕を見せつけられて気力が失せた。とはいえむしろ、チケット売り場に押し入って、売り上げを根こそぎ奪う者がいなかったことに感謝すべきなのだろう。役者というのは根が暢気なので、犯罪を企むほど頭が回らなかったに違いない。たいていの役者はうわの空で、梯子(はしご)に隙間があることとさえ気づかない。

チケット売り場の付属室の床一面にポンド紙幣が散乱していた。それらをひとりで拾い集めて束にして、売り上げを集計したとき、周囲があまりにも静まりかえっているので気味が悪かった。通りの雑踏の音も聞こえず、墓場さながらの静寂をたたえたその小部屋は、ピラミッドの最奥に潜む一室みたいだった。そのときはじめて気づいたのだが、あの小部屋は壁を特別分厚くつくってあるのだろう。とはいえ、天井裏を駆け回るネズミの足音は聞こえた。それ以外は誰もいない。そのように思われた。

ところが観客席へ入ると、舞台上に人影が見えたので驚いた。長身で肩幅が広く、ケープを着けた男が背中を向けている。その男が振り返り、チーフだとわかった。昨夜の短剣をまた手に持っている。

挨拶したが、彼はことばを返さない。こっちが見えていないのか、それとも忘我状態に陥っているのか？僕は相手を驚かさないように近づいた。付き人のコリンソンやベテランの俳優たちによれば、チーフはストレスが溜まると夢遊病の症状が出るという話だった。夢遊病者は突然起こさないこと。

「チーフ」離れたところから呼びかけてみた。「僕ですよ」

彼は自分の力で水面へ浮かび上がり、居場所を確認しようとしているかのように見えた。下唇に腫れ物ができて、ひどく膿んでいるようだ。しかも素足である。

「彼女を見たか？」と彼が言った。

「誰のことです？」

「例の少女だよ。階上席にいた」

「僕たちふたりしかいませんよ。ゆっくり心を落ち着けてください」

舞台へ上がるよう彼が手招きした。ところが観客席を前まで行き、舞台に上がったときには、チーフはそそくさと袖へ引っ込んでしまった。階段のてっぺんの彼の居室に明かりが点いた。

彼の顔は青白くて生気がなく、手は小刻みに震えていた。居室内の空気は淀んでうっとうしく、誰かがずっと寝ていた気配がある。チーフが眠っていたのだろう。デスクマットの上に、注射器と透明な液体が入った瓶が置かれている。

それが何かはわかっているので、彼がそれを使わないでくれればいいが、と願いはしたものの、夜分に働く人々や、神経を尖らせる傾向のある人々の間ではそれを使う——しばしば使いすぎる——のは珍しいことではない。僕は部屋の奥へ進んで、カーテンと窓を開けた。

「閉めておいてくれ」

「よく晴れた、気持ちのいい朝ですよ、さあ——」

「閉めておけと言っただろう。無知な上に耳が聞こえないのか？」

その口ぶりは衝撃的だった。チーフが役者たちに乱暴な物言いをするのは知っていたけれど、僕自身まで同じ扱いをされるとは思わなかったからだ。とはいえ言われた通りにした。どんな犬だって一回は嚙みつくことが許されるから。彼は今、正気を失いかけているに違いないと思った。過去数週間にわたる準備期間が過酷だったので、精神や神経に支障が出ても不思議はない。だいいち彼の顔はひどく歪んで、別人みたいに見えたのだから。声までふだんとは大違いで、雄々しさと感情が干上がったらしく、機械仕掛けの犬みたいな声になっていた。

「何の用事だ、さっさと言え」とその声が言った。

「手紙が何通か届いていて、その返信を書かなくてはならないので。それだけです」

「そんならその返信とやらを書いといてくれ」

「テニソン氏からお祝いの手紙、ワイルド氏からも手紙、ハーバート・ビアボーム・トゥリー氏から、ジョージ・バーナード・ショー氏からも手紙が届いています」

「くそったれの偽善者どもだ」

「『タイムズ』と、『絵入りロンドン週刊新聞（イラストレイテッド・ロンドン・ニュース）』からインタビューの依頼が入っていますが、それらは一日か二日待たせましょう。休養を取ってからのほうがいいでしょうから」

「王室からは何も言ってきていないのか？」

　僕は彼の顔を見た。

「女王からの手紙があってもいいと思ったんだが」チーフははじめて見るかのように自分の手をじっと見つめながら、そう言った。「怠惰でばかげた治世の間に一度あるかないかの見事な舞台を賞賛しても不思議はあるまい。女王本人がたとえ鼻持ちならない人物であったとしても、だ」

　これを聞いて僕はちょっと恐ろしくなり、医者を呼ばずにすみそうにはないな、と感じた。だがさしあたってはご機嫌を取ることに最善を尽くした。


「昨夜の出来には満足でしょう？」

　チーフはこわばった、すねたような高笑いを返した。

「その質問は磔刑（たっけい）がうまくいきましたね、とキリストに尋ねるのと同じだぞ。俺は屈辱を決して忘れない。酔っぱらいの物乞いどもが通りでやってる芝居だって、昨夜よりもましなのがあるのはわかっている」

「初日に神経過敏になるのは当然ですよ。でも観客は大いに満足しました。今朝の新聞をご覧になってないでしょう？」

　彼は自分の頭を軽く叩きながら言った。「そんなもの見る必要はない。ぜんぶここで想像がつく。記者連中が書くことぐらい、書く前からぜんぶ見えてる。馬鹿に誉められるのは火傷と同じだ」

僕（**音読する**）「名人芸と言うべき演技」

彼（**ぴしゃりと**）「燃やせ」

僕「こんなに誉められたら、天にも昇る心地になるでしょう」

彼（声を張り上げて）「地獄に落ちればいいと思ってるくせに、よくもまあ俺に向かって天国なんて言えるもんだな？　おまえさんをはじめとする凡庸（ぼんよう）な連中の存在がこの劇場を汚しているんだ。エレン・テリーがここへ来てその汚れに耐えた、と思うだけで腹が痛くなるよ」

僕（彼の攻撃に耐えながら）「困難な状況で上演したことを考慮すれば、劇団全体のレベルは極めて高かったと思いますが」

　ここに至ってチーフの怒りは頂点に達したらしく吃音（きつおん）が出て、べらべらとまくし立てる勢いが止まらなくなった。「ここはミ、ミ、ミ、ミックという名の奴ばっかの島（アイルランド）じゃないぞ。甘っちょろい基準など俺には通用しない。俺の舞台は完璧でなくちゃだめだ！　毎晩、完璧。完璧でなかったらゼロなんだよ」

「それは気高い目標ですが」と僕は言った。「実行可能ではありません。どうか落ち着いてください」

　彼が肺の奥から叫び声を絞り出すと、顔全体が深紅に染まって鬱血（うっけつ）した。「目標なんかじゃない！　そうでなくちゃ駄目なんだ」

「いいですか、つまりですね——」

「俺と一緒にやりたくないやつは出ていくがいい。だが覚えとけ、出ていく前におまえさんの肉を一ポンドもらうぞ」彼は汚いことばを吐きながら、短剣を僕に向けた。近い将来この男をぶちのめすことになりそうだと思った。だが僕は、自分より背が低く、力が弱い奴を殴ったことは一度もないので、やりたくないとも思った。手を出せば一発で倒せるのは明らかだった。

　さて、チーフの怒りは新月の段階に入ったようで、静かに、冷えて、辛らつになった。僕は何も言わずに聞いていた。過熱した血をもてあました人間はわめき散らすままにしておくのが一番で、急速に燃え上がった怒りはじきに静まるものだから。

　彼は机の引き出しから『ベルグレイヴィア』誌を取り出して、あたかも猥褻（わいせつ）極まる出版物であるかのように、彼と僕の間の絨毯（じゅうたん）の上に投げ出した。

「これがなんだか知ってるだろう」振り向きもせずに彼は言った。

「はい、もちろん」

「ではこのクズ雑誌が、おまえさんの名前で書かれた

「俺が言ったことにたいしては質問せず、言われた通りにするように」

「このことに関してはノーです」

「上司に刃向かうのかね？」

「必要とあらば」

階下の舞台から話し声や笑い声や、跳ね上げ戸がばたんと開く音が聞こえてきた。大道具係や役者たちが『マクベス』のリハーサルをするために集まってきているのだろう。チーフの犬が扉口に姿を見せ、長い舌を垂らしながらこちらを見つめている。舞台の袖で誰かがフィドルでジグを演奏しはじめた。

僕はチーフのじつにさまざまな表情を見てきたけれど、むき出しの憎悪がこれほど燃え立つ表情ははじめてだった。

「消え失せろ」と彼は言った。「俺がおまえさんを傷つける前に」

エレン・テリーの声

小説みたいなものを載せていないと言えるかね？」

「それは文学者たちの間で重んじられている雑誌です。そこに僕の作品が掲載されていることを否定するつもりはありません」

「〈文学者たち〉とな。そいつは矛盾語法の最たるものではないかな？」

「からかいたければご勝手に」

「おまえさんは俺の仕事を補助するために雇われているはずだ。報酬は十分に支払われているはずだ。つい最近、後ろ脚で歩くことを覚えた雌犬どもに向けた、愚鈍な長話を書くために雇われているわけじゃない。俺には、おまえさんが与えうる世話と支援のすべてを受ける権利がある。ところがおまえさんはそれを俺に与えていない。これは裏切りだ。おまけにおまえさんは、自分が雇われているこの劇場を、この雑誌に掲載された駄文と結びつけるように仕向けたわけだ。これらについてどう自己弁護するつもりだね？」

「僕はこの劇場での職務から解放されるごくわずかな時間を使って、わずかな文章を書いています。そのことがお気に召さないのでしたら謝ります。でも書くのをやめるつもりはありません」

あの頃はロンドン市内で公演される芝居の初日を見るのが好きだった。とくに悲劇がお気に入りだったのよ。

嫌いな人なんていないかしら？

不義密通に復讐、残虐に情欲、そして裏切りがテンコ盛りなんだから。

劇場のロビーへ入る前から興奮するわね。

でもあの晩の芝居の感想を今ごろになって求められるとは思ってなかった。その話をしなくちゃならない？　そうね、うん……もうずいぶん昔のことだから差し障りもないわね。話しましょう。あの日、ハリーがライシアム劇場で初日を迎えるっていうので、ふらりと出かけたのよ。

あの日の舞台は正直言って気に入らなかった。

ハリーはとんでもなく大げさな演技をすることがあるの。やりすぎってやつね。あの人は自信がないときに限ってお酒をがぶ飲みして、大仰すぎる役者になるわけ。ダチョウみたいにどしんどしん歩くの。汗とつばをやたらにまき散らすから、一階前方席のかぶりつきに坐った日には、防水帽とレインコートが必需品になるわよ。

ああいう芸風を好む人たちもいます。でもあたしは正直、ちょっと違う。男が怒鳴るのを聞きたかったら結婚でもするわよ。

誤解しないで聞いてね、ハリーは頭抜けた役者です。あたしが出会った中で最高峰。荘重で強烈なところは人間というより獣。観客は一秒たりとも目をそらせない。万力で首根っこを押さえつけられたみたいになって、両目が舞台に釘付けになるんだから。ほとんどまばたきもできないの。動けない。ハリーは唯一無二、調子がいい日は完璧としか言いようがありません。で、彼の場合、ほとんどの日が調子いいのよ。

自分自身という皮の外側へ出るのが、彼ほどうまい役者はいません。蛇みたいなの、よく笑ったものよ。彼が最高峰だっていうことはみんなが認めていた。ハリーが持って生まれた才能はこの世のものではない。みんなそういう表現で語ってたわね。ディケンズに誓って言うけど、あの人はみんなが見ている前でいろんな人間に変身できたの。見たらお腹が痛くなるほど不安になる。見事です。

問題は彼が、喝采を受けるのが好きすぎたこと。あたしは〈クラップ・ハウンド〉って呼んでいるんだけど、喝采をもらえるなら火の中へでも飛びこんでいくタイプの役者がいるのね。ハリーは〈クラップ・ハウンド〉の王者だった。

力のない役者だったらそれでもいいの、それなりの成果は出るから。結局は自分ができることをするだけだからね。

でもハリーがあれをやるたびに、あたしはいらいらした。ひんぱんにやりすぎたのよ。世界一のコンサート・ピアニストがサウスエンド桟橋（さんばし）の仮小屋で、ココナッツを手玉に取る曲芸をやってるみたいなものだったから。曲芸はそれなりにおもしろい。でもね、すぐ後ろにスタインウェイがあるの。せっかく舞台に上がってるんだからピアノを弾いてよって思うでしょう？

あの初日は観客がみんなそう感じていた。「〈クラップ・ハウンド〉をするのはやめろ！　ご機嫌取りはやめてハリー本人に戻ってくれ」って。

あのね、演技というのは、自分でない人間になったように見せかけることではありません。自分の中に他者を見つけ出して、見つけ出したその他者を見せるのが演技というもの。神秘でもなんでもなくて、子どもたちが遊ぶときにやっていること。ふりをするのではなく、なってしまうのね。あたしはそれを幼いときに学び取った。父は旅回りのパントマイム――家族連れ向けの娯楽劇ね――役者だったのだけれど、「妖精のふりをしなさい」とは決して言わなかった。父はいつもあたしに、「レン、今日は君は妖精だよ。飛んでごらん」って教えたのよ。

だからあたしは、ふりをしてるのを見るのは嫌い。妖精が飛ぶのを見たいんです。

でももちろん、そんなことは口には出さない。出せない。出すべきじゃない。舞台の上での演技はそれぞれのものがすべてであって、「明日の夜」は毎晩やってくるんだから、兄弟姉妹に当たる共演者たちを決して失望させてはいけないの。それが絶対のルール。十一番目の戒律。誰だって調子が出ない夜はあります。初日に低調になりがちなのは誰もが抱えている不安のせいで、みんな、自分だけはそうなりませんようにって思っているのよ。

角が立たない言い方をしましょうか。調子が出なかったんだなとわかったら、その晩は上演後のパーティーには顔を出さない。あの夜、あたしがパーティーに出ないで帰ったのはそれが理由。頑固よね。でもみんなそうしてる。

若い頃は高潔さを保つのが大事だと思っていたけど、最近はほろ酔いの人みたいにのんびり構えています。「バケツに穴が開いてるよ」って歌うわらべ歌があるでしょ、あれと同じでジタバタしないことにしているの。

初日の夜の演技の出来は舞台の上では決まらない。通になりたきゃ、上演後のパーティー会場が狙い目なのよ。

一八七九年二月二日

舞台裏の運営をしていくさいに、若手の連中を不快にさせたり、自意識過剰にさせたりせずに、すべてを切り抜けていくのは案外難しい。相談できる腹心の友がいてくれたらどんなにいいだろうと思うときがある。

ライシアム劇場では上演のさい、場合によってはリハーサルのときにも、〈早変わり〉が求められる。チーフの方針で、衣装の豪華さと着替えの素早さを劇団の誇りにしているからだ。彼はつねづねみんなに、観客から「見事だね」とかいう感想ではなく、「いったい全体、なんであんなことができるんだ？」という疑問を引きずり出さなくてはいけない、と訴えている。

そのせいかどうか定かでないが、若手役者の多くはかなりだらしない格好で舞台裏をふらふらしている。女なら肌着やボディスを着けただけ、男ならシャツを着けずに、筋骨たくましい肉体にメリヤス下着一枚、あるいはタオルを巻いただけだったりする。劇場はある意味、肉体美を見せる場所なので、舞台裏は公衆浴場みたいな雰囲気になってしまうのだ。

僕の目には奇妙に見えても、若手の役者たちはそんな雰囲気など少しも気にならないようで、舞台の袖を闊歩している。化粧室を出たり入ったり、俳優休憩室でタバコを吸ったり、おしゃべりしたり、サンドイッチを頬張ったりしているかれらは、薄っぺらなガウンしかまとっていない。おまけにかれらはお互いに、マッサージをしあう習慣がある。ときにはオイルや軟膏(なんこう)を擦り込んだり、屈伸運動の手助けをしあったりしている。

『コヘレトの言葉』に「善人すぎるなかれ」という忠

告が記されている。賢い助言だ。

　若者たちの天真爛漫(てんしんらんまん)な振る舞いが喜ばしくないと言いたいわけではないが、エデンの園にも程度というものがある。舞台裏にはひんぱんに外部の人々が訪れるからだ。錠前屋、配達人、建具屋などは、真っ昼間から若い男女が自然のままの姿でうろうろしているのを見るのに慣れていない。もっとも、ボイラーの清掃人でひとり、「いやあ俺は慣れてますよ、殿方用洗面所(ハウス・オブ・ローズ)で働いてたことがあるんで」と皮肉を言った者はいたけれども。

　たとえば今日の午後、こんなことがあった。ミス・ボウ、ミス・ヒューズ、ミス・ブレナーハセットが舞台上で、三人の魔女が登場する冒頭シーンのリハーサルをしていたときの話である——「三人で今度いつ会おう、稲妻(いなずま)が光るときかしら、それとも雨の中かしら」(1)。衣装係の女性が膝立ちになって、露出度の高い豪華な衣装をつくるための採寸をしていた。衣装係が手に持った巻き尺の動きを、マンチェスター生まれの椅子張り職人がちらちらと目で追いかけていた。貴賓席の椅子の手直しに来ていたのだ。その男が縫い針で自分の手を刺してしまうのではないか、と僕は冷や冷やした。僕自身の思いはその男と同じではなかったものの、全然違うわけでもなかった。ちっぽけな衣装なのにシルクで発注するとたいそう高価なのである。

　ハーカーが舞台の奥にたたずんでいた。ピンクの顔がうっとりしていて、誰かが激しい曲を弾き終えたばかりのアコーディオンみたいに見えた。彼はミス・ブレナーハセットを見つめていた。僕にはそれがわかったので、彼のほうへ近づいていき、トランプと六ペンス玉を使った手品をやってみせて、彼の注意をそらしてやろうと思いついた。ところが彼は、ミス・ブレナーハセットを見つめ続けているのだった。そこで僕はさらに、彼女は感じのいい、活発な人物だけれど、この劇団の中で主役を張れる女優ではなさそうだと言ってみた。

「彼女には秘められた才能があるっす」ハーカーはこわばった微笑(ほほえ)みを浮かべながらそう返した。

　彼女に隠すほどの才能があったとは思えない。

　ハーカーはまだ若いから次から次へといろんな思い込みに囚われる。それはいいことだが、夢中になるのはほんの一時のことだ。

一八七九年二月十六日

本の題扉にメモを書き込むのはやめようと決めた。だらしない、悪い癖だ。

寝起きの気分が最高で、フローと一緒に朝食を食べた。彼女のために、ペトラルカのソネット「その巻き毛の金髪をなびかせた風（アウラ・ケ・クェツレ・キョーメ・ピヨンテ・エ・クレスペ）」を朗読した。僕のダブリン風イタリア語が彼女の笑いを誘った。

徒歩で劇場へ向かった。胸の中に奇妙なほど寛大な気持ちがあふれてきて、僕に悪さをした奴を許したくなった。だがそういう奴を思いつくことができなかった。

きついけれど、とてもよい一日。『マクベス』はうまくいっている。リハーサルでのチーフはじつに見事だ。

リハーサルの後、ちょっと話があると言うので行ってみると、フローの懐妊を祝ってくれた。僕がロンドンで一番いい奴なので、医療費はすべてチーフが持つという申し出だった。「ありがたいけれど、それはお受けできません」と返すと、「フローと君がこのことを覚えていてくれさえすればいいのだ」とチーフは言った。「わかりました、忘れません」と僕は返した。

夕刻、執務室で、計画中のニューヨーク巡業に関する手紙を書いていたとき、舞台係主任のパトリック・〈ピジョン〉・オショーネシーがやってきた。八月の下水の悪臭を嗅いだような気分になったのは、僕がこの男を嫌いで、なるべく会いたくないと思っていたからだ。酒飲みで盗癖の疑いがあり、若い女性たちには嫌われているとはいえ、うわべはそんなふうに見えない。ピジョンを部屋に入れるときにはよくよく注意しなくてはいけない。

「例のこと」について手は打ってくれましたか、と彼に訊かれて、まだだと僕は答えた。背景画をしまっておく倉庫がいっぱいになるのが目前に迫っているのだ。こいつはアイルランド人によくいる、決断を急かして喜ぶタイプの男である。

一時間後、僕は、舞台装置の収納庫を見上げる裏通りで、タバコを吸いながら星を眺めていた。そこへハーカーが通りかかった。彼に会うのは気持ちがいい。よく似合う青のスーツに、漁師めいた粋（いき）な帽子をかぶっている。ふたりで空を見上げながら、オリオン座や大熊座の位置を教えてやった。彼がふざけて、「あなた自身が大熊っすよ」と言うので、悪い子はお膝に乗せて、尻打ち棒でお尻ペンペンしてやるぞ、と言い返してから笑いあい、肩を叩いてやった。それから仕事の話になって、倉庫不足についての問題点を共有した。

僕は彼にこの前頼んでおいた、鍵の整理と分類はどうなっているか尋ねた。僕の見るところ、ライシアム劇場には百五十か所の扉がある。大小さまざまで、錆びたものも交じった鍵は数十本ずつ、無骨な鉄の輪に通してある。その輪が二十くらいあるのだが、どういう基準で分類されているのかは皆目わからない。神話に登場するゴルディオス王が結んだヒモの結び目を解く方が、簡単だと思われた。ところがわれらがハーカーは頼れるやつだ。

彼は舞台裏に自分でこしらえた小部屋に僕を案内した。L字形のこぢんまりした空間に棚をつくって絵の具、スケッチブック、生地などを収納し、ハンモックまで吊ってある。そして作業台の上に、喜ばしい仕事の成果が載っていた。すべての鍵にラベルがつけられ、新しく購入した輪には、フロアごとに鍵が分類されている。

ハーカーが鍵をひとつひとつ説明するのを聞くうちに、ひときわ大きな鍵が出てきた。真っ黒い鋳物(いもの)製で、約九インチほどの長さがあるそれは、〈ミナの隠れ家〉[2]の鍵だという。何の隠れ家、と僕が尋ねると、彼はいたずらっぽく笑った。彼はときおり、キスしたくなるほど魅力的な表情を見せることがある。

〈ミナの隠れ家〉というのは大昔の舞台係がつけた名前で、舞台装置の収納庫の北東端の下にある、古ぼけた穴倉みたいなところから入るのだそうだ。僕はハーカーに、その〈隠れ家〉とやらを掃除して背景画の倉庫にすれば、当面の問題がひとつ解決するかな、と尋ねてみた。改装にはそれなりの手間が掛かるとしても、その空間が使えれば舞台に近いし、安上がりで済みそうだった。ところが彼は厳粛な面持ちで首を横に振り、あそこへは何人たりとも入ってはいけないのだと言った。

なぜ、と僕は訊いた。

「ミスター・ストーカー、ミナってのは召使いの名前っす。昔の女王様の時代にあそこで殺されたんっすよ。舞台装置の収納庫がある場所にはかつて豪邸が建ってました。その豪邸が燃え落ちた跡地にこの劇場が建ってます。ミナはスコットランドから出てきた娘っす。雇い主の子爵と恋に落ちて、赤ん坊が生まれて、母子ともに地下室の壁に塗り込められたっす。ミナの眠りを妨げると祟りがあるんすよ」

「そんなのは迷信だよ、ばかげてる」僕は一笑に付した。「無駄話はほどほどにして、その鍵をくれ」

「やめた方がいいっす、本当に」

「ばかだなあ、さあはやくその鍵を」

彼はようやく鍵をくれたが、あまりにも不安げだったのでついつい笑ってしまった。ハーカーは、ミンチパイに生えたカビみたいに真っ青な顔をしていた。若いのに迷信を信じているのがおかしかったが、裏方の人間は年長者が語る話をいろいろ聞いているのだ。ハーカーによれば、三十年前にあそこの扉が最後に開かれたとき、鍵を回した掃除係の女性は全身が炎に包まれて、閉じた窓に突進したという。彼女の墓には逆十字が描かれた。扉の向こうからは異様な叫び声、めそめそ泣く声、さらには「爪で引っ掻くような音」が聞こえてきたという。劇場で毎日働く者ばかりか、ときどきやってくる配達人や、修理点検などをおこなう業者までもがその音を耳にした。あるとき、重病で死にかけた役者を看取るためにソーホー・スクエアの聖パトリック教会からやってきた神父さんは、「この呪われた場所」からその病人をはやく連れ出しなさい、と舞台係たちに命じた。そうして扉に聖水を振りかけ、悪魔払いの儀式をおこなったという。僕はハーカーをたしなめたが、彼は言うことを聞かなかった。そして、一緒に行こうという僕の誘いを下手くそな言い訳で断った。カーテン屋と会う約束があるなんて、明らかな嘘だったのだ。とどのつまり僕はひとりで、〈ミナの隠れ家〉へ向かった。

ハーカーが言っていた扉がどれなのかわかるまでにしばらく時間を要した——このさい扉にぜんぶ番号をつけるべきだ——が、試行錯誤の末に見つけた。黒塗りのオーク材の小さな扉で、腰を屈めないと中へ入れない。だいいち扉にいたるレンガ積みの狭い通路が荷物の積み下ろし場の裏手に当たる隙間を通っているので、とても見つけにくい。小さなのぞき穴がついたその扉にはMという頭文字と、髑髏(どくろ)と骨がX形に交差する落書きが描かれている。ずいぶん古そうな落書きだ。

思い切って、長い鍵を差し込んで回してみたが、パチンと音が鳴りはしない。かなり長い年月、扉は開けられていない。扉の周囲の化粧縁に蜘蛛の巣が張っている。扉そのものは案外重そうだが、よく見ると上の蝶番はすでに外れていて、スレート敷きの床の上に置かれているだけである。(3) 力いっぱい持ち上げて、扉を蝶番にはめ戻すと同時に、内側へぐっと押したら開いた。

　忌まわしい「爪で引っ掻くような音」の正体はすぐにわかった。ロンドン名物のドブネズミの引っ掻き傷がいたるところについている。われわれ人間はかれらとともにこの大都市で暮らしながら、鼻をクンクンするあの連中を恐れ、あちこちかき回すかれらの貪欲な好奇心を嫌っている。彼を愛しているとはとても言えず、自宅に呼びたいとも思わない僕は、彼とこの場所を分けあっているだけでよしとしておこう。ドブネズミの方もそれで納得してくれると思う。人間とは違って、雌のネズミを殺したり、ひどい目に遭わせたりはしないはずだ。

　地下へ下っていく階段が目の前にあるとばかり思っていたのだが、暗闇の中には正反対のものが見えた。扉の内側の小さな空間から、白木で組んだ手すりのない、急傾斜な階段がはじまっていたのだが、そいつは下り階段ではなく、上へ上っていたのである。愚かにもつい、「上に誰かいますか?」と声を掛けてしまったのだが、もちろん答えは返ってこない(ああよかった)。僕はランプに火を点けて上りはじめた。

　階段はじきに踊り場へ出て、折り返してもうひと上り、さらに二回、三回と折り返して上った。階段の木組みはごく単純で、仕上げが行き届いていないところもある。古い埃の匂いがきつかったけれど、不快ではなく、息を吸う妨げにならないのは奇妙なほどで、ひんやりした空気はむしろすがすがしかった。十回目に折り返して以降は数えるのをやめた。上っていく途中で階段がスレート葺きの屋根裏に近づく地点があり、そういう場所にさしかかると、遠い下界の街路で膠職人や苺売りが叫ぶ声や、劇場の外壁の出っ張りや雨樋で巣ごもりしている鳩のさえずりが聞こえた。

　おお、見たこともない魔法の国がここにある! ストランドのど真ん中で、僕は不思議の国に迷い込んだガリバーになった。目の前に広がるのは屋根裏部屋がうねうねとつながった空間で、ぜんぶ合わせれば二百ヤードほどの長さになるだろう。ところどころに立つ組み合わせ煙突と柱が空間を仕切っていて、屋根の天窓からは鈍い光が差し込んでいる。あたり一面に古ぼけたトランク、壊れた整理箱、絨毯の切れ端などが置かれており、いたるところに垂れ幕みたいな蜘蛛の巣が下がっている。先へ進むには、ペンナイフで厚さ一インチほどもあるその垂れ幕を切り開いていくより他にない。何十年もの間、ここへ踏み込んだ人間がいないのは明らかだった。

　高所の砦というべきこの屋根裏の、レンガ積みがざらついた壁面にはいたるところに凹(くぼ)みがあって、地下埋葬所を思わせる。凹みの内部を見ると、箱詰めされた本に白カビが生えていたり、ガラクタが捨てられたりしている。手持ちランプの赤らんだ黄色の炎が蜘蛛の巣の垂れ幕を照らし出すと、影法師たちがダンスしながら毒気をまき散らしているように見える。なかなかの壮観。組み合わせ煙突のそばに大きなハープが見えた。三つの残骸に崩れ果てたその楽器にもつれた弦が絡みついて、ひとつに繋ごうとしているみたいだ。見るも哀しい姿。ハープは僕の国のエンブレムである。倒れた兄弟のようなその楽器と、かつてその楽器に歌を歌わせた人の手に向けて、僕は静かに祈りを捧げた。

　クークーと鳴く鳩の声や、古いパイプから滴る雫(しずく)の音を聞きながら、ほの明るい屋根裏を進んだ。床板があちこちでゆるみ、足元に穴も開いていた。穴の下方には、階下の空間に張り渡されたむき出しの大梁(はり)や小梁が見えた。この国へ無断で侵入した僕をとがめるみたいに、カサコソ走る音や引っ掻く音が暗闇からまた聞こえてくる。でも、もう怖くはない。

　意地悪な目つきをしたマリオネットの家族が梁からぶら下がっていた。王、王妃、ひとつ目のスペードのジャック。どの人形も鳥の糞を一面に浴びているので、切り取って持ち去る気にもならない。色あせた塗料は粉々に砕けていて、トネリコだかヤナギだかの灰色の木地があらわになっているのに、頬だけは寒さに耐えているかのようにまだ赤かった。

　さらにまた、いくつものトランクが積み上がっていた。その脇で鈴つきの道化帽子が微風に揺れていた。なんとも不吉な音だ。次に見つけたのはひっくり返った王座。座面と背もたれの詰め物が腐ってボロボロになっていた。四本の足で立たせてやると、その王座は哀れっぽいまなざしで——でもほんの少しだけ帝王らしい威厳を持って——立ち去る僕を見つめていた。頭上のスレート瓦を雨が心地よい音で叩いていたが、雨音は急に止んだ。僕のリリパット国は静かになった。

そのとき僕は、屋根裏空間の端までたどり着いたとばかり思っていたのだが、驚いたことに曲がり角の奥があった。僕はL字形の短い棒の中を進んだ。

天窓も屋根窓もないので闇が深い。さっきまでとは匂いが変わり、麦わらみたいな匂いがした。ランプをかざすときっちりした石壁である。小ぶりな丸石か無煙炭のような黒い小石がきちんと積まれていて、湿気が入り込む余地はなさそうに見えた。

すぐそばに、三フィートごとに玉結びでこぶ玉をつけた麻縄がぶら下がっていて、見上げると天井に上げ蓋がある。ランプを木枠箱の上に置いて、両手でその麻縄をぐいと引いてみた。手応えはしっかりしている。たぶん腐っていないと思われた。運動ならかつて熱を上げた時期もあるので、難なく麻縄をよじ登り、てっぺんの上げ蓋を押し上げると、ばたんと音を立てて向こう側に開いた。

僕は外へ這い出した。そこから鉄梯子を数段下ると、驚いたことに劇場の、吹きさらしの屋根の上に立っていた。目の前には想定しうる最も見事な景色――ロンドンの町と川と、南東にはグリニッジの王立海軍学校と思われるドーム群と、さらにその彼方にケント北部の農地と森――が広がっていた。

風に頬を叩かれてもまだ物足りなかった。スレート瓦の上を慎重に移動して、一番近い屋根の頂点へたどり着き、ライシアム劇場を股の間に挟みながら、くたびれつつも幸せな気持ちでしばらくたたずんだ。周囲の屋根の上では風見鶏があちこちでせわしなく動いていた。一陣の川風にまたも顔を叩かれた僕は、にわかに元気を取り戻した。ぼんやり霞んだあたりに、重々しい威厳を帯びた尖塔や煙突がいくつも見え、黒ずんだ雲や薄茶色の雲が連山のようにそそり立っていた。

ピカデリーの上空数千マイルに、歯を見せて笑う幽霊さながらの三日月がすでにあらわれている。視線を下ろすと、建物の窓ひとつひとつに、事務員やあくせく働く人々の姿が見えた。皆せかせかと動き回っているのだが、誰ひとり、僕がここにいることに気づいていない。この地球上でわが居所を知る者がひとりもいないのだ、と考えたらとても愉快になった。なぜだか胸がいっぱいになり、ただひとり愉悦に耽って涙ぐまんばかりになった。あのときの気持ちはいまだに説明できない。

止まり木から下りるときがきた。湿って苔(こけ)むした瓦屋根をゆっくり、注意深く横切ってから、鉄梯子伝いに上げ蓋に至り、内側へ下りてからばたんと閉めた。屋根裏の光はさっきと違って見えた。新鮮な空気に触れたせいかもしれない。あるいは単に、異なる角度から見たせいかもしれなかった。

小部屋のような壁の凹みの、傾斜した床の上に細長い木箱があった。棺(ひつぎ)にしてはずいぶん長く、幅も広くて、安い材木でこしらえたものだ。収納箱か。特別なものではないが、どことなく雰囲気があって、立ち去りがたい気分にさせる磁力を放っている。箱の蓋には釣り合いと正確さに気を配って描いたらしい、奇妙な絵印がずらりと彫り込まれている。意味ありげではあったものの、ちんぷんかんぷんだった。

ここにそれを書きとめておく。

ああ、人間とは哀れなものだ。厄介ごとの源泉だと承知してはいても、見てしまったが最後、開けずにはいられなかった。

とはいえ、学童時代に恐れた幽霊が飛び出したわけではない。驚くまでもなかった。木箱の中に入っていたのはただの土。真っ黒な壌土が入ったこの箱(4)は、かつて船底に積まれたバラストだったに違いない。

突っ込んだ指を慌てて引き上げたのは、土がもぞもぞ動いているのが見えたからだ。生白いナメクジの群れがウェイマス産の牡蠣(かき)みたいにまるまると太っているのを見たら身の毛がよだった。だが思えばこれもまた、ドブネズミと同じく生きねばならぬものたちだ。人間は蒸気船で荒海を越え、大橋を架け、トンネルを掘り、戦争のために残忍な機械をこしらえ、病気を治し、無知を打ち砕き、世界地図を英国王の赤色で塗りつぶしていくことができる。だが悲しいかな、人間は生命をつくりだすことはできない。書物のページの上以外には。

その瞬間、あるいはそのすぐ後だったかに懐中時計を確かめた。四十分ほど経っただろうと予想していたのだが、なんたることか、屋根裏世界に上がってから三時間半も経っていた。はるか下界では芝居がはじまろうとしていた。

エレン・テリーの声

……それで、ハリーっていうのは気まぐれでとんでもない人物だってことになっているのよ。癇癪持ちで、ユーモアが陰気なのは確かです。でも、世の中には彼のことを知らない人のほうが多いから言っておくけど、彼には彼なりの人間味がありました。その人間味を隠すのが下手だっただけ。

どういうことかって？

そうね、ハリーは無礼な人間ではなかった、と言うだけでは言い足りないわね。とてもまともで、道義にかなった人物だった、いろんな意味で。小さな例を挙げましょうか。ロンドンの劇場の舞台裏では、舞台係主任が万事取り仕切るのが普通で、ルールを決めるのも、毎日の仕事の段取りや、臨時の手伝いをどんなふうに雇うかも主任に任されているんです。自治ってことね。重要な伝統です。で、舞台裏で働いている男の人たちはフランス渡りの、ある種の絵はがきをよくピンナップするわけ。他愛のない絵柄のもあるし、きわどいのもあれば、お医者さんが読む本から抜き出したみたいに露骨な図柄のもある。腹立たしいと思うけど、イングランドじゅうの劇場でそういうピンナップがまかり通っているんだから、見て見ぬふりをするか、見慣れてしまうかしかないのよ。

近頃ではそれが目に余る。目に余りすぎて、劇場を燃やしてしまえばいいと思うくらい。あたしがサインする書類には決まって、「裏方はミス・テリーに不快感を与えぬこと」という条項があります。特別なのは誰なのか、裏方一同に徹底しておく必要があるんです。

観客がお金を払って見に来るのは誰なのかという問題。あたしを見に来ているんです。だから、あたしが迷惑を被らないようにするのがまず第一。さもなきゃ終幕ですよ。

ハリーがいたおかげでライシアム劇場はちゃんとしていました。周知徹底されていたのは彼のお手柄。舞台係主任に彼が、「裏方連中が身銭を切って何を見るかは本人たちの勝手である。とはいえわが劇場の舞台裏は仕事場であって、酒場ではない。仕事場では女性たちも働いている。わが母親が見たら気分を害すると思われる図柄をピンナップすることはまかりならん。念のために言っておくが、わが母親は繊細(せんさい)な淑女である」と告げたのはほとんど伝説になっています。

おまけに彼は、この規則をきっちり守らせました。違反者が出たら日給を没収したのよ。自治は許すけれども、ときには皇帝が口を出したということ。勇気がいることだから嫌われもしたわね。

そういうわけでハリーは頼りになる人物だった。けど、むらもあった。

人間なら誰だってハイド氏を隠し持っているでしょ。別の自我というか、自分が選ばなかった道を行くもうひとりの人物をね。そんなものがあるなんて知らなかった道、名前のない道。あたしたちは皆、選んだ道を行くでしょう？　でも選ぶってことは捨てることよね。

もうひとりの自分が住んでるのは、影の世界みたいなところ。そこで暮らす自分は少なくとも決して死なない。生き続ける。影の世界を抜け出さない限り、幸せに出会うのは至難の業。ハリーは駄目。ブラムも駄目だった。演劇関係者はだいたい駄目。職業で決まるわね。だっていつも成り行き任せで、落ち着くことなんてめったにないんだもの。せかせかしてばかり。毎晩――土曜日なんか一日二回も――他人になるのが仕事でしょ、本来の自分がどんなだったか忘れてしまっても無理ないわよね。

あたしはいつも左右の手が必要だと思っています。片方はさよならのために振る手、もう片方は心を閉ざす手。昔の詩人がそのことを頌詩(オード)にしていたと思うけど、ちょっと忘れたわ。でも言うは易く行うは難し。うまくできる人なんているのかしら。

質問攻め。明け方の物思い。時計みたいにチクタク時を刻む心。朝の四時から窓の外を窺ったりしてね。違う人と結婚していたらどうなってただろう？　結婚してなかったら？　あの仕事を引き受けていたら、移住していたら、居残っていたら？　違う生き方を選んで、自分に嘘をつかないようにしていたとしたら？でも結局他人にどう思われるか、何て言われるかばかりが気になってしかたがなかった。

あれもこれも自分の片割れのしわざなの。でも想像したらやったのと同じ。

片割れに対して猛烈な嫉妬を感じる瞬間があります。逃げた自我、自由を選んだもうひとりの自分に対して。

そうして怒りがこみ上げてくるけれど、すでに後の祭り。

ふと我に返ったら影の世界にいるんだもの。

一八七九年二月十七日
午前二時十五分

〈ミナの隠れ家〉へ上ってひと晩過ごした。アメリカ巡業の準備をすべきだったのに、作業に少しも集中できなかった。あそこから下りてくるとき、物語のアイデアが浮かんだ。影の世界でたまたま出くわしたアイデアがまるでフケみたいに、僕の衣服やひげやまつげにまとわりついている。

十か月か十二か月くらいの章に分けて、手紙や日記の形で語られる物語なのだけれど、各章の内容が互いに食い違う。つまり、手紙の語り手は本当の気持ちを隠している。あるいは、パントマイムによくあるように、自分自身に起きつつあることに気づいていないので、観客が「後ろを見ろ、ほら！」と声を掛けたくなる。

第一部。科学者か数学者か、とにかく事実を重んじるタイプの男が、遠い見知らぬ国へ行く。ペルシア？アフリカ？　あるいはコネマラの沖合の島？　地図に載らぬどこかへ。

たとえば医学部の講師、だが偉い教授ではない。この男には飲み込みの悪いところがある。よき主人公には必須の、ささやかな愚かさ。ダブリン大学かソルボンヌの下っ端外科医で、研究に打ち込むあまり常識を顧(かえり)みない、あるいはそもそも常識を身につけそこなった男。ものを見てるのにものが見えていない。

彼は貴重な霊薬を探している。長いこと見捨てられていた井戸か、岩の裂け目から湧き出す泉で、一口飲めば永遠の命が得られるという不死の霊薬。

この男は孤児だ。倫理観が歪んでいるのは親のせいではない。導き手がないせいで、ひとりで道を切り開くしかないのだ。

見知らぬ国にたどり着いたものの、宿屋はどこも満室。ひどい嵐の中で、若き医師は高齢の貴族に助けられる。荒涼とした不吉な城館の主人。その主人は最初、もてなしの心を見せるものの、人柄は風変わりで冷淡。男はその様子を見て、孤独と老齢のせいだと判断する。あるいは、不満な結婚のせいかもしれない、と。

老いた貴族の、非の打ち所がない歓待にはいかがわしさがつきまとって離れない。食事は豊かなのに献立がいつも同じで、見たこともない肉が供される。

城館のぶどう園でとれた果実を用いたワインが際限なく出てくるものの、当の主人は飲む気配がない。食事をしているところも見たことがない。「朝食が遅かったもので、夜食は摂らぬのです」[5]重たい扉にはつねに錠前が下りている。窓という窓には鉄格子がはまっている。「朝になったら出立なさるがいい」とは言うものの、朝は決して来ない。男は毎晩、眠り薬を盛られたような眠りに落ち、やがて真っ暗闇の中で目覚める。寝過ごしましたな、一日は終わりましたぞ、と主人が告げる。そうして出立の機会を逃してしまう。

しばらく後に

午前五時十五分。悪夢から目覚めたところ――

金床に載せた鉄をハンマーで叩いていた。古い大聖堂の、上端が槍のように尖った黒い扉口が壊されて、溶融炉の中で溶かされていた。

それから町を歩いていた。行ったことがある町で、ロッテルダムやミュンヘンやプラハを思わせるところがあるけれど、どれでもなく、それらの町の合成でもなかった。陰気な街路。飢えた玄関。運河を見おろす、骸骨のようにやせて背が高い家々。廃市の通りをいくつもの奇妙な人影が急いでいた。オオカミのようなうなり声。瞳の中の青い炎。

着ている甲冑が重たすぎてほとんど動けなかった。この甲冑は金床で、自分自身でこしらえたものだ。赤く熱した鉄に汗が落ちるとジュッと音を立てた。

それからどこか豪華な部屋で、僕は両手と左右の足首を王座に縛りつけられていた。

劇場で見た顔の若い娘たちが三人、目の前にやってきた。僕の想像力の泥の中に巣くう蠕虫めいた罪深さのせいで、淫らで猥褻な姿に変容して、僕をあざ笑っていた。三人はひけらかすように浮かれ騒いで、僕の顔に唇を近づけたり、髪の毛を指で撫でたり、もっと淫らなこともした。これ以上はことばにできない。

「あら、この人、若くて強そうだから」とひとりが言い、「みんなでキスしちゃおう」と続けながら、僕の目の前にひざまずいてシャツのボタンを外しはじめた。彼女の唇が僕の肌に触れ、僕は身をよじった。

そこへ頭巾を被った人影がやってきた。いや、もともとそこにいたのかもしれない。頭巾の上にダイヤモンドつきの王冠を載せていて、籠手をつけた両手には笏と十字架つきの宝珠を持っている。

「おまえの墓へ戻れ」とその人影が叫んだ。「この男は俺のものだ」

いや、「叫んだ」では足りない。もっとはるかにおぞましい声だった。

女の絶叫のような、甲高い悲鳴。ところがそいつは男の声だった。

――第一幕終了――

―10―

《幕間劇。われわれの冒険がはじまった汽車旅に今一度戻ってみると、ふたりの旅行者はひと休みしているところ》

――一九〇五年十月十二日、シェフィールド駅、午後二時十七分

ストーカーは車掌に手を貸してもらって、客車のステップを降りる。

プラットフォームの上で秋の落ち葉が音を立てて渦を巻き、疲れた目に埃が入って涙がにじむ。午後の早い時間だが、空は柩(ひつぎ)の灰色を呈し、鋳物(いもの)のように冷え切っている。町の工場から風に乗って煤(すす)が飛んでくる。

キングズ・クロス駅から七時間も汽車に乗ってきたので体がこわばっている。彼は振り向いて、アーヴィングが降りるのに手を貸す。年上なので体力がなく、少し震えて、くたびれている。アーヴィングの外套(がいとう)の大きなボタンを留めてやる。

「気をつけましょう」とストーカーが言う。「嵐が近づいています」

「くだらん」埃を防ぐためにハンカチを口に当てながら、アーヴィングが吐き捨てる。「風ならもっとひどいのになんべんも吹かれてきたよ」

目の周りに塗ったコール墨のせいで、エジプト人のような目つきをした彼は、プラットフォームを杖で何度もせっかちに叩く。ストーカーは口笛を吹いてポーターを呼ぶ。内股の男がやってきて、ふたりの荷物を手押し車に載せる。

「行き先はブラッドフォードですね？　六番線、三時半発の列車にお乗り換えです」

「ありがとう」とストーカーが言う。「駅構内にティールームはあるかね？」

彼とアーヴィングは強風に吹かれながら腕を組んで、ポーターの後についていく。通りを隔てた公園のみすぼらしいニレの木がしなって、うなり声を上げている。地下道の床がぬるぬるしている。ポーターはそつなく、今朝大雨が降ったせいで、トイレの水が溢れているのだと告げる。今後もっと降ってくる。

「ヨークシャーはこれだから」とアーヴィングがつぶやく。「呪われた連中のたまり場だ」

「何を言い出すんですか！」

「喉用のスプレーをくれ」

「今ですか、少し後にしてください」

ポーターは無関心ではいられない。シェフィールドでは、口紅をつけた男を見る機会などめったにありはしないからである。

イングランド南部の人間だよ、もちろん。一マイル離れたところから見てもわかる。女っぽい男ばかりだから、あんなふうになっちまう。哀れみと不可解を心に溜めながら、ポーターはふたりの旅行者をティールームへ案内する。幸い、店内にほとんど客はいない。

アーヴィングは一番目立つテーブルに坐り、口を大きく開けながら途方もない伸びをした後、喉用のスプレーを使ってうがいをする。薄汚いカウンターの中から、お茶係のビッグ・ジーンが睨んでいる。厳(いか)めしいその姿はカーディガンを着た古代ケルトの武闘女王(ブーディカ)そのもので、白目を剝いた獰猛(どうもう)な表情でグラスを拭いている。その手はかつて、泣きやまない孤児を叩いたことがある。

「もうちょっと」ストーカーがアーヴィングにささやく。「これ見よがしの態度を控えたらどうなんです？」

「新聞記者どもがいないのはなぜだ？[1]」

「頼むからやめてください」

「サー・ヘンリー・アーヴィング様が、この辺鄙(へんぴ)な腋(わき)の下みたいな町へやってきたというのに、ニュースにならんのか？」

「新聞の取材は大嫌いなくせに。プライバシーが大事なんでしょ。頼むから、今はメニューを見てください」

「実際、イングランド北部の人間に限らず、北方に住む連中は世界共通だってことに気づいているかな？連中はつねに血が濃くてさもしいんだ。ダーウィンだったか誰かの学説にあったはずだ」

「頼むから――」

「で、ダーウィンだか誰だかの説はじつに正しい。要するに田舎者なんだよ、でくのぼうの。駿足の犬(ウィペット)を訓練するしか取り柄がない抜け作どもだ。芸術家に尻を嚙(かじ)り取られても、芸術家なんぞは見たことありません、と言い張る手合いだよ。まあもちろん、こっちは嚙ったりしないがね」

大きなポットに入ったお茶とともに、牛タンのサンドイッチがテーブルに届く。時が流れていく。

アーヴィングは爪を嚙み、爪を剝きながら、歯の間から口笛のような音を出しはじめる。ときどき、アオバエを捕らえようとして空中に手を伸ばすが、他の誰もと同じように決して摑めはしない。

「シカゴから返信は届いたかね？」と彼が尋ねる。

「まだです。じき届くはずですが」

「頼むぞ、俺の最後のアメリカ巡業なんだ。向こうさんは何を待っているのかな？　夏の公演が決まったのはどことどこだったかな？」

「報告した通りです」

「もう一回言ってくれよ」

「フィラデルフィア、ボストン、デトロイト、ボルチモア、ワシントン、デモイン、それからサンフランシスコへ行って、モンタナ州のヘレナ、ここは新しい劇場です」

「シカゴとかニューヨークはないのかね？」

「今言った通りです」

「シカゴもニューヨークもなしのアメリカ巡業じゃ、ちょっとショボいんじゃないかな」

「だからそのふたつを加えようとして頑張ってるんですよ」

「君は何を読んでいるんだ？」

「どうでもいいでしょう」

「もちろん、どうでもいい。君がやっていることはすべて重要ではない。ただね、人間にとって、ささやかな社会的相互関係に身を委ねることは重要ではないかな、と思ったのだよ」

「ウォルト・ホイットマン。表紙を見ればわかりますよね」

「アーンティーは議論を拒否するのが好きだね。そうすれば相手より優位に立てるからだよな？」

「そうですよ」

「万事引き締めるのが好きで、譲歩は拒否。淑女の威厳にしがみついているわけだね」

「それだけですか？」

「そういう大きい女の子ちゃんがウォリー・ホイットマンを好きだっていうのは、ちょっと奇妙だね」

「世界中のたくさんの人々がホイットマンの詩を愛読しています。南北戦争のときには志願看護師として働いた人物です」

「俺の友人も同じように働いたよ」

「素晴らしい」

「ホイットマンと聞くと、鉱泉が湧いている町でよく見かけるドイツ人のヌーディストを連想する。湯沸かし器みたいに両手を尻に当てて、ゆさゆさしてるご一行様だ。むやみにプライドが高くて毅然としているんだが、中産階級の俗物でね、なんでだろうな。つきあうのは遠慮したい連中だがなあ」

「あなたにもし遠慮ってものがあるのなら、そいつを見せてください」

「そうだね、確かに。牛タンのサンドイッチをもひとつ、いかが?」

「あなたを無視します」

「ヨークシャーで最高級の牛タンだよ」

午後の鉄道郵便車がやかましく走り抜けていく。

ああいう輩(やから)はカバの枝ムチで尻を叩いてやらないと駄目だね、とビッグ・ジーンは考えている。南部の人間はムチ打ちが好きなんだ。

「ニューオーリンズ公演は何年だったかな」とアーヴィングが訊く。「八六年かな、それとも八七年?」

「八八年。七回目のアメリカ巡業。あの町から巡業をはじめたんですよ」

「そうじゃなかったんじゃないかな」

「サウサンプトンから大西洋を渡ってニューオーリンズへ行ったんです。途中、フィラデルフィアに寄港して荷物を積み込みましたが」

「そうか、そうだね、思い出した。ニューオーリンズから巡業をはじめたんだ。最後はワシントンだったね、ブラムジー?」

「違います、ニューヨーク。ワシントンDCは最後から二番目の巡業地」

「確かかね?」

「はい」

「誓ってもいいくらい、ワシントンだと思ったんだが」

「ワシントンでは四夜公演したんです。千秋楽は『ファウスト』、ニューヨークで一週間公演して、その後、一八八八年八月二十日です。路面電車の事故で開演時間が遅れました。あなたは風邪をひいていましたね」

「そうじゃなかったようでもあるがなあ」

「そうですよ」

会話はそこで終わり、窓の内側のふたりはしんと静まりかえる。年老いた方はクロコダイルみたいに動かず、まばたきさえもしない。片割れの方はほとんどページをめくらない。

本に集中することなどできないのだ。それならなぜ、読んでいるふりをしているのか？　彼はまるで、ティーカップが合図をよこすのを待っているかのようだ。話の再開を促す合図は、本当に来るのか怪しんでいたブラッドフォード行きの汽車とともに到来するのだろう。

第二幕　俺たちの身体から血は流れないのか？

―11―

《一通の手紙》

ロンドン市
チェルシー
チェイニー・ウォーク二十七番地
一八八八年八月十三日

最愛のわたしの夫、恋しくて早く会いたいブラムへ。

この手紙をワシントンDCのホテル宛てに送ります。あなたよりも先回りしてこの手紙が着きますように。

アメリカ巡業はきっと万事予定通りで、あなたも元気でお過ごしのことと思います。長旅も大詰めですね。疲れが溜まりすぎませんように。ノリーは元気いっぱいですがパパに会いたがっています。九歳の子にとって、あなたがいない六か月間はとても長いです。とはいえ、あなたが毎週送ってくださるオモチャに、ノリーは大喜びしています。彼がなんとなくふさぎ込んでいるときにいつもオモチャが届くので、とてもありがたいです。

あなたの旅程をアメリカ合衆国の大きな地図に書き込んで、ノリーも一緒に旅している気分になれるように寝室の壁に貼りました。旅程に合わせて、大きな画鋲(びょう)を都市につけていきます。そして、画鋲から画鋲へと次々に黒い糸でつないでいきます。黒い糸が描き出すのは見たこともないような図形です。西はオレゴン州ポートランドやサンフランシスコ、北はシカゴ、南はシャーロット、リンチバーグ、リッチモンドまで、縦横に交差したり引き返したりしながら進んでいく軌跡はまるで、巨大な蜘蛛(くも)の王様の巣みたいです。ノリーはおもしろいゲームを考案しました。「今晩、ぼくのパパは自由の鐘がある町にいます、さてどこでしょう?」と彼が言ったら、わたしは、フィラデルフィアのことを知らないふりをしなくちゃならないの。「今晩、ぼくのパパは北緯四十一度三十五分、西経九十三度三十七分にいます」って言われたら、乳母(ナニー)もわたしもそれがどこの町か考えなくちゃならないのです(答えはアイオワ州デモイン)。

ノリーは九歳にしては体格がよくて、力も強くなってきました。ここ最近でぐっと大きくなったあの子の姿を、あなたは信じられないかも。斧で木を叩き切ることができます。新しい斧は刃が鋭いからやらせたくないのよ。でも彼は、自分の意志をちゃんと通します。両親がノリーに会いたがっているので、来週、ノリーの誕生日にはダブリンへ行くつもり。彼は手紙を書くのが遅いけれど、もう少し待ってくださいね。ついさっき、「ノエル・アーヴィング・ストーカー君、お父さまに手紙を書きなさい」と言っておいたので、じきに彼からの手紙がそちらに届くと思います。

おもしろい話をひとつ。おお、ビー、あなたがいれば見てもらえたのに！　少し前のことなのよ――この話はしたかしら――職人学校でわたしが受け持ってきた読み書き練習の授業が毎年とても好評なので、教育の幅を広げるために新しい先生をひとり雇うことになったの。それでわたしは、人事審査委員会にわたしも加えてくださいって提案――というか、主張――したわけ。案の定、侃々諤々（かんかんがくがく）の議論になった末に委員に加えてもらえたのです。

二十通以上届いた応募書類を審査して三人に絞ったの。他の審査委員たちがあからさまなえこひいきをして、知り合いやお気に入りの人を採用しようとしたので、わたしはキリスト教徒としての自制を大いに発揮しました。新鮮な空気を吸うために何度も委員会室を出て、神様の名前を軽々しく呼んだりもしたのだけれど、そうすることでさわやかな気分を取り戻すことができました。

運命の火曜日がやってきて、残った三人に面接をすることになりました。審査委員は四人いて、ミスター・マスターソン、ミスター・マディソン、ミスター・モウブレーとわたしです。Mがつく名前の人ばかりでまぎらわしかったわ。

三人の候補者の話を順々に聞きました。それぞれ二十分程度話を聞いて、質問にも答えてもらって、メモを取ったの。あなたが帰宅したらメモを見てもらうわね。

一人目は感じがよくて、頭もよさそうな三十歳の女性で、ブラックヒースで住み込み家庭教師をしている人。フランス語とドイツ語とイタリア語が堪能でした。二人目は若い男の人で感じがよく、ハンサムなのだけれどおつむは弱くて、両腕を広げたり閉じたりするのをやめられなかった。三人目は腺病質の退屈な高齢者で、ウイスキーの匂いがする凡庸(ぼんよう)な人物(だけど、ミスター・モウブレーとミスター・マディソンの親しい友人)なのよ。わたし以外の委員がどの人を選ぶかはわかるでしょ。でもかれらはしばらくの間、黙っていたの。

若くておつむが弱い人はまず候補から外しました。わたし以外の委員たちは皆年寄りで、若い人を嫌っていたから。わたしがその人を外したのはおつむが弱かったからよ。

さっきも書いたように、その若者は息を呑むほど美男だった。でも、彼自身が着ているチョッキのボタンを数える以上のことは任せられそうになかった。わたしは、彼が不採用になったことを、控え室で待っている本人に伝えに行ったの。わたしの話を聞いた彼はほっとした様子で、機嫌良く帰っていきました。両手を広げたり、腕組みしたりを繰り返して、ゆるんだ靴ひもにときどきつまずきながら廊下を歩いて行ったの。見ているだけなら完璧にかわいい人だったのよ。

次に住み込み家庭教師の評価をすることになって、わたしは彼女を熱心に推した。十分以上の資格と経験がある人物で、そういう人が応募してくれたのはありがたいことだから。面接の印象が抜群で、注意深くて穏やかな話し方が(あなたの話し方を思い出させるところもあって)とてもよかった。

子どもを教えるのはやりがいがあるけれども、たぶん万人向けの仕事ではない、と彼女は言ったの。振る舞いがまっすぐで、好ましい率直さが感じられました。おまけに彼女は三人生を変えたいとも言っていたわ。おまけに彼女は三人の中で唯一、新しい職場にたいして積極的な意見を述べたの。科目を増やす場合には、職人組合の婦人会員が興味を持ちそうな、衛生学や家計管理を教える科目を増やすのがいいって。

「皆さん」とわたしは発言したの。「今回は彼女に機会を与えましょう。関係者すべてに有益な結果をもたらす判断になると思います」

ところがね、ビー、三人はなんにも言わないのよ。月面に降り立ったような静けさ。三人ともタバコを吸って、吹かして考え込んで、さらに考えながらタバコを吹かして、自分の親指をじっと見つめて、またタバコを吹かすだけだった。タバコを吹かしながらなんにも言わないことでナイト爵位が授与される制度があったとしたら、あの火曜日は女王様が大忙しだったと思う。

ついにミスター・マディソンが、眠りから覚めたかのように発言しました。「住み込み家庭教師ってものはちゃんと仕事してくれるとは限りませんぞ、ミセス・ストーカー」

わたしは彼に、どういうことですかと尋ねたの。

するとと彼は、「女が結婚しないのには理由がある場合がありますからね」と重々しく答えたわけ。

わたしはいくつかのことを考えながら彼を見ていました。

「住み込み家庭教師にはひとりひとり事情がある」と彼はつけ加えたの。「それは明白なる事実です。家庭教師の過去には不祥事とか、語られぬ不愉快な事情とかがあるものなんです。職人諸君のことを考えてごらんなさい。かれらの多くは若い男たちですよ」

「賛成」大柄で首のないミスター・モウブレーが言いました。「職人学校に住み込み家庭教師はいりません。問題を増やすようなことはよしましょう」

「ミスター・マスターソン、ご意見は？」期待というより希望を込めてわたしが言いました。「わたしの方へ助け船を出してくれませんか？」

ミスター・マスターソンはヨークシャー出身で、ぶっきらぼうな物言いをする人だけど、今がまさにそれだった。

「住み込み家庭教師はキッカイだ」

「船を漕ぐのに使うカイのことですか？」とわたしが尋ねたの。

「住み込み家庭教師ってもんはね、ミセス・ストーカー、カケタ道具ってこと。オイはオイが思った通りを言ってるの。あの人らはそういうもんだ。オイはいつでもはっきり言うけど、なんであの人はダンナがいないのかな。ダンナなんかいらないからだよ。面倒くさいんじゃないのかな？　隣に住んでる女にダンナがいれば、十分用は足りるんだからって」

わたしはつい大笑いしてしまったのだけれど、ちょっと不謹慎だった。机を囲んでいる三人がぽかんとして、先史時代の穴居人みたいな目でわたしを見つめていました。

「衛生学を教えるっていう考えには反対」とミスター・モウブレーが肩をすくめて発言したの。そのひとことには、風下にいる人たちをすべて味方につけてしまいそうな勢いがあったわね。

「その通りですな」とミスター・マディソンが頭を横

に振りながら応援。

「衛生学みたいなものが、自分の目の前ではじまるのは嫌ですな。いったんはじまったら終わりが見えませんよ」

そこからあの酔っぱらい男を持ち上げる応援演説がはじまった。あいつはすごくいい男で、「わたしらと同じくらい」世間通だし、なにしろ面接の場でのスピーチがユーモアと連帯感にあふれていたじゃないかって、三人が口を揃えて言い張ったのよ。

わたしは、「あの人の目には審査員が八人いたように見えたと思いますけど」って言ってやった。

それからさらに一時間話し合いました。あの酔っぱらいが持っているとされる美点が根拠なく褒めちぎられて、ほぼ救いようのない支離滅裂さは、面接の場で四人の審査委員と面談せざるを得なかったせいで緊張したからだ、ということにされてしまったの。教室ではいつだって大勢の生徒を相手にしゃべらなくてはならないんですよ、とわたしは指摘したのだけれど、聞いてはもらえなかった。

三人は、イルカが呼吸するときに水しぶきを上げるみたいに、タバコを吹かしながら言い逃れをし続けたの。わたしはさすがに根負けしたわ。

「皆さん」とわたしは宣言しました。「わたしは何年間にもわたって、自分の新婦持参金から毎年五十ポンドを本校に寄付してきました。でもあなた方がこのような拒絶を今後も続けるのであれば、わたしは明日朝一番に銀行へ手紙を書いて、寄付は取りやめにします。それからロンドン中の新聞と、職人組合の組合員全員に宛てて、寄付を取りやめにした理由を説明する手紙を書きます。あなた方のご意見に賛成する人たちもいるでしょう。が、いないかもしれない。とにかくどうなるかやってみることにします。皆さん、お疲れさまでした」

「もしもし、マダム」とミスター・モウブレーが言ったの。火に油を注ぐひとことだったわね。

「わたしはマダムではありません」外套とハンドバッグを取りながらそう言ってやった。「ミスター・モウブレー、あなたは職人ではありませんね」じつはこのひとことは職人学校では絶対言ってはいけないセリフだったの。フランス人に向かって、あなたはベルギー人ねって言うようなものだから。

結局、住み込み家庭教師の女性を採用することに決めて、本人に通知したら来てくれるというので一件落着。それにしても、ビー、この一件ってドタバタコメディみたいだと思わない？　いつかこういうのをお芝居にしてくださいな。

ノリーが怪獣みたいにお腹を空かせて、わたしを呼んでいます。

シカゴから本をたくさん送ってくださってありがとう。時間があれば、でいいのだけれど、ルイーザ・メイ・オルコットの全集を見つけたら送ってくださる？　わざわざ行かなくてもいいのです。もし本屋さんへ行ったついでに見つけたら、よろしくお願いします。きれいな装幀の全集がいいな。書架に飾っておくだけで豊かな気持ちになるもの。

あなたがいなくて寂しいです。狂おしいほどに愛しています。出発の前の時期にひどいケンカをしてしまったことを後悔しています。もう一度やり直しましょうね。仲良しでいられる日々がもうじきやって来るのを楽しみにしています。

あなたのフロー

12

《この章では、ダブリンの聖マイカン教会の地下に眠るミイラとの出会いと、書物を購入する人の一風変わった力強さが描かれる》

リフィー川の北岸を急いでいく。四裁判所（フォー・コーツ）の裏路地、街角に埋もれた聖マリア大修道院の廃墟、食肉処理場と市場周辺の小道、やがて曙光（しょこう）が差し込む排水溝。ぼろぼろのカリフラワー。雌牛の頭蓋骨。コッピンガー・ロウで立ち止まったそいつは突如芋虫（いもむし）に変身して、クンクン匂いを嗅ぐような動きをしたかと思う間に、大地の腑（はらわた）めがけてぐりぐり入っていく。汚水の水たまり、人目につかない片隅、下り坂、地下水路、下水管、ぎらりと光る管の繋ぎ目、密かに埋められた子どもたち、花崗岩（かこうがん）と片岩を打ち砕いた岩屑（くず）、粘土層、ヴァイキングの歯、聖マイカン教会の地下墓所に敷かれた玉砂利を貫（つらぬ）いて、下へ下へと。

聖堂では夕べの祈り。それゆえに我らは（タントゥム・エルゴ）大いなる秘跡を崇（あが）める、アーメン。地下墓所には石灰と朽ちた棺（ひつぎ）の匂い。食屍鬼（しょくしき）と化した十字軍戦士が気怠（けだる）そうに棺から這い出して、石柱のてっぺんまでよじ登っていく。髪は床に垂れ、胸郭（きょうかく）にはオオガラスが巣をつくり、大腿骨（だいたいこつ）からぐだぐだになった鎖帷子（くさりかたびら）の残欠が垂れ下がっている。今でも肩に背負っているのは、エルサレムを包囲したときに使用した盾（たて）。耳に残るのは、傭兵たちに整列を促す銅鑼声（どらごえ）。

ストーカーが船室で目を覚ます。大西洋の波は荒い。船体が軋（きし）り、うなり、舷窓（げんそう）の外では夜が金切り声を上げている。

十字軍帰りの戦士はまだ目の前にいる。いや、目の裏の世界にいるのかもしれない。斧が彼の兜（かぶと）を貫いて砂地を連打し続けている。斧は白波。当たって砕ける白波が戦士を無の世界へ押し戻す。ストーカーは波の太鼓に耳を澄ましているが、その音もじきに消えていく。

船底に積み込んだワインの、濃厚で酸味の強い味。ロウソクの赤い光に照らされた懐中時計が止まっているのに気づいていらいらする。

彼は寝間着の上にガウンをはおり、張り綱を手探りしながら厨房の脇を歩く。嘔吐物やこぼれたビールの臭いが目を刺激して涙をにじませる。階段を上がって、ガラスの扉を開けて主甲板の大広間へ入る。ランタンが灯ったテーブルの上で、数人の役者と小舞台係がにぎやかにポーカーをしている。彼はバーへ行き、ポート・アンド・ブランデーのダブルを注文する。

広間の片隅にハーカーが腰掛けて、室内の様子をスケッチしている。ストーカーがやってきたのに気づいたハーカーが見上げて微笑む。

「こんばんは。船長によれば、じきに波は静かになるようっすよ」

「そうあって欲しいものだね、ハークス」

「ご機嫌はいかがっすか？」

「ちょっと悪い夢を見たよ。こってりした夕食のせいかな。ボストン公演の収入の集計は終わったかな？」

「七千二百三十三ドルです。船の事務長の部屋の金庫に全額を保管してるっす。あなたの指示通り、事務長が特別警備員をつけてくれました」

「きっちり仕事をしてくれるんで感謝してるよ、ハークス。こっちはくたくただ」

「アメリカ巡業全体の収入は合わせていくらになったっすか？　三万二千くらいっすか？」

「必要経費を差し引いて、巡業全体ではおそらく三万三千になる。サンフランシスコは九千だったが、あまりいい数字ではない」

「でも、泥沼にはまったというほどではなさそうっすね。スウィズルでももう一杯いかがっすか？　元気が出ますよ」

「ありがとう、ハークス、でも今はやめておこう。チーフはどこにいるのかな？」

「ここ三時間ほど姿を見てません。だいぶ飲んでおられたので、もう眠っておられるでしょう」

「今、何時かな？」

「グリニッジ標準時でそろそろ午前五時っす。あなたの故郷に近づいてますよ」

ストーカーは甲板へ上がってぶらぶら歩きながら、愉快でなくもない船旅の孤独を味わう。外は寒いが、大海原のうねりに独特な慰めがある。明け方の時間には人間存在が無になって、一滴の水ですらなくなる。万物は押し流されていくだけだ。

ケリー州の沖合の島々がひとつまたひとつ、ぼんやりと見えてくる。後ろを振り向くと、空の縁に太陽が金箔を貼りつけている。遠くの陸地の農家の煙突から細い煙が上がっている。漁網を曳いた網代舟が入江から海へ乗り出してくる。教会の鐘が鳴っているのが聞こえるのだが、いくら目を凝らしても教会は見えない。不思議なこともあるものだと思ったら、上甲板の鐘の音だった。

ランタンを点けた網代舟の上で、男たちが長い話を振り上げている。僻地で暮らす人生はどんな感じだろう？　死と隣り合わせの毎日だろうか？　彼らはなぜ移住しないのだろう？

去れ。あの十字軍戦士がささやく。**聖地エルサレムは陥落した。**

白波の上に、空から落ちた山みたいなスケリッグ・マイケルの急峻な島影がそびえている。その昔修道士や苦行者が暮らした孤島。男ばかりだ。そんな生活、誰が耐えられる？　かれらは神をどんなふうにとらえていたのか？　男たちの孤独が神を慰めるなどということがあり得たのだろうか？

大昔、ペストが流行したとき、自分は世界で最後の生き残りだと信じ込んだ隠修士がこの孤島の、花崗岩でつくられた礼拝堂に刻み込んだ別れの挨拶が残っている。彼は、そのことばを読むのは復讐の天使以外にいないと考えていた。隠修士が生きたのはチョーサーの時代よりも千年昔で、英語など影も形もない頃の話だ。ある晩、母親が暖炉の前でストーカー少年にこの話をした。彼は幼い頃足が弱かったので、両脚に重たい副え木をつけていた。そんな話は嘘っぱちだぞ、と父親が母親に言った。

ストーカーは母親の顔を思い描く。ダブリンで最後に会ってから十七年になる。ベルギーへ移住した母とはもう会えないだろう。

アメリカ巡業で家を六か月留守にした。妻と息子がダブリンへ遊びに出かけて二週間が経つ。妻子とまた一緒に暮らすのはどんな感じだろうか、と彼は考えている。

逆巻く波音とカモメの鳴き声の中から、ニューオリンズへ着いたときの映像が蘇ってくる。うだるような暑さ、人々の横柄さと奇妙な美しさ、〈ゾンビ〉の物語、ブードゥー教、生きている死体、シルクハットをかぶった死神。ルイジアナには奴隷の子孫とダイヤモンドや絹を身につけた人々が混在している。ストーカーの目にはどちらも近寄りがたく、威厳があった。皆が皆、貴族の血を引いているかのように思われた。女たちには有無を言わせぬ貫禄があった。

魔女だと言われたマリー・ラヴォーの墓。彼女の木製の墓標に何千もの爪がハンマーで打ち込まれていたのはなぜか？　敵を呪うためですよ、と管理人が教えてくれた。黒猫の骨、お守り（モージョ・ハンド）、十字架やホスチアの闇の力を使う手もありますよ。火薬をひとつまみ入れたオクラ入りシチュー（ガンボ）みたいにブクブク泡立つ、歪んだ報復の物語。

いろんな香辛料、さまざまな香り。扉の外に一瞬見えた目。オクラの匂い、木の枝から垂れ下がっていた糸状植物（スパニッシュ・キス）。ストーカーと何人かの役者たちが連れだって沼のような入江（バイユー）を見に行った朝。アリゲーターを狩る猟師、フランス系植民地人（ケイジャン）、〈クリスマスの仮装行列の衣装（カヌー）〉をつけた人々、キュロットを穿いた人々。ポンチャートレイン湖。日常会話の騎士道めいた礼儀正しさ。メキシコ湾へ注ぎ込むミシシッピ川の轟音（ごうおん）。ダブリンにはないものだらけだった。

二十五週間で七十二都市を回った。全部で百二十二公演。極度の疲労、汽車につぐ汽車。ナイアガラの滝のような書類仕事。領収書の山、パスポート紛失事件、ホテルのキャンセル、下痢や歯痛や発熱に苦しむ役者、深夜の往診、トランプ賭博で給料をすってしまう者、中西部のアメリカ人と恋に落ちたので次の町へは行かないと言い張る者。ペテン師に金品を巻き上げられ、街の女に身ぐるみ剝がれた者。逮捕され、罪状認否を問われ、投獄された後に保釈された者。蚊に刺され、スズメバチに刺されたみたいに、アメリカ的な成功の炎で低温火傷を負った者。誰もが役者たちに触りたがり、〈アメリカ英語〉で話してみろとせがんだ。各都市の興業主たちは契約書の一字一句にまで文句をつけ、交渉し、弱いところにつけ込んだり、泣き落としを使ったり、支払いを渋ったり、破産をちらつかせたり、親戚が死にそうだと言ったりした。大道具が行方不明になり、女優がカウボーイと行方をくらまし、舞台係が特別手当を要求した。手足の骨折事故は五件、受胎三件、外科治療が一件（田舎のダンスパーティーで暴力沙汰のあげく、役者の太ももに打ち込まれた拳銃の弾の摘出、八十ドル）。デトロイトでは劇場が竜巻の被害を受けた。

ニューヨーク公演の最終日。舞台係が舞台下の地下室でシャツを脱ぎ、大汗をかきながら、東八丁目とアスター・プレイスから半マイルの道のりをパイプで送られてくるガスの流れを確認し、跳ね上げ戸から劇場内に引き入れた。ガス灯の炎が渦を巻き、観客が歓声を上げ、楽団の弦楽器が高らかに鳴り響いた。

　悪魔役として、ロウワー・イースト・サイドのオーチャード・ストリート界隈で暮らすスラム街の子どもたちが百人雇われた。まっ黒な袋みたいなフードをかぶった子どもたちがいっせいに泣き叫び、苦しげに空を睨む演技をすると、高さ十フィートもある髑髏（どくろ）が舞台の天井からしずしずと降りてきて、左目に開いた穴からアーヴィングが扮するメフィストフェレスがあらわれ、赤と銀色の肩マントを着て鹿のような角を生やしたその大悪魔が、哀れなファウスト博士を地獄へ落とした。

　アーヴィングのために、靴底が一ヤードの高さを持つ竹馬靴が準備された。彼は驚きざわめく観客席を見おろし、空中で血を絞るような動作をし、手招きし、クワックワッと笑い、狂乱の体（てい）でぶるぶる震え、最前列で見ている賄賂にまみれた市長の妻を指差した。そしてクライマックスの場面では、口に含んだガソリンにマッチで火を点けて、一階後方席まで届けと言わんばかりの炎を吐き出した。

　このときはさすがに警察が出動し、かくなる危険行為が再びおこなわれた場合には劇団全員が逮捕される、との警告を受けた。マーク・トウェインが楽屋を訪れ、お祝いのことばを述べた。チーフは彼の目の前で片膝をつき、その手にキスをした。劇場支配人は最終日の公演終了後アーヴィングに、ぜひとも帰国を遅らせて、ニューヨークでの追加公演をお願いしたいと懇願した。同じ頃、アスター・プレイスには一万人の群衆が集まってアーヴィングの名前を連呼し、彼の姿をひと目見たい、彼に触れたいと願う野次馬たちが、警官隊と小競り合いを起こしていた。ダフ屋たちは追加公演のチケットと称するニセモノのチケットをすでに売り出し、十四丁目以南の印刷業者たちは偽のチラシを刷りはじめていた。だがチーフは首を横に振った――「追加公演の期待は高まるに任せておけばいい」。むやみに神の名を呼ぶほどの欲求不満は次回の巡業の呼び水になるからだ。

ケープ・クリアの島影、ケリー州のフィヨルド、コーク州西部に連なる入江、シャーキン島を遠望する。内陸にはバリーフェリターやスキベリーンの村々がある。キンセール港の近くで船は止まり、錨（いかり）を海へ投げ入れるドブンという音が響く。食料や水を船縁まで満載した小舟の群れが港からやってくるのを眺めているうちに、ストーカーはぐっと疲れが増してくる。波の上に黄色い光を投げかけている灯台が頼もしい。ひとりぼっちではないという思いが胸にこみ上げてくる。

「おはよう、ブラム」

「チーフ」

「君の故郷だ、なつかしいかね？　つい今しがた、アザラシを見た。驚くべき顔だ。人間そっくりだと思わないか？」

「そう言う人たちもいますね」

「領収書の発行は滞りなく済んだかな？」

「ハークスがよく手伝ってくれました」

「三万二千ドルかね？」

「三万三千ドルです」

　甲板の手すりを前にして、遠くに見えるキンセールの町に朝日が当たるのを見ながら、ふたりは並んで立ち話をしている。船員たちが荷物や箱をロープで引っ張り上げて、厨房係に手渡している。町の向こうの空は濃い赤と金色に染まっている。

「奇妙だな」とアーヴィングが口火を切る。「ハーカーはわれわれに秘密を教えてくれたのに、いまだにあいつを女性として見ることができない。あいつが男になりすましている、嘘そのものは許しているのに」

　ストーカーは、アーヴィングが差し出した銀のタバコ入れからアメリカの紙巻きタバコを一本もらう。

「ハークスは怖かったんですよ。無理もないことです。彼女が女性として応募してきたら、今の仕事には採用されなかったでしょうから[1]。彼女がついた嘘は罪のないもので、僕たちはその嘘によって利益を得たんです」

「まったくその通りだ。だがね、ちょっと奇妙なんだ。男の服を着て、男として振る舞っていて、しかもなかなかダンディーでもある。シアトルで、俺はあいつに言ったんだ。〈ジェニー、君はこの劇団の《洒落者（しゃれもの）ブランメル》だね〉って。そしたらあいつ、何て答えたと思う？」

　アーヴィングが続ける――「〈あなたを除いて誰にもひけは取りません〉だよ」

「ははは、言いましたね」

「俺だけじゃなく、みんなにそう言ってるんだよ」

「いい娘ですよ。いろいろ才能もあるし。僕は彼女に惚れているかもしれません。絵に描かれた人物に惚れるみたいにね、わかるでしょ？」

「俺に言わせれば——こんなことを話し合ったわけじゃないんだが——ミス・ハーカーは自分自身のことを、結婚するタイプの女とは考えてないんだろうな」

「ええ。おそらく。それはそれでいいでしょう」

「だよな」

「正直言って、本当に結婚するタイプの人間なんて、僕は会ったことないですよ」

「そうなのか？」

「カトリックの神父で二、三人、例外はいたかもしれませんが」

「サウサンプトンに着いたら、君には一足先にロンドンへ向かってもらうほうがいいかな？」

「その方がいいですね、現金を銀行へ持っていかなくちゃなりませんから。あなたは劇団と一緒にロンドンへ帰ってきてください」

「そうしよう。君の働きには感謝している。もっと早く言うべきだったよ。巡業が最後まで大成功だったから感激しているんだ。君なしでは、とてもこうはいかなかった」

「どういたしまして」

「君の船室に艶のある縦長の木箱を置いておいた。ちょっとした贈り物が中に入っている。フィラデルフィアで手に入れた品だよ」

「わざわざすみません」

「全員の給与を三倍にしてくれ。それからみんなに宛てて、いつもみたいな、心から皆に感謝しているっていう文面の、感謝の手紙を大急ぎで書いてくれないか？　俺は少しくたびれたから、寝ることにするよ」


——

録音機の音声からの書き起こし

ブラム・ストーカーです。

今日はええと、一八八八年九月一日です。

残念ながらまた同じことが起きてしまいました。サウサンプトンの港から帰宅して、十五分も経っていないときのことです。外套を脱いで、ノリーとフローを抱きしめて、おみやげを渡そうかなと思っていた矢先に、あの古い敵が闖入してきて、和やかな帰国となるべき一場面を台無しにしてしまったのです。そいつを連れてきたのはフローでした。

〈版権〉、それが敵の名前です。

「公証人と会う約束をしたのよ」と彼女が言いました。「明日の十一時。陸軍省へ連れていってもらうことになってるの。特許関係の登録は陸軍省でやるんだそうよ」

僕は忙しいって説明したのです。

するとと彼女は、約束の日時なら変更できるって言うわけです。

そこで僕は、「あいにく僕はつねに忙しいんだ」と返しました。

「どうしてそんなにそっけないの?」

僕はそっけない応対をしたつもりはなかったので、たぶん、アメリカ巡業から帰ったばかりでちょっと疲れているせいなんだ、と答えました。

「わたしが何が一番嫌いかわかる、ブラム? そうやってあなたがわたしを、口うるさい妻にしてるのよ。ガミガミ女に。パントマイムに出てくる意地悪ばあさん。あなたが頑固なせいで、わたしが言わずにいられないセリフが出てきてしまうのよ」

「言わずにおいてくれてもいいんだよ」

「妻はおとなしく従ってればいいって言うの?」

「妻らしく夫を応援すると言ってくれてもいいよ」

「夫が何を望んでも妻は応援しろってことね、大中小どんな望みでも」

「確か結婚式のときに、そんなようなことを誓ったんじゃなかったかな」

「わたしにお説教をするのね、ブラム、結婚式の誓いを蒸し返したりして! あなたは六か月も巡業で家を留守にしたのよ。自分がどんな誓いをしたか、ちょっとは思い出してみたらどうなの?」

「ごめん、僕が間違っていた」

「その通りよ。あなた、間違ってます」

「それで終わりかな?」

「ブラム、見下したようなその態度には耐えられない。わたしの能力を甘く見てるわよね。よそでならまだしも、この家で言いたい放題を言うのはやめて。妻らしく夫を応援するっていうのなら、そういうのはあなたのほうがお得意でしょう。奥さんにはそういうのを押しつけないでね」

「僕の書き物は僕のものだ。僕のものなんてそれだけだ。書き物についてのあらゆる決定は僕自身がする」

「愛している者同士の間では、あなたのものとか、わたしのものなんていうのはないのよ」

「え、そうなのか？」

「ブラム、もっとましなあなたがいるはずよ。どこへ行ってしまったの？」

「版権登録とやらのために、そいつを陸軍省へ行かせることにするよ」

　僕は惨めな気持ちで家を出て、長時間かけて四マイルほど離れたボウまで歩いて、その後、帰ってきました。あんな口論をしてしまったせいで、自暴自棄と自己憐憫(れんびん)にさいなまれながら。こんなはずじゃなかった。フローとの行く末を考えると、読み方のわからない海図を見つめているような気分でした。

　実は今、ロンドンで恐ろしいことが起きています。今朝報じられたニュースによれば、メアリー・アン・ニコルズという女性の遺体がホワイトチャペルのブラックウォール集合住宅(マンションズ)の近くで発見されたとのこと。またしても喉や腹が無残に切り刻まれた遺体。この五か月間で三人目、若い娘ばかりが惨殺死体で見つかっています。ロンドンには今、得体の知れない怪物が野放しになっているのです。

　今夜ボウの方まで歩いたときにも、おびえた様子でレスター・スクエアを走り抜けていく女性たちをたくさん見ました。数人ずつ腕を組んで、あたりを見回しながら通り過ぎていきました。何百人もの警官が配備されていますが恐怖は募るばかりです。チャリング・クロスの周辺で威勢のいい新聞売りの少年たちが、また殺人事件だよと叫んでいました。街灯の下でしゃべっている男たちの声を小耳に挟みましたが、連続殺人の話で持ちきりで、イーストエンドでは武装した集団がパトロールをはじめたなんて言っていました。さまざまな噂が飛び交っています。犯人は貴族だとか、カトリックの神父に化けているとか、じつはロシア人だとか、外科医、兵士という説もあり、犯人は二人か三人いるとか、女性の服を着ていたという噂までありました。

　さらに加えてロンドンの霧は近頃、有毒なほど濃くなって、真っ黒で不快な煤(すす)と嫌な匂いがする塵(ちり)が以前よりも多く含まれているようです。女性はヴェールをまとう人が多く、男もフードや襟巻きをつける人が増えています。空気の状態は最悪です。また、街路で酔っぱらっている人や、惨殺された三人と同様の不幸せな職業に就いている娘たちも増えています。街角に立つ娼婦たちはおびえ果てています。まるでロンドンを舞台に邪悪なカーニバルがおこなわれているようなもので、そのすべてを取り仕切っている殺人鬼は僕たち市民に、グロテスクな仮面劇を見て見ぬ振りをしろと指図しているのです。

エクセター・ストリートで男装のハーカーにばったり出会いました。下手くそな水彩画みたいに青白い顔をして、確かフランクとかいう名前の男兄弟と一緒でした。何か衝撃でも受けたのか、酒を飲んでいたのか、原因は不明ですが、その男は目が据わっていました。ほんの少しだけ三人で歩いた後、二人はどこかへ行ってしまいました。

かわいそうな娼婦たちの惨殺事件をめぐる噂話が熱病みたいに街中に広がったせいで、妄想が恐怖を太らせました。毒物と同様、病的な興奮状態には中毒性があります。

フリス・ストリートの地下クラブへ行って一、二時間過ごしたけれど、楽しい気分にはなれなかった。若すぎる少年たちと好色な目をした年寄りのたまり場になっていたからです。少年のひとりに、僕は誰かと話したいだけで、それ以上は何も要らないと言ってやりました。するとその子は、「だったらなんでこんなとこへ来たんだよ、じいさん？」と返してきました。あんなところへ足を踏み入れるのはやめた方がいいことぐらい、僕だってわかっています。けど、日が暮れるとついつい外をほっつき歩きたくなる。誰かを求めているみたいにね。そうだな、僕が求めているのは自分自身なのかもしれない。

しばらくして、行くところがなくなったので――どこかに札入れを置き忘れてしまったので、ホテルに泊まることもできなくて――ここ、ライシアム劇場へ足が向いたわけです。

人っ子ひとりいません。そうですね、それが今から三時間ほど前のこと。

小道具部屋で毛布を見つけたので、ロビーのバーまで持ってきました。そうして肘掛け椅子をふたつ向かい合わせにして、この録音機――チーフがくれた例のアメリカみやげです――の使い勝手を試してみることにしたのです。こんな感じでほぼ使えるようになったと［**以下聞き取り不能**］。

今、午後十一時四分過ぎ。憂鬱(ゆううつ)な夜。ひとりぼっち。眠るには落ち着かない場所です。鏡がたくさんありすぎるからでしょう。

夢想がざわついています。舞台の上で足音が聞こえるような気がしてならないのです。

こうやって考えているうちに人間は皆、臆病者になるのですね。(2)

眠りたい。

眠りが浅くて、三十分前に起きてしまった。とても寒い。ものすごく喉が渇いている。

午前五時になるところ。頭が痛い。やかんがあれば湯を沸かしてお茶が飲めるのだが、いくら探しても見つからない。

悪い夢を見た。恐ろしい、最悪の夢。

誰にも知られずに僕がやらかしたことがいろいろ。

一八八八年九月七日

控えめに言っても妻との仲はうまくいっていない。ロンドンに広まっている例の不愉快なニュースが、昼となく夜となくライシアム劇場の執務室に聞こえてくるのもいまいましい。気まぐれに誘われるままに、タイプライターと必要不可欠なものだけを抱えて、僕は〈ミナの隠れ家〉に籠(こ)もった。

正解だった。

根拠のない不安のせいで誰もこの部屋を使いたがらないのは（じつに！）ばかげている。仕事場としてだけでなく、ひとりになれる場所としても、蜘蛛(くも)の巣だらけのこの新しい隠れ家は素敵だ。ここにいれば誰にも邪魔されないのは限りなく貴重。おまけにちゃんと日射しが入るし、静かで、精神を活性化するのにぴったりな居心地の良さがある。

窓から外が見える部屋に机を置くときにいつもしてきたように、ここでも窓に背を向けて坐るようにする。

ひんやりした空気が心地よい。だが冬場には毛布が一、二枚必要になるだろう。やかんを野外用携帯コン口に掛ければ、ここで湯を沸かせそうだ。

わが友である天井が雨漏りをさせたいのなら、自由に水を滴らせるがいい。こちらは坐る位置を変えて、濡れないようにするまでのことだ。ガラクタの中を探した結果、タイプライターを置けそうなテーブルや机は見つからなかったので、箱をいくつかひっくり返して置き並べ、書き物机の代わりにする。リア王かハムレットが息巻いたとおぼしき古い王座があったので、坐ってみたら十分使えた。そうだ、陸海軍購買部(アーミー・アンド・ネイビー・ストアーズ)のショウウィンドウに出ていた小さなコンロを買ってくれば、お茶を淹れたり、ひとり分のシチューを温めたりできるぞ。

さて、準備万端となれば物語の構想を練る番だ。霊が取り憑いたタイプライターの話。勝手にカタカタとキーを鳴らして、不気味な話を叩き出しては男を驚かす。その男は名声も才能もない物書きで、両親から相続した、質素で荒れはてた家にひとりで住んでいる。盗賊だらけの陰鬱(いんうつ)なデットフォードあたりの家。これまでに投稿した原稿は一度も採用されなかった。ところが朝起きて書斎へ行くと、血も凍るような物語が書き上がっているようになった。しかも毎朝。男は家に鍵を掛け、使用人に暇を出し、すべての窓に横木を打ちつける。だが奇妙な物語は毎朝書き上がっていて、タイプライターの脇に原稿がきちんと置かれている。

ボツ続きにいらだち、自分以外の物書きの成功をうらやんだ男は、タイプライターが書いた原稿を雑誌の編集部に送りはじめる。それらは男の名前で雑誌に載り、大いなる反響を得る。富と名声が転がり込み、美女たちが近寄ってくるようになり、ピカデリーに豪邸を買い、邸内はイタリアルネサンスの絵画や貴重な骨董品で満ちあふれる。にもかかわらず、彼自身が書くものはあいかわらずつまらなくて、力に乏しい。男は霊が取り憑いたタイプライターが吐き出す不気味な物語に頼るより他にない。

彼はひと晩中ベッドで大汗をかきながら、タイプライターのキーがべらべらしゃべっているかのような音を聞き続ける。朝になって書き上がった原稿を読んでみると、そこには彼の無残な死が予告されている。男がナタでタイプライターをぶち壊しているところへ、家の扉を破って警官隊が突入し、男は逮捕される。その前の晩、ロンドン警視庁(スコットランドヤード)に一通の手紙が届いていた。それは彼が街の娼婦を殺害したことを告白する手紙で、タイプライターが書いたものであった。男は絞首刑に処せられる。

　今朝の十一時頃、『ジキル博士とハイド氏』公演のために大道具の組み立てをはじめる作業員たちが到着したのを見計らって、僕は私的な用向きのためにハッチャーズ書店へ出かけた。知人に出くわさないとも限らないのでメガネを掛け、かさばる帽子で顔を隠した。興味深い冒険にはなったものの、事前に予想したのとは大いに異なる外出となった。

　たいそう不思議な出来事が起きた。その残り香がまだ消え残っている。

　書店へ入ったとき、若い店員は僕のことを知らなかったので、下手な言い逃れをせずにすんだ。とはいえ、他の客に紛れて目立たぬよう心がけた。するとたまたま、一冊の古本が目に留まった。ライマー著『吸血鬼ヴァーニー』という分厚い本。チーフがあるとき、「この本はイングランドが生んだ最低最悪の駄作と呼ぶしかない一冊だぞ」とこきおろすのをおもしろく聞いた覚えがある。僕は好奇心からその本を買った。芝居のネタに使えるかもしれない。駄作はしばしばよいネタになるのだ。

　書店内から窓越しにピカデリーを見ると、通りに男娼たちが大勢たむろして客を探している。かれらに交じって、真っ黒なロングドレスを着た、威厳のある人物が立っている。銀のヒトデの柄がついた、紋織りの厚手のヴェールが目立つ。彫像のようなその人には現実感がなぜか希薄で、母が昔よく歌っていた〈アシュリング〉の歌詞に出てくる女性を想い起こさせた。田舎の若者が空や湖畔の景色の中に、女性の幻影を見るという歌だ。美神のようなその人影に勇気づけられた僕は、ライマーの本をカウンターへ持っていって代金を支払い、今日の密かなもくろみに着手した。

「ちょっとすみません」僕は内心赤面せんばかりに恥じ入りながら店員に話しかけた。「ある小説家のデビュー作を探しているんです。確かダブリン出身の作家で、今その名前をど忘れしてしまったのですが、タイトルは『蛇峠』。もしかして入荷してますか？　最近、『スペクテイター』誌に載った記事で高く評価されていた本です」

　ダンテが『神曲』に描いた地獄の第九圏は極悪の罪人たちが落ちる奈落の底で、恩人を裏切った者たちが永遠の罰を受ける、最も苛烈で見るも無惨な冥界の地下牢である。もしその下に第十圏が存在するならば、それは極悪以下に堕落して許しがたい者ども――すなわち自著を宣伝する著者――が落ちる場所であるはずだ。

「聞いたことないと思いますねえ」店員が歌を歌うようなウェールズなまりで答えた。「よろしかったら図書目録でお調べしましょうか？」

「この前、『ハムステッド・トリビューン』紙でも賞賛されていたんですよ」ずうずうしくも僕はさらにつけ加えた。「そういう本は入荷しておくべきじゃないですか、欲しい人がきっといますよ」

「あらゆる本を入荷するわけにはいかないんですよ。でもとにかく調べてみますね」

僕は雷に打たれることもなく、カウンターの前に立って待った。ハーレフ出身の若者は図書目録のページを指でたどった。

「そのタイトルの本は載っていないようです。どんなジャンルの作品かご存じですか？」

「超自然的な物語だと思います」と僕は言った。「『スペクテイター』誌によれば、「血が凍るような場面が続出」して「魅力たっぷりで読ませる」作品です」

「ミスター・ハントリー」ウェールズなまりの店員が年長の店員に礼儀正しい口調で尋ねた。「『蛇峠』という本なのですが、在庫があるでしょうか？」

「アイルランドの奴が書いた本だ」と年長の店員が返す。「ゲラをざっと読ませてもらったんだが、とんでもない駄作だ。注文する必要はないね」

そこへ突然、僕の背中あたりからもうひとつの声が割り込んだ。「とってもいい作品でしたよ」

僕は振り向いた。さっき店の外にいた黒いヴェールの女性が立っている。

「ありがとうございます、マダム」若い方の店員が少なからず驚いた様子で応対する。「出版される書籍の数が多いものですから、すべてを追いかけるのは難しくてですね、消えずに残る本ばかりとは限らないものですから」

「この本は残りますよ」幻の女が断言する。

僕は買った本を抱えて店を出た。ああ、びっくりした。数分後、幻の女も店から出てきた。

彼女は急ぎ足でピカデリーを横切っていった。突風が吹いて、黒くて長いドレスの裾を乱した。ストランドまで追いかけていくと、作業員たちが貼り紙をしているところ――〈惨殺事件発生　革のエプロンをした男の情報を求む〉。

　幻の女は狭い路地へ入っていく。路地の名前は忘れた。でも、テムズ川の方へ通じている狭い道のひとつだったのは間違いない。近づきすぎないように尾行したのが徒になって、路地へ曲がったときには女は影も形もない。僕は行き先を見失った艀みたいになってしまった。ストランドの大通りへ戻る途中、食堂の厨房扉の脇に立っていた背の高い弾丸頭の男が、こっちをじろじろ見ていた。

「どうかしたんかね？」

　大丈夫だ、余計な世話は焼いてくれるな、と僕は返した。

「本当に大丈夫なんかね？」

「他所様には関係ないことですよ」

　相手の男はポケットから身分証代わりのバッジを取り出して見せた。ランディとかいう名前の、ロンドン警視庁の警部だった。

　僕は彼に、自分はライシアム劇場の支配人だと名乗った。彼は感情を顔に出さなかったが、そのこと自体が意味ありげに感じられた。僕は突然身体が熱くなり、少々怖くなった。

「あの女性を追っかけているように見えたんでね、ピカデリー・サーカスからずっと」

「そんなことしてませんよ」

「ほお、さいですかな？」

「もう行っていいですか？」

「両手を頭の上に高くあげてください」

　逆らう理由もなかったので、言われた通りにした。警部が僕の服のポケットに手を突っ込んだりなどしている間、僕は小刻みに震えていた。彼は僕の外套のポケットから紙束を引っ張り出して――それは書きかけの芝居の一場面のためのメモだ――顔をしかめてから、元のところへ戻した。

「どっから来たんですか？」

「ロンドン子ですよ」

「ロンドン子っぽくないですな、そのことばは。そこに立って、壁の方向いて、両脚開いて」

「ダブリン生まれですよ。ロンドンに何年も住んでますが」

「ほお、アイルランド。厄介の巣。その厄介がたびたび本土にまで持ち込まれてるんですわ、違いますか？　アイルランドの輩（パット）たちはダイナマイトと黒ビールが大好きですな」

　そう言いながら警部は僕の持ち物を調べ終えたが、向きを変えた僕から目を離さない。

「前にも会ったことがありますよ」と彼が言った。

「どこでしたかな？」

「会ってないでしょう」

「夜、ソーホーへよく行くでしょう？」

「いいえ」

「奇妙ですな、ミスター・ストーカー。ソーホーですよ。ザ・ドレイクスの外の路地。深夜。店の外でどうしようか迷ってた。わたし、あなたの肩越しに見てたんですわ。入りたそうでしたねえ、あのとき」

「人違いでしょう。そんな店は知りません」

「間一髪でしたよ、ミスター・ストーカー。あの夜、警察の手入れがあったんでね。捕まった連中は皆、禁固六か月を喰らいました」

　僕は黙っていた。

「忠告しておきます。散歩は気をつけて。女性をつけ回すのは賢くない」

「警部、言っておくけど、僕は女性をつけ回したりしていない」

「わたしはね、あなたのお宅を夜分に訪ねたりしたくないんですわ。この件をさらに調べて、報告書を書くなんてまっぴらごめん。ミセス・ストーカーを悲しませたくないから」

「こっちだってまっぴらごめんだ」と僕は言った。

　相手はうなずいた。「あなたのポケットを探させてもらったとき、財布の中にポンド紙幣が二枚ばかり入ってました。わたし、警察慈善協会のために今、資金集めしているんですよ。寄付なさいますか？」

「もちろん」

「それは寛大なことで、ミスター・ストーカー。三ポンドがよろしいかと。どうぞお気をつけて」

　劇場に戻り、屋根に近いここへ上がってきた。少しものを書いた。それから眠った。

　すごく高いところからロンドンへ落ちる夢を見た。風の叫び声。赤い月。

―― 13 ――

《この章では、ピカデリーでヴェールをつけた幻の女が再び目撃され、アメリカ合衆国に住む父的人物に宛てて手紙が書かれる》

今日の午後、アーヴィングと会ったのだけれど、そのときの印象が僕の心をかき乱した。というかある意味、不気味でさえあった。

彼は自室でカツラを合わせ、シャイロックの鼻を着けているところだった。僕は彼と、サザークに倉庫を借りる場合の賃借権をめぐる問題点について話し合ったのだが、彼はいつも以上にうわの空なのがわかった。はははあ、今日は昼食をしっかり食べて、ドイツ・ワインとスコッチウイスキーをふだんより多く飲んだんだな、と僕は思った。彼は衣装係の主任に席を外すよう命じてから、僕に向かって意見を求めた。

「連続殺人事件が起きているが」と彼は口火を切った。「君はどう思う?」

世間の人々と同じように衝撃を受けています、と僕は答えた。

「そういうことが聞きたいんじゃない」と彼がさえぎった。「あれをネタに芝居ができるんじゃないかね? ほれぼれするくらい恐ろしい舞台になると思うんだが。一年間ぶっ続けに劇場を満席にできるぞ」

僕はたまげて、しばらくの間、返事ができなかった。それから僕は――悪い冗談だったのだが――殺人事件の上演権を買い取るのは難しいでしょう、と返した。

「触らずにおきたいのか」と彼は言った。それから今朝の『タイムズ』紙を取り出し、一面の記事をハサミで切り取って、部屋の壁にピンで留めた。見出しには《イーストエンドでまた惨殺事件》と書いてある。

「俺にとっては英雄だね」と彼が言った。「超一流の興行師だ。ロンドン中の話題を独占している。しかも木戸銭はタダで」

チーフにはかねがね厄介な習癖がある。すぐ真に受ける人間を相手にして、そいつの反応を見て楽しむためだけに、狼狽(ろうばい)させて喜ぼうとするのだ。だがこのとき、彼と僕は未踏の領域へ踏み込んでいた。

「世の中の人間は嫌な気分になりたがる」と彼は言っ

た。「それこそは人間の本性。恐怖は金になるんだよ、親愛なるアーンティー。シェイクスピアはそれを知っていた」

恐ろしい連続殺人事件とシェイクスピアに何の関係があるのか、まるでわかりません、と僕は言った。こんな話を真に受けるのはばかげている。ここはだんまりを決め込もうと思った。

「関係は大ありだよ、アーンティー、シェイクスピアの芝居を見てみるがいい。毒殺、自殺、子どもを喰らう母親……それに比べたら、ロンドンの殺人鬼なんか、教区牧師のジャムにコショウを振りかけるいたずら小僧みたいなものだ」

「そうですね」と僕は返した。「打ち合わせはこれで終わりですか？」

「哀れみと恐怖」彼の話はまだ終わっていなかった。「古代ギリシア人のことばだ。劇を成功させる秘訣。彼らは万事心得ていたってことだよ」

僕はまたしても、正しい判断力をかなぐり捨てて、チーフの悪知恵の渦の中へずるずると滑り落ちていった。「世の中の邪悪な行為は芸術の素材にはなりません」こう口走るのと同時に僕は、自己嫌悪にさいなまれた。というのも、画家でもない人間が「芸術」などということばを使えば、そいつは身の程知らずの気取り屋と名指しされ、したたかに蹴られて当然だからだ。

チーフは僕の返答を聞いてあざ笑いを爆発させた。彼はこの瞬間を頂点にするために、対話を積み上げてきたに違いない。今朝起きたときから段取りを考えていたのだろう。

「息を吞むほど見事だね、最高の偽善者だよ、アーンティー。けがれと恐怖に引き寄せられるところなんか、汚物にたかるうじ虫と同じだ。奥さんがいるおうちへ帰って、甘々の奥さん孝行をするがいい。どうせおまえさんは、やるべきことがまだまだできてないと思っているんだろう、違うかね？」

「あなたは酔ってます」と僕は言った。「ねぐらへ戻って寝てください」

彼は陰惨（いんさん）な笑いを浮かべながらガウンをはおり、ガウンの下から僕の著書を取り出した。

「『蛇峠』ってか」彼はせせら笑った。「こういうのを書いて興奮しているんだな、アーンティーは？　石を持ち上げてみると、おまえさんの性欲の汚物にたかってのたくっているうじ虫が見える。それそのものを描く技巧がおまえさんに欠けているのは残念だ。欲求不満で狂おしいほどだろうなあ」

僕は、彼が持っている本に手を伸ばした。相手は酔っぱらっていたので簡単に本をひったくることができた。彼の息が放つ酸っぱいリンゴ臭を嗅いだら、競走馬でも卒倒しただろう。

「ちょっとおだてすぎてしまったかな、アーンティー？　その本ならまたすぐに買えるよ」

「ひとつだけはっきりさせておきます」と僕は言った。「この劇場では連続殺人事件に〈着想を得た〉芝居なんかやりません」

チーフは喉の皮を震わせて僕のしゃべり方を真似ながら、僕が背を向けたとたんにリールで魚を引き寄せるみたいなひとことを放った。

「話は変わるがね、俺は犯人が誰だか知ってるよ」

僕は扉のところで足を止めた。

「君みたいなおとなしいやつが残忍になる」と彼は言った。「ひどく腹を立てたりすると怖い。感情を見せびらかす連中よりもはるかにむごくなれるんだから」

「残忍になるのは専門家に任せておきます」と僕は返した。

「そうかな、君の絵が『パンチ』[1]に載っていたけど」と彼は続けた。「まだ見てなかったかな？」

彼は机の上を指差した。指の先には漫画が載った雑誌のページが広げてある。ぽかんと口を開けた猿(さる)のような顔に豚の鼻がつき、犬歯を見せてよだれを垂らし、シャムロックの紋章がついた妖精紳士(レプラコーン)の帽子をかぶり、十字架つきのロザリオを首に掛けた人物がいる。

その絵に《アイルランドの吸血鬼》というスローガンが書かれていた。

僕の人生には、弾を込めたウィンチェスターライフルを持っていればよかったと思う瞬間が何度かあった。この瞬間はその中のひとつであった。

エレン・テリーの声

……そうね、あの頃はちょうど切り裂きジャックが暗躍していた時代。ロンドンは恐怖のどん底に突き落とされていた。その恐怖はいまだに尾を引いているかもしれないわね。殺人者が野放しになって、人殺しを続けている都市に住んだことがない人にはわかってもらえないと思うけど、あの頃のロンドンは貯水池に毒を入れられたか、空気を汚されたみたいな感じで、あらゆるものに悪が伝染していたんだもの。

近所の人を見る見方が変わってしまって、起こりもしなかったことが起きた事実みたいに記憶されるようになったのね。近所に住んでいる男の人が先週、図書館であたしのことを変な目で見ていたとか、タバコ屋の男こそ変だったとか。殺人鬼はあの男なんじゃないかとか、そいつは奥さんを切り刻んで、地下室の壁に塗り込めたんじゃないかとかね。一日か二日の間だけだけれど、あたしは、あたしの教会の教区牧師を疑っていました。その牧師さんは話すときに相手の目を決して見ない人だったから。ホントにそんな調子だったのよ。誰でも怪しく思えたんだから。

殺人鬼は外国人だという噂があって、誰もが当然だと言っていました。「イングランド人にあんなひどいことができる人間はいない」って。ユダヤ人に投げかけたひどいことばが壁に書き殴られたりもしていたわね。殺人鬼が野放しになった世の中で、無数の戯言が語られていたんです。誰もが安心を求めていました。

犯人は「よそ者」に違いないって。そんなふうに片づけてしまうのがイングランドっていうところ。まあ、よその土地でも同じかもしれないけれど。

とはいえあたしは、怖かったわけじゃない。恐怖を抱いていたわけではなかった。

ある週の土曜日、あたしはリバプールのアポロ劇場で深夜までかかる舞台に出ました。でも全然怖くはなかった。

恐怖というよりむしろ怒り、というか憤りを感じていましたね。些細なことだけど、あの頃あたしはサリー州の、リッチモンドに近い田舎——ウエストエンドから十マイルか、十二マイルくらいのところ——に住んでいて、毎晩、舞台が終わるとポニーに牽かせた二輪馬車を操って帰宅していました。馬車を運転していると心が静かになるから好きだったのよ。舞台を終えた後で頭を冷やすのにちょうどよかったのね。御者を雇いたいなんて全然思わなかった。ひとりの方がずっとよかった。午前零時とか一時とか、ときには明け方に出ることもあったけれど、お供も連れずに馬車で帰ったものです。

公演の後おしゃべりをしてから、劇場を午前二時とかに出て、一時間半ほど馬の足に任せて帰宅するのは、とても静かで心が和む時間でしたよ。耳の奥に残る喝采が洗い流されて、どよめきが鎮まっていくの。人っ子ひとりいないオックスフォード・ストリートをだく足で悠々と進む。パーク・レーン、ベイズウォーター・ロード、メイダ・ヴェールを通って、アクトンへ向かう。あの頃、あたしはファイアフライっていう名前のポニーを飼っていたんだけど、これがあだっぽくて、肝っ玉が据わった雌馬。あたしはあの子と一緒に、深夜の家路を千回ほどたどったわね。

　郊外から牧草地が広がる地域へ入っていくと、ロンドン名物の意地悪カモメは姿を消して、ムネアカヒワ、シジュウカラ、モリバト、アトリなど、いろんな鳥のさえずりが聞こえた。川の水音も聞こえてきて、ココナッツに似たハリエニシダの香りもしてきた。

　暖かい春の朝、五時頃にあのあたりを通りかかると、明け方のコーラスに感動して涙が出そうになったりした。見上げれば金色の空。ムネアカヒワの神への讃美。ファイアフライとあたしは一日の仕事を終えて帰っていく。あのときの気分は唯一無二だった。

テムズ川が蛇行しているところに掛かっている石橋の上でよく馬車を止めて、ファイアフライにリンゴかニンジンをあげて、あたしはタバコを一服した。そうして彼女に言ったのよ――「昨日もなんとか無事終わって、またひと晩乗り切ったね。さあ、リッチモンド目指して、あとひと頑張りしよう、ファイアフライ」。

切り裂きジャックはその喜びを全部奪ったわけです。

　些細なことかもしれないけど、あたしがあいつを軽蔑する個人的理由はそれ。

　あいつはあいつ以外の人間からあらゆるものを奪い去った。あたしからイングランドを奪ったのよ。

　ああいう状況では分別ある行動を取らなきゃいけないってことで、馬車で帰る静かな夜は打ち切りにせざるを得なかった。でもね、あたしはあいつに、重たい恐怖を捧げるつもりは絶対なかった。

　とはいうものの、舞台の上で傷つきやすい身をさらす、若い女性の役者たちは気の毒でした。ふだんからあの娘たちは、楽屋口を出たら厄介ごとにさらされていたんだもの。男性の中にはなぜか、女優に突然恋心を抱く人がいます。ちょっと考えればわかるのだけれど、一方的な鏡みたいな恋心なの。男の方は舞台上で光を浴びてる女優を見ているわけ。でも女優の方から相手の姿は見えません。女優たちは全部作りごとだってことを百も承知で芝居をしています。役者ってものは我を忘れて演じているわけではないんですよ。

　切り裂きジャックの正体が誰であれ、その腰抜け男がある種の女性に敵意を持っていたのは確かです。その女性たちを表現するためにしばしば使われていることばをあたしは使いたくない。女優も同じように表現されることがよくあるので。そうなの、世間には当時でもそういう偏見が残っていたのよ。劇場で働いている女は街角に立っている女とほとんど同じなんだぞってね。正直な話、今だってそういう考えは死滅していないと思う。

　殺人鬼が調子に乗りはじめた時期、あたしは自分を守るための手段を講じました。

　こんなこと言わない方がいいと思うのだけれど、どうしてもってあなたが言うから話しますよ。

　八六年に巡業でボルチモアへ行ったとき、ハンドバッグに入るサイズの、スミスアンドウェッソンの素敵なリボルバー拳銃を手に入れていたんです。戦争で夫を失った女性たちだったか、孤児だったか、戦争で手足を失った人のためだったかの寄付を集める福引き会(トンボラ)に参加したら、当たっちゃったのよ。ご承知の通り、アメリカっていう国は年がら年中戦争してるから。

　ボルチモアでは、イングランドで綿菓子やリンゴ飴を買うのと同じくらい簡単に銃が買えます。それでその銃を荷物に入れて、サウサンプトンまで持ち帰ったわけ。ちょっと風変わりなおみやげだった。いいえ、税関では申告しませんでした。税関の出入り口でにやにやしながらこっちを見てた職員に、嘘を言ってやったのよ。その職員ったら、あたしのサインが欲しいって言ったの。書いてやったわ。リボルバーは靴下留め(ガーター)に隠しておいた。まあ、若気の至りだわね。

　で、切り裂きジャックが暗躍しはじめた頃、あたしはそのピストルを戸棚から出して、ある晩ハムステッド・ヒースへ行って、イチイの木を撃ってみた。おもしろかった。家へ帰る途中、アールズ・コート・ロードでゴミ箱を撃った。もちろん悪ふざけよ。でも愉快だった。

　あたしは心の中で言った――切り裂きジャック君、あたしと友達になろうとしない方がいいよ。霧の中からあたしの目の前にあらわれたが最後、その先、一歩も進めなくなるからね。あんたはあたしを殺すかもしれないけど、あたしは死ぬ前の瞬間に一発撃って、あんたの歯を後頭部から飛び出させてやるわよ。

あたしを切り裂こうとはいい度胸だ。返り討ちにしてやるから覚悟しときな。

あたしの夢想はまだ続いた——かわいいレンちゃんはすごいものを持ってるんだ。あんたをめちゃくちゃにしてあげる。切り裂かれるのはそっちだよって。

ピストルはまだ家のどこかにしまってあります。以前は階段の下の帽子箱に入れて置いたの。ジョージ・バーナード・ショーには、帽子箱じゃなくて、スミスアンドウェッソンのほうを見せてあげたことがあるわ。あの人ったら、撃たせて欲しいって言ったの。平和主義者はたいてい武器に目くじらを立てて、忌み嫌うものだけれど、あたしは違う。でもね、アイルランド人に銃は渡せない。そんなことしたらあたしの正気が疑われてしまうから。

あら、あたしたち、何の話をしていたんだっけ？そうそう、切り裂きジャックのことね。あいつの正体は結局わからずじまいよね。あなた、誰だか知っている？

一八八八年九月二十八日

ほんの少しだけ手を加えれば、舞台装置の倉庫として使えそうな場所をついに見つけた。今は使われていないふたつの大きな鉄道橋で、橋が並んでふたつ架かっている。荒れはてて腹を空かせた、イーストエンドの一角にあるバックス・ロウのすぐ近くだ。ふたつの橋は、花崗岩を積み上げた高さ九十フィートほどのそっけない構造物である。周囲には有刺鉄線つきの防御柵を張り巡らす予定。鋳鉄製のゲートはグラスゴーのサン鋳造所に発注した。

今日、ハークスと一緒に現場へ行ってこまごました計測作業をおこない、鉄道会社との間で取り交わす書類仕事も済ませてきた。先方は使い道のなかった橋に借り手がついて、けっこうな賃貸料まで入ってくるとあってほくほくしていた。先方の担当者たちは契約が締結されるやいなや、契約書のインクがまだ乾かぬうちに、明け方に消える亡霊みたいに帰っていった。

ハークスは今回の投資について、僕ほどは楽観視していないようだ。彼女なりの試算をおこなった——そのこと自体決してよい知らせではない——とのことで、帰途、ハンサム型二輪馬車の中で次のような報告を聞かせてくれた。舞台装置の移動は二、三週間もあれば完了するが、七万ポンドの価値があるそれらの舞台装置はわれわれの劇場が持つ三十四のレパートリーのうち、三十一の芝居の装置を含んでおり、多くは代替が利かない。ハークスは湿気、盗難、破壊者の侵入、埃による汚損、さらにはネズミの害についても注意を促した。

　彼女はときおり、必要以上に心配性になるのだが、今回はお手柄が少なくともひとつはあった。ただちに輪番制の警備員を配置すべきという提案。僕はハークスに、警備員を頼むなら信頼できて、安い賃金でも文句を言わない地元の男たちがいいと勧めた。イーストエンドのロンドン子は小銭を稼ぐのが好きだし、その稼ぎが悪者退治と絡んでいれば大喜びするのがわかっていたからだ。彼らに任せれば、倉庫を泥棒から守ってくれるばかりか、倉庫内に罠や檻を仕掛けて、舞台装置のエルシノアの町を食い荒らそうとするネズミの害も防いでくれるに違いなかった。

「わかりました、募集をかけてみまっす」橋のアーチのてっぺんに誰か怪しい者でもいるかのように目をやりながら、ハーカーが言った。

「ここはどうやって見つけたんすか？」彼女がさらに続けた。

　僕は彼女に真実を述べた。じつは深夜の散歩の最中に見つけたのだ。

「イーストエンドには殺人鬼が跋扈してるのに、深夜の散歩なんて怖くないんすか？　犠牲者のひとりはここから数本離れた通りで見つかってるのに」

「その記事なら『タイムズ』で読んだ」

「わたしの従兄が、あの犠牲者の遺体が運ばれてきた死体安置所で働いているんっす。その従兄が言ってました。殺人鬼が犠牲者にしたことは信じられないほど残虐だ、あんなことをするやつは怪物だって」

　僕は返事を返さなかった。邪悪さが人間の領分には属さず、怪物のものだと信じるのは、若者にとっては慰めになると考えたからだ。

　ハーカーは犠牲になった娘の身体に刻まれた残虐行為の痕跡を並べ上げはじめたが、僕は聞き続けるのに耐えられなくなって、やめてもらった。そういう話を聞くこと自体、娘を再び辱めることになるような気がした。

「街の噂をご存じっすか？　殺人鬼は女装しているって」

「噂を真に受けるべきではないと思うよ、ハークス」

「でも、いつなんどき、街で殺人鬼とすれ違うかもしれないって考えると不思議っすよね」

「そうだね」

　ライシアム劇場へ戻ってきたが、領収書の事務処理に集中できなかったので屋根裏へ上がってきた。不思議な気分だった。

　犠牲になった娘たちのことを考え、彼女たちの苦しみに思いをめぐらした。

　頭痛がして息苦しくなり、涙ぐんでしまった。

　屋根の上へ出て、街並をいつまでも見おろしていた。自分の心が何万もの部屋を映しているように思えた。だがどの部屋にも人っ子ひとりいない。疫病か恐ろしい災禍のせいで誰もいなくなったかのようだ。セント・ポール大聖堂の巨大な身廊、儀式用の並木道(ザ・マル)、バッキンガム宮殿、スラム街のあばら家。安い飲み屋は空っぽで監獄には囚人がいない。鍛冶屋が燃え、動物園の檻が開いて、猛獣がパディントンをうろついている。ロンドンに生き残っているのは僕だけだ。

　時の流れのカーテン越しに自分自身の姿を見たような気がした。七歳か八歳の頃の僕がいつものようにベッドに寝ている。両脚が萎えていて、歩くどころか動けない。ひとりぼっちで病弱な子どもはこの日の午後、憂鬱(ゆううつ)に沈み込んでいた。女の子たちが窓から覗き込んで僕を残酷にからかっている。僕の身振りやしかめ面を真似ているのだが、それがあまりにも的確すぎてむごいのだ。

　母が手をこまねいている間、僕は一日中泣き暮らした。父が仕事から帰ってきてもまだ泣いていた。黄金の夏の蜂蜜(はちみつ)みたいな夕暮れだった。他の家の男の子たちが路地でボールを蹴ったり、近所の女の子たちがスキップしたり、歌を歌ったりしている声が聞こえてきた。父は筋骨たくましい人ではなかったが、僕をベッドから持ち上げて外套(がいとう)にくるみ、路面電車の線路を渡って、フェアビュー・パークへ連れていってくれた。

　屋根つきの演奏台で人々がカドリールを踊っていた。ひとりの操り人形師――確かイタリア人だった――が散歩する人々の注意を引こうとしていた。道化人形（パンチネロ）がその妻ジュディーに金切り声で話しかけるのを見て、通行人たちが足を止めて歓声を上げた。ひとりの女性がイーゼルを立てて、パステルでスケッチしていた。僕たちがいつも行く教会の牧師さんがオークの木蔭で祈禱書を読んでいる。いつもペパーミントの匂いがする陰気な人で、北部デリーから来た人物だ。僕は父に尋ねた――カトリック教会の信徒はどうして僕たちと違うことを信じているの、どうしてカトリックとプロテスタントは友達になれないの？　すると父は答えた――プロテスタント信徒は船に乗って大きな川を越えようとしていて、わたしたちの安全は真理と神の恵みによって保証されているんだ。だがね、わたしたちはつねに、泳ぐより他にしかたがない、不幸せな隣人であるカトリック信徒のために祈ってあげることを忘れてはならない。世の中には十字を切る人たちがいる。たいていの人たちは十字を切ったりしないし、パンはパンで、ワインが血になったりはしないんだけどね。

　母は父にシーッと言った。母は穏やかな人だった。生暖かい夜の空気のおかげで、なんだか気分がよさそうだった。

　父と母と僕はその晩九時だか十時だか、公園が閉まるまでずっと戸外にいた。母はクッションをいくつかと、あり合わせの食材でこしらえたサンドイッチを持参して、父は海泡石（ミアシャム）のパイプとアイルランド西部の妖精物語を集めた古い本を持ってきていた。父はその本を、芝生に横たわって空を見ている僕のために読み聞かせてくれた。物語に出てきたバラッドの歌い手が風変わりな歌を歌う場面があった――「その昔、森の中に女の人が住んでいました、ウィーラ、ウィーラ、ウォーリエー」。思い出の中の出来事はこれで全部だ。書き記しても値打ちはなさそうである。だがかりに僕が今から千年生きるとしても、あの日の数時間以上に幸せな時間はやってきそうにない。

　劇場の屋根から屋根裏へ戻って、しばらくの間タイプライターと格闘したが、取るにたるものは何ひとつ書けなかった。ディケンズの小説の序文で読んだ覚えのある一節が心の中に蘇（よみがえ）ってきて、その日に起きたことを三人称で、細部を変えて書いてみればいいのだと思いついた。だがそのときはもうくたびれていた上に、連続殺人の話題と犠牲者たちの顔が心に居すわっていて、奇妙な気分が続いていた。

　そこで僕は、ハークスに渡すメモをタイプライターで書いた。楽屋と女子用化粧室にピンで留めて掲示する文章である。

皆さんへ
　今後当分の間、ライシアム劇場で働く女性が日没後に帰宅するさいには、ひとりで帰らないようにしてください。信頼できる業者が運営する辻馬車の予約を劇団がおこない、料金も劇団が負担します。馬車は楽屋口で待ってもらうようにします。帰宅のさいは馬車一台に三人ずつ乗り込んでください。御者には帰宅を見届けてもらいます。以上は〈要望〉ではなく〈指示〉ですので、必ず従ってください。
よろしく――チーフより

　書き終えて読み直したらあまりにも文面がくどいので辟易（へきえき）した。

　こりゃあだめだと思って破り捨てた。


　陸海軍購買部（アーミー・アンド・ネイビー・ストアーズ）でちょっとした買い物をして出てきた彼は、幻の女に再び出会ったので驚いた。

　通りの向こう側に日射しがひんやり差している。ヒレンブランド宝飾店の前のところ。黒いヴェールの女がハッチャーズ書店からちょうど出てきた。

　彼の目はスポットライトになったかのように、舗道を歩く彼女を追いかける。

　幻の女は立ち止まって、ドレスメーカーや婦人帽子店のショウウィンドウを覗き込む。メモを取っているようだ。本のページに書いているのだろうか？　動かなくても動いていても風変わりである。

　彼女はサウサンプトン・ストリートを渡り、グランチェスター・アレイへ急ぎ足で入っていく。彼は距離を保ちながら追いかけてその路地へ入ったものの、女の姿を見失ってしまう。が、角のところで直感的に左だと思い、左を見ると百ヤードほど先に黒くて長い外套が早足で去っていくのが見える。

　女らしくない。

　本当か？　これは本当に起きているのか？　彼は汗をかきながら追いかける。

相手は右へ曲がる。今度は左。ストランドに沿って行く。エクセター・ストリートを渡る。石段を上る。ライシアム劇場の楽屋口へ入っていく。

ストーカーは走る。劇場の廊下を。みんなどこへ行ってしまったんだ？

黒い外套は一階前方席をかすめて通路を進み、舞台へ上がり、チーフの居室へ向かう階段を上っていく。ストーカーは息を切らし、つまずきながら後を追う。

「うわあ、ここへ来たか」ことばが思わず口をついて出る。「ここは――」

「ブラム」とチーフが声を掛ける。「顔色が悪いぞ。なんでそんなに息を切らしているんだ？」

黒いヴェールの女[2]は窓辺に立って、下の街路を眺めている。

「ちょうどよかった」不思議にこわばったような微笑(ほほえ)みを浮かべながらチーフが続ける。「世界の救済者にして、イングランド最高の女優を紹介させてもらってもいいかな？　わがよき友、エレン・テリーだ」

女がゆっくり振り向いてヴェールを脱ぐ。すると彼女のすみれ色の瞳が光を浴びる。

「ちょっとだけお会いしたことがありますよね、ミスター・ストーカー。舞台裏で、何年か前に」

「どうかしたのかね、ブラム？　頼むからエレンと握手してくれ。幽霊にでも会ったような顔をしているぞ」

「僕は……」

「エレン、この男の舌は猫に盗まれちまったぞ。かわいそうなブラムジーはことばを忘れてしまったらしい」

「ヘンリー、あたしをダシにしてミスター・ストーカーをからかうのはやめてちょうだいね。あなたとあたしの初対面のときだって、あなたの舌は猫に盗まれたみたいだったわ」

「そうは思わんがなあ」

「嘘ばっかり、自分でちゃんと承知してるくせに。本当のことを言うから聞いてね、ミスター・ストーカー。ヘンリーとあたしがはじめて会ったとき、この人ったら、スープスプーンに映った自分の顔を見ながら、レストランのテーブルを指先でとんとん叩いてばかりいたのよ」

「レン、ブラムはこの劇場の支配人で、すべてを取り仕切っている男だ。すごく優秀なやつで、毎日、俺の代わりに手紙の返事を八十通も書いてくれてる。ペンを持たせたら凄腕だよ。比較的進化が進んだ哺乳類だから、君とも気さくにつきあえると思う」

「わかってるわ——でも紹介をありがとう——ミスター・ストーカーはペンの人よね」

「わかってるって？」

「ミスター・ストーカーの『蛇峠』を読んで感激したのよ。彼の初期の短編小説はいろんな雑誌に発表されてるけど、いい作品だよって紹介してくれたのは誰あろう、ジョージ・バーナード・ショー。ミスター・ストーカー、あたしはあなたの小説が大好きです。おかげで夜更かししちゃったわ」

「ほほう、よかったじゃないか、ブラム。ミス・テリーはふたつ返事でこの劇団に入ってくれることになった。ここに書類がある」

「ミス・テリーが入団するというのは初耳ですが」

「あれ、言わなかったかな？」

「聞いていませんでした」

「そうか、今朝、太陽は昇り、今夜、太陽は沈む。おそらくそのことも君には言ってなかったなあ」

彼女は軽く笑う。「なんだか夫婦げんかの最中にお邪魔してしまったみたいね」

「いや大丈夫だよ」とアーヴィングが返す。「ちょっと準備運動をしてるだけだから」

「そろそろ行かなくちゃ」と彼女は言う。「慌ただしくてごめんあそばせ。じゃあね、スウィート・プリンス」彼女は手袋をした手を差し出し、アーヴィングがキスする。「ミスター・ストーカー、再会できてうれしかったわ。文学について今度もっとゆっくりお話ししましょうね」

握手をして彼女は出ていく。まるでここを訪問しなかったかのように跡形もなく。アーヴィングは机に向かって脚本を読むふりをする。

「彼女、食べたらうまそうだろ？」と彼が言う。「古びた溶岩をかき回す女だよ」

「あの人はイングランドで出演料が一番高い女優ですよ。いったいどうやったら出演料を捻出（ねんしゅつ）できるんです？　すでにかなりの額の借金があるのに」

「君の身体を売りに出そうか？　時間じゃなくて、ポンド単位で切り売りするかな」

「ちゃんと返事をしてくれませんか？」

「最近ちょっと体重が増えたんじゃないかって言ってるんだよ。奥さんにたんと食わせてもらってるんだなって」

「ふざけている間に劇場は潰れますよ」

「ちょっとしたおふざけは必要だぞ」

「僕はここの総支配人ですよね、意志決定を分担しているはず――」

「はてな、奇妙なことを言うもんだな。君はむしろ、誰も読みたがらない、退屈な物語を書くことの方に興味があると思ってたよ。もちろん、あのショーのやつを出入り禁止にする件はすでに決定しているがね。まあそのことは先刻ご承知かな」

「今回の決定は公明正大とは言えません」

「俺は君の決定にたいして分担権がないのに、君は俺の決定にたいして分担権を要求するのかね？　いい取引じゃないか、なあ、アーンティー」

「自分ひとりで、都合のいいようにものごとを仕切るのはやめてください」

「総支配人だか最高位魔術師だか知らんがともかく、俺が君の立場に与えた肩書きを振りかざして、世界一の偉大な女優をこの劇場で雇うことが間違いであると言い張るのであれば、俺は喜んで彼女との契約を白紙に戻すよ。オフィーリアの役は君自身がやりたいのかな？　狂った女の役ならうまくできそうだから」

「言っておきますが、それほどの予算を人件費に加える余裕はありません。どう逆立ちしても金庫は空です」

「金は出るぞ。絞り出し方さえ知っていれば」

「あなたは正直でない」

「お互い様だと思うがね。出るときは頼むから扉を閉めていってくれ」


――

ロンドン市
チェルシー
チェイニー・ウォーク二十七番地
一八八八年十月二日

わが最も敬愛する聖哲にして人格者ウォルト・ホイットマン様、
　ブルックリン海軍工廠の絵はがきをお送りくださいましてありがとうございます。ライシアム劇場の執務室の机の前にピンで留めました。お風邪から回復されたとのことでよかったです。当劇場の俳優たちの中には（声を守るために感染予防を心がけているのですが）、風邪を防ぐにはニンニクを食べるのが一番だと主張する者がおります。冬場になるとかれらは、ニンニクの白い花[3]を窓辺や楽屋の扉に飾るのを習慣としております。

僕個人の健康法としては毎朝、コヴェント・ガーデンに近いジャーミン・ストリートの公衆浴場へ通って、ダンベルで筋肉を鍛えています。まず三十分ほどリフティングとスクワットをおこなった後に冷水浴、さらに考えごとをしながら五十六ガロンのシャワーを浴びると僕の一日がはじまります。

この夏、アメリカ巡業のさいにブルックリンを訪問したときの楽しい思い出、あなたとともに過ごした素晴らしい午後、そして、あなたの大らかな歓待の心は決して忘れません。

詩集『草の葉』を世に送り出した著者と握手するのが僕の長年の夢でした。あなたの作品は僕が大人になって以降、聖なる存在であり続けてきました。でも今思えば、子ども時代の僕はあなたの作品に出会うのを待っていました。種が太陽を待ち望むように、僕は聖なるものの到来を待ち望んでいたのです。あなたとともに、あなたのお宅のベランダに腰掛けて、数多くの私的な話題をめぐって何時間も自由で率直な対話を交わす日が来ようとは、思いもよりませんでした。

僕のような者にとって少年時代の恐怖は、自分がひとりぼっちで友達ができず、世の中ののけ者になっているという思いでした。その思いはいつまでも続くだろうと考えていたのですが、あなたの詩が教えてくれました——僕のような人間は他にもいて、たくさんいて、みんなの秘められた胸の内は同じだということを。仲間がいるとわかりさえすれば、耐えられない孤独はありません。

僕の灯台であるあなたの、賢くて親切なお顔を間近に見ることができたあの日は本当に幸せでした。暗い日々が続く今のロンドンにあって、僕たちは慰めとなるものを探し当てる必要があります。

僕を受け入れてくれたこの愛すべき都市は恐怖の連鎖におののいています。連続殺人事件に関する記事をあなたもお読みになったことでしょう。先週の夜、さらにふたりの女性が殺されました。一人目が見つかったのはバーナー・ストリートで、僕の仕事場から徒歩三十分もかからないところです。二人目はマイター・スクエアで見つかりました。どちらの犠牲者も今まで同様、想像を絶するほどに忌まわしく切り刻まれていたのです。語るも恐ろしいことながら、人肉嗜食に加えて、ことばにできぬほどみだらなことがおこなわれていた、という噂もささやかれています。犠牲者のうちのひとりは木の杭で辱められていました。

昨日の朝、新聞各紙に、おぞましさを極めたこれらの所業をおこなったと自称する人物から警察へ送りつけられた、恐ろしい手紙が載りました。その手紙には、「切り裂きジャック」という署名がついていました。

その記事の実物を同封します。

僕は元来、夜遅く散歩するのを好みます。観客がみな帰って劇場が閉まった後、夜の街を二、三時間歩き回ると心が洗われ、長年苦しんできた正体不明の不安も和らぐのですが、近頃はなんだか気味が悪いです。

殺人鬼がすぐそこの、自分の影と重なるほど近くに潜んでいて、この同じ空気の中を動いているかもしれない、と市民はみな考えています。そんな考えは人間の心を汚染しますよね。

この教会、あの絵画館、街路、鉄道の駅などを通りかかるたびに、「あいつもここを歩いたんだ」とか、「歩いたかもしれない」と考えるわけです。劇場の舞台の幕の隙間から客席を覗くときには、「階上席のどこかにあいつが坐っているはずだ」と。ある朝、ライシアム劇場へ出勤したら、正面の石段に血のついた箱が置いてありました。怖くて怖くて、開けて見るときに全身が震えました(結局、それは僕の雇い主が注文して取り寄せたステーキの空き箱でした)。

この恐怖は善意や親切心を枯渇させます。ロンドンの地図上に血糊が飛び散っています。僕たちは皆、あの野獣と双子であるような気がしていて、その気持ちのどこかに殺したい欲望が潜んでいるのです。かつてのようなわがロンドンを再び見られる日がやってくるのかどうか、僕にはわかりません。

日没後、大通りや繁華街には誰もいません。人々はひどくおびえ、新聞の売り子は金切り声を上げています。先日、午前零時頃に辻馬車でケンジントンへ行き、馬車を降りてハイド・パークを横断し、ベイズウォーターに近いポーチェスター・スクエアまで歩いたのですが、見かけた人の数は十人以下で、全員が巡査でした。

僕はイーストエンドをよく歩きますが、日没後にはあたり一帯、スズメバチの大群が攻めてきたかのような恐怖が漂っています。共同住宅が立て込んだ街区では古い荷車、くず鉄、壊れた家具など、貧しい人々が簡単に手に入れられるものを積み上げた防塞（バリケード）が築かれています。あの地区の住民が葬儀屋に押し入って、棺（ひつぎ）をたくさん盗み出したのは不気味としか言いようがありません。盗んだ棺を積み上げて、地区へ入る道路を封鎖したのです。

　夜道を歩いていると、人家の薄いカーテンの向こうに住人たちの気配を感じます。しかし、午前三時の街路には人っ子ひとり歩いていません。

　ここで少し私事を書かせてください。じつは困ったことになりました。事実を述べると、妻と僕は今、残念ながら別居しているのです。妻と息子はダブリンの親戚の家で暮らしています。僕は妻に宛てて毎晩、あるいは一日おきに手紙を書き、妻からも返信が届きます。僕たちの関係がいたって正常であるように見えるのは、息子の幸せを第一に考えて、お互い同士がうわべの礼節を保っているせいでしょう。実際は（どちらの側から見ても）希望は傷つき、冷めてしまっているのです。

　夫婦間に不協和音が鳴り響いている理由はいくつかあります。数え上げるには複雑すぎる理由もあれば、書きとめるのがはばかられる理由も含まれています。あなたと僕がブルックリンで語りあった話の中身を思い出していただければ、僕が抱えている問題のいくつかは推測していただけると思いますが、それ以外にも気を抜けない――というか、たぶんいっそう耐えがたい――問題があるのです。

　ライシアム劇場での僕の仕事は、妻との関係を立て直すために役立ってはいません。ある種の安定を与えてくれる仕事ではあるのですが、堅実な生活を捨てるように促す仕事でもあります。勤務時間は長く、夜遅くまで働いており、やるべきことには際限がありません。職務上の責任は「ジャックと豆の木」の豆の巻きひげみたいにどんどん伸びていくので、自分がなすべきことの全貌は決して摑めません。他にやり手がないことを全部自分が引き受けなければならないということ、万事すばやく、できるだけ少ない経費でこなすよう期待されているということだけが、はっきりしているのです。

　僕はいつもかなりの緊張状態に置かれているので、自分自身の心をどのように和ませればいいのかがわかりません。こういう男と結婚生活を続けるのは妻にとって拷問でしょう。僕の雇い主は演劇界には多いタイプですが、気まぐれな上に喜ばせるのが難しい人物で、つねに最高の最高を求めます。そのわりに日常生活はだらしなくて、とりわけ部下の扱いは最高とはほど遠いのです。鋭敏な人々、というか自分自身に最高の最高を求める人間には、他人への思いやりが欠けているものなのかもしれませんね。とはいうものの報酬は、事務職や型どおりの仕事でもらえる給料に比べたらはるかに高額です。いずれにせよ、僕自身、これ以外の仕事に向いているとは思えません。ご存じの通り僕はもうすぐ四十一歳で、今さら仕事を変えることなどできそうにありません。

　あとひとつ、困りごとがあります。できればこの事実とは向き合いたくないのですが、僕はじつに膨大な時間を書き物のために無駄遣いしてきました。長年の間に書き物で得た収入はごくわずかで、墓石さえ買えやしません。そればかりか、僕が留守にしがちなせいで破綻しかけた家族生活や、もっと私的なことがらにたいしても、この無駄遣いは大赤字を与えてきたのです。若いときには時間が通貨だとは考えませんが、うかうかしているうちに蓄(たくわ)えが底をついているのに気づくものなのですね。

　書物なんかに手を出すんじゃなかった。あの恐るべき〈野心〉という魔物が僕のペン先を尖らせるのを許した日のことを、僕は深く悔いています。

　僕はあなたの、純粋で新しくて、力強い芸術的才能を心から賞賛します。あなたは希望によって腐敗せず、希望の兄弟である絶望にまだ弄ばれていない風のために、詩を書いているのですね。あなたの揺るぎない確信と無為な悩みを拒む姿勢は、読者なんかいなくても書いて書いて書き続けたチョーサー――彼がそんなことを考えたかどうかは定かではないけれど――を想い起こさせます。ところが近頃の僕ときたら、文学巡礼の目的地であるカンタベリーはいっこうに見えてこなくて、悪路に踏み迷っているのです。

　人間は誰しも力を尽くして自分の砦を築こうとしますよね。でもたとえ、大砲の弾を受けつけない城壁を建てたとしても、ちっぽけな十字穴から鉄砲玉が飛びこんでくることがある。嫉妬という蜂の群れの侵入を完璧に防いでくれる矢狭間(やざま)はどこにあるのでしょうか？　率直に言って凡庸(ぼんよう)で、地味でしかない小説や戯曲や短編集がロンドンを、そして世界を、興奮の炎で燃え上がらせることがよくあります。それらの著者をおとしめるつもりはないのですが、そういう事例を見るにつけ、僕の努力は二ペンスのロウソクの火を点けることさえできなかったと反省します。そして、自分の血管を切ってみたら下水が流れているのがわかった男みたいな気分になるのです。僕の窓辺には魔除けのニンニクが必要ですね。

身体強壮で、食料や寝る場所に事欠かない人間にとって、身の内に抱えこんだ嫉妬ほど忌まわしいものはありません。ところがこいつはじつに抑えがたく、不治の病のようにたちが悪い。僕はもはや、新聞の文芸欄に目を通せないし、自分の書棚を見ることすらできません。劇場も同じです。僕にとって劇場はかつて安らぎの島だったのに、今では地下牢と化してしまいました。もし劇場が勤め先でなかったら、劇場に足を踏み入れることなどできないところです。何度も芝居を書きはじめて、最初の長ゼリフにたどり着く前にいつも投げ出してしまいました。ふたりで肩を組んで、ブルックリンを散歩しながら語りあったとき、あなたがくれた穏やかな忠告を今も覚えています。あのときあなたは、その賢い顔を僕に向けて、豊かな経験で目をきらきら輝かせながら、劇場というものは巡回見世物の〈鏡の館〉に似て、観客の目を騙(だま)す場所ですね、とおっしゃいました。子どもの目は騙せても、大人の目は騙せません。

長くなったので、このくらいにしておきます。次回手紙を書くときには、自己憐憫(れんびん)に陥らぬよう心がけて、もっと幸せなことを書けるようにします。

あなたがもし神に祈ることがあったら、僕がこの自己憐憫の暗い沼から抜け出せるよう祈ってくださいますか？　僕は今夜ロンドンで、あの悪辣な犯人のせいですべてを奪われた人たちのために祈ります。

オークのように強靭な精神を持つあなたへ親愛の情を込めて。

四月がその甘美な雨の滴りで
ホイットマンの歌を根元まで潤したとき(4)

追伸　最近、小さな雑誌に発表した怪異小説の小品を同封いたします。取り柄のない短編ですが、書き続けることが大切だと思っています。ニューヨークの雑誌の中に、このような拙作を載せてやろうと考えるほどに暢気な雑誌がもしあれば、五ドルか十ドルで、あるいは、僕に宛てて掲載誌を三冊送ってくださるならば無料で、掲載を黙許したいと思います。

死ぬことを拒絶する、優美なほどに邪悪な伯爵の物語です。自作ながらこの小説のほぼすべてを忌まわしく感じています。

── 14 ──

《夜の散歩》

噂話。ささやき声。壁に書き殴られた人名。ホワイトチャペルで、何もやましいところのない肉屋の見習いが袋だたきにされる。

切り裂きジャックの正体は「ユダヤ人」、銀行の重役、アイルランド人、すでに起きた殺人事件の模倣犯、役者、ハンガリー人、上院に列席する資格のある貴族、無宿者……。ロンドンが一日の営みを終える時間になるとそいつがあらわれて、小説の中の霧人間(1)みたいに勝手気ままに動き回る。

ストーカーは仕事場へ行くために乗ってきた渡し船を下りて、テムズ川北岸堤防(エンバンクメント)を歩き、新聞売店の前で足を止める。起きたばかりの殺人事件の見出しに目を留めるものの、もはや新聞は買わない。ストランドへ向かって歩いていくと、サウサンプトン・ロウの角にちっぽけな店があって、老人がひとりで希覯書にものすごい高値をつけて売っているのだが、店先の平台に出ているものは値引き交渉ができる。劇場へ行くにはまだ早いので、色あせたモロッコ革や子牛革で装幀された本の背を眺めていると心がすっとする。何冊か手に取って開き、扉ページのごてごてした巻軸装飾(カルトウーシュ)を仔細に見る。

世の中は惨殺された女性たちの話題で持ちきりで、いちいちの事件が切り裂きジャックの犯罪なのかどうかが議論になっている。メアリー・アン・ニコルズは奴のしわざで、エリザベス・ストランドには別の犯人がいる。そうだ、犯人はどう考えてもふたりいる。シェイクスピアとフランシス・ベーコンが同一人物だという説があるのと似たようなものだ。どうしてあんなに冷酷なことができるのだろう?

「おはようございます、ミスター・ストーカー」

振り向いた彼の目には一瞬、彼女の背後に重なっている深紅の太陽しか見えない。彼は一拍おいてから帽子を取る。

「ミス・テリー」

「あなたの本が出ているかどうか、確かめているのかしら?」

彼は当惑した短い笑いを返す。「もうすぐ妻の誕生日なんです。古書を贈り物にしたいなと思って。恋愛詩の詩集か何かを」

「あら名案ね。いつも澄ましていらっしゃるけど、あなた、本当はロマンチストなんだと思うわ」

「さあどうでしょうか。でも妻は詩が好きなんですよ」

「たとえば？」

「ダンテがお気に入りで、原語で読んでいます。いつかフィレンツェへ行きたいね、とふたりで話しているんですよ」

「奥様にお会いしてみたいわ。劇場へはよくいらっしゃるの？」

「夜更かしはしないんです、残念ながら」

「一緒に古本漁りをさせてもらってもいいかしら？　もしお急ぎでなかったら」

「あいにくちょうど見終わったところで、これから劇場へ行かなくちゃならなくて。それから銀行へも。今朝はヴェールをつけてないんですね」

「世間に顔が知られているので、見られたくないときもあるのよ。でも今日は気にならないの、なんとなく」

「あなたもこれからライシアムへいらっしゃるんですか？」

「いえ、ライシアムから来たんです、衣装デザイナーとケンカしてきたところ。あの人ったら、あたしはクレオパトラを演じるっていうのに、牧師館のカーテンみたいな衣装を提案してきたのよ。あたしのことばづかいはレディーっぽくなかったとは思うけど、うぬぼれてるだなんて言われたら、黙っちゃいられないでしょ？」

「それはひどいな。彼女にひとこと言っておきます」

「やめておいて、お願い」

「わかりました、そうおっしゃるなら」

「言われたことはわかるのよ、ミスター・ストーカー。だって女優だもの、うぬぼれてます」

「でも、はっきり言いすぎですよね」

彼女は自分のジョークが相手に通じたので微笑んでもよかったのだが、その代わりに、マジックミラーの迷路を体験している小学生みたいに目を丸くしてみせる。「お時間をとらせて悪いけれど、ちょっとだけ一緒に歩きましょうよ、ミスター・ストーカー？　川向こうへ行こうと思っているの。ウォータールー橋を渡ったところに、ちょっと気に入っている服地店があるのよ」

　彼女は腕を差し出し、彼はその腕に自分の腕をからめる。

「偉大な芸術家はつかのま、うぬぼれる資格を与えられているんですよ」と彼は言う。「たぶんそういうものなんです。芸術家っていうものは自分自身で道を切り開くしかないんだから」

「うぬぼれは女を弱くします。プライドは女を強くする。あたしの、カンペキなほど醜聞にまみれた人生はご存じよね？」

「ゴシップや嘘八百をまき散らすたぐいの新聞は読まない主義で、近頃は全然読んでいません」

「あいにく嘘八百じゃないの。あたしは堕落した女です。十七歳で結婚して、子どもたちの父親はひとりひとり違うんだから」

「なるほど」

「惹かれる人に出会ったときには、秘密を明るみに出したほうがいいと、いつも思っているの」

「だんだんわかってきたんですが、世評というものは虚構の産物ですね」

「世評ね、ふふふ。あたしにもそういうものはつきまとっていますけどね、ミスター・ストーカー、ときにはひと晩のうちに浮いたり沈んだりするんですよ」

　ウォータールー橋を渡りながら、彼女は川面を見おろして、海鳥を指差したりしている。一方、彼の方は、通行人が彼女に気づいて、肘をつつきあうのを観察している。顔色の悪い少年が彼女に近づいてきて、シャツのカフスに炭のかけらでサインしてくれとねだる。汽車の運転手が、自分の母親の誕生日のために買ったビジョナデシコの花を一輪、彼女に手渡す。洗いたての白衣を着たスコットランド人の看護師が膝をついて彼女に挨拶する。やがてひとりの巡査がやってきて、人だかりを解散させたので、ふたりは橋を渡りきることができた。

「花をもらうことはよくあるんですか？」とストーカーが尋ねる。

「断らない限り、とてもしばしば。とくに男性がね。詩も送られてくるようになったのよ、じつは大いに困っています」

「あなたがとても美しいからですね。そう言われるのには慣れてるでしょうけど」

「ほとんどの女性はそう言われるのに慣れてます。たいていは夜遅くにそう言われるのね。ごめんなさい、あたし、今、涙が出てしまっていて。意地悪な、冷えた朝日のせいなのよ」

「敏感な人々は天気に影響を受けるんですね」

「タバコはお吸いになるの、ミスター・ストーカー？」

「ときどき吸います」

「タバコを吸う人は好き。遠慮なく吸ってくださいね。もしかして紙巻きをお持ちなら一本くださらない？　じつはタバコはあたしにとって、数ある悪い習慣のひとつでもあるのです」

彼女はストーカーのタバコ入れから紙巻きを一本抜き取り、火をつけてもらうとき、彼の手に自分の手をかぶせる。ストーカーは内心、〈エレン・テリーと一緒にタバコを吸っている〉という軽薄な自覚をなんとかして押しつぶそうとする。

「あなたの秘密は何なの、ミスター・ストーカー？　秘密もお行儀がいいんでしょうね。腰が低くて、シャイで、とてもおとなしいんだから。でもあなたが書く文章は熱く沸き立っている」

「僕に秘密なんてあるかなあ？」

彼女は彼をじっと見つめる。「生きている以上、秘密のない人間なんて誰もいないわよ」

「子どもの頃はひんぱんに具合が悪かった」と彼が口を開く。「誰にも正体がわからない病気だったんです。七歳になるまで、歩くことはおろか、立つことさえできませんでした」

「小児麻痺（ポリオ）？」

「違います」

「でも足が不自由だったのね？」

「それで、母が新しい薬を飲ませてくれたんですが、その薬には安いアルコールが入っていたんです。子ども時代は、ほとんど酔っぱらっていたように思います。母がベッドの脇でグリム童話とか怪奇物語を読み聞かせてくれました。ヒルに吸いつかせて血を取ったり、吸角で血を吸引したりしたこともあります。両親が僕にそういう治療をしたわけです。生き血を吸われるのはぞっとしました[2]」

「でもね、ミスター・ストーカー、あたしたち女は毎月それに耐えているのよ。はっきりものを言ってるけど、嫌がらないでね」

「ときどき、両親が近所の人に礼金を支払って僕を担いでもらって、家族連れ向け娯楽劇（パントマイム）を見に連れていってくれました。怖い場面があってもお芝居だから安全で、ぞくぞくするのを楽しみました」

「あなたの小説も怖かったわよ」

「僕だって怖かった」

彼女は微笑んでタバコをもみ消し、テムズ川へ投げ捨てる。「ハリーが――チーフのことね――言ってたけど、あなたはダブリンの大学で文学を専門に勉強したんですってね？」

「いつものことですが、チーフの理解は間違っています。大学では数学と科学をやりました。教授方のお世話にはならずじまいだったけれど。目の前の扉を開いてくれたのは劇場でした」

「あなたは文学と恋に落ちているように見えるわよ」

「悲しいかな、片思いです」

「なんでそう言えるの？」

「もっと若かった頃には物書きを仕事にしたかった。ものを書いて成功して、家族を養いたいと思っていました。有名になってやるぞって。でもね、書きたい人の数は多いけれど、神によって選ばれる人はほとんどいないんですよ」

「今、何か書いていらっしゃるの？」

「考えはあって、ぐるぐる回っているんです。まとまりそうにないですが」

「小説？」

「芝居です」

「うぬぼれた女優に似合う主役はないの？」

ストーカーは黙り込む。彼女は探りを入れるような調子を弱めて聞き返す。

「どんなふうにはじまるお芝居なの？」

「傲慢（ごうまん）な貴族がいて、領民を苦しめるんです」

「そういう着想はどこから出てくるのかな」

「モデルがいるわけじゃないんです。そういうことが知りたいんですか？」

「無から生じるのは無だけでしょう？(3)」

「リア王は間違っていました」

「ほら、空を見て。今日の空はヤグルマギクみたいに青いわ」

彼女は一瞬、口をつぐむ。テムズ川の歌が聞こえる。水がゴボゴボ音を立てて流れ、停泊している船の腹をパシャパシャ叩く。ストーカーが女性の喫煙者と顔を付き合わせたのはこれがはじめてである。

「文学の話をするとき、あなたは顔が赤くなる」と彼女が言う。「女の子が男の子の話をするときみたいに。自分の顔が見えたらいいのに。表情がくるくる変わるのね」

「誰かに物語を語るのは」と彼が言う。「会ったこともなかった人に手で触れるようなものです。そこにある希望が僕を動かすんですよ。劇場の一階席の後ろに近い暗闇にいる人。いい席のチケットは買えないので、天井桟敷で立ち見をしている、若くてひとりぼっちの男性や女性。ことばそのものがとても美しいのです。僕なんかことばと遊んでいるだけ。音楽みたいに。たぶん――ものを書いているときには――別人になった気がします。自分よりも強くて、ましな人間になったような気がするんですよ。ばかげた考えですが」

「ばかげてるなんて思わない。その正反対よ」

「そうかな」

「紫と緋色だったらどっちがいい？　あたしの目の色と合うのは」

「えっ、何？」

「ばかね、ドレスに決まってるじゃない、クレオパトラの」

「そうだな、もし僕が選ぶとしたら、スモーク・ブルーかな」と彼は言う。

「なるほど、スモーク・ブルー。あなたは神秘だわ、ミスター・ストーカー。感じがよくて気高いの。あなたのことばは美しい。もっとあなたのことが知りたくなる。あなたは誰よりも強くて素敵。ねえ、お茶を一杯おごってくださらない？」

　喫茶室へ向かう途中で、陰鬱な光景が目に入った。

　大通りの先の方で警察が検問所を設けて、警官たちが男性の歩行者のみをグループに分けて取り調べをおこなっている。頭巾で顔を隠した男がひとり、ボイラー製造所の戸口のところに立って、ときどき手袋をした手で歩行者を指差している。指差された歩行者は抵抗しながら列に並ばされている。

「ミスター・ストーカー」彼女が小さな声で言う。

「あの人は誰かしら？」

「おそらく通報者でしょう」

「また犠牲者が出たのかしら？」

「そうでないことを祈りたいですね」と彼は言う。

「行きましょうか？」

一八八八年十一月九日

ミス・テリーとふたりでコーヒーを飲んでおしゃべりしてから、テムズ川南岸の、彼女が気に入っているという服地店へ行った。店は薄暗い路地にあったが、通りの名前は見なかった。その店の所有者はインド人の紳士とその令夫人だという話だ（けれど、実際に店を切り盛りしているのは、ごく普通のインド人女性とその夫であるように見えた）。

服地はどれも息を呑むほど美しかった。大半は絹地。ただし極細に紡いだ糸で織った木綿生地も交じっていて、艶も、色も、光を跳ね返す鮮やかな風合いも見事だった。店主の女性が僕に説明してくれたところによると――ミス・テリーはすでにこの人と顔なじみなのだ――これほどの品質の〈サリー〉はとても高価だがたいそう長持ちするので、家宝として代々の女性に受け継がれるのだという。

これらの婦人服を何千マイルも離れた東方から運んできた船は、服地店がある路地と直角に交わる河岸の桟橋に停泊している。その旅路を想像するだけで驚嘆に値する。最高品質のサリーはごく薄手のシルクで仕立てるので、服地を隔てて結婚指輪が透けて見えるそうだ。

ミス・テリーが、愛想がよくて働き者の店員たちが次々に運んでくる数種の（というか、かなりたくさんの）（いやむしろ、多すぎる数の）見本を品定めする間、僕はじっと待っていた。彼女はときどき、カウンターの奥の試着室へ入り、店主の女性に手伝ってもらってサリーを身につけて出てきて、僕の意見を聞いた。その着付け方は伝統に則っているそうで、腰回りに巻いた布地の片端を肩の上へ跳ね上げて、お腹が少し見えるようにしていた。

率直に言って彼女の姿は優美そのものだった。

しばらくすると、イングランド人のかわいい子どもがふたり、店の二階から下りてきた。ふたりはこの家の娘――十五歳くらいのインド人――と遊んでいたのであるらしい。この娘はヒマワリのように晴れやかで、親切そうな微笑みを満面にたたえていた。ふたりはミス・テリーのところへ走っていき、マミーと呼んで抱きついた。このふたりがミス・テリーの息子のゴーディーと娘のエディだと聞かされたときの驚きを想像してみて欲しい。リハーサルで手が離せないときなどには子どもたちをこの家に預けているのだ、と彼女は述べた。みんながにこにこしているので、当事者全員にとって幸せな取り決めに違いない。僕はこの家の娘に五シリングを与えて、あとでみんなでクリームパンでも食べたらいいよと言った。すると三人は大喜びして、いくつかの言語で歓声を上げた。

　昼食時が過ぎた頃にライシアム劇場へ戻ると、ちょっとした異常事態が起きていた。ミス・テリーと僕は──彼女を「レン」と呼ぶのは抵抗があった、というのも劇場の専属ではないものの、配管に不具合があるときに来てくれる酒浸りのウェールズ男が「レン」だったから──ハークスが舞台の上にいるのに気づいた。隣に冷淡な目をした、怒ったような顔の男が雨合羽を着て、みっともなくつぶれたホンブルグ帽を頭に載せて突っ立っていた。

　ハークスは驚きの表情を見せて、こういうときにありがちなように、何か早口でまくし立てていた。男はハークスの話を無作法にさえぎったが、彼の見てくれが冴えないからといって見くびると、ひどい目にあいそうな気がした。男は、ロンドン警視庁（スコットランドヤード）から来たジョージ・オービソン刑事だと自己紹介した。チーフと会って話がしたいのだ、と。

　どういうご用件ですかと僕が反問すると、オービソンは再び無愛想な顔になった。この男は、うかつに口に出せない用件で来たのを楽しんで、それゆえいっそう偉そうに振る舞うたぐいの人物らしい。彼はミス・テリーを見ても表情ひとつ変えなかった。顔に感情が出ないよう、鏡を覗き込んで練習しているんじゃないかと思ったほどだ。

　そのとき、チーフが下手袖から出てきて、奇妙な小芝居がはじまった。

チーフ　当劇場の仕事を邪魔しに来た理由は何なのかね？

オービソン　あ、どうも。イーストエンドの連続殺人事件に関することでして。

チーフ　それで？

オービソン　この劇場に現在掛かっている芝居ですが、

『ジキル博士とハイド氏』、これを中止していただきたいのですよ。

なんでまた？

皆さんご承知の通り、あっしらは今、凶暴な殺人犯を追いかけているところでしてね。今朝、さらにもうひとりの犠牲者が見つかったのです。今回はスピタルフィールズ市場に近いドーセット・ストリート。おたくらが上演しているいわゆる娯楽劇が、殺人鬼をそそのかす原因になっている、とあっしらは考えておるわけです。おわかりでしょう。あるいはまた、他の連中が犯罪を模倣する種になっておる、と。もしかりに、まだ模倣犯が出ていないとしてもですな。

あんたは芝居小屋にいるんですよ。ここでは人間たちがやっていることを上演してるんだ。

中止を命じるよう、きつく言われてきたんですよ。

誰に？

あっしの口からは言えませんや。

ここはイングランドだよ、気づいてないのかな？自由市民が運営する劇場を警察が閉鎖する権限はないのだよ。

そのようなお小言はいただかなかったほうがありがたいですし、少し声を小さくしていただければいっそうありがたいですな。あっしはおたくがいじめ放題にしている手下じゃないんだから。

ほう、わが劇場内でよくそういう口が利けたもんだな、この下っ端デカが？

この封筒を置いていきます。すべて原本の写しですから返却には及びません。おたくの私生活に関する情報が綴じてあります。ご覧になれば、いかに徹底した内容かがわかってもらえるでしょう。おたくの関心事や深夜のお仲間たちのことが全部書いてあります。万が一、他所に漏れたら一大事ですぞ。

綴じた書類に目を通すうちにチーフの顔はみるみる青ざめ、老け込んだように見えた。彼がこれほど、しかもこんなに早く、やり込められる姿は見たことがなかった。そして、封筒の中身にどれほどのことが書いてあるのだろうと考えずにはいられなかった。誇張した話やゴシップが書いてあるに違いない。大いなる放蕩を売りにしている彼はかねがね、自らの悪徳を言いふらしてきた。そんなことやめた方がいいですよ、と僕は口が酸っぱくなるほど忠告したのだがついに無駄だった。『ハムレット』の三幕四場を思い出す。自分が仕掛けた爆弾で吹き飛ばされるというやつだ。

彼の瞳を観察していたら小川を見ている気分になった。石が落ち、そのせいで濁り、もやもやが湧き起こったのだが、やがてまた澄んできたのだ。

不愉快な客人は憎しみがこもった目でチーフをじっと見つめていた。思うに、彼の底知れない睨み顔は、死者の衣類を引き取る質屋の二階の、異臭漂う寂しい部屋で鏡を相手に練習を積んで、身につけたものに違いない。「今、即座にここを閉鎖することだってできるんだ」と彼は言った。「それが嫌なら命令に従うがいい。おたくが決めることですよ」

オービソンは声が変わった。喉にオルガンが仕込んであるかのようにしゃがれて、甲高い声になっていた。

ここまで黙っていたミス・テリーが一歩前に出た。「今晩は『オセロ』を上演しましょう」彼女は陽気な興奮を込めてそう言った。「デズデモーナのセリフなら全部覚えているし、背景画も似たようなものです。ハークス、ひとっ走り行って、衣装がすぐ出るか確かめてくださる?」

「土壇場の変更は許さんぞ」チーフがぴしゃりと言った。「断じて許さん」

「ミスター・ストーカー」とミス・テリーが言った。「二時半にリハーサルを召集してください。全員参加でオープニング・シーンからやりましょう」

「そんな変更は何が何でも認めないぞ」チーフが怒った声で言った。

「オービソン刑事、ありがとうございます」ミス・テリーが握手を求めながら言った。「ライシアム劇場は喜んであなたの要請に従います。あなたと奥様のために鑑賞券をご用意しましょうか?」

「俺は出演しないぞ」とチーフが言った。「絶対に出ないからな」

「お黙り」と彼女が返した。「もたもたしないで、顔を黒く塗っておいで」

それから七時間も経たないうちに、オーケストラピットからファンファーレが鳴り響く中、困ったような顔をしたオセロが上手袖から僕のほうへやってくるのを見た。「レンはどこへ行った?」とチーフがささやいた。「どうするんだ、九十秒後に彼女の出番だぞ」

僕は舞台裏の通路を駆け回り、忘れられない光景を目にした。話題には事欠かない演劇史の中でも、僕以外にああいう一場を見た者はいないだろう。半狂乱になった三人の衣装係に追いかけられたミス・アリス・エレン・テリーが手すりにすがるようにして、こっちへ進んできたのだ。裸足で、険しい顔をして、目をらんらんと輝かせたその姿にはしどけない壮麗さがあった。ドレスは孔雀の首みたいに輝く藍色で、口にくわえた細い葉巻には火が点いていない。

「ごめんあそばせ」と彼女がささやいた。「オシッコしてたのよ。ボタンを留めるのを手伝ってくださいな、アーンティー?」

彼女は振り向いて両手を高く上げた。ふたりの衣装係がおしろいを塗り、もうひとりが髪とアイシャドウを整える間に、僕はドレスの背中のボタンを次々に留めていった。

「まったくもう」と彼女は言った。「早く、早く、お願いだから。いったい全体、靴はどこなの?」

靴を履き、パパンと踵を踏みならしてから、その靴を〈履き馴らす〉ためにアイリッシュ・ジグのステップを踏んだ。それから彼女は絶妙のタイミングで、劇場全体を揺り動かす拍手喝采の海の中へずんずん歩いていった。大喝采はたっぷり二分間続いた。まるで別人にすりかわったみたいだった。彼女の身体が変化して——と言う以外にどう言えばいいのかわからないのだが——いっそう強靭な肉体に置き換わったように思えたのだ。デズデモーナは大喝采に応えるそぶりなど決して見せずに、天の神々を仰ぎ見ようとして片手の甲を額にかざした。

オセロは楽屋裏をうろうろ歩き回りながら、観客が歓声を上げているのを耳にして僕を睨みつけた。

「あの女は主役を食う脇役だ」と彼はつぶやいた。

一八八八年十一月十四日

明け方が来る。

鳥がさえずり、カラスがカアカア鳴いている。

ひと晩中眠れなかった。

午前一時、舞台の上に劇団一同が集まってぜいたくな夕食(エビ、カニ、シャンパン、トカイワイン)を食べた後、ハークスと僕は、疲れ切ったチーフを彼の居室の折りたたみ式寝台まで運んだ。それからランプを持って道路まで出て、呼び寄せたたくさんの辻馬車に女性団員が乗り込んで帰っていくのを見送った。最後の馬車にはハークスとミス・テリーと、衣装デザイナーのペイシェンス・ハリスが乗って帰った。

三人が乗ったハンサム型二輪馬車がエクセター・ストリートの角を曲がる前に、僕は自分が古馴染みの衝動に襲われているのに気づいた。

しばらく一人でたたずんでいたが、その衝動は消えなかった。

衝動は意志の力で消せるものだろうか？　それは無理だ。

宵の口に降った雨のせいで夜気はまだ湿っていた。情け容赦なく川から立ちのぼる臭い霧が、ガス灯やロウソクの火が灯った窓を汚れたガーゼみたいにくるんだので、道路の向かいの商店の戸口さえ霞んで見えた。今一度、まっすぐ帰宅する意志を奮い起こそうとしたのだが、家に誰もいないことを思うと憂鬱になった。

僕は劇場へ戻って手早くトイレを使い、冷たい水で顔を洗った。ところが、鏡の中からこちらを見つめ返している者の魂は汚れたままで、和らいでもいなかった。僕は厚手の外套をはおり、楽屋から長いナイフを持ち出し、ランプの火を消して外へ出た。

ストランドを歩いていくと、不気味なほど静まりかえっていた。身もだえする汚い霧の中をさらに歩いた。家々の窓は暗く、大通りにも路地にも人気はない。僕の気持ちは袋に押し込められたドブネズミみたいに、心の中を転がり落ちていった。川の土手に着くとイーストエンド方面へ向かった。

エクセター・ストリートからホワイトチャペルまでの距離は三マイル足らずなのに、時間感覚に奇妙なことが起きたせいで、歩いている自分は速いと同時に遅いように思えた。おまけに、まばたきができない違和感を感じて、自分でない存在に支配されているような気がした。思念の奔流というか、荒々しい孤独というか、受け身でいることの恐ろしさというべきか、自分の状態をことばにするのがとても難しかった。僕自身の意志で歩いていないかのようだった。

川を背に通りをいくつか横切って、当てずっぽうに歩いていくと、倉庫や信号橋や車庫があるすさんだ地域に出た。そのあたりの小家や共同住宅はとてもみすぼらしくて、玄関扉はなく、朽ちかけて、カーテンの代わりに布きれが掛けてあった。庭木や花は見あたらず、あるのは錆びついた水桶の中にはびこった雑草ばかりだった。腹を空かせた犬があちこちで、捨てられたマットレスを引き裂いたり、腐りかけたゴミの山を漁ったりしていた。建物の壁に警告のビラが何枚も貼りつけてあった。

日没後、この地域でのひとり歩きは厳禁する――
ロンドン警視庁。

目の前に赤いランプが灯った扉口があらわれて、やせ細った若い娘が客待ちしているのが見えた。かわいそうな子ども。こんなに恐ろしい夜更けに客を待たねばならないとは何という悲惨な境遇だろう。僕の気配を感じた娘はすぐに影の中へ退いた。そして赤いランプがふいに消えた。

ポケットを探り、例のナイフがあるのを確かめた。

そのときあいつの姿が見えた。

すぐそこの暗がりにいた。

間違いない。

黒い外套を着た男が不自然なほど悠長に通りを歩いていくのだが、暗い街路を行く身のこなしが弾むようだ。氷の月を見上げたかと思う間に、南へ向かって桟橋の方へ小走りに立ち去った。そいつは右手に、短くて重そうな杖というか棍棒(こんぼう)を持ち、頭には闘牛士がかぶるような真っ黒でつば広の帽子を載せていた。

追いかけながら、強い恐怖感から来る吐き気と戦った。ドレスシャツと肌着が汗でびっしょりになり、口の中が酸っぱくなって、血が沸騰(ふっとう)した。そうして、自分の靴が立てるコツコツいう音がひどくやかましく感じられて、その音をなんとかして消せないかと思った。

そいつと僕はまもなく川岸にたどり着いた。波止場には大型帆船がいくつも停泊していた。裸の帆柱と空っぽの甲板は夢で見た、死者を運ぶ船を思わせた。

恐怖と戦うために心の中で歌を歌おうと決めた。ところが心があまりにも燃え立っていたせいで、ばかげたことながら、ひとつの歌しか思い浮かばない。

大好きな男の子が天井桟敷にいるんだよ
大好きな子があたしを見おろして笑ってて
天井桟敷でね、ハンカチを振っているんだ
駒鳥みたいにかわいくて、あそこに止まって――

夜をつんざく悲鳴は、血も凍るほど無残な響きだった。

その音は百二十ヤードほど離れた、テムズ川を横断する鉄道トンネルの方から聞こえてきた。走って逃げるか、聞こえなかったふりをしようかと思った。すると今度は、激しくもがく何ものかのうなり声と叫び声、さらには鉛(なまり)の管がレンガにぶち当たる音か、娘が苦しんであえぐ声さながらの——オオカミがうなるようなおそろしい喉声を連想させる——重くて鈍い轟(とどろ)きが聞こえてきた。

あたりを見回したが、助けに来てくれる者などはいない。

……助けて……あの男に殺された……かわいそうな娘を助けて。

護身用に持ってきたナイフをポケットから取り出してはみたものの、手の平が汗でびしょ濡れになっていたので、柄を握る手に力が入らなかった。

「こっちは四人いるんだぞ」と僕は呼びかけた。「さあ出てくるがいい」

川底の鉄道トンネルから染み出してくる静寂を破るのは、ピシャピシャいう水音だけだ。

僕は再びきびすを返して、後ろを振り向かずに、家まで全速力で走って帰りたい誘惑に駆られた。もちろん今聞いた叫び声は聞かなかったことにしよう、と。だが臆病風は世界の諸悪の根源である。僕は心を鬼にして、忍び足で前へ進んだ。

背後から音が聞こえて僕は震え上がった。男の息づかいだった。息を吸い、息を吐く音。生命の証拠を示すその音が卑(いや)しむべき恐怖の心棒に突き刺さった。忘れようにも忘れられない音だった。

振り向くと、銀色の月影の真ん中にそいつがいた。左右の目のために焼け焦がして穴を開けた、麻袋の頭巾をかぶっている。さっき見た棍棒を手袋をした左手に持ち替えている。右手には肉切り包丁を握っている。

僕はあらん限りの声で叫んだ。遠く離れたところを歩いている人に聞こえるかもしれないし、停泊中の船の船員が気づいてくれるかもしれないと思ったからだ。

相手は「シューーーッ」と言った。うわべはおとなしい音だった。

そしてそれ以上動かずに恐ろしげな口を開き、歯の先からよだれを垂らし、犬のような舌をあらわにした。それから、鼻声でくすくす笑うような音が聞こえた。

相手が頭巾を取ってポケットにしまったとき、僕は左右のこめかみが張り裂けるかと思った。

「これが種明かしだよ」と彼が言った。

僕はしゃべることができなかった。

長い沈黙の後、相手は顔をくしゃくしゃにして大笑いした。

「おまえさんを尾行したんだよ、ばーか」と彼が言った。「劇場を出て、おまえさんがひとりで向こう見ずな散歩に出発したときからだ。誇り高きこの俺がおまえさんをひとりで行かせて、あの生意気ジャックとやらの餌食になるに任せるとでも思ったのかね？」

「なんていう人だ。言語道断の恥知らず」と僕は言った。「あなたは人間じゃない、犬にも劣る奴だ」僕はきたないことばを相手に浴びせ続けた。だが彼は大笑いしただけだった。そして、小刻みに震える指先でこっちを指差した。

「なんて顔をしているんだ。なあ、アーンティーよ、自分の顔が見られたらいいのになあ」

彼は今や、浮かれて我を忘れていたが、少しするとあえぎ声をつくり、かよわい裏声で話しはじめた——

「**助けて、アーンティー……ああ、お願い……わたし、どうしたらいいの……**」

チーフに背を向けて立ち去るとき、狂ったような叫び声が背中でしだいに鎮まっていった。

「おーい？」彼が大きな声で言った。「まさかおまえ、俺をひとりぼっちにしていくわけじゃないだろうな。行かないでくれ！」

僕は空っぽの貝殻みたいなわが家へたどり着くまで、足を止めなかった。

明け方だった。

心臓が早鐘を打っていた。

脳みそは沸騰していた。

―15―

《この章ではミス・テリーが秘密を明かし、劇場に取り憑いた亡霊が出現する》

ミス・テリーとの契約の一部として設置が義務づけられた主演女優専用の個室で、彼女は仕事机から立ち上がり、会議用のテーブルの方へ移動する。

「リストのどこを見たらいいの、ブラム？　今見てたのは四ページよね？　手っ取り早く教えてくれる？」

いつの日か自分の劇場を持ちたいので、支配人はどんな仕事をするものなのか見せて欲しい、と彼女から頼まれたのだ。

「給料の支払いは終了」仕事を箇条書きにしたノートから目を上げてストーカーが言う。「オーディションの段取りをして、銀行と相談して、観客席用の新しい扉をガラス屋に発注して、この個室の改装費を支払ったところです」

「この部屋は安上がりだったんでしょ」ぐるりと見回しながら彼女が言う。「家具はお古の再利用みたいだし」

「『タイムズ』紙の、筋張った感じの新聞記者が階下に来ていますよ。今回の演目について一時間ほどお話を伺いたいと言ってます」

「筋張ってるなら、チーフの犬に食べさせるのがいいんじゃないかしら？　そういう筋の連中は無視しちゃ駄目かな？」

暖炉のそばの敷物の上でその犬がうなり声を上げる。

「広報はチケットの売り上げ増大に役立ちますよ」

「ちょっとご挨拶すればチケットが売れるってのはありがたいわね、アーンティー、お客様は大切よ」

「チケットが売れなければ劇場は成り立ちませんから。ご自分で劇場を経営してみればわかります」

「会うべきだって言いたいのね」

「そうです」

「わかったわ」

彼女は仕事机に戻り、引き出しからハンカチを取り出してメガネを拭く。

「新聞記者ってのはいっつも同じ、退屈な質問ばっかり繰り返すんだから」彼女は面倒くさそうに言う。

「こっちは生きる気力が削がれるの。あなたにとってシェイクシュピアは？　演劇界で女性としてご活躍しゃれているご感想は？　演技上の人物造形はどのようになしゃいますか？」

　これは彼女の奇妙な癖で、イライラさせられる相手の口ぶりをなぜか、ハンガリーなまりの英語で真似するのである。

「で、人物造形の秘訣はどこにあるんです？」

「周囲の人たちをよく見るのよ。人々のそぶりをね」

「見るんですか？」

「すり足で歩くのは？　わが家のお手伝いさん。目を細めてものを見るのは？　うちのおば。安心できるおばちゃんは？　あなた。偉そうだけど愛敬のあるやりすぎ君は？　チーフ」

　ストーカーは思わず大笑いする。すると即座に彼女が声色で返す。ストーカーは正確無比なその大笑いに驚嘆する。

「観察は肉であり、お酒」と彼女は言う。「人々は食物なの。気づいてると思うけど、チーフはあなたの独特な本の読み方を真似して、マクベスの演技に取り入れてるわよ」

「それは思ってもみなかったなあ」

「あなたはページをめくる前に指先を舐める。チーフのマクベスもそう。彼のイアーゴーは驚いたとき、顔に手を当てる。あなたもそうする。あなたは何かが欲しいとき、手の平の端っこにもう片方の手で触れるの。彼の演技をよく観察するといいわ。それを使ってるから」

「偶然の一致でしょう？」

「偶然なんてものはありません」

「でもさすがにこれは……」

「あっちの戸棚の引き出しを開けてくださる、ブラム？　小さなスケッチブックがいろいろ入ってるから、その中の一冊を持ってきて。どれでもいいわ」

　手に取ったスケッチブックは灰色がかった古い画用紙を綴じたもので、皺が寄ったページの上に所狭しと、手や口や目がペンで描かれている。流れるような線で描かれた足跡や音符も見える。

「これ全部、あなたが描いたんですか？」

「あたしなりの役作りの方法なのよ。見るってこと。観察しているだけ。人々の癖とか習慣、しゃべり方とかを。ある登場人物がどんなふうに歩くかは、その人が何を言うかと同じくらい重要ね。ワイングラスの持ち方とか、カーテンの引き方もね。ものを言うとき、どんな単語に力点を置くかも重要。とりわけ大事なのはまなざしです。その人物の目つきを身につけられれば、こっちのものよ」

　ストーカーはスケッチブックのページをめくる。修道女の顔がこっちを向いている。微笑(ほほえ)んでいるので歯が見える。

「少女の頃にはじめた習慣なのよ」と彼女は言う。「父が長年、家族連れ向け娯楽劇(パントマイム)の役者だったでしょ、あたしは七歳か八歳の頃に父の舞台に出たんだけど、父にこう言われたの。『スケッチだけは怠けずにやり続けるといいよ、きっと役に立つから。学校に教科書があるように、役者にはスケッチブックがあるんだ』

「どれも美しい素描です。あなたが絵を描くとは知らなかった」

「いやいや美はどうでもよくて、見ているだけなのよ、ブラム。あらゆるものを知り尽くすためには、ものの対極にあるものも知らなくちゃならない。オフィーリア、デズデモーナ、マクベス夫人を演じるときの鍵はそこにあるわね。恋人を演じるさいには愛せない要素も込めないといけない。悪人を演じるさいには愛されたい気持ちも入れないとダメなのよ。世の中のあらゆる悪は、打ち砕かれた愛から発しているんだから。そのことを忘れたら、どんなに演技したって観客には信じてもらえません」

「劇場経営の話題から少々それてしまったようですね？」

「あなたは素晴らしい物語をいくつも書いてるでしょ？　でも思ったほど売れてない理由はもうおわかりね。素敵な文章は書けるのに、ピリッとした辛みというか、ぐっとつねる力というか、そういうのが足りないの。スケッチしていないから。素描から引っ張ってこられるネタが少ないのね。今、切り裂きジャックがリハーサルやってるはずだから、一緒に見に行きましょう」

「役者仲間に広まったチーフの新しいあだ名を、本人はまだ知らないんですよね」

「新しいあだ名もきっと気に入るわよ。そう思わない？」

『ヴェニスの商人』。エレンとブラムは舞台の袖に並んで坐る。ブラムを見つけると、さまざまな関係者が雑多な質問を投げかけたり、代金を請求したりするのだが、彼は明るく照らされた舞台から目を離すことができない。舞台上の景色を曖昧にしていた薄い紗幕が今ようやく、上がったように思われるからだ。

衣装もカツラもつけずにガウンをはおり、使い古しのシルクハットをかぶっただけの不恰好な男が、葉巻を片手に、暗闇に向かって叫んでいる。

「ライムライトは俺に当てろ！　観客は俺を見に来るんだからな」

照明の位置が変わる。が、チーフはまだ満足しない。

「そのいまいましいライトを燃え立たせろって言ったんだぞ、できないのか？　あと、赤を加えるんだ。いつまでももたもたしてると、このみすぼらしい芝居小屋の天井裏の一番高い梁を、俺のブーツで蹴り飛ばすから覚悟しろ！」

舞台照明が赤くなる。「さあみんな、ようやく仕事に取りかかれるぞ」チーフはまるで、頭がにわかに重たくなったかのようにうなだれる。そして再び頭を上げると、もはやアーヴィングの顔ではない。

長くて、骨張ったその顔は本人よりも四十歳も老けて見える。そして声には、おびえて傷ついた老人の震えが混じっている。左右の目には当惑があり、しかめ面には、衝撃を受けた人の放心した内面が浮き出している。絶望的な曲線に不信が刻印されたその唇が発するセリフには、しばしば動転したような疑問符が聞き取れる。まるで熱い血が入った大桶に落とされた氷の粒そのものだ。

あいつは俺の顔を潰した上に、五十万儲けられたところを邪魔までしおったよな？……俺が損したのを見て大笑いした。得したのを見たときには嘲ったろ？……俺の仲間を軽蔑したよな？……俺の取引の邪魔をした……俺の友達に冷や水を浴びせただろ？……そうしておいて俺の敵を焚きつけたんだよ。なんでこんなことになるんだ？　俺がユダヤ人だからだよ。

一階前方席のあたりで作業していた清掃員たちが手を止めて振り向く。シャイロックはしばらくの間じっと見据えた末に、相手が清掃員だったと気づいた様子で、フットライトの方へよろよろと近づいていく。そしてひざまずく。音もなく涙が流れる。自分の顔を指す指先がぶるぶる震えている。

ユダヤ人には目がないのか？　ユダヤ人には手がないと？　内臓も？　手足胴体も？　五つの感覚も？

愛情も、熱情も？　皆さん方と同じものを食べていないとでも？　同じ武器では傷つかない？　同じ病気にはかからない？　同じ手当では治らぬとでも？

　彼はここでじっと待つ。長い長い間合い。あたかも清掃員たちから無理やり答えを引きずり出そうとするかのように。弓形の眉が問いかけ、彼の顔は苦痛で歪んでいる。

　俺たちを針で刺したとして――彼は冷酷な裁判長に向かって懇願するかのように両手を合わせ――次の瞬間に反逆の叫び[1]を上げる――**俺たちの身体から血は流れないのか？**

　ストーカーは彼女が腕を組んでくるのを感じる。「やりすぎ君」と彼女はささやく。「でもよく見て、彼は彼なりの絵を描いているのよ」

『タイムズ』紙の記者が待っている。ミス・テリーがそちらへ向かう。チケットは売らねばならない。真実は隠せばいい。思わせぶりは役に立つ。スポットライトは避けるに限る。

　暑くて息苦しいので、ストーカーは上着の左袖をまくり上げる。舞台の上に立つ人間をはじめて見たかのように、あるいは、いつもそこにいた幽霊にはじめて気づいたかのように、彼は舞台から目を離さず、折り返した袖口に自分なりの絵を走り描きする。

　彼はじきにまた、〈ミナの隠れ家〉へ上がるだろう。それ以外に行き場所がないからだ。

―◆―

　眠りに就いてから百年も経っていなかったので、ミナの場合、〈目覚める〉というのはふさわしい表現ではありません。満ち潮が引き潮に変わるとか、石の上に落ちた影が動いていくとか、水が蒸気になったり凍ったりすることなどに喩えたほうがよさそうです。カラスが無を見つめている。小さな炎が揺れている。そのような瞬間にミナは、自分がここにいることに気づくのです。

　埃と蜘蛛（くも）だらけの屋根裏で彼女は聴き耳を立てています。

　空の悲鳴、ドブネズミの小走り、カモメの呼び声、鷺（さぎ）の鳴き声、古い屋根を渡ってくるリスの跳躍、オークの梁が立てるいびき。骨張った柱、屋根に突き出た螺旋（らせん）階段の軸柱の軋（きし）り。用済みの配管が漏らすあえぎ声。古い暖房炉の、故障して久しい内部が鳴らす、低くて重たい連続音。彼女はもはや肉体を持たないので——かつて持っていた肉体は厄介ごとの種だったにもかかわらず——肉体には魅力を感じています。

　ミナにとって時間は独特な流れ方をします。五年間は一秒。一か月は百年。五感は、生者には見えない輪郭（りんかく）を伴って姿をあらわします。彼女の思考は棺（ひつぎ）の形。

重たい
枠箱はそれほど
重くない、木枠がうまく
組まれてさえいれば
舞台係なら誰でも
知っているけど
なぜなのかは
誰も知らない
それは私が
知っている
ことのひとつ

彼女はときおり外へ出て、川の土手や裏通りをさまよったりします。楽屋口の内側に何時間もたたずんでいることもあります。

　ミナの姿は貴賓席で目撃されたことがあり、上部階上席（アッパー・バルコニー）でも一、二度目撃されています。彼女は満月の夜、エクセター・ストリートを歩くのだという人もいます。本人が望まぬときに姿が見えてしまうことがあり、ときによっては、姿を見せたいときに人間の目に見えない場合もあります。

　彼女はタバコ埠頭（ふとう）まで漂っていき、快速帆船のマストのあたりにたゆたったかと思う間に急降下して、係船柱をふいにかすめて、船腹に接する汚れた水面へ向かいます。長く尻を引く物語のほうき星、犯された罪の死後の生。舷窓（げんそう）や開き窓を抜け、煙突を下り、鍵穴も素通りしていきます。ロンドンにはミナに隠せる秘密など何ひとつないのです。

　彼女は夜分、ピカデリーからゆっくり巻き上がる土煙になって、通行人を驚かせ、衣服から手で砂埃を払わせます。他の夜には、聖メアリー・ル・ストランド教会が鳴らす鐘の音になって、長いこと埋められていた失恋の記憶を掘り返します。彼女はまた、はるか彼方のデットフォードや、グレーブゼンドの川岸や、ロイヤル・オペラ・ハウスの柱廊玄関や、チャリング・クロス駅の裏の街娼に交じっているところも目撃されました。静かな、誰もいない廊下で、背後にガチャンという音が聞こえたり、室内に何かがいる気配を感じることがあるかもしれません。深夜、誰かに見張られているように感じるとき、あるいはまた、怪談を読んでいる最中に目を上げたら、鏡の中に何かがいるのを見てしまいそうなときもあるでしょう。

ミナの場合、〈目覚める〉というのはふさわしい表現ではありません。薄闇と裏切りでできたこの娘にとっては、スレート瓦（がわら）の屋根の下の埃臭い煉獄（れんごく）がねぐら。ふだんは屋根裏の梁を支える柱の周囲をゆっくり回ったり、あばら骨のような垂木（たるき）にまとわりついたりしています。

屋根裏への闖入（ちんにゅう）者がまたやって来ています。機械の前にかがみ込んで、ロウソクの球形の光を浴びている疲れた背中。この男はいったい何をしているのかしら？　いったい誰のために？

男の吐糸口（とし）は見えないけれど、きっとあるはず。彼の周囲に、紡いだことばが蜘蛛の巣状になっているから。なぜそうするのかはわからぬまま、自己不信の煙霧と放射状に広がる怒りの中を、男は前へ前へと織り進んでいく。

大柄な男。太っている。その点ではミナを殺した奴に似ています。ロウソクの光は金色と紫色を帯びている。男の中には野蛮が溜まっていて、毛穴から染み出しています。その一方でどこか奇妙な、女っぽいやさしさもある。男は毎晩ここへやってきます。丸々とした体格であごひげを生やし、燃えるような目をしたこの男は、屋根裏には自分ひとりしかいないと思い込んでいます。左右の腕をぐるぐる回して埃を払い、頭をガリガリ掻いて、へんてこな機械の覆いを外す。

浮遊する微細な塵（ちり）であるミナは、その機械が立てるパタンパタンという音に耳を澄まします。ガチャンガチャンとやかましく鳴ったり、ジャーッという音が聞こえたりします。肉体を持たない彼女は自分自身をつくり直して、男の指のパタパタする動きと、天窓から差し込んでくる、青銅色にくすんだ光に調和させようとします。彼女はロンドンに降り注ぐ月の光——それは彼女の姉妹たち——にささやきかけます。そうしてスレート瓦の割れ目から外へ出て、星をいちいち数え上げる。星々は男に殺された女たち、星座をつくっているのは売れなかった本の数々。

男が書いた最初の本。二冊目の本。三冊目。四冊目。それらの本がひとつずつ、夜空にピンで刺したような小穴を開けて、哀れな輝きを放つところを目に留めてきました。男の目にはそれらの星が、太陽と見まごうばかりの強烈な光を発しているように見えたのですが、他の人々はその存在に気づきさえしませんでした。彼はそれを承知していて、せっせとミナの屋根裏へ上ってくるのです。

わたしの物語を語って、と彼女は言います。**わたしの命を返して**。でもその声は男には聞こえない——あるいは聞こうとしないのかもしれません。男が機械を叩くパタンパタンという音がやかましすぎるのです。

ミナはなんとなく、この男は彼女の物語を書くためにことばを紡いでいるらしいと感じているので、静寂のカーテンが開くときにいちいち聴き耳を立てる必要はないだろうと思っています。

ミナの指は屋根裏にある壊れたハープを爪弾きます。男の耳には、そよ風が奏でる不思議な音楽に聞こえます。

ミナの涙が男のことばの上に落ちると、雨漏りで染みができた、と男はつぶやきます。

泣いている？　そう、ミナは泣きます。肉体はなくても泣けるのです。涙は水面に見える悲しみの一部分であって、涙の中で船が難破するわけではない。彼女は夜な夜な男の目の前に立ち、消え失せた胸をかきむしるように絶叫し、彼の髪を引っ張ったり、顔を平手で打ったりしてきました。**ねえ、物語の語り手さん、お願いだから、私を見て。**

男は目を上げ、梁から雫が三滴落ちてくるのを見ます。ミナの絶叫によって滴る雫。ある夜、彼女は自分の姿を見せようと渾身の力を込めて——がんばって——悶え苦しみました。ところが、男が例の機械から目を上げて、すぐそこにひざまずいて懇願する彼女の方を見たとき、その瞳に映ったのは片目がつぶれた猫に過ぎませんでした。

わたしは片目の猫ではないのよ。雨粒でもない。どうしてわたしが見えないの？　わたしはここにいるのに。

男は機械の方へ向き直り、ずんぐりした指でキーを叩きます。太い眉毛を汗が伝う。思考の糸を見失うまいとして必死なのです。季節は冬に違いありません。体内に張り巡らされた血管さながらに屋根裏を這う、暖房用の蒸気管がうなり声を上げていました。蜘蛛の巣が暖房の金臭い悪臭を放っていました。ミナにはないはずの舌が、ヤスリ屑（くず）の鉄粉みたいな味を感じました。男はシャツを脱ぎ捨てて、大型のダルマ瓶から水をがぶ飲みしました。

べたついた汗が背中を流れ落ちる。顔はどす黒い血のような赤。舌先を突き出して呻吟（しんぎん）中。

机の上に、速記で何やら書き散らした分厚いノートがあります。男はそのページを見つめて内容を清書し、文章を整えていきました。ときどき悪態をつき、吸い終えたばかりのタバコで新しい一本に火をつけました。そうかと思えば、頑張っても頑張っても埒（らち）が明かない作業に耐えかねて、惨めなうなり声を上げました。その声はまるで、大量の水を無理やり飲んで尿路結石を流してしまおうと、躍起になっている人の声そのものでした。

ミナは彼の背後へ忍び寄りました。すごく近づいたので首筋の産毛（うぶげ）が見えました。肩越しに覗いてみると、例の機械が奇妙な文章を綴っていました。

―血。血は生命だ。わたしは意識していた。その存在を意識していた。くるまれたかのように。嵐の中に。怒りの嵐の中に。(2)

「父さん、ラテン語の宿題手伝ってくれないかな？」

十六歳の熱心でまじめな少年。シャツ寝間着を着て、暖炉のそばで劇場模型をいじっているその子の瞳には、知性が輝いている。

「今ちょっと手が離せないんだ」

「母さん、父さんに頼んでくれないかな？」

「ブラム？」

「今、書き物で忙しいんだよ」

「ねえ、お願い、この子は最近ずっと、あなたに会う機会がほとんどなかったんだから」

「母さんも父さんも、もうケンカはしないで……しないって約束したよね」

一時間後、後ろめたくなった父親は階段を上り、乳母にもう下がっていいと告げる。少年のまなざしは張りつめていて、顔色はシーツのように青白い。彼は昨日は赤ん坊だったが、明日は大人になるだろう。洗面台脇の卓上でオモチャの兵隊がひとり歩哨に立ち、艶のある緋色の軍服がロウソクの光を照り返している。ベッドの上掛けに置かれたオルゴールは、アメリカの国歌をチリンチリンと奏でている。

「やあ、ノリー」

「父さん」

「泣いてたのか？」

「泣いてなんかいないよ」

「枕をふわっと膨らませてやろうか？」

「ずっと父さんに会いたかったんだよ、母さんとアイルランドで暮らしてたとき」

「こっちもずっと会いたかったよ」

「父さんはまた本を書いてるって、母さんが言ってた」

「やがてわかるよ」

　父親が部屋を見回すと、息子の成長に取り残された高価なオモチャがたくさん目についた。輪回しの輪、派手な色の指人形、剣と甲冑、盾、ボトルシップ。見向きもされなくなった玩具の山には死の匂いが漂っていた。それらは廃絶した宗教の遺物のようで、絶滅危惧種の生き物を思わせる奇妙な美しさが伴っていた。

「今度の本に怪物は出てくる？」

「怪物が出ないと物語に格好がつかないからね」

「いいね、僕は怪物が出てくる物語が好き。そいつはものすごく恐ろしいのかな？」

　息子の髪をとかす父親に期待の槍が突き刺さる。

「うん、独特の恐ろしさがある。でも今度の怪物は悲しみを抱えているので、ときどき、ああもう眠りたいって思うんだよ」

　息子はくすくす笑う。「へんな怪物」

「でもそいつはかれこれ千年間、眠っていない。だからもう疲れ果ててる」

「でもずうっと起きているだけで、どうして悲しみを抱えた人になるんだろう。僕にはよくわからない」

「物語はそのためにあるんだよ、ノリー。他の人がどんなことを考えて生きているのか、教えてくれるのが物語ってものなんだ」

「他の人の考えを知るといいことがあるの？」

「ずっと自分で居続けると、ひどく疲れてしまうことがあるからね」

「父さんと母さんはまたケンカする？」

「もうしないよ。安心してもう寝なさい」

　居間の窓際にフローレンスが腰掛けて、外の雨を眺めている。ストーカーは書類かばんを開けて原稿を出し、暖炉のそばに腰掛ける。

「それで、また本が出るの？」静かにそう尋ねる妻の声は震えている。

「まだわからない。完成しないかもしれない」

「あなたまさか、今のままでいいと思ってるわけじゃないわよね？　毎晩外出して明け方にならないと戻らない。四冊も本を出したのに、納得できる出来映えの作品はゼロ――」

「僕の失敗をじつにうまいこと説明してくれたね。まさにその通りだよ」

「それで、懲りずにまた本を書きたいから、ただでさえほとんどなかった、息子と過ごす時間をさらに削ろうとするわけね」

「今度の本が最後になると思う。最後の挑戦だよ」

「いくらものを書いても、自分の心を痛めつけてるようにしか見えないけど」

「人間の心の中は、本人にしか関係ないと思う」

「だったらなぜ人間は結婚するのかしら？」

「おそらく、あれこれ考えるところがあるんだろうね」

「おそらく、その夫の妻もあれこれ考えるところはあると思うわ」

　暖炉の中で石炭が音を立てて崩れ、火格子の内側で炎が燃えさかる。臨界点を超えた。こういうときはもう黙った方がいい。とはいえ夫婦間のことはそれで収まるわけではない。

「メアリーに頼んで、客用寝室のベッドを整えさせておきました」と彼女は言う。

「もちろん、ご自由に。でもなぜなんだい？」

「あなたが劇場から明け方に帰宅するとき、わたしいつも目が覚めてしまうのよ。あなたもなかなか眠れないみたいだし」

「なるほど」

「あなたには客用寝室で寝てもらえばいいって思いついたの。やってみましょうよ」

「わかった」

「よかった」そうして彼女は本を開く。ストーカーが数年前、エンバンクメントの露天商で見つけて贈った、ダンテの古書である。

「少し朗読してみようか?」と彼が訊く。「僕のイタリア語に耐えられればの話だけど」

「ありがとう、ブラム。それじゃ少しお願い」

「さっきは不機嫌な物言いをしてしまった。ごめん、フロー。怒らないでくれるかな?」

「怒ってないわ。ちょっと怖いだけ」

「何が怖いんだ?」

「あなたはどこへ行ってるの、ブラム?　ひと晩中、家を留守にして」

「前にも言ったけど、劇場には接待しなくてはならない重要なお客さんが来る。それがいつ終わるともなく、百年戦争みたいに続く。接待役は誰かがやらなくちゃならないんだ」

「百年戦争みたいに」

「接待仕事が終わったら、少しの間、書き物をする。屋根裏で。仕事場をつくったんだ。あそこはとても落ち着く。それで、頭が考えごとで満杯になったら歩かずにいられない」

「いったいどこを?」

「市内だよ」

「オックスフォード・ストリートとかヘイマーケットとかを真っ暗な真夜中に歩いて、いったい何があるっていうの?」

「求めるに足るものがある。静寂だよ」

「危険を感じることはないの?」

「ごくたまに少々の危険を感じることはたぶん、人生経験の大切な一部だと思う」

「謎々につきあっている暇はないのよ、ブラム。もう寝るわね」

彼女は立ち上がって書架の前へ行き、立ててある本の背に指を這わせる。

「フロー」と彼が言う。「どうしたんだ?　言いたいことを押し殺そうとしているんじゃないか?」

「言って欲しいの?」

「言いたいんだろう?」

彼女はまるではじめて見るかのように暖炉の炎を見つめる。ここでやめておけ、と炎が言う。部屋を出ろ。明かりを消せ。

「噂話として聞いたのだけれど」と彼女は話しはじめる。「アーヴィングと彼の奥さんはもう何年も別居しているみたいね」

「その噂なら僕も聞いている」

「別居の理由は何？」

「さすがにそれは知らない」

「あなたたちの間でそのことが一度も話題にならなかったというの？」

「他人事だからね。そういうことがらについて尋ねるのはでしゃばりだよ」

「オスカー・ワイルドについて、世の中の人々がどんなことを言っているかは知ってるわよね」

「フロー、いったい全体、何を言い出すんだ」

「男の子たちと遊び回ってるってこと。しかもこれ見よがしに」

「派手な人間は噂を呼びやすいからね。世間の人々は怠惰だから」

「ワイルドの噂はずいぶん前からでしょ。奥さんのコンスタンスと子どもたちは心を痛めているに違いないわ」

「何が言いたいのかな――」

「わたしに恥をかかせないでね、ブラム。お願いしたいのはそれだけ」

「僕はそういう人間じゃない。知っての通りだ」

「わたしが言いたいのは、あなたには隠された部分があって、あなたはその世界にこそ生きているっていうこと。あなたはいつの日かきっと、わたしをそこへ迎え入れてくれる、そうして、あなたとわたしとノリーが一緒にその世界で暮らせるときが来るって思っていた時期があるのよ。でも今は、そんな日なんか来やしないってわかってしまった」

「こういうメロドラマみたいな展開は君には似合わない。フロー、僕は世の中の誰と比べても隠し立てはしない人間だよ。一、二時間、ひとりぼっちで過ごす時間をひんぱんに欲しがったからと言って、そのことが罪に値するとは思えない。君の口ぶりを聞いていると、まるで僕たちはひとつ屋根の下に住んでいないみたいだよ」

「わたしたちは実際、ひとつ屋根の下に住んではいません。ひとつ屋根の下に住んでいると思い込んでいるだけよ。誰の便宜と喜びのためにそんなことをしているのか、わたしには全然わからない。わたしたちはほとんどの時間、同じ国にさえ住んでないわよ。だってあなたは何年も前に移住してしまったんだもの。ライシアムへ」

すすり泣く声が聞こえたので夫婦は振り向く。すると部屋の扉のところに息子がたたずんでいる。

「もうひどいケンカは二度としないって約束したのに」ノリーは泣いている。

「ケンカじゃないのよ」と母親が言う。「ケンカごっこしてただけなの」

16

《この章では一風変わった家族が描かれ、輝ける星がライシアムを訪れる》

公演期間中のある夜、ミス・テリーが招集した上演後の打ち合わせが長引いた。衣装の寸法合わせのスケジュールがなかなか決まらず、帳簿の数字もぴったり合わず、目下計画中のドイツ巡業の日程もぐらぐらしていた。もろもろの調整が片づいたのは午前二時だった。アーヴィングの発案で、三人で席を移して仕上げの一杯をやることになった。

アーヴィングの居室は上階にある。かつて衣装部屋だった空間の一部が改装されて壁紙が貼られ、ちょっといいランプが運び込まれ、絨毯（じゅうたん）が敷かれて、海景と狩猟風景の版画が壁に掛けられた。

地下室で誰かが見つけ出した、古いがまともなソファー三台も運び込まれて、暖炉の前にU字形に置かれた。脚が折れた部分には本を数冊積み上げてごまかした。板張りの天井は船室みたいに低い。小さな窓の外には建物の屋根と星しか見えない。「独り者にはちょうどいいねぐらだ」とアーヴィングは言い、ふたりを招き入れる。「たいしたものはないが、ブランデーならある」

扉口から振り返ると、恐竜の骨格に似た不気味な形の、舞台天井からものを吊り下げる装置が見える。テムズ川からタグボートの孤独な汽笛が響く。アーヴィングは古色蒼然たる戸棚——黒々としたエリザベス朝の家具で飾り彫刻がゴテゴテ施してある——からひざ掛けを数枚引っ張り出し、暖炉の前にひざまずいて火を掻きたてる。静けさと火の暖かさ、重たいゴブレットに澄み切った美酒、天井が低い居心地のよさ、そして疲労感。三人はそれぞれのソファーに抱かれて眠りに落ち、月がロンドンの孤独を見おろしている。

将来、たぶん何十年も経ってから、三人はこの数か月間に起こったことの奇妙さを思い出すだろう。エレン・テリーの子どもたちは田舎でそれぞれの父親と暮らしている。彼女は夜ひとりになるのは好まない。その一方で彼女には決して助けを求めたくない男が——たぶん何人も——いる。

アーヴィングはと言えば、住まいをめぐる厄介事の余波で窮地（きゅうち）に立たされていた。彼は当時、紳士のための高級集合住宅として知られる〈オールバニー〉に入居していたのだが、正式に退去を求められてはいなかったものの、暗黙の了解を巧みに用いるイングランド的な慣習においては、部屋を明け渡す期限を迎えていた。

　ストーカーはストーカーで、人生に何度か訪れる岐路にたたずんでおり、吹きだまりの雪に道をふさがれた上に道しるべが見えなかった（か、ことによると道しるべは蹴り倒されていたのかもしれない）。そいつを見えなくしたのは旅人である自分自身だ、という事実もたいした慰（なぐさ）めにはならなかった。妻はリバプールのスラムで暮らす港湾労働者の子どもたちを教える仕事に就き、息子はウィンチェスターの寄宿学校に入学してしまった。空っぽの家には喪失感が取り憑き、悲しみが居すわっていた。誰もいない家へ帰る理由はどこを探してもない、というのが正直なところだった。

　冬が来た。ストーカーは詩を書きはじめた。優美さのかけらもない、へぼな作品しかできなかったが、詩作というものには、急いで結婚した者たちが経験しがちな葛藤（かっとう）――結婚式のときの誓いを越えるほどの暴風雨――を和らげるのに役立つ、何かがあるのかもしれない。文学雑誌『リピンコッツ・マンスリー』の一八九六年四月号を開いた読者は、〈エイブラハム・ストークリー〉なる者が投稿した興味深い三連十五行詩（ロンドー）を読んだであろう。

笑みが目に、光が跳ねて、
レララ、レラララ、陽気だね
ン、森林の湖に朝日の光
てんで自由で、飛んで変身
凜として、ついていけない

エゴイスト、東へ西へ
怜悧な月はバラを照らす
ン、ロンドンの深夜の小道
手も無くやられた、わが心
凜として、ついていけない

絵空事ばかり夢に見ていた
恋愛なんて刻々消え失せ

ン、演じてる役者も消える
てきめんに、金縛りだよ
凜として、ついていけない

この詩を読んだ読者の中で、行頭に仕組まれた不器用な秘密に気づいた者が幾人いただろうか？　各行の冒頭を横につなげて読むと、ひとつの名前が連呼されているのがわかる。

さて例の三人組は、アーヴィングの居室で毎晩過ごすのが習慣になった。着替え用の衝立がどこからか運び込まれて、それぞれが本や着替えも持ち込んだ。話し合った末にこんな形になったのではなく、三人ともこういう暮らしは一時的なものだと考えていた。

三人は舞台裏の急な階段を上って、そのたまり場へ向かう。アーヴィングはボルドー産赤ワイン（クラレット）を開け、ブランデーの封を切る。パンと瓶詰め肉とチーズ、いくつかの水差しには飲料水も用意してある。暖炉に火が入り、蓄音機のゼンマイが巻かれる。本を朗読したり、怖い話を順々に語ったりする。食べた後でトランプをするか、黙りがちに過ごすうちに、芝居の余韻を燃やすかのような暖炉の火で気持ちがふうわりとしてきて、部屋全体に眠りが訪れる。

ストーカーは生まれてこの方、これほどありがたい——深くて、平穏で、すべてを消し去ってくれる——眠りに恵まれたことはない。夢はめったに見ない。見たとしても、女たちが静かに歌を歌っているような夢だった。暖炉で丸太がパチパチはぜる音に加わるのは雨音だけだ。古い毛布のずっしりした重さが喜ばしかった。

毎朝、三人揃って朝食を摂り、ジャーミン・ストリートの公衆浴場まで歩いていった。昼までには劇場へ戻り、リハーサルの開始に備えた。多忙な中に、ぬくもりのある静けさも感じられるシーズンだった。これが終わりのはじまりだとは誰ひとり思わなかった。

ある日の午前中、劇場に近いカフェでこんな会話が交わされた。

「できますよ」とストーカーは言い張った。「必要なのは意志だけです」

アーヴィングはトーストしたマフィンをぐいぐい食べて、口の周りのバターを拭った。

「電気仕掛けを？　舞台上で？　君は夢の世界に住んでるのかね」

「あたしたちの出演料はそんなもののためにもらってるんじゃないわよ」とミス・テリーも言った。

「このさい言っておくが、ライシアムにはすでに電気仕掛けが導入されている」とチーフがつけ加えた。

「その名はヘンリー・アーヴィングだ」

「あらまあ三人称なのね。なんて控えめなの」

「控えめにするのは乙女たちに任せておいてください。電気仕掛けの特殊効果は試してみる価値があります」

「ショーの奴は俺の慎み深さを賞賛して、俺の心の中に居場所が欲しいって言ってるんだぞ」

「あの人がそんなことを言い出すとしたら、それはあなたが別人に生まれ変わったときでしょう」

ストーカーはもうひと押しした。「この件については すでに十分研究して、どういう手順でやればいいか、僕はすでに理解しています。うちの劇場でこの電気仕掛けに手をつけなければ、他所（よそ）に先を越されますよ、これだけは言っておきます」

「低俗な連中にはやりたいことをさせておけ。観客をたまげさせることにかけては、うちではセコい手は使わない」

「信頼できる筋から聞いたんだけれど、ショーも興味を持っているとかいないとか」ミス・テリーがいたずらっぽく発言した。「ショーを出し抜けるなら賛成するわよ。われながらセコいことを言ってるけど」

このひとことが流れを変えた。

「どういう仕掛けなんだ?」アーヴィングが知りたがった。「それほどまでに自信があるなら説明してみろ」

「蓄電池をつけた装置と、手に持つようにつくった金属板からなる仕掛けです。スケッチを描いたのでちょっと見てください」ストーカーはスケッチを出して、テーブルの向こう側へ滑らせる。「ここに描いた通りです」

「こんなスケッチじゃわからん。劇場へ戻ろう。じっくり話を聞こうじゃないか」

ライシアムへ戻ると、ハーカーが舞台裏の小部屋に陣取って、作業台の向こうの壁にチョークでスケッチを描いていた。レンガの壁いっぱいに、蝶やドラゴンや一角獣が息づいている。三人が近づいていくとハーカーは目を上げた。

「おはよう、ハークス」とストーカーが言った。「もし今、時間があれば、例の実験をやってみたいのだけれど、どうかな?　君と僕の研究成果をチーフが見てくれると言っているので」

　ハーカーはうなずき、受け皿みたいな形のピカピカに磨き上げた金属板を引き出しから二枚取り出して、舞台上のアーヴィングとストーカーに一枚ずつ手渡した。それから解説書をちょっと確認し、何かを間際に計算するかのように舞台の天井を見上げた。

「さあ、はじめろ、ハークス」アーヴィングがぴしゃりと言った。「俺の時間を無駄にしたら、剣で串刺しにしてやるからな」

「チーフ」とハーカーが言った。「そこにある剣を取ってください。ミスター・ストーカー、すいませんがあなたも剣を構えて、その金属板は左手に持って。そう、そんな感じっす」

　アーヴィングとストーカーは言われた通りの体勢で、互いに剣を構えた。

「さあ、はじめるっすよ」とハーカーが告げた。「蓄電池のスイッチを入れます」

「おい、これ、安全なのか？」

「開始」

　ストーカーはそう言うが早いか一歩踏み出し、左手を尻に当てながら、右手の剣を突き出した。彼はトリニティ・カレッジ時代にフェンシングをやっていたので、基本的なポジションは身についているものの、これから起こることにたいして十分な心構えができているわけではない。アーヴィングの方は、小道具の剣を使って何千回も立ち回りを演じてきたが、不安を隠せない。とはいえ虚勢を張り、ふんぞり返って見せている。

「さあ掛かってこい、アイルランドの愛国騎士(フェニアン)よ」アーヴィングが不敵な笑みを浮かべて吠える。「イングランドの剣を貴様の喉笛に突き立ててやろう」

　ふたりの剣が触れた瞬間、火花が噴水のように高く吹き上がったので、舞台の天井近くで作業していた男がびっくりして悲鳴を上げた。互いの剣がブンブンと音を立て、銀とブロンズ色の火花がやたらにほとばしったせいで、アーヴィングは思わずひざまずいた。ミス・テリーは大喜びして拍手した。ハーカーは歓声を上げ、彼女を抱きしめた。

「さあもう一戦」とストーカーが言った。「剣を交えよう」

　この頃には何人かの役者たちが実験に気づき、舞台の袖の暗闇から出てきて、黙ったままあっけにとられていた。

アーヴィングはゆっくり立ち上がり、シャツの裾で左右の目を拭った。

「さあ来い、マクダフ」と彼は言った。

相手の剣を鍔で受け止め、切っ先を払いのけると、深紅の霰が間欠泉みたいにパチパチとほとばしり、コルダイト火薬が焦げたような稲妻(いなずま)が空気中ではじける。「逃がすな、アーンティー」女優たちが叫ぶ。「勝った方にあたしのリボンをあげる」ミス・テリーが笑いながらそう声を掛けたのだが、そのジョークが勝負を煽(あお)った。アーヴィングが剣を振り回して攻撃を避けると、剣の刃先から火花がダンスを繰り広げた。ストーカーはすばやく動き、身をかわしたかと思う間に突きを入れ、連打。彼は今、額縁舞台の右手の柱に背中を預けて、あたかもその柱を押し倒そうとするかのようだ。次の瞬間打って出て、汗を流し、うなり、蛇のような音を立てる赤褐色の煙が描き出す、いくつもの大きな輪に紛れて戦い続けた。鉄粉が炎に炙られる強い匂い。

一週間もしないうちに、まずは『ハムレット』で、次には『ロミオとジュリエット』で、電気仕掛けの特殊効果が使われるようになった。新聞各紙に賞賛のことばがほとばしった。

ライシアムの舞台でかつてない壮観
「いかにして？」
アーヴィング、またもや偉業成し遂げる

チケットを買おうとする客たちが早々と、日によっては明け方から列をつくるようになった。エクセター・ストリートとコヴェント・ガーデンの市場あたりでダフ屋が大声を張り上げて、チケットを売り買いしていた。女王様その人がライシアムの奇跡をご覧になりたがっているという噂までささやかれるようになった。女王は観劇を望んでなどいなかったのだが、アーヴィングは否定を肯定であるかのように思わせる術に長けていたので、インタビューを受けるたびに、女王がまだ劇場に来ていないことをわざと強調した。「いえ、いえ、女王様はいらっしゃいません。たとえお忍びでご来場あそばしたとしても、皆さんにご報告はできませんよ」

アーヴィングはストーカーに指示して、チラシの表面に、「極めて特殊なエレクトリカル・ファイティング」は刺激が強く、強い恐怖を誘うので、「妊娠中の女性、お年寄り、または、神経過敏なお客様」にはお勧めできません、という注意書きを印刷させた。またロビーには、「当劇場内には看護師が常時待機しております」ので、「ご気分が悪くなられましたら、場内案内係をお呼びください」という貼り紙を出させた。人間チケット収入は一か月間で七千ポンドに上った。人間を確実にぎょっとさせる一番手っ取り早い方法は、皆さんはきっとぎょっとしますよ、とあらかじめ教えること。指示に従いたい観客の欲望を刺激するのがきわめて効果的なのだ。

二月のある土曜日の夜、二回目の興行が満員御礼になったので、ストーカーはほろ酔い加減で舞台袖から様子を見ていた。ミス・テリーが演じるマクベス夫人はそれだけで大喝采(かっさい)を巻き起こしたが、電気仕掛けによる火花が加わったおかげで、特殊効果が出るたびにものすごい歓声が上がった。あまりにもうるさすぎて楽団の演奏が聞こえなくなったのはストーカーの想定を超えていたが、観客の満足度は頂点に達していた。大喝采が延々と続いていたので、マクベス夫人が大急ぎで、舞台の袖で見ているストーカーのところまで飛んできて、三列目に重要人物が来ていると知らせた。間違いないと彼女は言った。服装に特徴があるのであの人に間違いない、と。

「上演後、楽屋へ必ずご案内するようにします。ハークスにはシャンパンを買いに行かせましょう」

「悪賢いドブネズミ野郎だ」とアーヴィングが言った。「あの野郎、いつものように抜き打ちで来やがった。相手の隙を狙うのが好きなんだ。とっ捕まえてやろう」

一時間後に終演したあと、舞台上に劇団員が勢揃いして特別ゲストの到着を待った。大急ぎで買ってきた最高級のシャンパンが置かれ、生花と五十人分の軽食がクラリッジズから届いていた。写真師たちが舞台前方に機材を設置し、人々の間に割り込んで、いかにも周囲にかまっていられないのだというふうを装い、事情通であるかのように振る舞った。

特別ゲストの本人が舞台の袖に姿をあらわした。光をめったに見たことがない人のように目をぱちくりしている。色白でよく太ったその人の手をアーヴィングが取って先導している。膝丈のズボンは濃い紅色のベルベット製で、同じく膝まで届く長いケープは黒テンの毛皮、手の指には指輪をたくさんつけている。その人物は長時間立ち続けるのが難しいかと思われるほど肥満していたので、三人の舞台係が小道具部屋から背つきの長椅子を持ってきて、置いておいた。

アーヴィングは、このゲストがストーカーに向かって「サリー」と呼びかけたので驚いた。ライシアムの関係者の中に、この愛称を聞いたことがある者は誰ひとりいなかった。

「ああ、ブラム」とアーヴィングは言った。「ふたりは同郷だったね。わが親愛なる友人を紹介させてくれ、オスカー・ワイルド氏だ」

「やあ、久しぶりだね、ワイルド。ずいぶん会ってなかったな」

「ブラム、わが友。君はうまそうに見えるね」彼はそう言ってからチーフの方を見た。「この劇場の支配人氏とは古い知り合いでして。大変親しい間柄なのです」

「ほう?」

「ワイルドと僕はトリニティ・カレッジの同窓生なんです」とストーカーが言った。「大昔の話ですが」

「ふたりの間柄については、もう少々語るべき内容があるじゃないか。お互いをめぐる少々込み入った秘密は語らずにおくのかい? なんならボクがしゃべっちまおうか?」

「いや、たいしたことじゃないんですが、ワイルドはかつて僕の妻の友人だったんです。若かったときに、ダブリンで」

「言ってみれば幼なじみです。フローはボクの恋人でした。短期間ですが婚約していた時期もあります。まあそういう荒唐無稽を信じていただければの話ですが。ところが彼女はボクよりもずっと立派な男を選んだわけです。そうだよな、ブラム? 悲しみのせいでボクの髪はこんなに巻き毛になってしまった」

「妻は親しみを込めて、君のことを語っているよ。そして君の文学的成功を誇りに思っている」

「確かに近頃、世間の人々は腐った卵の代わりにお世辞を投げてくる。だがボクはつねに楽観主義者なんだ。かつてはレンガが飛んできたからね」

「今度、わが家に妻と僕がいるときに、ご夫人同伴で夕飯を食べに来てくれないか? 君に再会できたら妻は大喜びすると思うんだ」

「ご親切にありがとう。でもそれは実現しそうにないね。だって古い火は放っておいて、消えるに任せるのが一番だろ。さもないとこじれた結果を生むことになる」

「ワイルドさん」とアーヴィングが言う。「エレン・テリーを紹介してもいいですか?」

「おお」と言いながら、ワイルドは礼儀正しく立ち上がり、彼女の手にキスをした。「ライシアムのマドンナ」

「あなたはまぶしすぎるわ、ミスター・ワイルド」

「それゆえにイングランドはボクを絞め殺そうとしているのです、ミス・テリー。アイルランドでは魅力は才芸と見なされますが、こっちの国ではボンクラないとこ同様、家族の恥と見られるのですよ」

「ふん、オスカー」とアーヴィングは言った。「イングランド人にずいぶんと手厳しいな。野蛮だったおまえらのために、俺たちがことばを輸出してやったのを忘れたか?」

「確かにそうだった。おかげでボクたちは英語で〈飢餓(きが)〉と言うことができる」

「オスカー、おまえは無礼な奴だ。が、今はこれくらいにしておこう。せっかく来てくれたんだから、この機会を機知のいくさ場にするのはもったいない」

「そうしよう、武器を持ってない者と戦うのは嫌だからね」

自分たちの雇い主がこきおろされ、反撃できずにいるのを舞台の周辺で見ていた大勢の働き手たちから、笑い声がどっと上がった。

「サリーのフェンシングはなかなかの腕前でしょう」ワイルドが微笑(ほほえ)み、象牙(ぞうげ)のホルダーに挿したタバコに火を点けた。彼の歯はほとんど真っ黒に染まっていた。

「今晩の芝居を見ればわかります。それにしてもあの豪勢な火花は見事なる慰藉(メルヴェイユーズいしゃ)でした。アテネ的でなく、真にヴェネツィア的なるものに圧倒されましたよ」

「電気仕掛けについて少々研究したのでね」アーヴィングは攻めに転じた。「不可能だと言い張る者が多かったが、俺の知識の方が優っていたんですな」

「もちろんですよ、知識が豊かなのはあなたの最も偉大なる才能。知識のおかげでここまで来られたのですから、今後も大事になさるがいい。サリーとシェイクスピアが勝負したら、いつだってサリーが勝つんです。だってサリーはシェイクスピアが吹くトランペットなんだから」

「君は、君が書いた芝居に出てくる人物みたいにしゃべるんだね」

「いや、あの連中ほど絶妙なしゃべりはできません。とはいえ、わが小天使（モン・プチ・アンジュ）よ、誉めようとしてくださったことに感謝しますよ。誠意のない誉めことばこそ、もらうに足る唯一の月桂冠ですから」コーラスガールからシャンパンの入ったフルートグラスを受け取ると、ストーカーに向かって「乾杯」と言った。「ところで近頃、書き物はどうだい？　大学で丸パンのトーストを囓（かじ）りながら、お互いの六行六連詩（セスティナ）を読みあってた頃がなつかしいよ。君のペンから生まれた芝居をボクたちが見られるのはいつなのだろう？」

「劇作はもう諦めたんだ。けど、ここに小説が一冊あるので、よかったら読んでみてくれ。去年、小さな出版社から出たんだよ」

「そうか、素晴らしいね。『シャスタ山の肩』。なんとも読書欲をそそるタイトルじゃないか。君の小説の中で一番好きなのはタイトルだよ」彼はグラスに残ったシャンパンを飲み干すとふいに立ち上がった。「そろそろ失礼する、人に会う約束があるのでね。本をありがとう、ブラム。今晩、君の分身をベッドまで持っていくよ。昔みたいに、ね？」彼は一同に向き直ってお辞儀をし、胸の前で十字を切った。「子どもたち、よくできました。女子修道院長（わたくし）は皆さんを誇りに思います」

　フランスのオーデコロンの香りをわずかに残して、彼が自己満足の雲の中へすり足で去っていくのを、一同の拍手喝采が見送った。

　さらにワインが開けられて、祝いの宴は遅くまで続いた。役者たち——とくに若手——は特別ゲストがあらわれて、一座をかき回して去ったのを目の当たりにして興奮していた。なにしろかれらは、かの悪名高いワイルドと同じ舞台に立った。二度とは起きないだろう出来事の現場に居合わせたのだ。彼の来訪は劇団の成功として理解され、ライシアムとその関係者にとっては、巨星がここを訪れたのと同じ意味を持っていた。ただし、この輝ける星がじきに落ちてしまうのをかれらはまだ知らない。

　演劇界に入ろうとする役者なら誰しも、語り草にできる経験がしたいと思っている。多くの役者にとって、この夜こそまさにそれだった。ワイルドと目が合った者はワイルドと握手したことにするだろうし、実際に握手できた数人は、ワイルドと抱き合ったという話にして語り広めるだろう。触れ合う機会を得られなかった者たちはじきに、この劇場にワイルドが来たことを躍起になって否定しはじめるだろう。

　エレンはハークスとワルツを踊り、次にストーカーと、アーヴィングとも踊った。アーヴィングも一座の喜びのリズムに乗って、ストーカーとワルツを踊った。男優は仲間たちとリールを踊り、女優は仲間たちとジグを踊り、アーヴィングは愛犬とワルツを踊った。「リムリックの城壁」というリールがリクエストされ、その次にはスコットランドの舞曲（ストラスペイ）と、水夫好みのホーンパイプが演奏された。舞台係の数人が自分たちの楽器を持ち寄ってヴァイオリンの楽隊に加わったので、いっそうにぎやかになった。マン島出身のフィドラーやコーンウォール出身のバグパイプ奏者も交じっていた。シャンパンのボトルが空になるとリンゴ酒（サイダー）の樽が運び込まれて、飲み口が開かれた。カップルが手に手を取って舞台裏の暗がりや、劇場裏の荷物の積み下ろし場や、ボックス席へ消えていった。その晩は聖オスカーの来訪を記念する一夜になった。

　舞台上に誰もいなくなったときには、すでに朝日が昇りかけていた。役者と楽士たちが酔っぱらって言い争い、互いに抱きつき、肩を組みながら寒い中を家へ帰っていった。ストーカーは通りに出て、口笛を吹いて辻馬車を次々に呼び止め、劇団員の乗車賃を小銭で支払う係をしていたのだが、それもようやく終わり、ふらつく足で劇場へ戻ってきたところだ。舞台の前方、袖に近いところでハーカーが膝立ちになって、一本のロウソクに火を点けようとしている。

「まだいたんだね、ハークス軍曹？　五時を過ぎたよ」

「〈ゴーストライト〉を点けてるんっす。古い風習っす。死者の霊たちが自前の芝居を演じられるように、帰宅する前に一灯だけ灯（とも）しておくんです」

「それは知らなかった。でも劇場が火事にならないかな」

「消した方がいいっすか？　危ないと思われるようなら消しておくっす」

「いや、今のひとことは取り消すよ。死者の霊は味方につけておかなくちゃならないから」

「それじゃお休みなさい、ミスター・ストーカー」

「お休み、ハークス。気をつけて帰宅してくれ」

「いやはや、どんちゃん騒ぎをやらかしたっすね。忘れられない一夜になったっす」

「じつにその通り。見事な夜だった」

「ミス・テリーは絵のようで、果樹園みたいに素敵。あのドレスはまぶしかったっす。交響曲を目で見たような気分っすよ」

「彼女は本当に美しかった」

「あなたはミス・テリーを好ましく思っておられるっしょう？　秘密を打ち明けてくださってもいいっすよ」

　ストーカーは黙っている。

「わたしもっすよ」ハークスは声を上げて笑う。「きっとみんながそう思ってます」

「ミス・テリーは非凡な女性だよ。彼女と知り合えたことはみんなにとって大きな祝福だと思う」

「結婚について、わたしの父親が口癖にしていたことばがあるんすよ、ミスター・ストーカー。宝飾店のショウウィンドウを覗き込むのはいいが、ガラスを割って盗んではいけないって」

「賢い人だな、君の父上は」

「ちょっと今よろしいっすか？　あなたに差し上げたいものがあるんす」

「何だろう？」

　ハークスが舞台の縁から最前列の客席の前へ下りた。下ではストーカーが空き瓶を集めて、せっせと袋に詰め込んでいる。

「あなたはかけがえのないダイヤモンド。今まで出会った中で最高の宝石っす」ハークスは爪先立ちになってストーカーの頰にキスした。「あなたが殿方でさえなかったら、わたしの伴侶になってくださいってお願いするところっす。でもそれはかなわないから、あなたが今までしてくださったことに心から感謝申し上げます」

「ハークス、こちらこそありがとう」ブラムは彼女の手を取って抱きしめた。「君はとても美しい少年だったね。今は素敵な女性になった。僕らはたいてい、そのどっちにもなれないのに」

　輝かしい微笑みとともに彼女は立ち去った。ストーカーは最後に残ったワインボトルの中身をグラスに注いで二列目の客席に腰を下ろした。そして、誰かからもらったに違いないが、来歴を思い出せないルイジアナ産の葉巻とともに、名残のボルドー産赤ワイン（クラレット）を味わった。〈ゴーストライト〉の炎の揺らぎが暗色の重いカーテンの襞（ひだ）や、ティンパニの真鍮（しんちゅう）の胴や、舞台左右のつややかな柱を浮き上がらせた。彼はじきにここを出て、コヴェント・ガーデンの夜市を通り、ストランドに出ている馴染みの少年から朝刊数紙を買うだろう。少なくともそのうち何紙かは、オスカー・ワイルド氏の来訪を記事にしているに違いない。宣伝効果は金銭で買えるものではない。一夜のうちに大仕事をやり遂げてしまったのだ。

　楽士たち。踊り。ワイルドのヤニで真っ黒な歯。パチパチ火花を飛ばした剣。昼まで眠ろう。目が覚めたら、何か実のある手仕事をしよう。修理しなくてはならない跳ね上げ戸があるし、掛け直しが必要な滑車とロープもある。釘をガンガン打ったり、ボルトを締めたりして、汗をかくのは悪くない。重労働が疲れを吹き飛ばしてくれるだろう。

　まどろみの夢の中に〈ゴーストライト〉が灯っている。よく見る困りごとの夢。舞台の上に裸で立っている。セリフのことばは蝶のように、すぐ近くをひらひら飛んでいるのに、ついにつかめないままどこかへ行ってしまう。伸ばした手が水に触れる。観客が吠え、口笛を吹いている。顔までは見えないのだが、ワイルドの顔が交じっているのはわかる。フローレンスも観客の中にいて、大きな声でストーカーの名前を呼んでいるのが聞こえる。次の瞬間、彼は空間を落下している。

　はっと目覚めたら口の中が乾いていた。劇場は静まりかえっている。聖メアリー・ル・ストランド教会が七時の鐘を鳴らしていた。

　立ち上がると、身体の節々がこわばって、ずきずき痛んだ。夜会服のままで眠っていたのだ。履いたままの靴もきつい。二日酔いが来ている上に、右の腿の筋がしびれてチクチクした。〈ゴーストライト〉はすでに燃え尽きて、舞台の上で溶けたロウが固まっていた。彼はスプーンを取ってきて、冷えたロウを削り取った。

　不気味な音が彼の耳を捉えた。シャンデリアを見上げた。ちっぽけな鳥、たぶんミソサザイが雫形のクリスタルからクリスタルへと飛び移って、止まったり舞い上がったりしながら、日本音楽を思わせる声でチリリチリリと鳴き続けた。糞をして、鳴き声が甲高くなった。ストーカーはその小鳥が天井にぶつかるか、さもなければ、力尽きて死んでしまうのではないかと心配になった。無力感に駆られた彼は、おびえたその鳥をなんとかおびき寄せることができないかと思って、追い回してみた。すると小鳥は一階後方席のほうへさっと舞い降りた。だがすぐに天井めがけて舞い上がり、高いところのボックス席に入った。チリリチリリという鳴き声が止んだ。無事なのか、それとも力尽きたのかはわからない。

ストーカーは疲れ果てて、階段で舞台へ上がった。まだ片づけていなかったグラスや、オイスター用のナイフや、テーブルクロスをかき集めるうちに、オーケストラピットからヴァイオリン奏者の亡霊があらわれるみたいに、ばかげた考えが胸に湧き起こってきた。彼は振り向いて客席を眺めた。

誰もいない観客席のビロード張りの椅子の列が、高窓から差し込んでくる早朝の光を反射していた。

ワイルドが言った、〈君のペンから生まれた芝居をボクたちが見られるのはいつなのだろう〉というセリフには、もしかしてあざけり以上の意味が含まれていたのではないだろうか？　あざけりに見せかけた助言ではなかった、と言い切れるだろうか？　いつかこの舞台でデビュー公演の日を迎え、観客から「作者」と呼ばれて、カーテンコールに応えるなんてことがないと言い切れるか？　息子もフローレンスも、彼女の親戚も客席に来ていて、おそらくはエレンが出演してくれている。

エレンの配役はたぶん……。

もしかして……。

新聞記事の見出しと、公演案内と、ポスターに躍る自分の名前が見えるようだ。おお、ダブリンの連中をあっと言わせることができるぞ。

あのストーカーじゃないよな？　あの小役人とは別人だろ？　ろくに歩けもしなかったあの子かい？　夜歩きが好きでひと晩中町をうろついていた、あの宵っ張り男か？　なんでこんなに有名になったんだ？　わたしらみんな、あいつのことなら知ってるよ！

金銭が降ってくる。ニューヨークとシカゴでも上演される。金銭は自由を呼ぶから、かき集めたり、ペコペコしたり、クロークの案内係と談判したり、領収書の金額を気にしたりしなくてよくなるぞ。ケンジントンにタウンハウスを購入して、フローレンスには書斎をあげよう。田舎には別邸、小牧場を見おろす仕事部屋に陣取って文士の生活を送る。パーティーへの招待はひっきりなしに舞い込むけれど、過不足のない定型文でお断りする――〈あいにくですが、近々巡業の予定が入っておりまして、準備に集中しなければなりません。今回のような魅力的なお誘いには後ろ髪を引かれる思いですけれど、残念ながら出席が叶いません〉。

　空っぽの観客席にストーカーの両親と、ダブリン城で一緒に働いた事務員たち――誰ひとり彼のことは認めなかった――が坐っているのが見える。砕けた希望、内緒事、挽回されなかった失敗の数々。だがあそこでの経験こそが重要なのだ。彼は忘れ去られてはいない。ストーカーはこの舞台に立って大喝采を浴び、目には涙を浮かべて、大きな度量で過去の傷を水に流そうとするだろう。

　眠りよ、来い。彼は階段をよじ登って、アーヴィングの居室へ向かった。疲労の極みで興奮に酔い痴れていた。扉を開けると残り火の緋色が紫に変わった。火格子の内側で石炭ががさりと崩れる音がした。

　薄明かりの中で、三台の寝台兼用ソファー（チェスターフィールド）が暖炉の火を照り返していた。二台が空っぽなのに気づいて驚いた。

　三つ目のソファーの上で、アーヴィングとエレンがしわくちゃのシーツにくるまって眠っている。男の胸に女の頭が乗り、ふたりの腿と腕がからみ合っている。男のほどけた髪が真っ白なシルクのクッションにまとわりついている。ふたりの衣服が布きれのように床に散らばっている。ブランデー色の火の影が彼女の肌で揺れている。

　気配に気づいた彼女が目を開いた。

「あら」と彼女がつぶやく。「ブラム……まあ……」

「ごめん」彼はそうささやいて立ち去った。

17

《この章ではひとりの著者が自分の本を抹殺し、デズデモーナが精神科病院を訪れる》

見上げれば屋根裏の梁、その下を舞う埃の只中で、死んだミナが奇妙な光景を眺めています。

いつもやってくる侵入者がひどくやつれて、涙を流しながら床に膝をついて、自分が書いた本を引き裂いているところ。男の腰の高さまで積み上げた本をせっせと抹殺しているのです。表紙をねじ切り、ページを引き剝がしていく。

『シャスタ山の肩』。これはどういう意味かしら?

男は汚れた天窓を押し開けて、引き裂いた紙片をまき散らします。ミナはすばやく飛び出して、紙片が風に乗ってテムズ川の方へ流れていくのを見ています。ウォインクで黒く染まった紙も少し交じっています。ウォータールー橋の上空でカラスが何羽かばらばらにされたかのように。

明け方、ミナが劇場の窓を覗き込むと男の夢が赤く映っています。伯爵がヒロインの裸体からシーツを引き剝がし、自分のシャツをゆるめて、自分の腹に爪を立てて、へそから下へ果物の皮を剝くようにかっさばく。伯爵はヒロインの頭を抱えるようにして、自分の傷に彼女の唇をあてがい、傷口を吸わせながら両手で腹をまさぐらせる。

ストーカーは目をぱちくりさせます。自宅で妻と夕食を食べているところ。沈黙に水を差すのを謝るかのように、部屋の隅の大時計が時報を打ちます。

「夕食の時にあなたが家にいるのは楽しいわ」と彼女が口を開きます。

「僕も楽しいよ」

「劇場ではあなたがいなくて困っていないかしら?」

「ひと晩くらい大丈夫だよ」

メイドがスープを持ってきます。金床のような沈黙。メイドが去ってからようやく、会話が息を吹き返します。扉が閉じられた空気の動きで、暖炉の残り火が燃え上がって——。

「何か考えているの、ブラム? 何かに気を取られているみたい」

「いや、何でもない」

「今日の午後、あなたの『シャスタ山の肩』を見たわよ。ピカデリーのハッチャーズ書店で。三部売れたって店員が言っていたわ」

「豊かになった」

「ある意味そうだわね。豊かになる方法はいろいろあるから」

「収支計算がからんでくる場合には、ひとつの方法しかないけどね」

「それは嘘だってあなたはちゃんとわかってる。別のときには嘘だって言うわ」

「別のときがあればいいね。でも今しかないんじゃないかな」

「子どもを授かったのはとてもよかった。息子を見ていると、笑い声も歌声もあなたそっくりだから。頭がいいから指折り数える必要はないんだけど、数えるしぐさもそっくりよ。お互いのために本当によかったと思っているの。神様に毎日感謝してます。あなたの愛はノリーとわたしにとっておおきな恵み。男らしさと、よく働いてくださることも。あなたは立派なだんな様」

「何か言いたいことでもあるのかな?」

「告白しなくちゃいけないことがあるの」

「告白?」

「気に障ったらごめんなさい。何日か前の朝、玄関の外套（がいとう）掛けにノートを忘れていったでしょ。わたし、あなたの新しいアイデアを見てしまったのよ。吸血鬼の物語」

「あの物語は頓挫した。ご破算になったんだよ」

「それはもったいない」

「ちょっと前の夜に燃やした。厄介払いができてせいせいしたよ。話題を変えようか」

彼女はうなずきながらテーブルの引き出しを開けて、焦げた紙束を出してみせます。

「怒らないでね」と彼女は言います。「救い出したの。かわいそうに、紙の隅はぼろぼろになってるけど、まだ大丈夫。わたしたちと同じよ」

ストーカーの目頭が熱くなって涙がにじみます。そして焦げた紙束を受け取ります。

「あなたはわたしが出会う光栄を得た殿方の中で最も素晴らしい、唯一無二の人」と彼女は言います。

ようやくしゃべれるようになったストーカーの声は震えています。「僕はまだまだ君にふさわしくないよ、フロー。ぜんぜんだ。君はこんなに幸せをくれたのに。家族ができて。家まで持てて」

「あなたはあなたのままでいいの、ブラム。わたしは、あなたのことを理解していると思う」

「ありがとう。僕の宝物。まだ遅くないことだけを祈っている」

　ふたりは食事に戻ります。病めるときも健やかなるときも結婚を維持する食事。静寂というスープをスプーンですくい続けます。

　ボウ・ストリートの暗室で魔術師が溶液を注ぐのを、ブラムとハークスが見つめている。次の瞬間、奇跡的なことが起こる。

　アーヴィングの顔がガラス乾板に亡霊のような陰画(ネガ)で浮き上がったと思ったら、信じがたいことに、幽冥界(ゆうめいかい)から睨んでいるかに見えたその顔が、印画紙の上に陽画(ポジ)で焼き付けられた。次に揺らめきながら現出するのは、尊大で他人を見下し、しかも気高い、デズデモーナのしかめっ面。化学薬品の臭いがとても強いので写真師の目から涙が溢れている。

　印刷工が重たい原板をあたかも貴重な聖遺物であるかのように受け取り、分厚い毛布にくるんでから、赤ん坊を抱く母親を思わせる手つきで一枚ずつ、狭い通路の先の作業場へ運んでいく。印刷機のやかましいピストンやブンブン回る歯車が、原板を割ったり傷つけたりしないのは信じがたいほどだが、一時間後には約束通り、ローラーから芝居のポスターがわらわらと吐き出されてくる。

「やりましたね」とハークスが言う。「これでうちの一人勝ちっす」

　ハークスはスラム街の少年たちを動員して、バケツと糊を準備させている。前払いの給料とポスターが届き次第、かれらは町へ出て、ストーカーの指示通りに動くことになっている――「あらゆる掲示板、あらゆる壁に貼る。スラム地区にはもっとたくさん貼る。出し惜しみはしない」。

　翌朝、ポスターを見て度肝を抜かれた人々が大挙してライシアムへ押し寄せる。

　告知板、玄関の柱、正面入り口のショウウィンドウに、俳優たちの写真が入ったポスターが貼られている。

絵ではない。顔そのものだ。縦二十インチ、横十インチ。エレン・テリーが、見に来てくださいねと個人的に語りかけている。入場料はたった五シリング。同じ時間と場所に身を置くことができる。厳(いか)めしいチーフは、目の前に立つ者の魂の奥底を見つめている。君はその命令を拒むことができるか？

　ストーカーがライシアムの前までやってきたところ。人々が通りの正面から劇場を指差している。巡査がひとり、何か告げながら手で払うようなしぐさをして、立ち止まらないよう促している。だがしばらくするとヘルメットを脱いで、群衆整理を諦めてしまう。彼は突っ立ったまま両手を尻に当てて、愛国的な驚きに駆られて首を振る。これこそまさに、大英帝国への讃美そのものと言うべきではないか？

　ストーカーは通りを渡って正面玄関を入り、真鍮(しんちゅう)の手すりがついた階段を上ってロビーへ行く。手には重たい鍵束を持っている。やるべき仕事がたくさんある。

　飲料噴水のところで、モスリンの外出着を着て、つば広の婦人帽をかぶったデズデモーナが待っている。

「しばらく姿を見せなかったじゃない、ブラム。ロンドン中にあたしの顔を貼りつけたのね。壁紙になった気分よ」

　彼はうなずいて、観客席のドアを開ける。「いろいろ忙しくて。家で時間を過ごしていました」

「お誕生日だからちょっとした贈り物を持ってきたの。今日だったわよね？」

　本人はすっかり忘れていた。

　彼女は立ち上がって、彼に革装のノートを手渡す。

「そのノートに、美しいことばをたくさん書いてくれたらいいと思って」

「物書きはもうやめました」

「そんなこと言わないで、駄目よ。どうしてそんなに不機嫌なの？」

「あいにく、今朝はやるべき仕事が山積しているんですよ」

「降霊術の会へ行ってみたの」と彼女が言う。「興味本位でね。そしたら霊媒の人がね、あなたの知り合いの男性がやがて、世界中を震撼させる物語を書きますって言ったのよ。何百もの言語に訳されて出版されて、主人公は不滅になるって」

「戯言(たわごと)にかまっている暇はありません」

「でもおもしろいじゃない」

「その女性はショーのことを言ったんでしょう」

「霊媒が女性だってどうしてわかったの？」

「深く考えたわけじゃありません」

「ブラム、ワイルドが来た夜のことは――」

「僕には関係ありません」

「あたしがあなたに友情以上の気持ちを抱いていると思わせたのだとしたら、ごめんなさい。そんなつもりはなかったの。あたし、あなたのファンだから、誤解の種を蒔いてしまったのね」

「あなたは誤解の種など蒔いてませんよ。もしかりに蒔いたとしても、あなたが言うような感情を僕が持ったとしたら、それは僕の落ち度です。だって僕は結婚しているんですから」

「あなたが結婚しているのをあたしが知らないとでも思ってるの？」

「チーフも結婚してますよね」

「あたしだって既婚者です」

ハークスと三人の若い役者たちがリハーサルをするためにロビーを横切っていく。チケット売り場の格子窓には人だかりができている。

「それじゃ仕事があるので」とストーカーは言う。

「あたしを嫌いになった？」

「どうしてそんな？」

「でもそうなんでしょ？」

「いいえ、決して」

「あなたとの友情は何よりも長続きします。会った瞬間にわかったの。今日までその直感は変わらない」

彼が彼女を抱きしめると、彼女は唇をぎゅっと閉じる。チケット売り場に並んでいる人々の幾人かがその抱擁に気づき、お互いを肘で突いている。

「意地悪」と彼女はささやく。「あたしを泣かせてメイクを台無しにした」

「化粧なんかしてないほうが素敵ですよ。涙を拭いて。ハンカチがありますから」

「今日の午前中、ちょっと難しい用事があるのよ。これから一緒に来てくださらない？　友達のよしみで」

「できません」

「お願い、来て」

「本当に無理なんですよ」

チャリング・クロス駅発セブノークス行きの列車の中で彼女はうたた寝をしている。ストーカーは、絹織物商、印刷屋、一階席の改修を担当した大工の集団から届いた請求書の束を確認している。彼女は悲しげな寝言をつぶやき、何かを振り払うしぐさをしている。膝から落ちた手袋の片方を、ストーカーが拾い上げる。アイボリーのレースにぬくもりがある。ひざ掛けの上に手袋を置くと、彼女は無意識のうちにそれを摑み、手首のボタンをはめようとする。**好きにさせて**、と彼女はつぶやく。**こんな試練は受けたくない**。

目的の駅に到着すると、駅舎の玄関に二輪の軽馬車（ポニー・アンド・トラップ）が停まっている。御者が、お迎えに上がりましたと言う。

小道が木漏れ日を浴びている。牧草地からさわやかなそよ風が吹いてくる。干し草の山の上に芳醇（ほうじゅん）な灰色の空が広がっている。馬車で通り過ぎながら、彼女は牧草地ひとつひとつの名前を挙げる。ストーカーは、少女時代の彼女がその同じ馬車道を踊りながら歩き、クロイチゴを摘みながらおてんば娘に成長し、友達とクリスマスキャロルを歌いながら家々を回る姿を思い描く。

丈の高い鉄門の奥に陰気そうで頑丈なつくりの屋敷が鎮まっている。屋根の上に黒ずんだ組み合わせ煙突と、鐘塔と、小さな塔の群れが突き出していて、悪夢に出てくるバースデーケーキに似ていると気づく。門柱に〈マンチェスター博士記念・知的および発達障害者のための保護施設〉と書かれた真鍮の銘板がついているので、この屋敷は施設だとわかる。鉄門を入り、砂利を敷き詰めたニレの並木道を進んでいくと、入所者がグループに分かれて果樹園で作業をしている。

「ここで暮らしていたんですか?」ストーカーが尋ねる。「どんな感じでした?」

「ライシアムよりも平穏無事だったわ」

正面玄関で、今の所有者兼経営者であるマンスフィールド医師が待っている。三十歳代で、スペイン人を思わせる男前だ。興奮の余波を感じさせる面持ちで、両手を握ったりゆるめたりしながら階段を下りてくる姿には、ダンスでもはじめそうな勢いがある。職業上我慢強く、はっきりしすぎる発音で話し、決して急がない人物。じきにお気に入りの単語があることがわかってくる。

「ミス・テリー、よく来てくれましたね、すんばらしい。マンチェスター博士記念施設へようこそ」

「ありがとうございます」

「あなたのお母様はここで料理人をしておられた、なんとすんばらしい」

「母がこの施設を素晴らしいと思っていたかどうかはわかりませんが、今日は貴重なお時間を割いていただき、ありがとうございます」

「どういたしまして、ミス・テリー、わたくしにとって大いなる名誉です。舞台上では何度も拝見しているのですよ、いつもあなたは……すんばらしい。舞台を下りたあなたは、白昼の光の中でいっそう美しい、とあえて申し上げたい」

「過分のおことばですわ」

「わがフィアンセに求婚したさい、わたくしがなんと言ったかご存じですか？ 〈エレン・テリーには断られるかもしれないけれど、君ならこのプロポーズを受けてくれるだろうか？〉」

「まあ、なんて素敵なセリフ」玄関扉を指差すために背を向けた医師に向かって、彼女は舌を出す。医師が振り向く。

「こちらはミスター・ストーカー、あたしの大切なお友達です」と彼女がつけ足す。

三人は板石敷きの廊下を歩いていく。両側にかんぬきのある扉がついた小部屋が並んでいて、その中で入所者たちが麻袋を縫ったり、拘束服を着せられて鎖につながれたりしている。病棟勤務員は警棒を構えて監視したり、巡回したりしている。床にはまった格子から古くなった肉のような臭いがして、女性が嘆く甲高い声がどこかから聞こえてくる。小部屋の中でふたつの同じ水差しを左右において、水を交互に入れ替えながら、わけのわからない歌を歌い続けている女性がいる。他の小部屋では、ズボン下をはいた老人が廊下を向いて立っているのが見える。老人はあごひげを三つ編みにして、へそまで垂らしている。

「今回の訪問には特別な目的があるのでしたね、ミス・テリー？」

「近々、オフィーリアを演じるのです」

「そのことなら『ペル・メル・ガゼット』紙で読みました。すんばらしく、すんばらしいですね」

「演技の参考にするために、正気を失った人たちの様子を見せてもらいたいと思って」

「ごらんの通り、この施設にはさまざまな容態の人たちが大勢います」その口ぶりはどこかセールスマンを思わせて、商品への穏当でない誇りがこもっているように聞こえる。「感情過多、強硬症、宗教的憂鬱質(ゆううつ)」

「オフィーリアの症状はどのようなものだったのでしょうか、マンスフィールド先生?」

「すんばらしい質問です。その点についてはすでに多くの研究がなされています。どうやら彼女は、いわゆる色情症に苦しんでいたようです。極端な衝撃によってもたらされると言われていますが、どのようにしてもたらされるのかについてはじつはよくわかっておりません」

「どんな特徴があるのですか?」

「率直に言ったほうがよいのでしょうね?」

「お願いします」

「きわめて妄想性が強い症状で、本人が性的欲望の対象になっていると感じるのです」

「中年の役者でそのような悩みを抱えている人に、少なからず会ったことがありますよ」

　医師は少々長すぎるくらい、彼女をじっと見つめる。

「なるほど」と彼は言う。「この廊下をついて来ていただけますか?　左右の小部屋には近づかないように注意してください」

　廊下の突き当たりに金属の扉が開いていて、奥の部屋に檻が三つあるのが見える。ふたつは空だが、三つ目の中には金属の椅子があり、大柄で頭髪のない男が夜会服を着て腰掛けて、フルートを演奏している。愁(うれ)いを帯びた旋律に合わせて大きな頭が小刻みに上下に動き、長い睫毛(まつげ)の両眼は閉じられたままだ。

「あなたに会っていただきたい紳士がここにおります」と医師が言う。「やあ、調子はどうかね、ミスター・マルヴェイ?」

　その人物は侵入者の到来に何の反応も示さぬまま、長くて華奢(きゃしゃ)な指をすばやく動かしながら、空を飛ぶアジサシのように、来た軌道を戻っていく旋律をたどっていく。

「パトリックはいわゆる、肉食の偏執的愛好家(1)なのですよ、ミス・テリー。動物を殺して食べることに固執しているという意味です。ここでは昆虫と蜘蛛(くも)からはじめて、ハツカネズミ、クマネズミへと至り、じつはその先もあれこれ試してみました」

「彼はなぜ、そういう行為にこだわるのでしょう?」

「またもや率直に述べることをお許し願いたいのですが、理由のひとつは、動物たちが苦しむのを見て性的な楽しみを得ているからです。ことによると、そういう楽しみを得ているだけかもしれません。もうひとつの理由は、動物を殺して食べることによって寿命が延びる、というか、永遠の命が得られると信じているからです。高等動物を食べればいっそう寿命が延びると信じているわけ。これはいたってありふれた妄想で、ある種の宗教的儀礼に見られるものである、と考える専門家もおります。死体を食べ、血を飲むというようなことですね」

「あのような衣装を着けるのは、ここの入所者にはよくあることなんですか？」

「パトリックは不潔が大嫌いで、不潔は彼の心を乱します。ここでは六時間ごとに必ず洗いたてのシャツを与えるようにしています。緊張を解くために風呂は一日に二度入りますよ。格式の高い服装が好きなのはごらんの通り。わたくしたちは彼の安心を第一に考えております。けっこうな骨折りにはなりますが」

「まあ、かわいそうに。あれほどの音楽を奏でる人物がどうして悪に染まってしまったのでしょう？」

「この施設の入所者の多くにとって音楽は大いに役立ちます。ここには英国ではじめて結成された、精神障害者による楽団がありまして、わたくしたちは誇りに思っています。毎週土曜の夜に演奏会をおこなうのですが、地元の方たち、とくにお子さん方には人気なのですよ。今日は土曜日でないので、聞いていただけないのが残念です」

「あの人は楽団の一員なんですか？」

「指揮者です」

「いつかは病気が治って、ここを出る日が来ると思いますか？」

「残念ながら彼の症状は進行性で、抑制が利かないのです。蜘蛛から鳥へ、そして猫へと進んでいくので。何年も前の話ですが、彼がここへ入所するきっかけになったのは、馬車馬の喉を狙って刺し殺した事件でした。看守が小部屋の前を通りかかるとしばしば、彼は舌なめずりをするのですよ。そうだよなあ、パトリック？」

　呼びかけられた男はフルートの演奏をやめ、腰掛けた膝の上に楽器を置く。ズボンの折り目をぴしっと立てる。ネクタイをまっすぐにする。そして、自分の両手を見つめる。あたかもそれらが最近腕に縫合されたばかりなので、それらが何なのか、誰の手なのかもわかっていないかのように。眉間に皺を寄せて戸惑いを見せ、服の首元をゆるめるために手をあてがうと、あご先が左右の鎖骨の真ん中に収まる。丸屋根を思わせる禿げ頭が、小さな十字形の窓から差し込む冷え冷えとした日光を反射している。何かの旋律をなぞりながら、呪文を低くつぶやいているのだが、はっきりとは聞こえない。

「パトリック、大事なお客さんがいらしているよ。ロンドンからはるばるやってきたんだ。おはようございますとご挨拶をしたらどうかね？　ミス・テリーは国中で一番有名な女優さんだ。ミスター・ストーカーはライシアム劇場で彼女と一緒に働いているんだ」

　呼びかけが聞こえたそぶりを見せぬまま、男は立ち上がろうとする。足首に重たい金輪がつけられて、床に繋がっているのが見える。彼は檻の天井を睨みつけ、天井へ届けとばかりにフルートを振り回す。次の瞬間、振り向いて三人を睨む。彼が唇を開くと、喉の奥を鳴らす音が次々に口を突いて出る。それらの音の間に、破裂音と雛鶏の鳴き声みたいなクックッという音が混じっている。

「パトリックはどうやら赤ん坊ことばのような音を出していると心が落ち着くのです。わたくしたちも真似してみたら、緊張が和らぐかもしれません。ここでは彼がしたいようにさせています。次はこちらへどうぞ」

「彼と握手してもいいですか？」とストーカーが尋ねる。「立ち去る前に」

「お勧めはできませんが」

「もし僕が、危険を冒すことも辞さないと言い張った場合には？」

「同じ人間同士ですよ。彼が攻撃してくるとは思えません」

「ブラム、やめて。お願いだから」

　男はかんぬきに近づいてくる。かんぬきを握りしめるとこぶしが真っ白になる。

「ストーカーさん」と医師が言う。「離れた方が身のためです。パトリックは去年の十月、看守長の顔の半分を噛み切ったのです。その結果、看守長は失明しました。パトリック、坐りなさい」

　男は再び、滝のようにしゃべりはじめる。くぐもった音節がめちゃくちゃに流れ出す。唾液が飛び散ってかんぬきに掛かる。骨張った手を突き出したのを見ると、手首に錨の入れ墨をしている。口をあんぐりと開き、苦悶に歪んだ顔は、忘れられた島の地図のようだ。

手招きし、しゃべり続け、まなざしで訴え続ける。

「先生、謎がひとつ解けましたよ」奥の部屋から外へ案内されながら、ストーカーが感極まった声で言う。

「彼がしゃべっているのはコネマラ方言のアイルランド語です」

―18―

《ひとつの旅》

一八九五年三月十七日
聖パトリックの祝日

昨晩、マダニのように僕につきまとってきた小説を書く作業を再開した。お払い箱にしようとしても、いまいましいその小説はいつも戻ってきて、僕の日々と夢に血なまぐさく取り憑くのだ。

僕はこの原稿に「殺されざる者ども」というタイトルをつけている。神様これで最後にしてください。今度ばかりは厄介払いしたいのです。アイルランドの守護聖人パトリック様、もしあなたがおられるのなら、あいつを蛇のように追い払ってください。

あの呪われた小説が消え失せてくれればいいのに――。

物語はダブリン近郊の田園地帯にある精神科病院で幕を開ける。一八四七年、じゃがいも飢饉が猛威を振るうさなか、回復の見込みがなさそうな農夫がひとり、警察によって担ぎ込まれる。痩せ細り、おびえた目をして、しゃべることもできない農夫は、恐ろしい経験談を走り書きする。彼が翻弄されてきたのは**【以下、七十九語からなる段落が続くのだが判読不可能】**。

……悪夢だ。ひどく汗をかいている。

とはいえ今日は日曜日で、劇場で楽しく過ごした。期待していなかったので楽しさもひとしおだった。フローレンスはリムリックに暮らす姉を訪問中で留守なので、僕はノエルを連れて、ハークスが舞台の背景画を描くところを見せに行ったのだ。

僕たちは渡し船に乗って劇場へ向かった。テムズの川風が僕の恐怖を吹き飛ばしてくれた。

ハークスは日曜日なのにわざわざ出勤してきてくれた。劇場関係者はしばしば底抜けの親切心を見せてくれる。

ハークスはノエルの目の前に船大工が使うような大刷毛（はけ）や絵の具缶を並べて、巨大なキャンバスを巻き枠から外してみせたり、おもしろい色名を教えたりした。また、ちょうど描いている最中だった、ゴシック風の城郭（じょうかく）に色を塗らせてやったりもした。ノエルは雲の縁を銀色で塗った。たまたまこの日、エレンも子どもたちを劇場に連れてきていて、チーフまでもが息子を連れてきていた。これはなんとも心温まる驚きだった。

子どもたちは皆年齢が近く、やりたい放題をしても叱られないとわかっていたので、午後の時間をのびのび過ごした。チーフはキャンディーやコインを子どもたちの髪の中から取り出す手品を披露し、エレンは舞台裏でソーセージを焼き、ダンスを教えた。その間、ハークスはおもしろい戯画を描いたり、子どもたちを喜ばすためにひとりひとりの似顔絵を描いたりした。それから、顔に絵の具を塗りたくった子どもたちが、大人たちと戦争ごっこをした。

子どもたちはしばらくすると、「僕たちのお芝居」を上演したいと言い出して、ハークスに手伝ってもらいながら衣装係の古い籠の中をかき回した。そしてその後、お揃いの七分ズボンを穿いて、ライシアムの舞台上で激しく踊る修道者（ダルウィーシュ）みたいに跳ね回った。さらにその後、子どもたちはそれぞれの親が怒った様子を真似してみせたが、これもまためったに見られない出し物だった。ノエルが演じた「僕」は滑稽（こっけい）極まる演技だった。ほっぺたをぷっと膨らまし、足を踏みならして威張り散らし、三日月刀を振り回しながら、へんてこなダブリンなまりで、「さあもう寝るんだぞ！」と叫んだ。エレンは笑い死にするんじゃないか、と僕は思った。

彼女の子どもたちは賢くて、ことばづかいが慎重で礼儀正しく、思いやりもあり、振る舞いが大人っぽくてまじめだ。男の子の名前はゴーディーと言い、すでにシェイクスピアの芝居の筋書きがいくつも頭に入っていて、よどみなく語ることができる。彼の姉は母譲りの聡明さとひとひねりした観察力の持ち主である。

チーフの息子はおとなしくやや神経質で、小さいことを気に病む傾向がある。他の子からからかわれたと思い込むと――いや確かにからかわれているのだが――怖じ気づいてしまう。とはいえかわいくて温和な子である。左右の目がティーカップの受け皿みたいに大きいのだ。砂糖漬けのフルーツを食べて、みんな再び仲良しになった。エレンが「そよ風わたる小道」と「春の日の花と輝く」を歌った。チーフは『アーサー王の死』の一節をそらんじた。ハークスはロンドンの下町で歌い継がれている、純真でみだらな歌を歌った。兵士になった兄から聞き覚えたのだと言う――

「いずれやるって口では言って、本当はやらない娘らが好き
やっているよと口では言って、ぜんぜんやらない娘らが好き
それでもおいらが好きだった中で、一番忘れられない娘は
やらないわよと口では言って、いかにもやりそうだったあの娘」

エレンの息子はこの歌を聞いて、司祭のように重々しく「子どもにふさわしい歌とは思われません」と意見を述べ、満場の喝采（かっさい）を浴びた。

五時になったので、全員でクラリッジズまで歩いていって、チーフのおごりで軽い夕食（ハイティー）を摂った。空きっ腹を抱えた大人四人と、腹ぺこの育ち盛りが四人だったので、全員の胃袋を満足させるためにはイスラム教国の君主（スルタン）を救える身代金ほどの大枚をはたいたに違いない。エレンはハークスを説得して、シンプルな黄緑色のドレスを着せ、髪には人工宝石（ディアマンテ）のビーズを散りばめさせた。すると彼女は文句なしの美女に変身し、道行く人が皆振り向いた。ハークスはクラリッジズで食事したことに感動し、（二マイルしか離れていないボウ在住の）母親に絵はがきを書いてロビーのポストに投函した。お高くとまったウェイターたちが、ペンキの染みだらけの服を着たわが一団を黙認せざるを得ない様子を眺めるのは痛快だった。レモネードとジンジャーエールがアマゾン川のように流れた。アイスクリームとイートンメスがつくりだす高い峰を、野蛮な豆登山家たちがよじ登って崩した。その一方で保護者たちはクリュッグのシャンパン、シャトー・ラトゥールの四二年もの、オイスター、サイドディッシュには鹿肉とホット・サーモンのサンドイッチ、ピクルスを楽しんだ。ぼうっとするほど腹いっぱいになったところで、有頂天の一座は聖パトリックに喝采を叫び、宿敵の蛇にたいしてはブーイングを送った。ボーイ長は僕たちが店を出ていくとき、ほっとしたような顔を見せた。

全員が大満足して黄金の一日になった。うるさい大家族みたいだった。僕たちは通常の家族とはちょっと異なる、うるさい大家族みたいだった。毎週日曜日があんなふうならどんなにいいだろうと思った。

一八九五年三月十八日

悲しいかな、昨日の浮かれ気分はまたたくまに凋んでしまった。午前十一時に来シーズンの衣装に関する打ち合わせに出るため、劇場へ行ったが、舞台上にはどんちゃん騒ぎのかけらもなく、その代わりに不愉快で厄介な空気があった。

ジョン・ストークリーは仕立て屋で、自分がエジンバラからやって来た紳士であるということを相手に決して忘れさせない人物だ。その彼が舞台上に置いたテーブルに向かって立ち、目の前に紙挟みを準備していた。「あえて申しますが」――彼はチーフに話している――「譲れないことがあります。『マクベス』で使う衣装に関しては、ずっと昔から決まっているしきたりがあるのです」

「戯言(たわごと)を言ってはいけない」チーフがぶっきらぼうに返した。彼はいらだっていて、僕が準備しておいた契約書に署名するのを拒んでいる。

「これらの衣装は過去において、最も大きな成功を収めた実績があります」とストークリーが力説した。「衣装の様式変更は深刻な過誤の原因となります」

「過去なんぞ糞食らえ。ライシアムは未来なのだ」

「おことばですが、このタータン柄はどれも由緒正しい格子縞です」

「由緒なんぞ糞食らえ。観客だってそう思っているはずだ。入場料がたとえタダでも、わざわざ劇場へやって来てまで、ありふれた現実につきあわされるのは最悪だよ」

「おことばですが、わたくしはこのような扱いを受けるのは慣れておりません」

「このような扱いを受けていたのに、気づかなかっただけだろう」

ここまで来て、チーフは傲慢(ごうまん)にもパチンと指を鳴らす。するとハークスが不安そうな顔で舞台へ上がってきた。名前を忘れてしまったのだが、舞台係の若者がふたり一緒に来ている。三人とも角つきの兜に細身のズボン、クマの毛皮の胸甲と毛皮製のすね当てをつけた、ヴァイキング戦士の衣装を着ている。その出で立ちにはなんとなく不穏な感じがあった。

「こういう衣装見本をつくってみたんだ」チーフがそっけなく言った。「俺がデザインした。アイスランドが欲しいんだよ。雷神がね。極寒の北の国でおこなわれる大量殺戮。こいつは流血と野蛮の物語で、暴力をめぐる芝居なんだ。年を取った未婚女の家の戸棚にしまわれている、湿気たクッキーの缶とはわけが違うんだよ」

「ミスター・ストーカーのお話によれば、経済的な理由により、手持ちの衣装を改造して使う予定とのことでしたが……」

「ミスター・ストーカーがあんたに何を言ったかなんて、知ったこっちゃない。さあ、裁縫師ならさっさと縫い針を取り出して仕事をはじめるがいい。さもなくば、あんたの田舎の丸太投げ遊びでもしてるがいいさ」

ここで僕は間違いを犯した。おそらく疲れていたのが理由だ。相談もなくチーフが突っ走っているのに怒りを感じて、月曜の朝っぱらからかっとなった僕は、みんながいる前でチーフを問い詰めてしまったのだ。

「新しい衣装をつくったらいくらかかるかわかっているんですか?」

チーフが振り返った。「これが事務係です」

「僕がこの劇場を取り仕切っています」

チーフがすぐに立ち上がって、僕の目を覗き込んだ。

「おまえさんはこの劇場を取り仕切ってなんかいない。そのことは頭にちゃんと叩き込んでおくがいい、頼んだぞ。毎日、毎晩、正面玄関に出ているのは俺の名前だ。おまえさんは過剰人口に過ぎない」

チーフは「頼んだぞ」という言い回しを侮辱的に使うことができる人間のひとりである。

「言いたかったのは、劇場の銀行口座から支払いをおこなうさいの責任者はこの僕だということです」さらに僕は主張した。「支払いができなくなったら、帽子を投げ捨てて劇場を閉鎖するより他にありません。すでに話したことですが千回でも繰り返しますよ。僕たちはナポレオン時代みたいな派手な公演を続けるわけにはいかない。銀行がいつなんどき、僕たちの喉笛を締めにかかるかわからないんですから」

「そんなら出ていけ」チーフは観客席を指差しながら大声で言った。「消えるのかとどまるのか、はっきりしろ！　生ぬるい水は吐き出すしかないぞ」

チーフのことばを一字一句引用しておくのは価値があると思う。というのも彼はこのとき、怒りのままにまくし立てていたから。役者や舞台係の何人かは明らかにうろたえていた。ハークスは蒸気管を修繕するためにやって来た三人の職人たちに支えられて、ようやく立っていた。落ち着け、言われっぱなしになってるわけにはいかないぞ、と僕は自分に言い聞かせた。

「そのようなものの言い方は品位を傷つけます。僕にたいしても、ここにいる他の誰にたいしても、そんなふうに話すのはあってはならないことですよ」と僕は言った。「その言動は名折れだと思いますが、みんなの目の前で僕を侮辱したのは計算ずくなのでしょう。言い返せない者を面と向かって侮辱するのは卑怯です」

彼はあざ笑った。「気に入ると思ったんだがな」

「あなたは正気を失っている」と僕は言った。「狂気の沙汰ですよ」

「だったらなぜ、そんなところにまだ突っ立っているんだ？」

僕は無視した。月並みなことばで言い返せば逆効果になる。寄席芸人が酔っぱらい客を黙らせようとしているのとはわけが違う。僕はそういう役回りを演じようとしているのではなかった。

チーフは何度も同じ質問を繰り返したが、僕は無視し続けた。するとついに、彼は舞台上から悪態のファンファーレを投げてよこした。

「この打ち合わせは終了します」僕は一同に向かって宣言した。「それぞれの仕事に戻ってください。以上です」

一同は言われた通りに静々と、不機嫌そうに仕事に戻った。もちろん皆を責めることなどできない。こんなことが繰り返されてはたまらないと思った。

ライシアムとその傲慢な大立者が途方もない金食い虫であることにフローレンスは正しくも気づいていて、そのことがもたらす避けられない結果に、僕がひとりで立ち向かわなければならないことも承知していた。

僕自身、気づいていながら無視しようとし続けてきたことなのだが、やはりそろそろ転職を考えなければならない。さもないと不都合が生じるのは目に見えているいた。

わが親愛なるブラムへ

君の辞職願を受け取ったが破り捨てた。考え直してくれ。

君の執務室へ行ってきたところだが、ハークスが気丈にも君は帰ったと言った。草案をいくつか仕事机の上に置いていきたので、時間があるときに必要経費を試算してくれるとありがたい。とうてい無理だと君が言うなら、最初から考え直そう。

この手紙は、今朝、衣装屋が来訪したさいに俺が品格に欠ける振る舞いをしてしまったことにたいする詫び状でもある。俺は自分が間違っていたことを悔い、深く反省している。どうか許して欲しい。近頃、わが身の消耗を痛感している。

あの打ち合わせの直前、唾棄（だき）すべき新聞記者があれこれ理由をつけて来訪し、俺の私的なことがらについて無礼な質問をまくし立てたものだから、怒りが募った。おまけに前の晩はよく眠れず、いつものように心配ごとも山積していたのだ。それらを君にぶちまけてしまった。すまなかったと思っている。

問題点については大いに議論を交わそうではないか。俺としてはそう言いたかっただけなのだ。衣装の件について、君と事前に意見を交換しておかなかったのを後悔している。失敗だった。君が劇場の銀行口座を管理しているのは確かな事実だ。今後はそのことを忘れないようにする。

また、支出は抑制すると固く誓う。君と俺の間に金銭のような汚れたものが介入するのはたまらない。君が言うことは賢く、正しい。浪費をする必要はないのだ。俺は自分自身を、倹約に仕える老いた召使いへと変貌させねばならない。これからは〈つましき（プルーデンス）〉アーヴィングと呼んでくれたまえ。

険悪さに身を任せるという過ちを犯した自分を振り返ってみた。その険悪さは自分に染みついた悪癖というべき、汚れた怒りに起因するものである。われながら情けないと思うのだが、そのようなときに俺は、月光を浴びたオオカミの群れに囲まれた放浪者を見つめる傍観者みたいになっている。自分の服が燃やされている火鉢を眺めるような感じなのだ。周囲に向かって、とりわけ君に向かってぶちまけてきた有毒なことばの数々は、愚かで醜く、野卑で機知がなく、不快で、恩知らずの自分自身に向けて投げつけるべきことばなのだよ。

君の友情には、「友情」ということばで表現し尽くせないほどの値打ちがある。君と俺はことばを超越した場所で生きている。俺にとって君は岩だ。俺は君に心置きなく寄りかかる。君は俺の飲み水で、君のようになれたらどんなにいいかと思う手本なのだ。

俺は自分が感じている感謝を盛り込んで詩を書くことはできない。だがもし俺が次のように言えば、考えていることをいくぶんか伝えることができるだろうか——俺は君を相棒として、親友として、励ましとともに希望として、恐怖に駆られたときに頼れる助言者として、そしてまた、すべての勇気とわが矜持（きょうじ）の根源として愛している、と。

ふたりの男が俺たちほど打ち解けるなんてあり得ないだろう、と考えたこともある。が、今ではあり得るとわかった。君は俺の鏡、俺の自我の片割れだ。

君の存在に甘えてばかりいる俺はしばしば、君がライシアムで俺たちみんなのために築き上げてくれた平穏な状態を台無しにしてきた。君のことはみんなが尊敬している。レンも、俺が君を愛するのと同じくらい君を愛している。毎日目が回るほど忙しいし、いつも目先のことに囚われているから、みんなが君をどれほど好きかは語られぬままになっているかもしれない。だが愛は確かにある。

世の中の劇場や大事業において、君ほど高潔で、賞賛すべき代理人に恵まれているところはないだろう。若い連中は君を日々の振る舞いの手本にしている。古株連中は君をあっぱれな友人と思い、親切で力強い守り人だと見なしている。君はつねに常識の権化だが、忙しすぎるせいでやさしいことばを出し惜しみすることは決してない。これらのことは、君に助けられた者だけでなく、みんなが気づいて感謝している。ライシアムの最もよいところは上演してきた芝居の中身ではない。みんなで挑戦してきたやり方こそが最高なのだ。君のことだよ。

俺が君の寛大さを受けるにふさわしい人間でないことは神が先刻ご承知だが、心の底から君の赦しを求めたい。

思うに俺たち——みんなのことだ——はあまりに長

い間、汚れてむさ苦しく、愛に見放されたロンドンに閉じこもってきた。このさい劇団全員にちょっとした休暇を取ってもらって、みんなでどこか静かなところへ旅をしてみたいと思っている。詮索好きな世間の目から一日二日逃れて、腰を下ろして本でも読んだり、自分自身を癒したり、田舎の素朴な料理でも味わってみたらどうだろう。海水浴もいい。エジンバラの仕立て屋のことを考えずにすむところへ行こうじゃないか。

　その計画を実行するために、朝食かお茶でもしながら君と相談したいことがある。あるいはもし、あした君の時間が空いていたら、ギャリックで午餐をおごらせてくれないか？　あの店の重たい料理はいただけないが、冷製のオードブルなら悪くない。ワインを見繕ってくれるジョニーは信頼できる。まあまあのシャトー・ムートン・ロスチャイルドをテーブルへ持ってきてくれるだろう。あの店で人目にさらされるのはうんざりだが、何か口実をでっちあげて、隅っこの席に陣取ることができれば、野次馬の餌食にならずにすむ。

　どう思う？　本当にすまなかった。もう一度、チャンスをくれないか？

　　いつも君を思っている――

グラームズとコーダーの領主マクベスより

　キングズ・クロス駅の鉄骨を組んだ大屋根の下で、新聞記者たちが待ち構えている。寒い朝で、かれらは一か所にかたまってたたずんでいる。ライシアムの舞台係は記者たちを無視して、梱包した荷物を汽車で運ぶために並べている。ハークスが荷物の明細をいちいち帳面につけている。

　スーツケース。帽子箱。背負い袋。絨毯地でこしらえた旅行かばん。鉄製の留め具とロープの把手がついたオーク製の衣装トランク。頑丈な大蓋には、アメリカツアーの名残のラベル――ボストン、フィラデルフィア、ニューオーリンズ――が貼ってある。五十ヤードほど離れた駅の正面入り口で、ストーカーとアーヴィングが作業を眺めながら、新聞記者に対処する妥協案を話し合っている。アーヴィングの犬は鎖の長さいっぱいのところまで行き、片方の後ろ脚を上げて壁にオシッコを引っかけている。

「いまいましい第四階級め」とアーヴィングがつぶや

く。「ほんの少し取材をさせてやりさえすれば」忍耐強いストーカーが言う。「退散すると約束していますから。敵に回すのは得策じゃありません」

アーヴィングはうなずく。「天の都を目ざす途(みち)は〈死の影の谷〉へまさに入らんとす、だな」

ふたりは、記者たちが駅の[illegible]側でこちらの様子を窺っているのを見る。アーヴィングの犬が歯をむき出しにしてうなりはじめる。

「報道陣の諸君」と[illegible]フが口を開く。「流血と後悔から生まれた私生児の諸君よ、君たちは大勢つるんで狩りをするのだね」

「なぜ皆さん揃ってスコットランドへ行くのですか、ミスター・アーヴィング?」

「次のシーズンにロンドンで『マクベス』という芝居を舞台に掛ける予定なのですよ。作者の名前はご存じないと思うのだが、バーミンガム出身の手袋製造職人の息子でしてね」アーヴィングはそこで一息入れて、パリっ子好みのシガレットに火をつける。「この公演は前例のない画期的なものになります。野心的で壮大で、前代未聞の試みになるとともに、公共の倫理にたいしては脅威となるでしょうな」

「ミスター・アーヴィングが申した最後の部分は冗談です」とストーカーが口を挟む。

「主役は——当然のことながら——不肖このわたくしが演じます。唯一無二のエレン・テリーがオフィーリアを演じます」

「〈おふぃーりあ〉ってのはどう綴るんですか?」

「Fがふたつです」

「ミスター・アーヴィングはまた冗談を言っています」ストーカーがすばやく口を挟む。「オフィーリアは『マクベス』には登場しません」

「なあ、ブラム、いいところなんだから茶々を入れないでくれ」

「その芝居とスコットランドにはどんな関係があるんですか、ミスター・アーヴィング?」

「スコットランド人はかねがね従順で賞賛すべき人々だと思っています。本好きで教養があり、科学に深い興味を持ち、法律の分野では進歩的です。わたくしは劇団を率いてインヴァネスへ行き、そこからハイランド地方へ分け入って、ロンドンの汚れを洗い清め、いわゆる文明の煤(すす)を髪から洗い落とそうと考えておるのですよ」

「なぜ、そのようなことをしたいと思うのでしょうか?」

「皆さんならあのあたりに馴染みがあるかもしれませんが、『マクベス』の舞台はアールズ・コート・ロードの公衆便所ではないからですな」

「次回公演の予算規模はどのくらいになるんでしょうか?」

「背景となる大道具にかかる費用だけで、シリング硬貨を積み上げたら、地球から月まで届くでしょうなあ。ミス・テリーの衣装代まで加えたら、ぎょっとするような数字になるでしょう」

「べらぼうな数字ですね」

「その通り」

「ミス・テリーからもひとことももらえませんか? もらえたらとてもありがたいんですが」

「紳士諸君、彼女にはご自分で頼んでみるのがよいと思いますよ。今日は彼女はライシアムにおります。彼女は今回の旅には参加せず、今日の午後はミスター・ホイッスラーが描く肖像画のモデルを務めています。ヌードですが、賢明にもオークの葉で隠しているでしょう。いやもちろん、隠しているのはミスター・ホイッスラーではなく、ミス・テリーの方ですよ。それではこれにて失礼します、わたくしたちの精神は若く、傷つきやすいものですから」

汽車に乗るとき、新聞記者たちが質問を叫ぶ声が背後から追いかけてきたが、キングズ・クロス駅はすでに小さくなっていた。機関車はホッホッとあえぎながら前進していく。

アーヴィングは列車内の通路に立ち、その前に劇団員が勢揃いしている。この車両と次の車両は貸し切り状態だ。ハークスと舞台係が大きなオーク製トランクの鍵を開ける。中から出てきたのは当代一の女優である。ストーカーの手を借りて立った彼女は少しだけ髪が乱れている。

「お笑いぐさね」と彼女が言う。「誰かビール持ってきて」

「よし」とチーフが言う。「これでもう大丈夫。今朝上演した小芝居に、みんなが辛抱(しんぼう)強く協力してくれたおかげだよ」

「あのドブネズミ集団はライシアムへ行って当てが外れて、その次は夜行郵便列車ではるばるインヴァネスまで行くことになる。その頃には俺たちは、本当の目的地に到着しているだろう」

「それってどこなんすか?」ハークスが尋ねる。「教えてくださいよ」

「なんだか雰囲気が暗いな。陽気にやろう。恐れるな。誰か即席合唱会をはじめないか? 〈ルール・ブリタニア〉か? それとも〈ダニー・ボーイ〉にするか?」

チーフが行き先をあまりにも焦らすので、不満の波が寄せてくる。

「みんなに行き先を教えてやってくれないか、ブラム? さもないと反乱が起きそうだ」

「様子を見てみましょう」ストーカーはにやにやしながら言う。


『ミズリントン　旅の手引き』から切り取られた、ホイットビーの紹介文を載せたページ

ノース・ヨークシャー州ホイットビー[1]は北緯五十四度二十九分西経零度三十七分に位置し、ノース・ライディングの一部をなすバラ・オブ・スカーブラに属する、爽快で健康によい保養地であります。一見、何の変哲もない村に見える当地は手頃な港町でありまして、方々の国々から定期的に船舶が到来し、石畳を敷き詰めた小道では、遠い他国の言語を含むさまざまな外国語を話す訪問者の声を聞くことができる土地でもあります。

港町の例に漏れず、当地においてもときには「粗暴」なる出来事が起きることなきにしもあらず、と認めぬわけにはまいりません。すべての公共施設が万全の機能を果たしておるとは言い切れぬのが現状。とはいえ町の支配的な空気は安全であり、キリスト教的であり、ご婦人方にも安心していただけるものであると申すことができます。

小間物、装身具、櫛(くし)、額縁などのみやげ物が数多くの小店で販売されております。ビルズデール、スノッターデール、ストークスリーでは黒玉(ジェット)が採掘されます。水夫がこしらえた細工物や手工品も手に入ります。ホイットビーの年老いた漁師たちは少々気味の悪い墓地にある石のベンチに腰掛けて、密輸や捕鯨や難破の物語を語って、皆さまをもてなすでありましょう。かれらが話す長話にはたんと尾ひれがついておりますが、どれも波しぶきが感じられる海の物語でございます。

　ホイットビーに鉄道駅ができてからは「旅行者」が増えました。町には心揺さぶる廃墟がたんとございますが、中でも十三世紀にさかのぼるベネディクト会の大修道院の教会遺跡は高い崖の上に「張り出した」巨大なる残骸でして、見る者を必ずや憂鬱(ゆううつ)な気分にさせるのであります。地元の言い伝えによりますと、この廃墟には「哀れなコンスタンス・ド・ビバリー」と呼ばれる修道女の霊が取り憑いております。純潔の掟を破ったかどで、生きながらにして壁に塗り込められたのだと申します。また、大修道院の高窓のひとつから聖ヒルダの亡霊が見おろしている姿が見えた、との目撃談もございます。キリスト教精神とは相容れない物語につきましては信頼性がはなはだ乏しいので、ここではただ紹介するに留めておきましょう。当地の大修道院は靄(もや)が掛かった星月夜に、別世界の趣をまとうことがございます。

　ホイットビーに伝わる今一つの怪異伝承といたしまして、「不吉な大犬(バーゲスト)」というのがございまして、これは赤目の凶悪な猟犬でございます。港にはふたつの灯台がございますが、片方の灯台には直下の岩場で死んだ灯台守の霊が取り憑いております。さらに加えて、幻の駅馬車が聖メアリー教会へやって来まして、溺死した水夫たちの霊を連れ出すという噂も聞かれます。ただし、懐疑論者に言わせれば、ホイットビーにほら話が多いのは、ニューキャッスルに石炭が、テキサスには石油が、アイルランドにはカトリック信徒の迷信が山ほどあるのと同じようなものだ、とも申します。

［この章の記述は、表ページの上端であるここで終わっている。ページの白紙部分にはじまり、まるまる空いた裏ページにかけて、次の文章が鉛筆によるピットマン速記術でびっしり書かれている］。

一八九五年四月三日

　オスカー・ワイルドがクイーンズベリー侯爵を相手取って起こした、名誉毀損(めいよきそん)訴訟の審理が今朝はじまった。ロンドンから離れた場所にいてよかったと胸をなで下ろす。

　今晩、下宿屋の食事にはロブスターが出たが、昨日の残り物らしく、新鮮とは思えなかった。おかげですさまじい夢を見た。箱の中に閉じ込められた悪夢にひどくうなされて目覚めたのが午前二時、今から三時間前のことだ。気分の悪さが残り、小麦粉の缶みたいに喉が猛烈に渇いている。心臓がバクバクしている。シャンパンの後にウイスキーなんか飲むんじゃなかった。

　階下へ下りて水を探したが、下宿屋全体が寝静まっていた。どこもかしこも真っ暗で台所へたどり着けなかった。

　廊下の洗面所へも行ったのだが、この下宿屋は今満室なので飲料水のタンクが空になっていて、蛇口からは雫がぽたぽた落ちただけだった。しかたなく部屋に戻り、急いで服を着て外へ出た。

　刺すような寒さの夜で、空には無数の星が輝き、大修道院の廃墟の上に半月が出ていた。街中のあらゆる扉が閉ざされ、どの通りを歩いてもカーテンがもれなく引かれていた。家畜用の水飲み場があったはずだと思ったがひとつも見あたらない。午後歩いたときには何か所かあったはずなのに奇妙だ。喉の渇きがいよいよひどくなって、舌が塩でできているかのように感じられた。悶えるほどの頭痛のせいで、身体に震えがきていた。水夫か夜番に助けを求められないかと思って港の方へ下りていくが、波止場にもやってある船は一艘もなく、大きな船は皆、湾内の沖に近いあたりに停泊していた。大船の甲板には明かりが灯り、舷窓にも灯火が見えた。桟橋に手こぎボートでも見つかれば、船まで漕いでいって水をもらうこともできただろうに、あいにくボートも見つからない。

　係船柱に腰を下ろした。みじめで寄る辺なく、まっ赤な幻と閃光が目の前を飛んだ。うっときて、夕食に食べたものを吐いた。腹の具合と頭痛が少しましになった。だが喉の渇きはあいかわらず暴力的で、吐いたせいでひどさが増した。

　奇妙なことに、忌まわしい物語だけは頭の中で膨らみ続けた。

　通りを歩いて帰るときにはめまいがして、自分自身から剝がれてしまったように感じられて、心が身体の前か後ろに浮遊している気がした。そしてまた気分が悪くなり、他に逃げ場がなかったので、教会の門から境内へ入った。胃腸の中で起きている暴力は拷問そのものだった。排泄した後、草の葉で拭いた。誰かが酒盛りしたらしく、近くの小道に酒瓶が投げ捨ててあった。

その瓶には一口分ほどのエールが飲み残されていた。僕は神に心から感謝を捧げて、それを飲み干した。そのエールはこの上なく冷たく、甘く感じられた。

合宿所になっている下宿屋へ戻ってきた。ハークスは起きてきていて、他の娘たちと一緒に階下の居間にいた。静かな声でおしゃべりしながら、暇つぶしにラミーをしていた。僕が夜中に出ていった音でみんな目覚めてしまったようだ。彼女たちの話題はもっぱら、ワイルドが訴訟に勝てるかどうかだった。ハークスは水差しいっぱいの飲料水と毛布を持ってきてくれた。僕ががたがた震えていて歯の根も合わないのを見て、手を取ってしばらく一緒にいてくれた。ハークスのやさしい思いやりのおかげで、僕はようやく平静に戻りつつあった。光が戻ってくるような気分だった。「おやおや、かわいそうなアーンティー、大変でしたね、もう大丈夫っすよ」

月影に照らされた冒険の中で不吉な大犬を見なかったかって？

いや、見なかった。

溺死した水夫の集団は？

いや、そういうびしょ濡れの連中には出会わなかったな。

ハークスは声を上げて笑い、タバコに火をつけてから、母親の口癖とやらを教えてくれた――「死人はむしろ縁起良し、怖いのは生きている人」。ワイルドが勝てそうかどうかについて意見を求められたので、勝てるとは思うけれど、訴訟を起こしたこと自体がとても残念だと言っておいた。というのも、クイーンズベリー侯爵(2)というのは弱い者いじめの冷血漢で、十年掛けてでも復讐を遂げようとする人物だからだ。あの手の輩(やから)は血に飢えたヒルみたいなもので、苦悶が麻薬である。論争よりも汚名が似合うのがあの男なのだ。

僕はいまだかつて、男が男と本物の恋に落ちたり、娘が娘と恋仲になったりするのは可能だと思ったことがあるだろうか？「その場限りで抱きしめたり、いちゃいちゃしたりするのではなくて」――「そういうのならままあることですが」――結婚に結びつくような恋、つまり、末永く続いて、幸せが咲き誇る家の中心に留まるような恋は可能でしょうか、とハークスが訊いた。

僕は、その話題は今みたいな明け方にこそふさわしいと思うけれど、そういうことが可能だという話は聞いたことがあると答えた。

「世の中さまざまということでしょうね」とハークスが言った。

僕はその通りだと答え、誰もが神の恵みを期待していいのだとつけ加えた。そしてさらに、率直な意見を述べていいか訊くと、ハークスはうなずいた。

「いいかい、ジェニー、こんなことを言ったら牢屋行きになるかもしれないのだけれど」と僕は言った。「もし僕がそういう恋をしたとしたら、妻と子どもの人生をぶち壊しにして、僕自身は手錠を掛けられることになる。わかってくれると思うけれど」

「あなたがそうおっしゃったことは、もうすでに忘れました」

僕はハークスに語った——神が時間をつくったときには、とてもたくさんつくった。人間をつくったときにも、この一種類だけで他はなしなんてことはなかった。愛するときに大切なのは、誰が何をどこで愛するかなんてことじゃない。愛する者のために、善意と敬意のこもった親切を捧げることこそが大切なのだ。だから、居場所を見つけられない愛なんてない。人生には残酷なことがいろいろあるにはあるけれど、残酷なだけで終わりはしない、と。

僕はこの話がハークスの気持ちを落ち着かせ、自信を取り戻させたようだと感じた。いつだって君の友達だよ、と僕は彼女に言った。彼女はいつも僕のそばにいると言った。それからふたりでしばらく黙って腰掛けていた。

「まだ少しやつれているように見えるっすよ、アーンティー」とハークスが言った。それから濡れタオルで僕の額を拭きながら、「わたしと他の娘たちと一緒に、少し眠ったらいいのに」と言った。

僕は彼女に礼を述べつつ、そんなことしたらまずいことになると言い添えた。

「わたしたちふたりだけなら大丈夫だと思うっすよ」とハークスは言った。そして彼女は、「だって神様がついてるんすから」とつけ足して軽やかに笑った。僕は相づちは打たずにおいた。

「やはり」と僕は言った。「示しがつかないと困るからね」

彼女がようやく寝室へ引きあげた後、僕はこうして自分のベッドへ戻ってきた。それが一時間前のことだ。夜明けが近づいている。

それでもまだ眠れないので本を読んだ。この町へ数年前に来たとき、公共図書館で借りて、返しそびれていた一冊。今回の旅に持ってきたのは図書館へ返却するためだ。本を盗むのは悪徳で、悪運をもたらすことにもなる。僕はふと、半分ほどはつくり話からなる長い物語を思いついたので、ノートのページを破って構想を走り書きした。ウィルキンソン著『ワラキアとモルダヴィア両公国の歴史』。ロンドンへ戻ったらこいつを自分用に一冊買わなくてはいけない。ハッチャーズ書店へ行こう。「ワラキア王ヴラド三世[3]」と題された章が秀逸。

刺すような、残忍で冷淡な彼のまなざし。錠前をいくつも突破して迫ってくる彼のやり方。

深夜、劇場が閉まり、〈ゴーストライト〉が灯された後、ミナが屋根裏から下りてきて観客席の通路に風を起こします。誰もいない劇場内を吹き抜けるのです。

座席に降りかかる埃や、ネズミが引っ掻く音や、ゆるんだスレート瓦（がわら）の隙間を抜ける風や、二階正面桟敷（さじき）に腰掛けていた公爵夫人が立ち去った後の、高価な香水の残り香かと思われるジャコウの香りの中に、ミナはいます。

ミナは〈ゴーストライト〉の輝き――揺れながら燃える八月のアンズの金と黄色――の中にもいます。

亡霊にとって時間は独特な流れ方をします。一秒が一世紀続き、十年間が一息の間に過ぎ去ります。毎晩彼女は芝居を見ますが、それらは過去にこの劇場で上演された芝居や、これからここで上演される芝居。宮廷道化師たちや恋人たち、道化者（アルルカン）、怪物ども、殺された女王たちや王たちも登場します。

生霊たち、衣装を着けた動物たち、わめきちらす予言者たち。壮麗（そうれい）な軍勢と血に染まった軍旗。かれらに交じって語り部が歩いていきます。

その語り部は孤独で、〈ミナの隠れ家〉へよく通ってきた男。秘め事の重荷で心をすり減らし、同じ役柄を長年引き受けすぎた男。ものを書く機械を苦心して打ち続けたけれど、そのさまはまるで、大聖堂のオルガンで、演奏不可能なカンタータを演奏しようとするかのようでした。彼が今、舞台の前方に静かにたたずんでいます。グラスに入れたロウソクの光で見つめているのは、誰もいない暗闇に向かってことばを畳みかける、何百ものマクベス夫人たち。彼女らは、「やってみせましょう」と口を揃えます。「わたしに微笑みかけているその赤ん坊の、柔らかい歯茎から、わたしの乳首をひったくってやる……[4]」。

ミナは語り部の血管へ侵入し、心の牧草地をさまよい、ギラギラ輝く希望の火山を見つめます。ミナは彼がつくりだしたすべてのものを憐れみます。なぜならそれらは、世に知られぬうちに消え失せたから。ことばとは言っても羊の鳴き声にすぎぬそれらは、語るべきことを語る代わりに、湯気でできたちっぽけな椀に大西洋の大海原を注ぎ込もうとするかのようです。猿はひっきりなしにわめき続けています。

汗がページの上にぽたぽた落ちる。異様な文字が綴られていく。物語のヒロインは棺の中で至福を感じて身もだえし、棒杭が心臓を刺し貫く[5]。

もっと。ゆっくり。おお、やさしく。わたしは死ぬ。

語り部の上司、彼の族長が、イングランドの女王とともに舞台裏から出てきます。族長はクッションの上にひざまずき、女王は彼の肩に剣でそっと触れます。観客は何か神秘的なことを目の当たりにしているかのように思い込みます。

観客に幻想を与えている族長はその道の第一人者で、名誉を与えられた人物。とはいえ、過去や未来において名誉を与えられる者たちはおしなべて役者であり、名誉を与えている女もまた役者ですが、名誉を与える役柄は自ら望んで得たものではない。女王は冠をつけているものの、配役は別の人間が書き与えたものであって、太陽が沈むのを怖れる〈帝国〉という小道具もお仕着せなのです。

彼女の役名は「ヴィクトリア女王」。男の方は「ナイト卿」。

ことばを掘る鉱夫である語り部は、舞台上で繰り広げられる悲喜劇から、猿を思わせるまなざしをそらします。ロウソクが瓶の中で燃えています。彼の夜は長い。語り部はたたずみ、歩き回り、書き物を読み上げれば残り火に威勢がつくとでも言わんばかりに、何やらつぶやきます。実際にことばで火は活気づくのです。観客席から湧き上がる喝采が彼の耳に聞こえていますが、彼はそれを無視しています。

城。ドラキュラの[6]。そびえ立っている。背景に。太陽。見ていたら。爆発が起こった。恐ろしい。痙攣。

わたしたちにもたらす。涙。わたしたちはひざまずく。

下界の通りにことばが集まって、第一面で黒々と報じています。新聞と呼ばれる物語本が口々に、嵐に向かって金切り声を上げています。

ワイルド、猥褻行為により有罪判決
判事は語る、「知る限り最悪の事例」
劇作家、重労働懲役刑にて投獄される

一万の火がロンドンのあちこちで燃え上がり、くすぶった煙が立ちのぼります。イズリントンからグリニッジ、リッチモンドからベスナル・グリーンにいたる蜘蛛の巣状の大都市で羅針盤の針が十字架に掛けられ、手紙を束ねていたリボンがほどけて紫色の炎に変わり、便箋は黒く焦げて萎れていきます。

新しい手紙、古い手紙、四十年間誰の目にも触れなかった手紙、ボードレールの詩集に挟まれていた手紙、パパの書斎の秘密の引き出しにしまわれていた手紙。銀のシガレットケースがあちこちでテムズ川に投げ入れられます。他人には見せられないイニシャルが川の水に浸って黒ずんで見えます。パリ行きの夜行連絡船が乗客でごった返します。結婚式の日取りを大急ぎで決める人たちが増えています。(7)

ミナはそれらすべてをつぶさに見ています。どうしてこんなことが起きているのかしら？　ロンドンはつい昨日まで深い森で、暗い小道がもつれあっていたのに。誰もが知る奥地はあっても、誰ひとり目くじらを立てなかったのに。とやかく言う人がいたとしても、そっぽを向けばそれで済んだのに。暢気な時代は一夜のうちに終わりました。この都市の周囲に壕が掘られました。目を凝らすと、壕には無情なワニどもが放たれています。

―19―

《この章では告発状が送達される》

ロンドン市
ライシアム劇場
犯罪的な中傷者　ブラム・ストーカー殿

拝啓

本状にて申し入れる件は、低からぬ緊急度を持って、貴殿にとって重大な法律的問題を生ぜしめるであろう。

少し前、トランシルヴァニアのわが山奥の住まいに校正刷りの束が届いた。貴殿がわし個人の行状を記した著書であるという。証拠物件A、すなわち『不死者またはドラキュラ』と題されることになる書籍。

この校正刷りがいかなる方法で、ロンドンから千マイル離れた場所に住むわしの手に届いたのかは重要ではない。コウモリの群れと、頭部を欠く郵便配達人の集団を配下に持てば、物品は効率よく急送されると申しておけば十分であろう。

わしは驚いた。というよりむしろ、あきれ果てた。貴殿はわしという卑小な人間について書物を書いたのみならず、その書物はわしの許可なしに出版されるというのであるから。貴殿がおこなった言語道断の誹謗中傷にたいして、わしがいかなる報復措置を講じることができるのかは見当もつかぬ。

小包の添え状に記載されていた装幀案も言語道断。表紙に黄色いクロスを用いるとは？[1]　地獄の炎の色ではないか。貴殿はわしをマスタードに塗り込めようというわけだ。色音痴の読者層を狙う意図でもあるというなら話はわからぬでもないが……。

校正刷りのページをめくったときの悲しみと、ほどなく追いかけてきた憤慨についても、ことばにせずにはいられない。わが郷土に関する記述は鮮明で、会話文にも興趣があるが、いざ、わしの描写となると不快で共感のかけらもなく、わが名声を奪おうとする貴殿の意図が明らかだ。率直に言って、あそこに描かれた人物をわしと認識するのは困難である。

邪悪な流血を欲する欲望の権化として描かれた当人としては、わしを追い回す捕り物劇の部分は取るに足らぬ出来だと言わざるを得ない。それにしても、否定的な要素をあれほど強調する意味はどこにあったのかね？

吸血鬼の日常がどれほどつらいものであるか、貴殿にも知ってもらわねばならぬ。人づきあいは難しい。衣服は古臭い。若い娘と会う機会は限られておるのだ。

社交好きな者にとって、吸血鬼として生きるのは重荷である。というのもひとたび誤解されたならば、人人はその者に近寄らぬであろうから。パーティーやピクニックなどへも誘ってもらえなくなる。昨夏、わしは（わしほどの富を持つ紳士にとっても決して安からぬ買い物である）〈スケート靴〉なるものを購入したのだが、いまだに箱に入れたまま、使う機会がない。というのも、誰ひとりわしをアイスリンクへ誘ってくれなかったからだ。ひとりで滑るのは寂しすぎるからな。人々はわしらにたいして無神経になることがある。嘘ではない。わしらは傷つくことが少なくないということだ。

率直に申すならば、わしらのごとき不死者たる者は、偏見と非難の雲の中で世間と折り合いをつけていかねばならないのであるが、その暗雲は貴殿の著書のごときものが書かれても少しも晴れはせぬ。他者への寛容な気持ちがもう少しあれば助かるのだがな。貴殿のご母堂は貴殿が幼き頃、偏見を捨てるのに金銭は掛からぬ、ということを教えなかったのであろうか？　貴殿はたとえば、恋愛小説などを書いた方が才能の有効活用になるとは考えなかったのであろうか？

とりわけ三七ページに、「伯爵は有能な弁護士になれたにちがいない[2]」という冗談が書かれているのを読んで、わしは気が動転した。

要するにわしは物笑いの種にされておるわけで、ひどく不快な思いをしている。

貴殿のせいでわしはクロップストック氏、ロイトナー氏、ビルロイト氏[3]の法律事務所――舌がもつれそうになる三人組だ（わしの言うことに疑念を抱くならば、クラレットを三杯ほど飲んだ後に、この法律事務所の名前を発音してみるがいい）――に相談するより他に手がなくなった。わしは貴殿を訴えるよう三人組の弁護士に依頼したのだ。

貴殿とわしが最初に会ったとき――あれは何年前であったか――わしは貴殿の見事なあごひげとアイルランド人特有のきらきらした瞳を見て、好ましい人物だと思った。ところが貴殿はじきに——ひとことで言って——しつこい困り者へと変貌した。夜昼となく前触れなしにやってきてはわしの私的な時間に割り込み、わしの身なりをあげつらい、わが身辺を詮索し、わしをひとりにしてくれなかったばかりか、いかがわしい目でわしを観察し、わしがしゃべったことを片っ端から書きとめた。要するに貴殿はわしの私生活にたいして、少しの敬意も持たなかった。そのような本を書かれた身になってみるがいい。貴殿ならどう思うだろうねえ？　いつの日か、わしが貴殿の本を書いてやろう。

貴殿とともに過ごした数百時間の間に（それはわが体力を消耗させ、わが皮膚にとって有害な時間であったが）少なくともふたりは友人となり、互いの性向を理解しあったと思っていた。ところが今や、貴殿がわしにたいして下した評価はあまりにも低かったのを知った。オオカミの群れを操り、みだらな食屍鬼（しょくしき）とつきあっているからといって、その者を悪と決めつけるのはいかがなものか。こちらの身にもなってはくれぬか。夜に生きるわしらの毎日は楽ではないのだから。

もはや貴殿は気づかれたであろう。この手紙の筆跡は、わが助手にして秘書であるミス・エレン・テリーのものである。彼女は貴殿を絶賛し、この驚嘆すべき書物を貴殿が書いたのを誇りと感じておる。読書中は恐怖のあまり、ひと晩中ベッドの上で一睡もできなかったという。

ミス・エレン・テリーは深き愛と親愛なる抱擁を貴殿に送るとのこと。貴殿は天才であるとともに彼女のお気に入りであって、通り一面に花をまき散らして讃えるべき人物であると申しておる。

わしは彼女とは異なり、そうやすやすと感動はしないがね。

敬具

トランシルヴァニアにて失望した者より

貴賓席に陣取ったチーフは『十二夜』のリハーサルを見ている。足元に愛犬、足台の上には強いジンのボトルが置いてある。オスカー・ワイルドに判決が宣告されて以来、青白かった顔色が灰色に変わった。会合には欠席が続き、うわの空で、身なりを気にしなくなり、代役の俳優たちが泊まる離れに備えつけてある、仮ごしらえの寝床を使うようになった。手入れを怠っているせいで、手の爪が見るも無惨な状態になっている。

チーフはストーカーが話しかけても振り向かず、震える手でグラスにジンを注ぐ。

「何を書いたんだって？」チーフはようやく口を開く。

「超自然的な物語です」

「いやはや、またか。今度のやつはなんていうタイトルなんだ？」

「『不死者またはドラキュラ』です」

チーフは静かに嘲笑する。「不死者か、ばかばかしい」

「今回は物語を芝居にもしました。上演できるし、著作権も守れるので」

「その傑作とやらに興味と関心が殺到すると見込んでいるわけかね？　破廉恥な連中がおまえさんのつくりだした登場人物に群がって、海賊版をつくるだろうと？」

「用心しておくに越したことはないので」

「取り越し苦労だろう」チーフはジンを飲み干し、顔をしかめて、シャツの袖口を歯で広げる。

「ところでその大傑作をどこで上演するつもりなんだ？」

「ここでやるつもりでしたが、今、あなたの質問を聞いて驚きました。その態度にも」

「素人の作品を素人が上演するなんていうのは、このライシアムでは許可できないね。うちは演芸場ではない。基準ってものがあるからな」

「そんなことはもちろんわかっています。僕はその基準を引きあげようとして骨折ってきたんですから」

「それなら結論ははっきりしている。これ以上話す必要はない」

「無茶を言わないでください。お願いだから」

「それでその、芸術的才能の直近の開花とやらは、いったいどんな話なんだね？」

「吸血鬼の物語です」

「よりによって、なんてこった」

「何か問題でもあるんですか？」

「吸血鬼モノはもううんざりなんだよ、わかるだろ」

「男性の主役に力強い役者が必要なんです。ちょっと脚本を読んでみてくれませんか？」

「まさか、このサー・ヘンリー・アーヴィングに、金目当ての駄作に出て怪物を演じろってか？　正気の沙汰かね」

「友情の証しとして」

「ライシアムをどうしても使いたいなら使うがいい。だが俺を使えるとは思うな」

「それが最終的な答えですか?」

「自分の手に余る問題をいじくり回すもんじゃない」

「ただの物語です。それだけのこと。せめて公演を見てもらえますよね?」

「俺は忙しいんだ、放っておいてくれないか?　今日はこれ以上邪魔しないでくれ」

ライシアム劇場
劇場主及び興行主　サー・ヘンリー・アーヴィング
一八九七年五月十八日
ドラキュラ
または
不死者
午前十時十五分開演
一回限りの公演

よく晴れた朝である。ロンドンの空気には、市内各所の公園で咲くリンゴの花の香りが混じっている。コヴェント・ガーデンでは新しい生花市場が開いた。足場のてっぺんに立つ作業員たちはオペラハウスの正面を白い塗料で化粧直ししているところ。イタリアから偉大なテノール歌手が、シカゴからはソプラノ歌手がやってくるのだ。大建築に垂れ幕が出ている。バッキンガム宮殿の衛兵が交代のために儀式用の並木道(ザ・マル)を行進してくる。商店のガラス窓に日射しが当たって湖面のように輝いている。

　ぐずぐず歩いて登校する少年たちは、季節はずれの鼻風邪を引いた男がオーバーを着込んで、不鮮明な印刷のチラシを配っているのをほとんど気に留めない。男は劇場のロビーへ戻って様子を見る。

　初夏のロンドン、ピカデリーに蝶が舞っている。こんな朝に希望を挫くのは難しい。

　彼は獄中のワイルドのことを思う。今の思いを伝えたい。彼はまた、切り裂きジャックに殺された娘たちのことを思う。それらに比べれば、彼が迎えた朝など取るに足らない。おびえるほどのことではない。

　著作権保護の対象となる公演にするためには、少なくともチケットを一枚売る必要がある。金銭のやりとりが必須だからだ。通りを眺めて一時間が経つ。チケットはまだ売れない。

　ハークスが音もなく観客席からやってきて報告する――そろそろ時間なので、役者たちが楽屋から出てきたけれど、音楽なし、化粧もなし、衣装も背景もなし、幕は安全のために上げたままになっている。ハーカーはチケット売り場へ行き、天井桟敷のチケットを半ペニーで買う。

「大丈夫」と彼女は言う。「これで条件が満たされたっす」

「やあハークス、ありがとう。タバコを一本吸ったら中へ行くよ」

「承知しました、アーンティー」ハークスはそう返して、ストーカーをひとりにしておく。

　外の日射しが強くなる。アマツバメの群れがエクセター・ストリートを横切り、劇場の玄関で女性の影が動く。

「フローリー」驚いたストーカーがつぶやく。「来てくれたんだね」

「迷惑かしら？」

「迷惑なもんか、ありがとう！　忙しくないのか？　来てくれるとは思わなかったよ」

　フローレンスはストーカーに近づいていく。昼前の光を浴びた劇場ロビーは金色の装飾とクリスタルガラスがギラギラ光っているので、彼女は少々困惑したようだ。夫婦が短いキスを交わすのを壁にずらりと並んだ肖像画が見ている。

「今回はどちらかというと内輪向けの公演なんだよ」と彼が言う。

「そのほうがいいじゃない。うまくいきますように」

　彼は妻の前に立って階段を上り、重たい扉を開けて、一階前方席の後ろあたりまで進む。観客席の明かりは点いたままで、上演中も消されない。舞台上に役者が集まってきて雑な円陣を組んでいる。手にした脚本は小説の校正刷りから必要な部分だけ抜き出し、色鉛筆でしるしをつけて仮綴じにしたものだ。誰が芝居の口火を切るかで混乱があったようで、役者たちが静かに笑い合っている。

　上手に置かれたビールケースの上に坐ったプロンプ

ターが、「はじめまーす」と声を掛ける。ドラキュラ役の俳優が、『タイムズ』紙のクロスワードパズルを脇に置いて咳払いをする。満場が静かになる。プロンプターがいつもの癖で「カーテン」と告げるが、幕は上がりも下がりもしない。ことばは空中に消える。

ドラキュラは二日酔いで、自分がどこにいるのかもよくわかっていない。彼は演じているのではなく、セリフを読んでいるだけだ。演劇史を見回してみても、これほど感情がこもらない声はちょっと見つからないだろう。その声はまるで、四番目の障害物を跳び越えられずに転倒した馬の名前を読み上げる私設馬券屋か、月曜朝のミサを早口で手っ取り早く片づけようとする司祭のようだ。「そうだわしが伯爵だよ覗き見好きな客人よあいにくわしは客人を館へ招き入れることはない」ハークスがオオカミの吠え声を口真似すると、若手の役者たちが息を殺してお互いを肘で突き合う。その一方でフェルト帽を被り、レインコートをはおったドラキュラ伯爵があくびをかみ殺しながら、低い声で言う、「夜の申し子たちだあの者たちはじつに美しい音楽を聞かせてくれる」。

舞台係と大道具係が作業の手を止めて、パイプに火をつけたり、サンドイッチを頬張ったりしながら舞台を見ている。一階の観客席で椅子を修理していた職人も手を止めて舞台を見上げる。役者たちの背後では、機械工が新しい油圧式ウインチの設置に取りかかっている。芝居にはおかまいなしで、木枠を鉄梃でこじ開けて歯車や鎖を取り出し、設置方法が書かれた概略図を前にして議論し、意見が合わずに悪態をつく。清掃係の女性たちはオーケストラピットへ下りる階段にモップを掛けている。ピットの中には盲目の調律師がいて、舞台上の空騒ぎが終わるのを待ちかねている。

「ご主人様がじきにいらっしゃる」気の触れたレンフィールド(4)を演じる役者が大声を上げる。「ご主人様のために蠅(はえ)をぜんぶ捕まえてやる。俺はご主人様の指図にだけ従うのだ」。

ばつの悪い芝居が軋(きし)みながら終幕に近づいたところへ、使い走りの少年が出版社から、本が入った小包をふたつ抱えてやってくる。役者たちは全員、あまり趣味のよくない装幀の本を一冊ずつ受け取る。コレラ患者を示す小旗と同じ黄色の表紙にぼやけた赤でタイトルが記されている。型どおりの挨拶とうわべだけの感謝が著者に示される。いたたまれなくなったその妻はそそくさと家へ帰ってしまった。

ストーカーは芝居の失敗を目の当たりにして恥辱に燃え上がりながら、火照った顔をまっすぐに保たなければならない自覚を杖にして、劇団員の間を回りながら冗談を飛ばし、肩を叩き、本気でない祝福を受け、嘘の歓喜に巻き込まれている。若手の役者たちの演技はうわの空だったが、ストーカーはともかくやれることを全部やったのである。

人生はこれで終わりではない。傷ついた姿を劇団員に見せてはいけない。ひるまないこと。というのも、嘘っぱちの賛辞を受けるのは良俗に背かないのと同義であって、通夜の席で死者の悪口を言わないのと似たようなものなのだから。じきにすべては忘れ去られる。失敗作は死ぬに任せろ。生まれなかったと思えばいい。

ハークスがやってきてストーカーの腕を取り、苦悶を終わらせる。ふたりが舞台裏へ歩いていくと、階段の下でタバコを吹かしているチーフが目に入る。この場合、唯一の賢い対処法は相手を無視して歩き去ってしまうことである。剣を与えるな。与えたら振るうに決まっているのだから。ところが世の中には幼児性から抜けきれない大人がいる。よせばいいのに、痛みが癖になっているのだ。

「おや、舞台を見てくれたんですね？」とストーカーが言う。「どうでした？」

返事はない。タバコの煙。犬が後ろにやって来る。まだ間に合うから駆けだして道路へ出てしまえ。部屋を見つけて十年間ひとりで泣き暮らせばいい。

「おまえさんは結局、われらが旧友切り裂きジャックを作品に取り入れた」とアーヴィングが言う。「良心は咎めただろうがついにやったわけだ」

「この芝居は切り裂きジャックとは無関係ですよ。何が言いたいんですか？」

「偶然の一致だと言いたいんだろうが、果たしてそうかな。若い娘を餌食にするところ、娘たちの血にたいする病的な執着も。万事うまく利用しているじゃないか。そうだろう、ブラム？」

「どうしてそんなことが言えるんです？」

「今は議論するのはやめておこう。片づけなくちゃならん仕事があるんでね」そう言ってから床にタバコを捨てて、靴でもみ消した。

「貴重なコメントに感謝します」

「貴重とは思えんがね」

「判断するのは僕ですよ」

「よかろう」彼はため息をついて階段の上を見つめた。

「最初から最後までガラクタで、退屈な駄作だった。小学生男子が考えそうなことと小便が混じったバケツみたいなもんだな」

「はい」

「ライシアムで何年も学んだ結果がこれか？　シェイクスピアを神と仰ぎ、美を目指す俺たちの劇場で学んだ結果がこれなのか？」

「今回の脚本は走り書きなんです。小説を読んで判断してもらえればたぶん……」

「小説か、ふん、小説なんぞ糞食らえだよ。何の価値もない、臭いだけの、便所のゴミだ。売文家が書くのはふざけたほのめかしや卑怯な暗示ばっかりだ。いい年をしてはっきりものを言うこともできないのだ。安っぽい恐怖小説からは異様な性欲とニキビが臭う。せっかくの機会だから教えてやろう、あの手の本は野外便所の壁に書かれたぶざまな落書きそのものだよ。おまえさんの心はどこにもなくて、蓄音機が鳴ってるだけだ。下劣な室内便器みたいなその本にはエレン・テリー[5]という名前も出てくるってか？　そんなものを書いてしまって鏡に映る自分の顔をまっすぐ見られるのか？」

「もうそのくらいにしてください」

「そうか、おまえさんの顔は鏡に映らないんだったな。だっておまえさんは吸血鬼そのものなんだから。おまえさんは取るばかりで何も与えない。周りのものをむさぼり食うだけだ。惨めな自画像をせいぜい楽しむがいいさ。ぶくぶくふくれた、才能のないナメクジめ、おまえさんみたいなやつは世の中にふたりといないからなあ」

ハークスがふたりの間に割って入る。彼女の声は震えている。「チーフ、居室へ上がってしばらく休憩されてはいかががっすか？」

「黙れ、ずうずうしいぞこの女、身の程をわきまえろ」

「こら、愚鈍で気取り屋の、にやけ男が何言ってんだ」と彼女が言う。「弱い者いじめのさもしいろくでなしが、身の程をわきまえろなんてよく言うよ？　ホントならカミソリをお見舞いするとこだけど、刃物が汚れるからやめとくよ。あんちゃん、もういっぺん同じことを言ってみな。はばかりながら、こちとらはロンドン子だぜ。ブリクストン送りにしてやるからそう思え、この雌犬の忘れ物が！」

「俺の劇場から出ていけ」

　ハークスはチーフの靴につばを吐く。「せいぜいあんたの芝居小屋にしがみついてるがいいさ、この便所野郎。あんたなんか、最初っから大っ嫌いだったんだ」

　チーフは大股で舞台へ上がり、舞台係に向かって怒鳴り散らす。「あの茶番劇に使ったものはぜんぶ、俺の目に見えないところへ片づけろ。今晩の公演を控えているんだからな」

「はい、ただちに。ミス・テリーが、暴れ馬を抑えてください、とおっしゃってますが？」

「念のために言っておくぞ。おまえたちの雇い主はミス・テリーでもなければ、あの茶番劇の作者でもない。消えろ！」

　舞台の上に彼女があらわれる。その顔は憤怒の仮面そのものである。

「品位のかけらでもいいから、残ってるなら出しておきなさい」と彼女が言う。「いつの日か自分自身をおとしめることになるんだから、本人の前でその人を蹴飛ばすようなことを言っては駄目」

「あの野郎はアイルランド人の小役人だぞ、エレン。その程度の男なんだ。ブンガクとか言ってのぼせ上がるのは、あの連中に掛けられた呪いなんだよ。アイルランドの野蛮人どもときたら、どいつもこいつも自分のことを詩人だと思っていやがるんだから、始末が悪い」

「やめなさい。ブラムがそこにいるのよ」

「俺の劇場はほとんど一文無しなのに、そいつはばかげた物語を吐き出している。そいつとなんか出会わなければよかった。事の次第を知りたければ教えてやろう。そいつは俺の足をずっと引っ張ってきたんだ、ほんとの話が」

「ブラムがいなかったら何もできなかったくせに。この劇場はきっといまだに廃墟だった。彼はあなたに忠誠を捧げて、いつもあなたを愛してきたのに、その功績にこんな形で報いるっていうの？」

「他人に仕えるために生まれてくる奴もいる。仕えるだけが取り柄なんだ」

「汚らわしい、傲慢(ごうまん)な豚。あたしの友達をよくもそんなボロクソに言ってくれたわね！　ブラムはあなたがどう逆立ちしたって及びもつかない人物です」

「それならあいつのところへ行くがいい。おまえさんがそれほど人を見る目があるとは知らなかったよ」

ストーカーが舞台の袖から数歩踏み出すのに、二十年間もかかったように思われる。そして、ふたりのやりとりを聞いている間に彼の内側で膨らんでいた拳骨（げんこつ）の圧力がついに爆発して、チーフを穴の空いた袋みたいに殴り倒す。チーフは口の端から血を流しながら、ぶざまに倒れる。彼を助けに走る者は誰もいない。

「ろくでなし」ストーカーが言う。「起きろ」

チーフは動かない。

「復讐を楽しめ、ブラム。そうやっておまえさんの嫉妬を鎮めるがいい」

チーフがぶっ倒れた光景は毒ガスの放出そのものだ。もう元には戻せない。上体を起こし、ぽかんと口を開けると、口の端と鼻から血が流れる。彼は手の甲で血を拭き、誰かハンカチを持っていないか訊く。だが差し出す者はひとりもいない。この場面に脚本はない。犬さえもおびえているように見える。

殴られたチーフはなんとか立ち上がり、舞台脇の柱に寄りかかって苦しそうにしている。白いリネンのシャツに飛び散ったまっ赤な血で、アフリカみたいな形が描かれている。彼はかがみ込んで床の接ぎ目から何か小さなものを拾い上げ、首に巻いたクラバットをほどいてそれをくるむ。歯だ。息を切らしている彼に、衣装係の娘がタオルと水差しを差し出す。彼はあえぎながら、ひとつの単語を繰り返しつぶやいている――「暴力だ……暴力……」。娘はべそをかきながらチーフに手を貸す。

巡査部長が劇場へ入ってきて、観客席の中央通路から声を掛ける。責任者はどなたですか、緊急事態です、と彼は告げる。急いでください、時間がありません。今、動いてください。

劇場の外ではハンサム型二輪馬車が何台も呼び止められて、避難がはじまっている。役者たち、舞台係、大工たちが転げるように馬車へ乗り込んでいる。チケット売り場の販売係、場内案内係、使い走りの少年、機械修理工たちも。辻馬車の車列が、ごった返すウォータールー橋を氷河のようにゆっくり渡っていく間、機関車から蒸気が立ちのぼるかのように、乗客たちの口から祈りの声が漏れる。ああ神様、悪いことが早く収まりますように。

すすり泣く者がいて、慰（なぐさ）める者がいて、うつろな目をして黙り込む者がいる。遠くにロンドン南東部の尖塔がいくつも見える。その背後にはケント州の丘がある。御者たちは「ハイヤー、ホイヤー」と馬車馬にムチを打つ。彼方にデトフォードがある方角に、濃い煙がもうもうと上がり、風に吹かれた煙の山が螺旋形の巨大な渦を巻いている。

　鐘をガランガラン鳴らしながら、マイル・エンド・ロードに三台の消防馬車があらわれる。斧を構えた消防士たちが出動準備を整え、騎馬警察の部隊もやかましく出動してくるが、濃い煙は息苦しいほど真っ黒で、空を覆い尽くしているので、現場を見た者はもう手遅れだと思うだろう。

　火事は見える前に聞こえてくる。消防隊が防御柵を回り道してタバコ埠頭へ到着するまでの間に、吠えるような、かき混ぜるようなパチパチ音が大きくなっていく。おびえた馬たちのいななきが混じる。ふたつの鉄道橋が燃えている。舞台装置の倉庫が炎上している。あり得ない光景だ。どうして石が燃えるのだろう？

　ロープと滑車に火がつき、うなるような大火事になり、黒と紫の邪悪な炎が古い石組みを舐め、煙はひたすら上へ向かう。舞台の背景画が描かれた画布が燃えちぎれて風に舞い、自己に鞭打つ苦行者のようになっている。エルシノア、ヴェネツィア、バーナムの森、シーザーのローマ、アーデンの森、嵐の大海原。すべてが燃え上がっている。背景画の表面の油絵の具がくすぶり、溶けて、煙を吐きながら形を崩して、オレンジと黒の火の玉へと変形していく。バケツリレーをしても焼け石に水。駆けつけた消防隊とライシアム劇場の関係者が手をこまねいている前で、高所のアーチがみるみる真っ黒になっていく。アーチの下の空洞に叫び声が響いている。壁の苔、レンガの隙間の雑草の花、引き込み線の線路、物置や作業小屋が炎に包まれている。レンガまで燃えているかのようだ。

　背景幕がバリバリ音を立てて燃える。塗料缶が次々に破裂する。架台が崩れて壊れる。キーキー鳴きながら大挙して逃げていくのは何十万匹ものドブネズミ。石組みに隠れた場所に大都市をつくっていたネズミたちが大工の作業靴のつま先をかすめ、おろおろする子ネズミたちを踏みつけて逃げ出していく。

　下からは見えない高所の片隅でミソサザイの巣が燃えている。炎にやられたハイタカが悶えながら落ちる。運河に通じる排水路に消防ホースがつながれたものの、わずかな水量では溶鉱炉のような猛火にはとうてい太刀打ちできず、じきにホースそのものが燃えて、跡形もなくなってしまう。ふたつの鉄道橋の片方がぐらつきはじめて——そんなことが起こるとは思いもよらなかった——すばしこい炎と戦っている。

石の山のような橋が激しく揺れ、低いうなり声が空を引き裂き、上の方の敷板や部材が雨のように落ちてくる。折れたパイプ、上げ蓋、錆びた締め釘、歪んだ厚板、モルタルの破片、ついには重たい石材や石柱のてっぺん石、アーチの要石までが奇妙なくらい緩慢な動きで落ちてきて、地面を揺るがす。その轟音(ごうおん)は吐き気を誘い、あたりには赤黒い土煙が充満する。

鎖につながれていた恐ろしい石の巨人が束縛から逃れようとするかのように、二番目の鉄道橋も小刻みに震え出して、兄弟の死に激怒する。消防士の分隊長が「元に戻ってくれ」と叫ぶ。「頼むから崩れないでくれ！」

ファウスト博士が地獄へ向かうために乗ったガレオン船、バンクォーの亡霊があらわれた城の胸壁、ジュリエットが名前にどんな意味があるのか問いかけたバルコニー。逆上したアーチの内側に保管されていたすべての背景画が炎を吐き散らし、怒鳴り声をあげる。燃えるはらわたがもがき、漏れ出す。汚れた水に小石や枕木が交じって、壁伝いに滝のように落ちてくる。タールとコルダイト火薬の臭い、落ちてくる火の粉の屑(くず)。アーヴィングは我を忘れたかのように震えながら、大火災に引き寄せられていく。舞台係の者たちが彼を引き戻す。

「人生を賭けた仕事。俺の芝居。俺の子どもたち……俺は破産してしまった」

二番目の鉄道橋が崩壊するときにはそばの樹木に引火し、石組みが崩れ落ちる轟音と振動があまりにも激しかったので、ロンドンの南東にあるグリニッジ天文台で異変が観測された。

「ストーカー」もうもうと立ちこめる煙の中を引き戻されながら、アーヴィングが怒りをあらわにする。震える手に火傷を負い、動転したその顔は煤(すす)で黒ずんで、余興芝居のオセロのようだ。「恩知らずでたかり屋のアイルランド人。今日、俺に呪いをかけやがったな。未来永劫おまえを許さない。おまえは俺の殺人者だ」

20

《転落》

ミナの窓に、立ち退きを喰らった子どもが吐いた息みたいな霧が掛かっています。

彼女は血で描かれた五芒星（ペンタグラム）。

逆さまにした十字架。

終わりよければすべてよし。

いや、違う。

ミナはあらゆる言語に通じていて、すべての辞書を受け継いでいて、無限が果てるところまで数を数え上げたこともあります。

そんな彼女でさえ演劇人を理解し尽くすことはできないでしょう。

あの者たちが劇場に類人猿のようにあらわれたとき、征服者が植民地のあらゆるものに刻印をつけたがるのと同じように、見るものすべてを名づけはじめました。プロンプター用の机、張り出し舞台、ペンキ雑巾、円形パノラマ、楽屋、椅子席、劇場の出入り口。とはいえしかし、やがては土になるものを名づけ、もっと長く生き続けるものを名無しのままにしておくのはなぜかしら？

塩入れの小穴のような星々が、黒いテーブルクロスそっくりな夜空に出ています。

波を躍らせるほどの讃美。その讃美を示すことばを演劇人が持たないのはなぜ？

ミナは男に向かって自分の名前を十九回叫びます。この回数は黒魔術の数字。それなのに彼の耳には、軒端を風が吹いたとしか聞こえないのです。

ミナ
ミナ
ミナ　ミナ　ミナ　ミナ　ミナ
ミナ　ミナ　ミナ　ミナ　ミナ
ミナ
ミナ

ミナはくたびれたオーク材で組み上げた母屋桁（もやげた）の奥の暗がりから男を見つめています。男はものを書く機械に向き合ったまま泣いています。

「ストーカー」という彼の名前は、〈火を掻きたてる者〉という意味。心は枯れ果て、怒りによってくすぶり果てて、乾ききったアリゾナの砂漠になってしまいました。

この劇場の最も偉大な役者は舞台に立っている者たちではなく、ミナの屋根裏へ毎晩通ってくる男です。彼はすでに何年にもわたって自分自身を演じ続けているので、役柄を熟知していて、演技にはしばしば説得力があります。

でも、なるほどと思えない演技のときもあります。人間とはそういうものなのですね。

彼はときどき、ランタンを掲げて自分自身の霧の中へ入って行きます。炎とささやきの国、暗い記憶の森、怪物たちが血まみれの手でこねあげた泥で塗った壁伝いに進む洞窟の中へと。

彼は空気を吸っているのではなく、ミナを吸っているのです。

彼は空気中の細かい塵（ちり）とともにミナを吸い込みます。ミナは彼の熱っぽい血に混じって心臓の峡谷に至り、クラゲのような肺を通って、彼を生かしている大樽やポンプや弁膜を巡りめぐっていきます。それは彼が空想の力によって現実に変えた世界なのです。

彼は
自分の五感
を信じているが
犬は彼より耳がいいし
コウモリはもっと目がよくて
キツネはもっと鼻がよくて
魚なら触覚で、ハチドリは味覚で
おしゃべりができるのである
世に有害とみなされている
地面を這う虫のほうが
この類人猿よりも
物知りなのだが
彼はその事実に
目をそむけて
いる

窓から差し込んだ光が、カーテン代わりの麻袋の隙間を通ってくる。彼は雨の音に耳を澄まします。

役者は自分が演じたさまざまな役柄を覚えています。なぜ忘れないのでしょうか？

ミナはわかっています。

世間の人が人生と呼ぶのは幽霊船のこと。船にはたくさんの部屋がある。狭い部屋、広い部屋、豪勢な部屋があり、みすぼらしい部屋もあって、数え切れないほど。いつだって他人の人生があるのです。それゆえ、人は自分自身という牢獄から抜け出そうとする。誰か別人の部屋の窓から世界を見ようとして――。

方法はひとつしかありません。彼は部屋をつくろうとした。質素な隠れ家を。ところが今や、幽霊船そのものが燃えてしまったのです。

一八九七年五月三十日

今朝早く渡し船でテムズ川を渡って、仕事場へ行った。寒くて風が強かった。なんだか熱っぽくて、寒気が襲ってきた。喉がゼイゼイして息苦しく、咳をしたら痰が出た。ごく微量の薬用ヒ素と一服の抱水クロラールを服用した。

劇場の鍵を開けて――まだ誰も来ていない――直接執務室へ行った。近頃は舞台をまっすぐ見ることができない。

机と棚のものを撤収する作業をはじめた。本を縛っていくつもの小包にした。残務整理には四、五日掛かりそうだった。観客席と舞台裏に人の気配がしはじめたが、下りては行かなかった。

タバコを吸おうと思って廊下へ出たら、階段を上ってくるＥに出くわした。顔色が悪い。彼女は僕に何をしているのか訊いた。近頃はタバコの臭いが部屋に籠もるのが不快なので、階段を上りきったところにある大きな張り出し窓のところでタバコを吸うことにしているのだと話した。彼女は僕に何か尋ねたいことがありそうだった。何なのか見当はついたけれど、間違うのは嫌だから、こっちからは口を開かずにいた。

あたしが彼に会いましょうか？

その必要はありません。

彼女はうなずいて理解を示した。そして僕と一緒に執務室へ入って、後ろ手に扉を閉めた。

彼女との友情に免じて辞職を考え直す気はないか、

という話だった。チーフはあれほどの衝撃を受けたので正気を失ったのではないか、と彼女は怖れていた。

僕の見るところではチーフの正気は、普通人が懸念するよりも数リーグ先まで飛び去っています、『ドラキュラ』上演後の態度を見れば明らかですよ、と僕は答えた。辞職を考え直すということについては、そもそも考え抜いた結論ではない。僕の中に残っていたのは生存本能しかなかった。矜持を捨てて卑屈に振る舞い続けるのにうんざりしただけだ。

チーフがどういう人間かはよくわかっている。頑固で気まぐれで、心にもないことを言ってはすぐに後悔する。意固地を通すのもつらいだろう。天才ゆえの重荷。ふだんははったりと馬鹿話ばかりだ。

チーフにとって意固地を通すのがつらいのはわかるけれど、それは僕の知ったことではない。天才を自称する人間の自己愛と残酷さのとばっちりを受けるのはいいかげんやめにしたいのだ、と僕は彼女に言った。

どうして?

相手がエレン・テリーなので、問題の核心へ至るのはもう少しゆっくりにしたいと思ったのだが、来て欲しくない知り合いがいきなり部屋に入ってきて、テーブルにどしんと坐ったかのように、問題の核心が水面に出た。シェイクスピアは正しかった。やってしまうことによって、ことがすむのなら、早いほうがいい[1]。

僕は彼女に、ライシアム劇場を去ることに決めて、辞表はすでに送ったと報告した。今朝、ロンドンの自宅は売却するか賃貸に出すか、どちらか手っ取り早い方に決める手はずも整えた。子どもとフローレンスを連れて、なるべく早くダブリンへ帰るつもりだ、とも告げた。

いっそのこと殺してしまったらどう、と彼女が言った。あの人はあと一年ももたないんだから。

そうでしょうね、と僕が返した。

本気じゃないでしょ、わかるわよ。

ここまで来て、なぜか——おそらく疲労とストレスのせいなのだが——わだかまっていた感情がだだ漏れになって僕を圧倒した。彼女は、僕が吐き出す繰り言にじっと耳を澄ました。長い年月失望し続けてきたのは苦痛が大きすぎたし、みんなが見ている前であんなことになった以上、どんな友情だってもう修復などできやしませんよ。

「愛さえあれば切り抜けられるんじゃないの」と彼女

が言った。

　そのひとことは明らかな嘘なので僕は無視した。さんざん聞かされたせいで、僕がうんざりしているものがあるとしたら、役者連中が語る出まかせの嘘話だ。

　リハーサルのとき、役者たちは登場人物の行動や装いについて、底抜けのとんまみたいにしゃべりまくる。哀れな劇作家が墓から蘇（よみがえ）って、**いいかね、君たちは言われた通りにやればいいんだよ**、と連中に言いたくなっても無理はないだろう。

　僕はエレン・テリーが限りなく好きだし、役者としての彼女を深く敬愛している。ところが、生計を立てるために衣装を着けている役者たちはみんなどこか間違っていて、分別とまっとうな倫理があるべきところが空っぽなのだ。かれらは、なんとなく意味ありげだが本当は無意味なセリフをもっともらしくまくし立てて、その空虚を埋めようとする。そしてその後、スポットライトが消えるのと同時に身を翻（ひるがえ）して立ち去るのだ。役者のセリフを聞くくらいなら、路上でわめき散らす狂人に耳を傾けた方がましだ。少なくとも狂人は喝采（かっさい）を受けることを期待などしないのだから。

　彼女は、周囲がドラゴンだらけの巣に母鳥が必死に戻ってきたみたいに、またもやチーフのことを話題にした。そして両手を絞るようにしながら、僕を説得しようとした。僕は黙って話を聞いた。

　チーフには人を見くびる癖があるのに加えて、職業的な傲りもある。一度たりとも僕の話に耳を傾けようとしたことはなく、嘆願には反駁（はんばく）と冷やかしで応え、機械のように規則正しく、僕の助言を無視し続けた。僕は彼に、滑稽（こっけい）なほどけばけばしい演出にこだわるのはやめた方がいいと何度も言ったのに、僕のことばはことごとく無視された。

　劇場が所有していた背景幕はすべて燃えてしまった。劇場のリーダーは狂人だった。僕はこんなことのためにアイルランドから、のこのこやってきたのだろうか？　結婚生活を犠牲にして、幸せと引き換えに得たものは何なのだ？　家で子どもともっとましな時間を過ごせたはずではないのか？

　なんてこった、と僕は言った。こんなはずじゃなかった。

　あなたはチーフに向かって言いたいことをあたしに言ってる、と彼女が言った。

　なるほど確かにそうだと思った。

それから彼女は、しないでくれたらよかったのにと思うことをした。外套のポケットから例の呪われた本を取り出したのだ。あんなもの二度と見たくもないし、構想したことをさえ悔やんでいるのに。あの本は無駄に費やした数千時間そのものであり、紙でできた墓だ。あいつを書くために想像力の足を棒にして何百マイルも歩かされたことを思い出すと、物語という病気を持って生まれてきた自分自身を憎み、その病のせいで無駄にしてしまった人生を憎まずにはいられない。

「この本はあなたがこしらえたひとつの国よね」と彼女が言った。「慰めにはならないの？」

その本を見て、僕はすっかり力が抜けてしまったので、彼女からそいつをひったくって窓の外に捨てることができなかった。ついでに彼女と自分も、窓から身を投げてしまえばいいと思ったのだが……。

「いいえ」と僕は答えた。「慰めにはなりません」

「彼を許してあげないの？」と彼女が言った。「あたしに免じて。だって他に誰もいないんだから」

「あなたに言われてもこればかりは無理です」と僕は言った。

突然、咳の発作に襲われて、彼女を手振りで遠ざけた。拷問のような苦しみで涙が止まらず、半時間ほど咳が続いた。薬用ヒ素をまた服用した。胸が焼けるようだった。

一八九七年六月五日

今夕、私物の梱包を終え、夜の公演の開始とともにみんなが持ち場に就く頃合いを確認してから、ノート類とタイプライターを始末するために屋根裏へ上がった。咳がひどかったせいで肋骨がまだずきずきした。動くと痛みが走るのだ。

ランプの芯が湿っていて火が点かなかったけれど、窓から半月の光が射し込んでいたので、注意深く進めば大丈夫だった。暗がりの中を手探りしていくと、下界で喝采がときどきあがった。意外なことに喝采の声が癇に障った。思えばずっと前から喝采は嫌いで、聞くと腹が立つのだと気づいた。

タイプライターに覆いをかぶせ、忍びない気持ちを抱きながら、積み上がったノートや原稿を半時間ほどかけてずたずたに切り裂いた。その後、紙片を屋根のてっぺんからまき散らして、風に乗っていくのを眺めた。殺人と同じことをしたのだから、行為それ自体は楽しくなかったが、証拠を隠滅した解放感だけはあった。

汚れた大気はひんやりしていて、ある種の息抜きになった。薬用ヒ素を微量服用し、肺に全注意を集中して、咳をしないように心がけた。

屋根裏へ戻り、古くなった梱包用の木枠でこしらえた仕事机を解体した。高所の鷹の巣みたいなこの場所に自分が親しんだ痕跡を抹消したかったのだ。というのも、もしかりに、今後自分がこの場所のことをたびたび思い出すとしても、ここをねぐらにしていたことは帳消しにして、はじめてここを見つけたときの情景を記憶しておきたかったからである。

箱やら梱包用の木枠やらを動かしている最中に、どすんという音が聞こえた。大きな足音みたいだった。下界では『十二夜』の公演が最高潮に達した頃合いだったが、その足音は屋根裏の、僕の背後から聞こえたのだ。

寂しい場所で精神が悪さをするのは知っていたので、何ごともなかったかのように作業へ戻った。ところが再び、さっきよりも重たいどすんが聞こえた。振り向くと、三十ヤードほど離れたところに動かぬ、そして、紛うことなき人影が見えた。

「何か用ですか？」と声をかけた。

彼はこちらへ寄ってきた。

「君が潜んでいたのはここだったのか」と相手が言った。「かねがねどこだろうと思っていたんだ」

彼がこんなところまでやってきたのには驚いたが、ありのままを口に出して相手の思うつぼにはまるのは嫌だから黙っていた。僕は相手を無視して作業を続けた。

「すでに知っていると思うが」と彼が言った。「この劇場は手放した。今シーズン限りで俺のライシアムは幕を閉じる」

黙っていろ、と僕の直感は命じたのだが、どうしても口を開かずにはいられなくなった。うなずいて顔をそむけるという簡単な動作がなぜあれほど難しかったのだろう？

僕は、僕か、少なくとも他の誰かに相談もせずになんでそんな重要なことをひとりで決めたのか訊いた。

この劇場は専制君主国だったんですかね？

「それ以外の何だったと言うんだ？」

僕はチーフに、あなたには独断で劇場の借家権を手放す権利はないと告げ、例によって不埒で自己本位な返答を受けた。だがもはや驚きはしなかった。

「おそらく」彼は肩をすくめて言った。「なるようにしかならなかったということだ」

「役者たちはどうなるんです？　他にもここで働いている人間はたくさんいます、どうやって食べていけばいいんですか？　エレンだって？」

「よそで仕事を見つけるだろう」

「せめてかれらに告知するだけの礼は尽くしたんですか？　あなたの態度からするとそんなことしなかったように見えますが……」

「近頃、不安や心配ごとが多かったんでね」

僕の内側で怒りが抑えがたい欲望のようにくすぶっていた。この男の傲慢と無神経には果てるところがないのだろうか？　いったい全体、ものごとをどこまでぶち壊しにしたら気が済むというのか？

だが僕は、きついことばを口に出してしまってから後悔した。

「喉に癌ができた」と彼が言った。「外科医の見立てだ。まず声が出なくなる。あえぐだけになるそうだ。やがてあえぎ声も出なくなって、死ぬんだと」

彼は天窓を見上げた。小雨が降っていた。

わびしい、埃まみれのその場所で、ふたりともしばらく黙っていた。僕がついに口を開いて、いつ知ったのか訊いた。

「数か月前だよ」と彼が答えた。「医者も最初は自信がなかった。それで俺は、いわゆる専門医とやらいう、むかつく連中のところを駆け回ったんだよ。連中が言ってるのがホラかどうかはすぐにわかった。ホラなら俺だって腕に覚えがあるからな。自覚症状はもちろんあった。つねに違和感はあって、数年の間にひどくなってきていたんだ。つばを吐くと血が混じっててね。もっと早く医者へ行けばよかったよ」

「今からでもできることはあるでしょう？」

「ハーレー・ストリートに大名医がいて、俺の痛みを我慢できる程度に和らげてくれるっていうんだ。一回診察してもらうと三十ギニー取られるんだがね。死んだ方が安いよな。だが声を失った役者は、冬を失った季節みたいなものだからなあ。言いたくないが無用の長物。処置なしだよ」

僕は黙っていた。何も感じなかったからではなく、言うべきことばが見つからなかったからだ。チーフは見事に落ち着きはらっていた。その態度は、彼の中にあるとは思いもよらなかった禁欲主義に根ざしているようだった。少なくともその点に関しては、いやいやながら感服せざるを得なかった。彼のこういう面を以前に一度でも見ていれば、少しは違う今があったはずだった。

彼は悲しげで温和な表情を浮かべて、屋根裏を眺めていた。

「最後はここで暮らしてみたかった」と彼が言った。「ドブネズミと蜘蛛と一緒に。蜘蛛は声が出ないのに、人間が蜘蛛を怖がるのは奇妙じゃないか？　おそらくは声が出ないからこそ怖いんだろう。蜘蛛の沈黙が怖いんじゃないかな？」

僕は、そういうことについて深く考えたことはないですねと返した。

「俺が眠るための棺[2]を見つけてくれないかな」こう言って彼は攻めに出た。直近の口げんかで出た話題を利用して議論をふっかけてくるのはチーフの習性なのだが、このときはべつだん彼をケンカ上手とは思わなかったし、閉じた傷を開きたくもなかった。放っておく以上の対処法がない状況もある。

「あの本はここで書いたのかな？」彼が訊いた。

僕が黙っていたので、イエスと解釈したようだ。

「普通の人間はこんな場所は好まないだろう」と彼は続けた。「こんなにへんてこな根城は。だが俺は、君がここを好むのがわかる。君はかなりの変人だからな。俺だってここを好んだと思う。ゴミと悪意に満ちた下界を見おろすのは格別に違いない。しかも、この高みに陣取っていることを知る者は、他に誰ひとりいないんだから」

僕は、ただ単にここが一番便利だったんですよ、理由はそれだけですと返した。

「で、彼女には会ったのか？」

「彼女って誰です？」

「かわいそうなミナだよ」

「いいえ」

「彼女は近くにいる」と彼は言った。「ミナが俺たちを見ていると思わないか？」

「出ていってくれませんか？　ここでしなくてはなら

ない仕事があるんです」

「俺はここで劇場を開いてからミナを三回見た。少なくとも見たと思う。二回は公演の最中に、一階前方席の後ろに立っていた。三回目は真夜中にエクセター・ストリートで見かけた」

　屋根裏の床板に喝采の音が響いた。

「俺はじきに彼女といつでも会える」と彼は言った。

「そんな言い方はやめてください」

「あの本は大成功するよ。君の吸血鬼本のことだ。俺には見えたんだ」彼はそう言って自分のこめかみを指で叩いた。「ここでね。君も俺も死んでからずっと後に、喉が渇いたあの伯爵は世界中で有名になる。ユダみたいに」

　僕は彼に向かって、わずかに残った正気に別れを告げようとしているんですかと言った。

「正気をときどき手放すのは健康にいいんだ」と彼は返した。「正気は逃げずに待っていてくれるから」

　チーフは部屋着のポケットから飲みかけのハンガリー産（トカイ）の甘口葡萄酒（ワイン）のボトルを出し、コルクを歯で抜いて吐き飛ばした。

「握手を求めるつもりはない」と彼は言った。「俺たちはそんな柄じゃないから。でも、別れの一杯をつきあってくれないか、男同士として？　昔のよしみで？」

　彼は別のポケットに入っていたゴブレットをふたつ取り出して、濃厚で芳醇（ほうじゅん）な香りの酒をグラスの半分まで注いだ。僕は、締めくくりのけじめとしてそのグラスを受け取った。彼はグラスを上げて、僕のグラスに当てた。

「『リア王』一幕二場だ」と彼は言った。「〈さあ神々よ、私生児たちのために今こそ立ち上がってくれ〉」

　下界の楽団が奏でる、締めくくりのトランペットとティンパニが、屋根裏の床板に響いた。チーフはその音の他愛なさに微笑（ほほえ）んだ。僕は真顔のままでいた。

「芝居が終わりましたね」と僕が言った。

「しばらくここに隠れていよう」

「お相手をしなくちゃならないお客さんがいます。みんな、あなたに会いたがっています」

「想像できるかね？」彼が含み笑いをした。「楽団の連中はいつだって英国風の交響曲を演らなくちゃならない。薄っぺらで、口当たりがよくて、中身はゼロ」彼はそう言ってからワインを飲み干し、ゴブレットを床にたたきつけて踏みつぶした。「ドブネズミの群れを風呂に入れてきれいにしてから、目玉を齧らせるようなもんだ」

「もう下へ行った方がいい」と僕は言った。「賓客の相手をエレンだけに任せては駄目です。階段の下り口まで送ります」

「ありがたい。では見送ってくれ、マクダフよ(3)」

「足元に気をつけてください。根太が古くなってもろいので」

「俺みたいなもんだ」と彼は応えた。いかにも言いそうなことだ。

巨大な半月の黄色い光が高窓から差し込んでいた。月があれほど近づくのを見たのははじめてだ。屋根裏でのふたりの動作すべてを見られたように感じた。おまけに崖とか、細い谷とか、乾いた川床とか、大峡谷とかがあるという、月面の地形さえ見えたような気がした。下界では観客が最後の〈大喝采〉を送っている。

床板の細い隙間から劇場の明かりが漏れてきていた。

「ひとつ学んだことがあるんだ」僕の背後から彼のしわがれ声が聞こえた。

「何です？」

「あらゆることを考慮してもーーじっくり考えてみたんだがねーーシャイロックを演らせたら俺は天下一品、誰にも負けない」

僕は愕然とした。「あなたが学んだのはそれだけなんですか？」

「他に何があると思ったんだ？」

「いやべつに」

彼は小さな一歩を踏み出した。と思ったら突然消えた。階段を転げ落ちる音と悲鳴が下から聞こえた。

『タイムズ』紙、一八九七年六月六日遅版の記事から
劇場経営者であるサー・ヘンリー・アーヴィングが昨夜負傷した事故を受けて、ロンドン市ストランドのライシアム劇場が近々閉場すると発表された。
サー・ヘンリーは俳優としてはじめてナイト爵を授与された栄誉ある人物であるが、昨夜、舞台上部の天井を破って約五十フィート下の舞台へ転落し、観客、俳優、および楽団に衝撃を与えた。ときあたかも『十二夜』が終盤にさしかかったところであった。

たまたま観客席にいた医師とその弟である近衛連隊の軍人が応急手当をおこなった。サー・ヘンリーは肋骨と脚を骨折する大ケガを負い、しばらくの間意識不明となった。医師は、「これほどの転落をした場合、普通の人間なら命を失っていたかもしれません」と本紙の記者に語った。「サー・ヘンリーは不死身と言うべきでしょう」

　キャンセルされた公演についてはチケットの払い戻しがおこなわれる。

――第二幕終了――

第三幕　ブラッドフォード到着

——21——

《この章では真夜中になり、十三日の金曜日がやってくる》

ふたりは荷物をミッドランド・ホテルのポーターに預けて、デューク・ストリートからマニンガム・レーンへ歩く。アーヴィングはくたびれた様子で、杖に身体を預けている。紡績工場の女工たちが早足で追い越していく。紡績機につきっきりで働くドッファーとプレッサーたちだ。かぶりものを着けているので修道女の志願者みたいに見える。

ダーリー・ストリートとヴィクトリア・ストリートで、みすぼらしい身なりの子どもたちがボールを蹴って遊んでいる。ルバーブを売り歩く人が一軒一軒声を掛けている。疲れた馬車馬が羊毛を満載した荷車を引いていく。

劇場の掲示板にポスターが貼ってある。

シェイプスピア悲劇の数々に加えて『ザ・ベルズ』から名シーンを選りすぐった公演
まだよいお席ございます
今夜、ブラッドフォード・ロイヤル劇場において引退公演
サー・ヘンソー・アーヴィング

「なんだ、これは」とアーヴィングがつぶやく。「俺の公演ポスターは校正する価値もないというのか」

「ひとこと釘を刺しておきます」とストーカーが言う。

「まあ、釘を刺す必要もないな。俺以外どうせ誰も気づかんよ」

「それでは示しがつきません。入りましょうか？」

「まだ早いんじゃないか？」

「長旅の疲れを取る時間が必要かと思ったんです。いつものように舞台回りを見ておいてください。食事の注文をして、届けてもらいましょう。待つ間にはトランプでも？　どうかしたんですか？」

アーヴィングはイングランド北部の町の通りをはじめて見るかのように、途方に暮れた目をしている。

「じつは腹の調子がおかしいんだ。汽車の中でおまえさんが俺をあんなふうに眠らせたからだ。一日に二回眠って起きると調子が狂う。波止場の娼婦になったみたいだよ」

「ホテルへ戻ってしばらく休みますか？」

「ごめんこうむりたいね。あんな安宿は」

「いや、ただ僕は――」

「俺の好みはわかってるだろう？　山の草原へ行って新鮮な空気を吸いたいんだ。奴隷みたいに働かされるスケジュールを押しつけられてるから、そんなとこへ行く余裕はなさそうだがね」

「スケジュールには納得しているはずですよ」

「奴隷は差配人が決めたことに口を出せないんだよ」

「まだ数時間ありますよ」

「でも山の草原へは行けないだろ？」

　ちょうどそのとき、上り坂になった通りのはずれからハンサム型二輪馬車があらわれる。分厚い外套を着込んだ御者は、眠っているかのようにこっくりを繰り返している。馬車は弧を描くように近づいてくる。二頭立てのまだら馬が二人連れの炭鉱労働者をゆっくり追い越した。御者はぱっちり目を覚まして、ようがす、山の草原なら行けますよ、と言う。けど、どこから山へ入りましょうねえ？

　ふたりともこのあたりの地理に詳しくないので、御者が、それじゃトップ・ウィゼンズの何マイルか手前の、ハードキャッスル・クラッグズから入りますかね、と提案する。

　町を通り、工場を過ぎ、イバラが茂る細道から道路脇に灌木が生えた馬車道へ入る。道の両側から枝を広げたオークの木々が頭上にアーチをつくっている。密猟者や旅回りの鋳掛け屋が見つめている。オークの並木がシカモア並木に変わる。ブラッドフォードの空は氷のように青白い。

　シモツケソウとワスレナグサが溝の縁に生い茂り、遠くで燃えている薪の芳香と、沼地に生える野生ニンニクの匂いが漂ってくる。小川に架かる橋。向こうの雑木林に池が見えて、鹿の群れが鼻面を寄せ合って水を飲んでいる。さほど遠くないあたりから汽車の汽笛が聞こえ、町の教会の鐘が鳴り響き、炭鉱では午後四時を知らせるサイレンが鳴る。

　野鳥の歌、キツネの鳴き声、岩と戯れるせせらぎ。白いあごひげを生やした魔術師のように空を行く雲。ハードキャッスル・クラッグズの傾いたマイル標石のところで馬車を止める。

　御者が手を貸してふたりを降ろす。そして、石の道標伝いに行けばいいと教えてから、ここで一時間待つと言った。「散歩してくらっせ。ごゆっくり」

　水が染み出す荒れ野でヒースが風に揺れている。枯れたハリエニシダから野鳥が舞い上がる。ライチョウ、フクロウ、ヒバリ、シギ。遠くの崖の下にうずくまるようにして牧師館の廃墟が見える。

　ふたりが小川に沿った道を下り、苔(こけ)むした飛び石伝いに流れを渡って、近づいてくる丘の稜線に向き合う頃には、目を射るようだった日射しが柔らかくなっている。湿った草むらにロバがいて、外套のボタンみたいな目で歩いていくふたりを見つめている。

「あの向こうはハワースだ」とアーヴィングが言う。

「ブロンテ姉妹が住んでいた村だ。あの家族はおまえさんと同じアイルランド系(バディーズ)だよ、お気の毒様」

「あの一族は正真正銘のイングランド人でしょう」

「違う。母親はコーンウォールの生まれで、父親はアイルランド系(ミック)だよ。情にもろい人殺しと、神様しか信じない気難しい未婚女が住んでいる島。とっととあそこを抜け出してきたクチだ」

「確かですか？　ブロンテという名字はアイルランドでは聞いたことがないですよ」

「もともとはプロンティだったんだ。姉妹の父親がケンブリッジ大学へ入ったときに名前を変えたんだよ。仕上げにウムラウトなんかつけて、かっこいい隠れ蓑(みの)になった。言うまでもなく、アイルランド人はみんな、生まれながらにしてペテン師だがね」

　ストーカーは手をかざして目の上に影をつくる。アーヴィングは携帯用酒入れ(ヒップフラスク)からぐいっと飲む。何年も前の話だが、彼は劇場で舞台に転落して、三分間意識を失った。その後、目が覚めたら地獄の扉の前だったが悪魔に送り返された、というジョークが口癖になった——「地獄は満員御礼、役者連中で溢れかえってるって言われたんだよ」。

「かねがね、うまく脚色すれば、バシッと決まった芝居になると思っているんだ」とアーヴィングが言う。『嵐が丘』。暴力あり、墓場あり、息苦しさもふんだんにある。年老いたヒースクリフを俺にやらせたらすごいぞ。極悪非道の、不埒(ふらち)な私生児だ。レンにはキャサリンをやってもらう。彼女なら氷と火を両方演じられるからな。〈ネリー、わたしはヒースクリフと一心同体なのよ〉。いまだに脚色されたことがないだろ、ぜひやるべきだ」

「まだ間に合いそうですね、おそらく」

陰気な咳のような笑いが返ってくる。「ヒースクリフは杖にすがって歩き、ベッドでココアを飲む。キンタマなんかしなびた灰色で、シャツ寝間着を着て眠るんだ」

「あの小説を読んだのはずいぶん昔ですよ。再読してみましょうか?」

「まあ無理にとは言わん。レンも一緒にここへ来られたらよかったな。昔はよかった、なあ?」

「昔はよかったですね」

「俺たちは恵まれていた。不満はなかった。だが恵まれなかったこともある。幸せな結婚だよ。レンも結婚には恵まれなかった。ときどき思うんだが、おまえさんはどうだったんだ?」

「なんで今さらそんなことを?」

「おまえさんは奥方に忠実だから、結婚と幸せについて話し合ったことなんかないんだろうな。幸せだったらそれでいい。心からそう思う。もちろんどの結婚も端から見たら、ちょっとはへんてこなもんだろう。俺たちの結婚だってそうだ」

ストーカーは声を上げて笑う。

「僕とフローリーは慌てて結婚したから」とストーカーが言う。「つきあっていた期間は長くないんです。お互いのことがよくわからないまま結婚してしまったんですよ」

「息子がいるから別れなかったっていうのは男らしいと言えるのか?」

「フローリーと別れるなんてあり得ない。それはないです。彼女はわが子の母親ですよ。そのことについては、どうやったって返礼できない。でもふたりの間にあるのはそれだけじゃない。説明するのは難しいけれども」

「話してくれ」

「思い出すんですよ。結婚したばかりの頃の話です。ロンドンへやってきて、興奮していました。確かグリーン・パークだったと思うんですが、まあどこでも同じようなものです。小さな男の子が、屋根つきの演奏台の近くで凧を揚げていたんです。フローリーの顔にやさしさと喜びが溢れていました。僕はひとりごとを言いました、〈ストーカーよ、君はたいした奴じゃない。物書きとしても、人間としても。だが彼女は君を選んでくれた。今まで会った人間の中で最も気高い人だ〉って。なにしろ人生ではじめて僕が選ばれたんですから。すごいことです」

「俺の家族はライシアムにしかいなかった」アーヴィングは苦しげに呼吸しながら言う。おまえさん、レニー、それから俺たちの子どもたち。奇妙だがね、最近思い出すのは公演でも喝采でもなくて、一緒に過ごした時間のほうなんだよ。毎日の大半は公演だったのに。ちょっと立ち止まらないか？　息が切れる、年だな」

「もちろん。ちょっと腰を下ろしましょう。木立のそばのこのあたりで」

「俺はおまえさんに思いやりのかけらもなかったよ、ブラム。おまえさんがものを書くことについてだ。最も軽蔑すべき人間の弱点、嫉妬がその原因だ。おまえさんのドラキュラが失敗に終わったのは残念だった」

「そんなに温かいことばをもらったら、伯爵はびっくり仰天しますよ」

「自分でも何か書けたらよかったんだが、勇気がなかった。あんなふうに自分をさらけ出すなんて、怖すぎた」

「長年にわたって毎晩、舞台の上で自分をさらけ出してきたでしょう」

「やさしいことを言ってくれるじゃないか。だがそれは違う。自分をさらけ出すなんてことはめったにない。さらけ出すのはレンだよ。それが彼女の驚くべき才能なんだ。レンは誰を演じていても、いつだってレンだ。だからみんなに愛される。ろくでもない連中に向かって本当のことを言うのが、彼女くらいうまい人間はいない。彼女は飽くことなく演じ続ける。非凡だよ」

　遠くに滝がある。彼は無意識に目だけを向ける。

「若かった時代、演技をはじめたばかりの頃には、俺はあまり努力した覚えがない。演技は向こうからやってきた。歌みたいに。頭の中の圧力を測れる気圧計みたいなものがあったら欲しい、といつも思っていた。公演がある日の朝、俺はいつも沸騰していた。大釜みたいなもんだ。一日かけて圧力がどんどん上がって、しまいには溜まった蒸気の圧力に耐えられなくなる。しゃべれない、考えられない、目玉から噴き出しそうになる。その状態で舞台へ上がって、蒸気を吐き出してたんだ。やれやれ。観客や劇作家なんか眼中になかった。俺自身もどうでもよくなっていた。ところが近頃は悲しいかな、俺は沸騰しない。路地に捨てられたポンコツのティーポットみたいなものだよ。だがおまえさんは沸騰する。書き物の中で沸騰するんだ。必要なのは沸騰したものの出口をつくってやることだろう。それがなくては悲しすぎる」

「遅くなったら一大事です。そろそろ戻りましょうか？　公演の前に少し休まないと」

「ここへ来たのはよかった。ありがとう。シェリーでもちょっと飲んで、少し横になろう」


一時間後、彼はホテルの部屋でカーテンを引き、ベッドで横になっている。ふと気がつくとストーカーがランプに火を点け、洗面器と水差しの準備をしている。

「こんちくしょう」とアーヴィングが言う。「もう時間か？　いい夢を見ていたところなのに。まあちょっと、淫らな夢ではあったがね」

「サプライズがあります」

「サプライズは嫌いだ」

「これは例外ですよ。じっとしていてください」

「いったい全体、何をしているんだ？」

「ひげを剃る前に髪を整えてるんです」

「やめてくれ、女々しい奴だな。ほっといてくれったら」

扉が音もなく開いて、彼女が部屋へ入ってくる。

「誰だ？」アーヴィングが言う。「こっちへ来てくれ。見えないんだ」

「昨日の夜、ハロゲイトに出てたのよ」と彼女が口を開く。「お友達が伝言をくれたの、あなたがここへ来るって」

「レンじゃないか！　その友達ってのは？」

「決まってるじゃない」

「向こうの窓から入ってくる光が柔らかい。おお、レン、神々しいよ、よく来てくれた。ブラム、今の今まで内緒にしてたとは、言語に絶するろくでなしだぞ、おまえさんは」

「すぐ行かなくちゃならないのよ」

「来てくれるとわかってたら、身だしなみを整えておくんだった。それで、元気でやってるのか？　頼むから腰を下ろしてくれ」

「なんとか生きてるわ。この頃はひと晩きりの公演をやってるのよ、わかるでしょ？　今晩はハダーズフィールドの大っ嫌いな演芸場に出ます。明日はバーミンガムのプリンス・オブ・ウェールズ劇場で、ウェールズ人が三人の男友達と一緒に書いた茶番劇――って想像できる？――に出るの。それでもなんとか元気にしてるわよ」

「このベッドから出してくれ。シュワッとするやつを開けようじゃないか」

「そこにいて、動かないで。あたし、ほんとに時間がないのよ」

「ゆっくりしていけばいいじゃないか？　ブラムもそう言ってるよ、なあアーンティー？　ほんとは俺たちと楽しくやりたいんだろ？」

「あいかわらず救いがたい悪魔だわね。とっても魅力的よ、くらくらする」

「このおてんば娘はあいかわらず、こじゃれた嘘をつくもんだ」

「小鳥ちゃんが話してるのを小耳に挟んだんだけど、あなたこの頃、調子がよくないんじゃないの？　大事にしなくちゃ駄目よ」

「じつはよく眠れない。そいつが元凶なんだよ。昼間は疲れ果ててるくせに、夜になると眠れない。考えちまうわけだ。昔のことをつらつら思い出したりしてね。他人の目を気にせずに、心に静けさを取り戻したいんだがね。この年になってようやく静けさが恋しくなったわけさ、変かな、変じゃないよな？」

「七時になりますよ」とストーカーが言う。「化粧をはじめないと」

「あたしに手伝わせて」とエレンが言う。「道具を持ってきて、ブラム。あと、タオルも。ハリー、ちょっと黙って。化粧してあげるわね」

大小の器、筆や刷毛（はけ）、粉おしろいや口紅などが載ったトレイを、ストーカーが持ってくる。

「引退公演なんて」化粧下地をあごに塗り込みながら彼女が言う。「最初、信じられなかった。またペテン師の癖が出て、お客さんをかき集めるために企んでるなって。唇をとんがらせてくれる？　プーッてね。まん丸くして」

　ストーカーがオーカーとバイオレットを混ぜた色の口紅を塗る。エレンは目の周りに化粧を施し、細心の注意を払ってアイラインを伸ばす。「お客さんはあなたが引退するなんて許さないわよ。年取っても馬車馬みたいに働きなさい」彼女は微笑（ほほえ）みながらそう言って、舐めた指先でアーヴィングの眉毛を整える。「まあ、引退するのが本気だとしても、文句のつけようがない経歴なのは確かかね、そうでしょ？」

「ああ、とてもいい仕事人生だったよ」

「右の頰にもうちょっとばら色のチークを入れて、ブラム、そうそう、それでいい、化粧の巨匠だわね。ところでハリー、あなた、今までで何が一番うれしかったの？　世の中の人はあなたとあたしが一緒にやってきたみたいに言うでしょう。あたしはときどき考えるんだけど、あなたは、自分が人生から何を得たのかって考えたことある？　鏡をちゃんと見てね」

「いい葉巻、一杯のワイン、何人かのやさしい友人」

　彼女は声を上げて笑う。

「あとはもちろん、不死のちっぽけな薄切りだな」

「どういうこと？」

「レン、いいかい。俺はね、不死者[1]なんだ」

「またばかなことを言ってます」ストーカーがため息をつきながら、カツラの前髪に櫛（くし）を入れる。「この俺は、物書きって奴が嘘ばっかりでっちあげる人間だということがどうしても信じられない。うぬぼれ、汝の名はアーヴィング[2]」

「あら、そんなこと考えたこともなかった」と彼女は言う。「だってドラキュラは、ハリーと比べるには紳士すぎるでしょう。ところで今晩は何を演るの？」

「『トマス・ア・ベケット』をやるつもりだ。劇場側はあのいまいましい『ザ・ベルズ』をやらせたがっていたんだが、俺は今、気が変わったぞ、頑固で老いた女王みたいに。観客をブーブー言わせてやろう」

「カンペキよ」とエレンが言う。「もう行かなくちゃ」

「汽車に乗り遅れるな」

「間に合う汽車なんていつだってあるわ、そうでしょ？　あたしのロミオ」彼女はアーヴィングの顔をやさしく撫でる。それから親指にタルカムパウダーをつけて、彼のほお骨の上に塗りつける。「長い年月を振り返ってみると、舞台に立ってた時間よりも、汽車に乗ってた時間の方が長かった気がするわ」

「俺は汽車に一、二本乗り遅れたことがある」

「この人には間に合ったじゃないの」

「わが天使。われらのレン。さあ、尼寺へ行け[3]」

「お休みなさい、わが王子。がんばってね」

舞台裏、ロイヤル劇場、開幕まで十分

医者が呼ばれて、ロウソクの明かりの下で診察がおこなわれる。咳の発作が激しく、鼻からの出血も心配だ。血圧が下がり不整脈がある。

「大事を取った方がよいですぞ、サー・ヘンリー。命に関わりますから。公演は中止か延期にしてください」

「ばかを言うな。痩せても枯れてもアーヴィングだぞ。コーンウォールの人間は臆病風には吹かれない」

「あえて繰り返しますが、公演は中止するのが賢明です」

「誰かエールを持ってきてくれ。ケルト人の地獄みたいに冷やしたボトルを。そうして劇場のドアはぜんぶ閉めてくれ。観客が逃げ出せないように」

「もう一度申します。医師として――」

「先生」とストーカーが言う。「僕はこの人のことを自分自身のようにわかっています。これ以上話しても聞く耳は持ちません。やらせましょう」

「おい、こっちだ！　そのボトルをこっちへよこせ。何をぐずぐずしているんだ？」

アーヴィングはビールを受け取ると、一息で飲み干さんばかりの勢いで口をつける。

「エールを飲むと汗が出る。なあブラム、イングランド北部の連中は、誰かがあの連中のために汗をかくのを見たいんだよ」アーヴィングはビールを飲み干して、他の役者たちに向き直る。「セリフは頭に入ってるだろうな？　よし。初心に返って、はきはきとやってくれ。俺は決して観客に背を向けない。まずい位置に立つ奴がいたら尻を蹴飛ばすからそう思え。上演後、俺のためにシャンパンを用意しておいてくれ。さあ、はじめるぞ」

観客席の明かりが消され、大拍手が巻き起こる。役者たちが開幕時の位置につく。オーケストラピットから、調律の甘いピアノが奏でるファンファーレが湧き上がる。

「ブラム、頼まれてくれるか？」

「何なりと」

「町を散歩してこい。芝居は見るな」

「なんで見ちゃいけないんです？」

「俺の希望だからだ、今晩はなんだか意気が上がらない。最高の俺を覚えておいて欲しいんだよ。閉幕のときに戻ってきてくれ。行け」

「本当にそれでいいんですか？」

「そうだ。行け」

劇場の正面出口からぬかるんだ通りへ重い足取りで出ていくと、みぞれが降り出す。〈**サー・ヘンソー・アーヴィング引退公演**〉と書かれた何列ものポスターがびしょ濡れになっている。ストーカーは金物屋の店先で雨宿りをしてタバコに火を点ける。ショウウィンドウにエドワード七世の銀板写真（ダゲレオタイプ）が飾ってある。


名声と栄光の頂点を極めた夜があった。

『ヴェニスの商人』が幕を下ろし、元気だったアーヴィングが舞台の袖へ意気揚々と戻ってくると、大勢の大工と建設作業員が大道具部屋で待ち構えていた。観客席から最後の客が退出するのを待ちきれずに作業員たちがわらわら出てきて、椅子を取り外し、壁を青みがかった紫と銀色に塗り替え、ペルシア絨毯（じゅうたん）とビロードの布を床一面に敷き詰めた。舞台上部にシルクの横断幕が掲げられた。〈エドワード国王ご即位祝賀　ロイヤル・ガラ特別公演〉

エクセター・ストリートに黄金色の四輪馬車が詰めかけ、馬の胴体から湯気が立ちのぼっている。王子たち、インドの貴族たち、族長たち、有力者たち、見事なタータン柄のキルトを着用したスコットランドの地主たち、虎の皮をつけたイスラム教国の君主（スルターン）たち、発音しにくい地域名を持つ帝国内の辺境からやって来た王族たちが勢揃いして劇場のロビーを歩き、一同行列をなして舞台へ向かう。大公たち、政務官たち、イングランド諸州総監のお歴々、海軍大将、そして、宝石をちりばめたドレスを着た伯爵夫人たち。金粉とあらゆる色のきらめく光が空気の中で揺れている。赤と黄色のバラの花びらが紙吹雪のように舞い、ワインが噴水盤から滴り落ちる。先年ナイト爵位を授与されたばかりのアーヴィングが名声の後光を背負って登場する。彼は舞台の袖にいたストーカーを呼び寄せる。手に手を取ってふたりはお辞儀する。

一同が唱和して「国王陛下万歳」を歌う。だが果たしてこれは誰のための歌なのか？　アーヴィングは不安そうなエドワード国王に目で合図して、前へ進み出て喝采に応えるのはあなたですと知らせる。

汽船でアメリカへ行った。特別室はじつに豪華だった。サンフランシスコ、ニューオーリンズ、シカゴなどで公演した。エレンはセントラルパークの湖の畔でアイスクリームを食べた。アーヴィングは親切そうな目をしたマーク・トウェインと会見したとき、片膝を折って敬意を表した。これらのことは本当に起きたのだろうか？　それは確かなのか？

チーフがみすぼらしい階段を上って、楽屋口から劇場へ入る。楽屋の小部屋と小道具置き場の前を通り、役者用のトイレの臭いを嗅ぎ、天井から水が漏れてきたときのために並べてあるバケツを横目にして、誰も覚えていない昔の演劇のポスターが貼られた廊下を素通りして急勾配の梯子を下りて、舞台の袖にたどり着く。

チーフは涙目で顔色が青白い。彼は聖職者用の襟をゆるめて、締めくくりにさしかかった芝居の中で負けまいと奮闘している。劇場へ戻ってきたストーカーがプロンプター用の脚本を目で追っている。

トマス・ア・ベケット　「心構えはすでに整っている、ヨハネスよ。わたしは死ぬ覚悟ができている」

ソールズベリー　「われわれはみな罪人。たとえ最善を尽くしても死の覚悟などできますまい」

トマス・ア・ベケット　「判断なさるのは神だ。おお神よ、あなたの腕の中へ。わたしはあなたの腕の中へ」

すり切れた緞帳が下りる。チーフは足元が怪しい。観客は立ち上がってカーテンコールを求めている。若い俳優ふたりに支えられて彼は舞台へ戻り、喝采に応える。お辞儀をしたかと思えば、絞首台に上げられた追い剝ぎみたいに、傲慢に口を尖らせる。小間使いの少女が舞台の袖からユリの花束を持ってくる。チーフは少女にキスをして、観客に向かって花束を振ってみせる。

「**ヨークシャーよ、永遠なれ**」と彼は叫ぶ。

チーフは楽屋へ戻り、鏡の前でくたびれ果てた亡霊と向き合っている。

「あらゆる悪の根源について語りあおう」と彼はつぶやく。「観客から金を搾り取ったか、アーンティー？」

「お腹が空いてるんじゃないですか?」

「今晩の上がりはどうだったんだ?」

「ほぼ四ポンドですね。荒れた天気のせいで来るのをやめたお客さんもいたでしょう」

「北イングランドはけちん坊だらけだな。ホテル代にしかならんじゃないか」

「毎回完売というわけにはいきませんよ」

「俺が首相だったら、ヨークシャーに大砲の弾を雨あられと降らして、この土地の連中を皆殺しにしてやるところだ。そうすりゃあイングランド人の知性の平均レベルは劇的に跳ね上がるぞ」

「明日の晩の上がりはもっとましになりますよ。リーズは劇場へ足を運ぶ人が多い町です」

「昔はハンサムだったと思うんだがな。なあ、ブ、ブ、ブラムズ、ズルズこの顔を見てくれよ。踏みつぶされたケーキみたいになっちまった」

「あなたは今、病み上がりで、演技の仕事を再開しようという気になっています。いつもの調子が戻れば大丈夫、万事うまくいきますよ」

「洗面器に水を張って持ってきてくれ。これから母さんが化粧落としをするから」

「手を貸しましょうか?」

「自分でやるよ。おまえさんのでっかいお手々なんか全然いらない。ひとりで何でもできるんだから。かばんの中にコールドクリームが入ってたかな?」

「ここにあります」

「俺たちは何年一緒にやってるのかな?」

「かれこれ七百年です」

「そりゃあ驚きだ。アイルランド人とそんなに長い年月一緒に仕事をしてきたごほうびに、天国へ行ったらすごい冠をもらえるぞ。俺の最初の舞台はダブリンだったんだ」

「その話は聞きました」

「あいつら、シューッて言って、俺をからかったんだぞ。シューーーッて」

「それも聞きました」

「忘れてやるもんか」まぶたの化粧を落としながらアーヴィングが言う。「ダブリンの観客は世界一がさつで、容赦ない連中なんだ。だがおまえさんとの出会いが、アイルランド人の粗暴な裏切りを埋め合わせてくれたよ、なあ、アーンティー。俺はその恩に応えてこられたかな?」

「気分はどうです？」

「上々だよ」

「もっと悪いと思ってましたよ。もうお終いかと」

「大げさに演じすぎたかもしれんな、まあ気にするな。母さんってものはいつだって自分がやってることはわかっているんだ」

「ホントですか？」

「野次馬連中は、俺たちがあいつらの目の前でコロッと死んで、話の種を恵んでやるもんだと信じてる。〈おいらはアーヴィングの最終公演を見たんだが、あいつったらブーツ履いたまま死にやがった、あんなざまははじめて見たぜ〉って。役者の末路はそんなものだよ。野次馬のために死す」

「この劇場の支配人のいとこの、ミセス・ローダーデールから手紙が届いています。あなたの髪を一房とサインが欲しいそうです」

「ずうずうしい女だ、ノーと言ってやれ。毛が欲しかったら自分の亭主の尻から抜けって」

「仕事がない高齢の役者を援助するための、慈善基金をつくろうとしているようですよ」

「劇評家連中は俺たちを丸坊主にしたがるから厄介なんだ。でも慈善活動だっていうなら、その邪魔くさい女に俺の髪を一房やろう。そこの小物入れの中に爪用のハサミがあるんだ、出してくれ」

ストーカーが髪を切る間、アーヴィングはうつむいている。ハサミがなまくらなので、白髪の髪を少しだけ切り取るのにずいぶん手間がかかる。アーヴィングの左手が化粧台の上に投げ出されている。

ストーカーはその左手に手を伸ばす。ふたりの指が触れてずれる。

楽屋の窓にみぞれが当たる音を除けば完全な静寂。

「喉を冷やすなよ」アーヴィングがささやく。「今夜は寒い。風邪引くな」


ホテルのロビーは宿泊客で混み合っている。ウェイターたちが結婚式のパーティー会場にトレイを運んでいる。ダイニングルームの入り口近くの暖炉に火が入っている。

公演のあとの疲れがやってきている。アーヴィングは苦しそうに息をして、咳も出ている。

「ちょっと腰を下ろさせてくれ、アーンティー。へとへとだ」

レストランの壁の凹(くぼ)みに据えられた豪勢な肘掛け椅子には、王座のような風格がある。アーヴィングは足を引きずってその椅子へたどり着き、腰を下ろして、テーブルのメニューを手に取る。「おお、いいぞ、いいぞ、シャンパンを一杯もらおう。腎臓を洗わなくちゃならんから」

「深夜の飲酒は控えるようにとお医者さんが言ってましたよ」

「だがね、ブラッドフォードはシャンパンで知られた町なんだ。一杯だけだよ。悪魔をあざ笑ってやろうじゃないか」

「僕はあなたが寝た後、部屋で一杯飲むことにします」

「結婚式ってのは世界一の見物だと思わないか？　若さの魅力を年寄り連中に見せつける絶好の機会だ。おまえさんも飲んで、ふたりでダンスを見物しよう」

「いいえ」

「なんて救いがたい堅物なんだ。さては俺の心臓に杭(くい)を打ち込むつもりだな[4]」

「もう真夜中です。明日は移動日なので早起きですよ。無茶言わないでください」

「シャンパンをちょっと飲んだくらいでハリー・アーヴィングは死なないぞ。テーブルの下でビールを飲んで、立ち上がったらすぐハムレットを演れる。ロブスターの冷製を少しと、骨付き鶏かなんかを頼んでくれないか？」

「まったくもう、困った人だ。僕の手につかまってください」

「アーンティー、頼むから一杯だけ持ってきてくれ。腰を下ろして人間観察をしたいんだ。これは俺の研究だよ。人間観察は食事と一緒なんだ」

ストーカーがバーへ行くと、劇場の楽屋へ往診してくれた医師がいる。葉巻を手にした男たちに交じってビリヤード台を囲んでいるところだ。医師は愛想よく手を振り、拳を握って振り上げる。声を出さずに唇の形だけで「よくやった」と伝えてくる。ストーカーはうなずき返し、シャンパンを一杯注文しようとしかけたところで気が変わり、ハーフボトルに変更する。さらに葉巻を二本追加する。そうだな、トルコ産のラタキアタバコがあったらそれをください。

奇妙なことにふいに気がつく。バーカウンターの鏡の、酒瓶がずらりと並んだ上あたりにストーカーの姿が映っているのだが、肩のすぐ後ろでアーヴィングが泣いている。ストーカーが振り向く。驚いたことにそこには誰もいない。

ガラス屋根を霰がサラサラ叩いているので、誰もが上を見上げる。ピアニストが「バイカー・ヒルのかわいい乙女」というノーザンブリアのバラッドを弾きはじめる。演奏はうまくないが、感情はこもっている。酔客が何人か歌に加わる。

もし俺が／あと一ペニー持ってたら
おそらくは／ビールの小をお代わりして
バグパイプ奏者にリクエストして
バイカー・ヒルのかわいい乙女を演ってもらう
バイカー・ヒルとウォーカー・ショア
炭鉱で励む若者たちよ、永遠なれ
バイカー・ヒルとウォーカー・ショア
炭鉱で励む若者たちよ、永遠なれ

ロビーでアーヴィングがうつ伏せに倒れている。床には血がついている。ウェイターたちが彼をあお向けにして胸を押し、名前を呼ぶ。医師がキューを持ったまま、バーのビリヤード台から飛んでくる。通りから巡査がふたり駆け込んでくる。

シャンパンのハーフボトルを入れたアイスバケットが落ちる。

花嫁の付き添いの若い娘が泣いている。

回転ドアが風の勢いで空回りしている。

誰かがベッドのシーツを持ってきて、牧師が来るまでの間、アーヴィングの顔を覆い隠す。

終　章　一九一二年四月十二日金曜日

ケント州テンターデン近郊　スモールハイス・ハウス

午前六時三十一分

　年老いた女性料理人が今朝は具合が悪いので、当家の女主人が朝食をつくって、彼女の部屋へ持っていく。使用人専用の裏階段を上って注意深く運んでいくのは、フライドエッグ、ティー、トースト二枚、小さなグラスに入れたオレンジジュース、熱湯が入ったお湯差しである。料理人のベッドの枕をぽんぽんと膨らませ、髪を梳き、身だしなみを整えるのを手伝った後、水差しに入れたつくりたてのレモネードと、『ザ・ステージ』と『女性世界』のバックナンバーを数冊持っていく。具合が悪いときには肩の凝らない読み物が薬になるものだ。

　もうじき朝日が差してくる。女主人は重たい玄関扉を後ろ手に閉めて、朝露に濡れた御影石(みかげいし)の石段を急いで下りて、砂利敷きの馬車道に出て、鶏小屋を過ぎ、梨を植えた果樹園の門を横に見て、厩(うまや)のある一画へ続く石敷きの美しい細道を歩いていく。雄鶏がしわがれた鬨(とき)の声を上げるると、湿地にいるロバがいななき返す。

　女主人が厩の匂いを好むのは、土臭さの中に飾らない真実がこもっているからだ。革、革磨き石鹼、ワラ、馬糞の草の匂い。クロムウェルが少年だった頃に鋳造された重たい金床の妥協を許さない威厳。大昔に忘れ去られた宗教の聖像みたいに、馬房を見おろす壁に掛けられたヤットコと蹄鉄(ていてつ)。馬丁が女主人のために、ポニーに牽かせる二輪馬車の準備を整えている。彼女は馬丁に、一緒に来てくれるよう頼む。でも御者はあたしがやりますからね。

「よろしいのですか、ミス・テリー？」

「もちろんよ、ジョン、頼むわね」

　普通なら彼女は自動車で出かけるのだが、今朝はまだ薄暗いので、使用人たちは、たとえ短い距離でも彼女に自動車を運転させるのが心配なのだ。いずれにせよ、スモールハイス・ハウスを出て馬道を行くポニーの蹄(ひづめ)の音は心地よい。

　緑色の静かな水をたたえた運河に閘門橋(こうもんばし)が架かっている。明け方の光を浴びた山の背後に金と赤色の空がある。

　少し眠そうな馬丁からかすかにリンゴ酒と足の匂いがしてくるけれど、彼女は少しも気に留めない。長年仕えてくれているこの忠実な老人の、田舎の人特有な寡黙さと口の堅さが気に入っている。一日がはじまる朝には沈黙すべき理由がたくさんある。

ペンキを塗った住居船が運河の水面で眠っている。首の長い白鳥が葦間にいる。橋は水に映った自分の姿に控えめに見とれている。チョーサーがかの有名な物語詩に書いた巡礼者たちは、わだちの多いこの道を通ってカンタベリー大聖堂を目指した。今朝ほど靄が濃くない日にはエイモス・ブレイクの農場の、背後の丘のてっぺんから大聖堂の塔が見える。深夜、彼女が屋敷の窓辺に坐っていると、巡礼者たちがゆっくり語る皮肉たっぷりな小話や、憂き世を嘲る物語が風に乗って聞こえてくるような気がする。素敵なのよ。**四月が甘いにわか雨で……**。芝居に脚色したらおもしろいに違いない。どうして今まで誰もやらなかったのかしら？　ところどころみだらな話が出てくるからなあ。劇場にああいう話は似合わないかも。何はともあれ、さあ行こう、船曳道を。

村に近づくと、眠そうな乳搾りの娘たちが、くびきと大きなミルク缶を急いで運んでいる。農家の幼い少年が、崩れるなよとカブに声を掛けながら、カブを山盛りにした手押し車をおそるおそる押していく。復活祭が過ぎてはじめての定期市が立つのだ。流れ者の集団が農耕馬とウサギ狩りにつかう猟犬を売りに来るはずだ。男たちは両手の平につばを吐きかけ、打ち合わせてから威勢よく口上を述べる。女たちは真剣な面持ちで口数は少なく、札束を懐にしまい込む。ビデンデンからは白いハシバミの占い杖を持った男が来るはずだ。この男は水脈探査師で、〈井戸見つけます〉という札を首から下げている。薬売りもやって来て、飼い葉桶が並ぶあたりで口上を述べる――「膏薬に軟膏、愛の妙薬」。教会の扉の脇にはフィドラーが陣取るだろう。このあたりの田園地帯では四旬節の禁欲生活が厳守されているから、復活祭の後の数週間は解放感に溢れるのだ。

エレン・テリーの馬車の前を、新任の男性教師が歩いている。何回か会ったことがあるのだが、彼女は名前を覚えきれなかった。シカモアの紫がかった緑色、ヤマアイの薄黄緑、ワスレナグサの花粉はくしゃみを催す。カゲロウが飛んできたので、馬がフンと鼻を鳴らしていなく。溝や土手にむさ苦しいほどの黄色い花を咲かせているのはキンポウゲ、ふさぎ込んだ雑草にちょっかいを出している。彼女は馬車を止めて、「そこまで送りましょう」と男性教師に話しかけるが、彼は若くてはにかみ屋なので、「あいにく反対方向のウッドチャーチに用事があるものですから」と言い訳して辞退する。罪のない嘘が教師の頬のニキビをいっそう輝かせる。

ほぼ四六時中、誰もが役者なのである。

愛らしい顔の雌豚が雑木林の陰から覗いている。子豚たちは横倒しになった風呂桶の中でまだ眠っている。鍛冶屋の目の不自由な娘が戸口でメロデオンを抱えて、暇つぶしに「サリー・ラケット」を弾いている。彼女は自分の美貌を知らないので、田舎の少年たちが皆、愛すべき一途さでその顔をじっと見つめているのも知らない。かれらの様子はまるで、思い切って外国語で何かを言おうとしているかのようだ。そう遠くない、粉挽き場がある牧草地の谷間から、ロンドン行きの蒸気機関車の音が聞こえてくる。朝露に煽(あお)られたみたいにヒューッという汽笛が鳴り、盲目の娘の耳まで届く。

教会の鐘は朝九時まで鳴らない。だがこんな朝に時を知らせる鐘が欲しいと誰が思うだろう?

朝日が自分自身の胸の中へ、光の雫(しずく)をまき散らしている。

ポニーを急きたてるために舌を鳴らしながら、彼女は軽馬車を走らせていく。

リトル・サリー・ラケットを
どこか遠くへ連れてって
朝早い今、今すぐに

ロンドンの老人ホーム
午前七時十四分

坂道の向かいに、住む人がいない豪邸(1)がそびえている。その最上階の窓に毎晩ランプの光が灯(とも)る。

今朝も彼は車椅子を窓辺まで動かして外を眺める。はじまったばかりの一日が、向かいの空き家の屋根と煙突と格子窓を紫に染めている。あの豪邸にはどんな物語があるのだろう、と彼は考える。屋根が高くて薄気味悪いその家は長年よろい戸を閉め切ったまま、正面玄関はレンガが積まれて閉鎖されている。柱にはツタが絡まり、柱の上の梁（はり）は崩れんばかりだ。毎晩ランプを点けているのは誰だろう？　路上生活者か？　それとも逃亡者か？

屑（くず）拾いの者たちさえ、あの屋敷にはもう来ない。値打ちのありそうなものはとっくの昔に持ち去られた。坂道の両側には優雅な家々が立ち並んでいる。毎年春になると壁の白化粧を塗り直し、ドアノブと窓ガラスを綺羅星（きらぼし）のように輝かせ、どの家も断固として前を向いたまま、決して横は見ない。家並みに交じって立つみすぼらしい豪邸に哀れみのまなざしを投げかけたりはしないのだ。

看護師や、愛想のいい使用人や、掃除係の女性たちに尋ねてみるのだが、ランプの話には答えてもらえない。あの屋敷はもう何十年も空き家なんです、とかれらは口を揃えて言い張る。家主はジャマイカに奴隷を働かせる農園を持っていた人で、外国で死んだんですよ。遺書をめぐって長いこと論争が続いて、結局びた一文残さず、弁護士連中に取られてしまったんです。まるでディケンズの小説そのものですよ、ミスター・ストーカー、ほら、大法官裁判所で訴訟するところからはじまる話があったでしょう？　そうそう、『荒涼館』。

ランプの光は何かが反射しているだけで、本当の灯火じゃありません、とかれらは口を揃える。目の錯覚なんです、と。

何年か前、ここの入所者に感じのいいアイルランド人の女性がいた。信仰心がどことなくこじれた感じの人物だったが、その人が独自の説を語ってくれた。ランプの光は失意のうちに命を絶った役者が灯しているというのである。その役者は、彼が恋した女性とその夫のキャシェル卿が催した晩餐会にやって来た。玄関にいたメイドを言いくるめ、自分の名前が招待客リストに載っていることにして、階段を上って大食堂へ入った。そして、ダンテの作品から対句を引いて暗唱したのち、女性からもらったリボルバー拳銃を口にくわえて引き金を引いたのだ、と。役者の名前も聞いたのだが、はて何といったか？　記憶は当てにならない。

おそらくあの豪邸には戯曲か小説が隠れている。たぶんその隠された本の中に、ランプの光をめぐる一部始終が書いてあるはずなのだ。そう考えれば納得がいく。

今日は難しい局面を切り抜けなければならない。彼はぜんぶ自分ひとりで背負い込むと心に決めている。

幅が狭いベッドの隣にテーブルがあって、その上に書きかけの戯曲の原稿が載っている。手書きで千ページほどもある。この原稿にはバッサリ大鉈(おおなた)を振るう必要があるのだが、長いこと踏み切れずに手をこまねいている。しかも、これほどの分量があるのに内容が乏しい。わざと語られていないことがらや思わせぶりな表現、さらにはつかみどころのない断定ばかりが多すぎる。この芝居は自分で書いたのに、なんとなく他人事みたいに思われて、これじゃ駄目だよということを自分自身に伝えあぐねたままになっている。どちらの自分も駄目さ加減をどう受け止めたらいいのか皆目わからないのだ。おそらくこのまま公にせず、上演もしないのが最善の策だろう。しかし、だからといって燃やすこともできない。今のところはまだ――。

塀を隔てた隣の家に、若いピアノ教師が間借りしていて、ショパンのポロネーズがまるで祝福のように聞こえてくる。彼はそのはかなさと憂鬱(ゆううつ)な美しさに耳を澄ます。音楽が彼の部屋の窓を浄め、下の街路と、巡回中の巡査と、学校へ向かう子どもたちと、地下室からそそくさとあらわれて市場へ買い出しに行く使用人たちをも浄める。老いた馬車馬が引く牛乳配達車さえ高貴なものに見えてくる。四月のロンドンの朝にショパンが聞こえているだけで。

演奏はゆったりと転換点へ向かい、輝きをちりばめた和音が聞こえはじめる。彼の部屋のどこかに、ショパンとその恋人のジョルジュ・サンドについて書いた本がある。一時期、このふたりの恋物語を芝居に脚色できそうだと考えていたのだが、熱中はいつしか消え去り、ストーカーはこだわりから解放されてせいせいしている。彼はすでに年老いていて、興味あるものに手当たり次第に飛びつくことはもはやできない。経験は人間を消耗させるし、無駄が多すぎる。世の中は今も未来もそっけない。生の材料を料理したところで、よいところが引き出せることはめったにない、としか思えなくなった。

彼は一時間ばかりホイットマンの『草の葉』の詩を読んで、塀の向こうから噂話のようにピアノ曲が聞こえてきたときと同じように心が和(なご)む――「星座に近づいてきて欲しいなんて僕は思わない／星座は今いるところにいてくれればいい」。ベートーヴェンのピアノソナタト短調、ラフマニノフのピアノソナタ第二番、シューマンの子どもの情景、リストのピアノソナタロ短調。彼は若いピアノ教師のことを考える。彼女の人生はどんなふうなのだろうか?

夜にときおり、彼女が外出する姿が見える。若い娘にしては悲しげで、いつも黒っぽい服を着ている。ある夜、雨が激しく降っているのに、帽子も被らずに出歩く姿を見た。街灯の光の中で誰かを待っているようだった。だが誰も来なかった。彼女は黒い服をびしょ濡れにして家へ戻った。数日間、ピアノは聞こえなかった。

彼女には友達が必要なのではないか、と彼は思う。だってロンドンで暮らす多くの人々は遠くから来る友達や、外国から来る友達を持っているものだから。彼女の美しさには陰翳があるので、ハンガリーとかロシアの出身かもしれない。悲しげに唇を固く結んだところにバルト海の空気が感じられる。今度話しかけてみようか? やさしいことばをかけてみるとか、彼女のピアノレッスンを受けてみるのもいいかもしれない。彼女のことを何ひとつ知らぬままに、そんなばかげた考えが思い浮かんだ。

朝八時に階下の広間で、朝食時間を知らせるゴングが鳴り響く。鳴らした係の幸せを祈りつつ、階下へは下りない。彼は入所者個人や全体にたいして不満があるわけではなく、多くの人を好ましく思っているのだが、人間関係において、集団で食事を摂るのは関係の悪化をもたらすことが多いと考えている。

食事が出てくるまで待たなければならなかったり、分量が多すぎたり、少なすぎたり、食べたくないものまで盛りつけられていたり、別人のための皿が出てきたりすれば、誰かに話しかけたり、話しかけられたり、誰かが食事しているのを見張ったりしなくてはならない。入れ歯の位置を直したり、砂糖をこぼしたり、砂糖と塩を取り違えたり、ピラミッドから発掘された遺物であるかのようにコショウ入れを難しい顔で見つめたり、フォークの歯に汚れがついていないか丹念に調べたりしているのが他人様に見えてしまうのは不都合だ。わが物顔に振る舞う人たちがいれば、黙りこくったままおびえたような目で卓上ナイフを見つめる人々もいる。老いは老いた人間の時間を無駄遣いする。老人は老いを楽しむには老いすぎているからだ。

ストーカーは自室で、昨日の夕食のパンの残りをストーブで温め、数週間前に厨房から借り出して返し忘れたままになっている小さなやかんでお茶を淹れる。じきに九時になる。妻に宛てた手紙を書くつもりなのだがまだ気が散って取りかかれない。

九時きっかりにベルを鳴らして付添人を呼ぶ。親切で愛想のいいロンドン子は二十代の黒人である。毎朝やって来て、トイレとひげ剃りと身だしなみを整えるのを手伝ってくれる。

外出できる服を着て、車椅子から降りたときには、ピアノ演奏はショパンからジョン・フィールドの夜想曲を経由して、ベートーヴェンの「月光」へと変わっている。下降していく左手の音色に安定感があり、静けさが愁いを帯びている。もうじきピアノの生徒がやってくるので、ストーカーは外に出る。子どもが弾く「エリーゼのために」を繰り返し聞ける回数には限度がある。

「ミスター・ストーカー、今朝は寒いっすよ。外出して大丈夫っすか？　談話室の暖炉に火を入れときましたし、濃いめのお茶も飲めるっすよ。やっぱりお茶は濃くなくちゃね」

「ありがとう、でも外出はするよ、トム。心配ご無用だ」

「新聞読みましたか？　すんごい客船が出港したもんっすね」

「アイルランドで建造されたんだ」

「おんなじお国っすね」

「僕が船出したのはたいそうな大昔だけどね」

「元気で航海を続けておられるのは何よりっす」

「だいぶ心許ないけど、なんとか沈まずにいるよ」

「今日の予定は？　あいかわらず、ろくでもないことってやつですか？」

「すごく古い友人でホール・ケイン(2)っていう物書きがいてね、今日は彼がギャリック・クラブで昼飯をおごってくれるんだ」

「そりゃあいいっすね」

「うん、彼が自伝を書きたいというので、助言をしてやっているんだ。細かいところをあれこれ直してやったりしているわけさ。彼の作品は知ってるかな？」

「あっしにはとても、とても」

「才能のある物書きだよ、年は取ってるが、まだまだ書ける。でもこれからどんなことをやりたいのか、大事なところは語らない。僕は彼に、書くペースを少し落としたほうがいいって言ってやるつもりなんだ」

「楽しい昼食になるっすね」

「君の家族は皆さんお元気かな、トム?」

「ええ、元気っす。ちょっとそこでじっとして。髪に櫛(くし)を入れますから」

ストーカーは、トムが両親の話をするのを聞くのが好きだ。身振り手振りを交えた口真似や愛ある冷やかしが続き物みたいになっていて、ディケンズの小説を小粒にしたような趣がある。そういうわけで彼は毎朝続きが聞けるのを楽しみにしているのだが、今朝は新しい話は聞けなかった。

ストーカーはほんの少しだけ、トムがここに勤めている以外の時間も順調に暮らしているのかどうか心配になる。彼の口から恋愛の話が出たことは一度もない。

「これでどこへ出しても大丈夫。朝食はご自分で持って上がったんすね?」

「そうだよ、トム、ありがとう。オートミールの粥を食べた」

「オートミールを食べると物がよく書けるようになるって言いますよね。あとは出かけるだけっすね?」

「スタートの合図を待つ競馬馬の心境だよ。ありがとう」

トムは〈ピエタ〉像のマリアがキリストを抱くようにストーカーを抱きかかえ、膝で個室の扉を開ける。そうして、途中に踊り場のある古ぼけた階段を下りる。玄関ホールには外出用の車椅子が待っている。

「ひとりで大丈夫っすか?」

「大丈夫だよ、トム。玄関の扉だけ開けてもらおうかな」

「わかりました。こうもり傘を忘れずに。よきお出かけを。行ってらっしゃい」

ケント州の田園地帯からロンドンへ向かう汽車の車内

午前九時十一分

アッシュフォードを八時二分に出てニュー・クロス・ゲートへがたごと向かう汽車の中で、彼女が目を覚ます。

風が強い、まぶしい朝だ。人々はそれぞれの持ち場で働いている。ムクドリの群れがガス工場の上空で、雲の合間を旋回している。

ふと気がつくと、膝の上に置いた杖をきつく握っている。まだ夢の続きを見ていたのだ。

ドイツ北部ヴァーネミュンデの砂浜にアーヴィングがいて、かすかな光の中で手招きしている。羽毛のような砂煙、アジサイの茂み、彼は真っ白な夜会服を着ている――が、汽笛が鳴って亡霊は追い払われ、がたごと走る汽車の音がまた聞こえはじめる。彼女はにわかに暑さを感じて、喉が渇いているのに気づく。

突風が車窓を叩き、彼女を真正面から見つめる。そしてその突風が言う――おや、誰かと思えば、昔有名だった女優さんじゃないか。

カーペット地でこしらえたかばんの中から、イタリアのハーブティーが入った水筒を取り出す。屋敷の果樹園で採れたみずみずしい青リンゴもふたつ出てくる。ひんやりしたリンゴを齧（かじ）ると屋敷の景色が脳裡に浮かぶ。優雅にしつらえた部屋べや、縦仕切り（マリオン）を立てた大窓、日陰ができる細長い庭園、温室、書斎。シカモアの木にぶら下げたロープブランコは孫たちの遊び場になっている。

ずっと前から暮らしているスモールハイスの屋敷は手放さなかった。高齢の女優がくつろげる自邸を持ち、遺贈する財産があるのは稀なことだ。ふとばかばかしいことを言ってみたくなる。あたくしの家には立派な階段が三つもあるんですの。いったい全体、どうしてこんなにたくさん階段があるのかしら？

今日ロンドンへ行くのは、アメリカでおこなう連続講演で話す原稿の、タイプ清書を受け取るのが目的である。コヴェント・ガーデンの事務代行請負所の娘が彼女の手書き原稿をタイプライターで清書して、微笑（ほほえ）みとともに手渡してくれることになっている。かわいくてスタイルもいいその娘はオペラ歌手になりたくてロンドンへ出てきたのだが、いまだに歌うような抑揚（よくよう）のウェールズなまりが抜けない。雰囲気が魔女アンガラッドにちょっと似ているのだ。

車窓から目に心地よい四月の牧草地を眺める。用水路の縁に野草が咲き乱れているところはオフィーリアの夢のようだ。村ごとにそびえる教会の尖塔、ゆっくり回る水車、運河にたゆたう緑の水。雌牛が重そうな頭を下げたり、ブヨを追い払うために尻尾を振ったりしている。子馬が生け垣へ突進しかけて止まり、子羊を見つめている。

　その眺めはコンスタブルの風景画そのもので、柔らかくて豊かな色の調子は、ターナーの風景画の激しい色づかいとは正反対である。牛追いが集い、恋人たちが石塀の踏み越し段で抱き合い、牛乳の配達人が高床式の鶏小屋で卵を集め、農家の少年たちが父親たちと一緒に鍬(くわ)や鎌を携えて畑へ向かう。景色を眺めているだけで、胸の中に喜ばしさと悲しみが入り交じった感情がわき上がってくる。だがそれをひとことで表現できる単語が英語にはない。「ほろ苦い(ビタースウィート)」よりももっと重たくて、実感が伴った、ボルドー産赤ワイン(クラレット)を思わせる気分なのだ。風景を眺めているうちにメガネが曇ってしまう。

　彼女の意識に押し寄せてくるものがある。海からやって来る黒い馬の群れ。たてがみに白い波がかかり、泡をまとい、石畳に似た模様が浮かんだ大波を乗り越えて、喜びのいななきを聞かせている。次の瞬間、ランプの火が消えるように馬たちはかき消されるが、心の網膜だけは脈動し続ける。

　アーヴィングの亡霊が近づこうとしているのがわかる。ああ愛しい人、今は駄目、お相手はできません、と彼女は思う。ずうっとご無沙汰だったのに、どうして今日なの？　今日はとても忙しいのよ。またの日にしてくださらない？

　彼は朝の翼の中で今か今かと待っている。彼女の目を自分に向けさせる機会を待ち構えているのだ。それをはぐらかすために彼女はかばんを開けて、『レ・モード』誌を取り出す。だが、彼女の耳には彼の微笑みが聞こえる――そんなことあり得ないのはわかっているのに。微笑みを聞いた人なんて誰もいないんだから。

　でもあなたの微笑みは聞こえるのよ。

　彼女は雑誌を読もうとするのだが、文章に雑音が混じってくる。もっと中身のある、読むのに集中力が必要な難解な本――たとえば古いソファーのバネみたいに腰が強いロシアの小説とか――を持ってくればよかった、と思う。『レ・モード』ときたら帽子と服の記事ばかりなのだ。おやまあ、なんて短いスカート。くるぶしが丸見えになるスカートなんかで外出したら、後ろ姿を見た母さんが顔をまっ赤にするわよ！

　でも若い娘たちには彼女たちなりのスタイルがある。ものごとはつねに変化するのが定めだから。流れが止まったら誰の居場所もなくなるでしょう？　世の中の人がみんな死にかけたマスに変身して、元気に泳ぎ回ってた頃のことを忘れるようじゃ困るものね。老いるのも自然の定めではあるけれど……。

客車はがら空きだが、彼女は見張られているのに気づいていて、女学生のように顔を赤く染めている。よしわかった、と彼女は思う。来るなら来い。でも今回だけよ、騒動は起こさないこと。迷惑な人なんだから。

彼女は、星と星の間の冷たいところからやってきた亡霊が自分の中へ入ってくるのを感じる。馬鹿な、かわいい人。もっと近くへいらっしゃい。彼のため息、彼の感謝。彼が彼女の目を通して、穏やかに広がっていく田園風景を眺めている。泡の塊みたいな雲の盛り上がりや、車窓に映る彼女自身の影も見える。亡霊の孤独感が引き潮のように退いていく。

これこそ、今のあたしの見た目なんだね、と彼女はつぶやく。美の名残が残っていたとしても、それは今消え去ろうとしている。

会話はない。静けさがあるだけ。ふたり並んで芝居を見ているようなものだ。亡霊はその朝、それ以上何も求めない。それぐらいでちょうどよかった。それ以上あげられるものもなかったから。今となっては亡霊からもらいたいものもない。ずっと前からありはしない。男女間のことのほぼすべては説明できない。恋愛詩は、その沈黙を埋めるひとつの方法として発明されたのだろう。

彼の鼓動が彼女の鼓動と混じり合い、彼の身体が動いているリズムが聞こえる。『レ・モード』を一緒に読む？　読まないわよね。亡霊をからかうのはおもしろい。穏やかな恋愛ゲームみたいなもの。彼の血流の静かな音楽、彼の涙の後味。彼はどこにいてもひとりぼっちなのだ。

ふたりは汽車の座席に腰掛けている。汽車は牧草地と橋を越え、灰色のこぢんまりした郊外を通り過ぎて、大都市へ近づいていく。今朝、世界中で旅をしている人々は皆、誰かを背負って——でなければ誰かが残した傷を抱えて——旅しているのかしら、と彼女は思う。

こんなことをしているのがあたしひとりであるはずはない。そんなの荷が重すぎる。でも人は誰もがかけがえのない存在だ。誰もが重い荷物を背負っている。

慌てないこと、と彼女は思う。これは情けの重さなのだ。

こういうときこそ恋愛詩の出番。普通のことばでは何も言えないのだから。

―――

ロンドン市メイダ・ヴェール
ポーチェスター紳士向け浴場
午前十時十六分

火傷しそうな蒸し風呂で蒸気が顔を直撃する。彼は慎重に杖をつきながら、足を引きずってアトリウムを横切り、壁際の木のベンチへ向かう。蒸気に霞(かす)んだ男たちの姿は、夢の中のアジアに出てくる動物神の姿を思わせる。

濡れたタイルから雫が垂れている。燃えさかる炭がじりじり音を立てている。ユーカリの芳香、そしてビャクダンとモミの木の香りが充満している。浴室には全裸の男が十人いる。ほとんどがおしゃべりに参加しているが、ここはイングランドだから話題はもっぱら天気のことで、今後は下り坂ということで全員が一致する。実際午前中から荒れ模様になってきている。

タイル敷きの彼方には現実世界が広がっていて、嵐や爆弾騒ぎやストライキが起きているのだが、風呂の中ではそういう話題を避けるのが言わず語らずの了解事項だ。注意深い物書きが分離不定詞を避けるのと同じである。

特大のバスタオルを雄大な胴体に巻いたマッサージ師が、小枝の束を手に持ってよちよち歩いてくる。でっぷり太った腹は風をはらんだ帆そのもので、ルーベンスの絵のような尻と胸にてかてか光るオイルを塗っている。マッサージいたします、いかがでしょうか?

頼むよ。天から降って湧いた絶好の機会だと言わんばかりに、ひとりの男が声を掛け、熱くて濡れたベンチにうつ伏せに寝そべる。まな板に載せられた、釣れたばかりのサーモンそっくりだ。

焼けた石に水が掛けられ、蒸気が濃くなる。マッサージ師はまず小枝の束で男の肌をパシャパシャ叩き、次に丸めたタオルで叩く。そのあとでまた小枝に戻り、今日はどうやら四月の雨が来そうですね、などと話す。水タバコを吸っているときのようにゆったりした時間が流れていく。マッサージ師の手がツボにはまると、男はうーんとうなる。やがてうめき声がいかにも苦しげになる。「やるべき値打ちのあることなら」保険代理店に勤めている男がつぶやく。「徹底的にやるのがいいでしょう」太陽が沈まない帝国のモットーである。

次は、今では忘れられた小説を数冊書いた男の番だ。いつも車椅子を使っているこの老人は口が重く、口を開けば、独特なアイルランドなまりでしゃべる。この男はすぐそこの老人ホームで暮らしている。ウエストエンドで仕事をしていたそうで、おもしろい話のひとつやふたつはあるのだろうが、たいてい黙っている。噂ではワイルドやエレン・テリーを知っていたのだという。

老人の病気は重く、身体の自由が利かなくなっているらしい。二月に四度目の脳卒中で倒れた。震えが止まらず、ことばが出なかったり、頭が混乱するときもある。だが彼はへこたれずに、雨の日も晴れの日も毎朝ここへやってくる。辛(つら)そうなのだが、手を貸してもらうのは好まない。頑固一徹な老人。アイルランド人というのはもちろんそういうものだ。

マッサージを受けた後は冷水浴室でしばらく過ごし、老人は服を着る。近頃は時間も掛かるし、集中力も必要になった。身支度を整えたら受付担当の男にチップを渡す。小額だが毎日欠かさない。そうして車椅子の老人はひとりでポーチェスター浴場を去っていく。清潔で爽快な気分になるのはいいものだ。

クイーンズウェイへ曲がっていくときに前腕が痛むけれど、痛いものはしかたがない。体操をする習慣は最近やめてしまった。今日は少し違う方向へ行ってみようか。朝は寒いが気持ちがいい。

小さなパン菓子店の前を通る。蒸し風呂の後だからぽかぽかしていて、残り香が服から立ちのぼっている。土木作業員の一団がツルハシを持ってのし歩き、くわえタバコの親方が何やらわめいている。通りの角に街の女がたたずんでいる。聖スティーブン教会の鐘が鳴っている。小さくて汚い店の中に陰気くさいギリシア人理容師の顔が見える。修道女がひとり、腹を空かせた人々を助けるための募金箱を振ってジャラジャラ音を立てている。

街の女が立っているのを見ると、切り裂きジャックが出没した頃を思い出す。結局捕まらなかった犯人は今でも生きているのだろう。ギリシア人の床屋、土木作業員の親方、浴場の客たち、誰があいつであってもおかしくない。いつなんどき、連続殺人事件がまたはじまっても不思議はない。ロンドンの住人なら、あの忌(い)まわしい事件がはじまった四月になると毎年思い出す。心配を拭い去ることはいつまでもできないだろう。

　ホワイトリーズ百貨店の前を通るとき、書店のショウウィンドウは見ないようにする。心に残るたくさんの傷跡や失望を思い出したくないからだ。いつも旅している気持ちで、目線は遠くの地平線へやっておけば間違いない。過去は溺れかけた狂人のようなものだから、ロープを投げたが最後、引きずり込まれてしまう。

　彼は驚いて、車椅子にブレーキを掛ける。

　舗道の少し先の、バス停の待合所にあのピアノ教師がいる。丈の長い、古臭い黒の外套(がいとう)を着た彼女に金線細工のような日射しが降り注いでいる。ところがまばたきして見直すと、雨傘を持った老人に変わってしまう。奇妙だ。光のいたずらに違いない。

　気がつくとかなり汗をかいている。頭皮がチクチクする。ロンドンの灰色の光はとても安らぐ。彼は今夜、老人ホームの入所者たちと夕食をともにする場面を思い描く。皆それぞれに肝臓や腎臓や心臓の病気について語る。トムはそれを「臓器(オルガン)リサイタル」と呼んでいる。

　ハイド・パークはすぐ目の前だ。近くのモスクワ・ロードを横切る。若い娘が車椅子のハンドルを押してくれる。感謝の気持ちはあるのだが、手を貸してくれなくてもよかったと思う。必要かどうか訊いてからにして欲しかった。

　赤ん坊扱いはされたくない。手助けはなくてもかまわない。何と言えばいいのかな？　近頃じゃ地獄へ通じる道さえも善意で舗装されているのだ。どんな細腕もないよりはましだと言われそうだが……。

　ハイド・パーク内のロットン・ロウを優雅な騎馬隊が行進していく。馬の脇腹がすべすべしている。バラ園の東屋に恋人たちがいる。コウモリのような外衣を着た男の子たちが小学校へ歩いていく。赤と黒の制服を着た衛兵たちが素敵な縦長の木箱を背に、夢の中で背が伸びたオモチャみたいに立っている。

　労働組合の横断幕の下にブラスバンドが集まっている。小学生の女の子がふたり、噴水のところで遊んでいる。こんな朝、〈ズーッシュ〉なロンドンに身を置いているだけで寿命が延びる、と彼は思う。

　エレンが言ったことばだ。〈ズーッシュ〉。彼女はちょうどいい表現が見つからないとき、ことばをつくってしまう。〈ガリーフラッフ〉というのは女性のハンドバッグの底に溜まった埃のことだ。〈ビッピー〉と言えば、おつむは平均以下だが男前の若者。〈フーザー〉は信用できない人物を指す。

ああ、なつかしいレン。元気かな？　なぜか音信不通になってしまった。まだ現役なのかな。昔を思い出すことなんてあるのかな。サマセットに住んでいるとか聞いたような気もするけれど。

彼はプラタナスの木の下で車椅子を止め、一日に四本だけ吸うことが許されているタバコの一本目を半分だけ吸う。新聞をここで読みたかった。持ってくればよかったなあ。今度は忘れず持ってこよう。携帯用酒入れ（ヒップフラスク）も。

ハイド・パークにはキーツの詩集と、ジンと、ほどよい喉ごしのタバコが似合う。次は絶対これだ。

彼は待つ。時間を潰さなくてはならない。ところが時間は潰れたがらない。映画館が開くまでまだ一時間もある。

今日の映画は何だろう。おそらくニュース映画かギリシア悲劇ものだろう、と彼は考える。スピーカーズ・コーナーまで車椅子を転がしていって、極端論者の演説でも聞こうか？　いや、まだ朝早すぎて誰も演説などしていない。かれらはきっと、熱意を抱いてまだ夢の中だ。常軌を逸した演説者が噴水同様、公園の中に場所を与えられて、ありのままにふるまうことが大目に見られているのは、イングランド社会が円熟している証拠である。

蒸気とマッサージの余韻から抜けきっていないので、外套のポケットに入っているクロスワードパズルの雑誌を取り出すだけの集中力はない。時計を見るとさっきから七分しか経っていない。一年経ったかと思ったのに。奇妙に腹が減り、喉が渇いている。ケンジントンの方からハイド・パークを横切って吹いてくる風が木々や芝生や、池に生えるスゲの芳香を運んでくる。

彼はホームからくすねてきた便箋を上着のポケットから取り出す――

手元不如意なる紳士淑女のための

ウィロウビー老人ホーム

ロンドン市W2

ブリックフィールズ・テラス

十五＆十六番地

——そして手紙を書きはじめる。

~~親愛なるフローレンス~~
~~愛するフロー~~
~~最も親愛なるハツカネズミちゃん~~
やあ元気かな、

　いつもよりひどい、蜘蛛（くも）の巣みたいな筆跡を許して欲しい。今朝は指先がこわばってチクチクするので、タイプライターが使えないんだ。とはいえ心配はご無用。寒い気候のせいだよ。あまりにも字が汚いので叱られそうだけど、書いてるほうとしては手書きも悪くない。ゆっくり考えながらことばを紡ぎ出せるから。ほらね、こんなふうに。一息入れて、また書きはじめる。

　ちょっと前に、海綿は海の中でどうやって生きているのか考えた。もし海綿がいなかったら、水を吸う奴がいないので、海面がずっと高くなっていたと思うんだけど、どう思う？

　君からとても長くて話題が詰まった手紙が届いて、うれしかった。ダブリンでの暮らしがあいかわらず順調でありますように。そして風邪がはやく治りますように。ダブリンには退屈な人間と年寄りの未婚婦人とへまな奴らしかいないけれど、君が言う通り、あの町では復活祭がとても真剣に祝われる。古き良きドルイド教的なものが人の心に残っているおかげなんじゃないかな？

　君が手紙に書いてきた、フェアビューのカトリック教会の悲壮な鐘の音。僕はあの音を聞くのが大好きだった。イタリアで鋳造されたあの鐘は太い音で朗々と響くんだ。あそこの教会堂は、僕が十八歳になった年に献堂式がおこなわれた。大学ですさまじく退屈な授業を聞いた後、夕方家へ帰ろうとしていたとき、チョーサーの物語詩から抜け出してきたみたいな歓喜の大行列に出くわした。堅苦しくて重そうな衣装を着けた司教様やら聖歌隊やらがぞろぞろ練り歩き、修道士たちが提げ香炉をおごそかに揺らして、助祭たちが聖人やマリアの像を捧げ持っていた。不思議だと思わないか？　記憶の中のどの部屋を覗き込めばいいかさえわかっていれば、あらゆるものが永遠にそこにある。何か探し物をしている最中に間違った扉を開けてしまっても大丈夫。扉の中へ入って行けば、部屋の中に世界全部がある。海の中へ潜るみたいなものだね。

　ロシア皇帝みたいな出で立ちの老人がいて、大司教か何かだったと思うのだけれど、その人が、宝石をちりばめた表紙がついた金色の書物を捧げ持っていた。もうひとり偉そうな人がいて、その人は聖体顕示台(オステンソリウム)――カトリック信徒は「モンストランス」と呼ぶのかもしれない――を持っていた。細長い台座の上に丸いガラス容器が載っていて、その中に聖体を収めて行列や礼拝をおこなうあれだよ。小太りの枢機卿(だったと思う、たぶん?)が美しく崩れたような顔をして輿に乗っていた。香炉の煙がおごそかな気分をかもし出している中を、マサカリみたいな怖い顔の修道女たちがぞろぞろ歩いていた。壮観だったよ。

　あの大行列がいったん死んだキリストの復活を祝う派手な儀式だったと考えると、ちょっとだけ厳粛で愉快な気持ちになる。あれは好きだった。

　道端に近所の人たちが集まって聖歌を歌っていた。ありがたい行列が目の前を通って行くとき、男は帽子を取り、女は頭を下げてひざまずいていた――

　　われらが父らの信心は今もなお生きており
　　牢獄も炎も剣もその信心を消すことはできぬ

　ダブリンだからね、貧しい人々がスラム街からたくさん集まってきていた。子どもだけでなく大人も裸足の人がけっこういて、足から血を流していたから、見ていて気の毒だなと思わずにいられなかった。その晩の夕食のとき、父にその話をしてみた。そしたら父はひとこと吐き捨てるように言ったんだ――「ローマ教皇礼賛者(ペイピスト)」。

　父はいい人だったけれど憎悪に蝕まれていた。いつも見ていて悲しくなった。

　君がそっちで元気にしているのは頼もしい。ふたりの大伯母さんの具合があまりよくないんだってね。親戚の年寄りを気に掛けてやって欲しい。最期を看取ってあげることができればなによりだよ。

　つい最近おもしろいジョークを聞いたので、君に教えるつもりだったのに忘れてしまった。困ったもんだね。今朝は頭がクラゲみたいなんだ。やがて思い出せると思うのだけれど……。

先週の木曜日にスカラ座でおもしろい映画を見た。英国王の旅を記録したもので、〈我らが国王と王妃、インドを訪問す〉というタイトルがついていた。劇場の外の看板に誰かがいたずらをして、「我」を「君」に書き換えてあった。インド系の住民がどんな反応を見せるかつい観察してしまった。ダブリン市民たちを思い出したよ。

それ以外はいたって平穏無事で、意外なことは何もなし。今、この手紙は談話室の暖かい暖炉のそばでひざ掛けにくるまって書いている。ロールパンと熱くて濃いお茶を飲め飲めってしつこく勧められているんだ。テーブルの上にはアイスクリーム、リンゴ、ビスケット、レモンパイ、水差しに入ったホットチョコレートもある。ここの人たちはみんなやさしくて親切だよ。僕はくつろいで満ち足りている。

劇場をやっていた頃の仲間や、その他の暇人たちがたくさん会いに来る。昨日の夜はハート・クレインがやってきて思い出話に花が咲いた。今日はこれからジョージ・バーナード・ショーに会う予定。ストランドのペン・クラブで午餐をおごってくれるというんでね(あらいいじゃない、と言う君の声が聞こえるようだ)。彼は近頃ますます社会主義にのめり込んで、その話ばっかりするのでうんざりだし、菜食主義もますます過激に走っている。でも彼は全身善意の塊なんだ。

そういうわけで僕のことは心配ご無用。すべて順調、問題なし。この前の手紙では僕のことを心配してくれていたけれど、大丈夫だからね。最近は身体の調子がとてもよくて、車椅子に乗らずに外出するほど達者になった。不思議なくらいだよ。

あとは何か、話しておくことがあったかな? えーと。うん、炭鉱労働者のストライキは終わったよ。かれらの言い分が通ってよかったと思っている。ニマイルの地底で働いている人たちが求めていたのは正当な要求だった。そうそう、サウサンプトンからコークのコーヴへタイタニック号が行くね。町は大賑わいになるだろうな、ちょっと複雑な思いになる。世界最大の客船がダブリンを差し置いて、アイルランドの真の首都を自称するコークへ寄港するんだからね。コークの連中は大喜びしてるに違いない。あの連中のプライドの高さは巨大客船と同じで、沈むことを知らないんだ。

ホームの寮母さんが、僕の部屋にもうひとり入所者を受け入れて、相部屋にさせようとしているらしい。

本気かどうかわからないけど、それならそれで気にはならない。でも僕の狭い馬房にもう一頭押し込むとしたら、そいつが寝るのはレプラコーン用のベッドにならざるを得ないだろうな。僕の寝室はなんてったって狭いんだ。でも仲間ができるのは楽しいよ。うんざりさせてくれるんだから。君はどう思う？

　また会いたい。ロンドンへ戻ってくるときには是非知らせて欲しい。

　ピアノの先生をしているルーマニア人の若い娘がいて、ホームへときどきやって来て年寄りのためにイブニングコンサートをしてくれるんだ。すごく上手い。ジョン・フィールド、ベートーヴェン、ショパンなんか弾かせたら憂愁の極みだよ。悲しい音楽は心の励ましになる。彼女はいつもひとりぼっちで引きこもっているようなのだけれど、最近ちょっと知り合いになれて、よかったと思っている。炉辺でおしゃべりしたり、彼女が僕のために本を朗読してくれることもある。僕は彼女にいつも言うのだよ――振り返ってばかりいないで前を向いた方がいいって。孤立は悲惨なものだからね。

　朝のコーヒーの時間だって騒いでいるから、今日の手紙はこれくらいにしておきます。また書きます。じゃあまた、愛しているよ――

「やあ、頑固爺さん、どんなことして時間を潰しているのかな？」

　ストーカーが声の主を見上げると、やせた顔の若者がにこにこしている。細身のツイードを着こなした都会的な青年である。フローレンスゆずりのはにかんだ笑い顔に気品がある。ストーカーは一瞬、夢を見ているのかと思う。

「時間潰しに息してるだけだよ。やあ、ノエル」

「グーテン・モルゲン。やあ父さん、栄えある戦車乗りの族長よ。堂々たる威厳があるね。山高帽子をかぶったその姿は、古代ケルトの大女王ブーディカそのものだ」

「おまえ、こんな時間にこんなところで何してるんだ？　仕事は？　大丈夫か？」

「トリプル・シールド生命保険会社の大王様は、働き者の子分が一、二時間持ち場を離れたところで文句は言わない。パパ爺にちょっと会いに来たんだよ」

「いったい全体、どうしてここにいるとわかったんだ？　恐るべき推理力だな」

「そんなのは簡単だよ。シャーロック・ホームズなら朝飯前だ。まずウィロウビーを訪ねたら、ポーチェスター浴場へ行ったって言うんで、行ってみたら、浴場のあんちゃんが、パパ爺ならクイーンズウェイの方角へ車椅子を転がしていきましたって教えてくれたんだ。それを聞いて、ははあ、いつものように公園に長居して肺炎をこじらせようっていう計画だな、と思いついたわけだよ。で、ハンサム型二輪馬車をつかまえてケンジントン・ガーデンズ沿いに近くまで来て、途中からはこの足で歩いてきたというわけさ」

「おまえに会えてうれしいよ」

「ホームの人が、パパ爺はまたものを食べなくなったって言ってたよ。ウィロウビーの人が言うことは間違いないだろ？」

「大げさに言ってるだけだ」

「スズメみたいに食べるだけで、夜通し起きてるって」

「そんなことはない」

「〈他の入所者の方々と同席することはなく、ご自分の個室に引きこもっていらっしゃいます〉って」

「でたらめだよ」

「ふたりで食事に行こう。フォアグラを取るガチョウみたいに食べさせてやるよ」

「余計なお世話だ」

「しかめっ面がかわいいよ。今日はひとりぼっちでいたくなかったんだよね、パパ爺」

「何言ってるんだ、意味がわからん。今日は何も特別なことはない」

「意味がわからんわけがない。『タイムズ』紙に記事が載っているのを見たよ。今日の午後、難しいひと仕事が待っていないとは言わせない。すごく特別だろ」

そう言って、息子は父親の額にキスして、ひざ掛けの皺（しわ）を直す。「父さんが考えていることはお見通しだ、わが父よ（マイン・ファーター）、今日午後三時に重要な催しがあるんだよね？　多少の社交は我慢しなくちゃならないけど、我慢できればうまくいくさ」

「ふん、それでまだ何かニュースがあるのか？　腕が疲れたから車椅子を押してくれ」

「いいニュースだ、恋人ができたんだ」

「会うたびに恋をしてるんだな。相手がいつも違う」

「ぴったりの女性を探してるんだよ、それだけだ」

「かなり広い範囲を探してるんだな」

「やるべきことをやってるだけだよ」

「母さんから便りはあったか？　大伯母さんのルーシーが持っているダブリンの屋敷でまだ暮らしているんだろう。バラ園の小道を歩いたりしてるのかな」

「一番最近の手紙には大笑いしたよ。ダブリン暮らしで溜まった不平不満がオペレッタみたいに連ねてあった。ごまかし、無礼、門番の品のなさ。ラーキンとかいう人が荷物運びの人を怒らせたっていう話。行儀作法も地に落ちた、身の程を知る人は誰もいない……。パパ爺は母さんがなぜアイルランドへ行ったと思う？　わざと自分を不幸にするために行ったとしか思えないんだけどなあ」

「ダブリンへは長いこと行ってないから、もう記憶も薄れたよ」

「大伯母さんのルーシーが話していたんだけど、小作人たちに自治政府をつくらせても何もいいことはないって」

「大伯母さんのルーシーは同じことを一七三二年から言い続けているよ」

「大伯母さんが言うには、ダブリンに渦巻く恨みの数はスイスの温泉よりも多いそうだね」

「車椅子をもう少し強く押してくれないか、ノリー？　まだ若いんだから」

「男前ではパパ爺に負けないよ。ハンサムでいるためにはずっと気を張っていなくちゃいけないんだ。あそこに色っぽい娘がいるね、きっと男たらしだよ」

「こっちはさすがにそういうのは卒業したよ、深追いしたいならご自由に」

「あの娘に姉さんがいるか確かめてみようか？　大伯母さんはいるかどうか？」

「そうだな、ご自由に」

チャリング・クロス駅

午前十時四十三分

駅に着いて汽車を降りた彼女は、やせた鳩の群れが出迎えるプラットフォームを歩き、長い螺旋階段を下って、ナイツブリッジ方面行きの地下鉄に乗る。地下鉄はあまり好きではないけれど、パリへ行ったらエッフェル塔に登り、ヴェネツィアへ行ったらゴンドラに乗るのと同じように、ロンドンへ来たら地下鉄に乗るしかないと観念している。特別なことは何もないのに、屋敷へ帰ると使用人たちが地下鉄の様子を聞きたがるのだ。

　ナイツブリッジで地上に出た彼女は、カーシャルトン・ストリートのカフェで濃いコーヒーを飲む。棚の上に置かれた聖母マリアと聖クリストフォロスの像が、米の入った麻袋や、イタリアの小麦の箱や、藁(わら)で包んだワインの大瓶を厳(いか)めしい顔つきで見おろしている。壁にはイエスの心臓がむき出しになり、ゴルフボールほどの血の雫が描かれた〈聖心〉の画像も掛かっている。

　カウンターの奥のテーブルに突っ伏して、店主が居眠りをしている。彼の娘の美しいエリザベッタがパン生地をこねている。少しして店主が目を覚まし、ひとりしかいない客が誰かわかると、両手をエプロンで拭きながらカウンターの外へ出てくる。

「アー、ベリッシマ・シニョーラ・テリー、ベンベヌート・イ・ボンジョルノ、コメ・スタイ?」

「スト・ベーネ、シニョール・ルスカ、グラツィエ・タント、エ・トゥ?」

　彼女が知っているイタリア語はこれがほとんどすべてである。あとはプッチーニの『ラ・ボエーム』のアリアの「なんて冷たい手なんだ(チェ・ジェーリダ・マニーナ)」くらいだが、そういう表現は実生活には役に立たない。小さな手がかじかむことはあるかもしれないが、その状況を歌にして欲しい者はいないだろう。ルスカのカフェへ来るようになって何年にもなるけれど、ここへ来るたびに、『イタリア語(イタリアーノ)』というガイド本で学んだいくつかの表現が役に立つ。ことばがうまく通じなくても和やかな関係は築けるものだ。微妙なニュアンスや意味は無視すればいい。微笑みや身振り手振りでことばを補った方がよりよくわかり合える。一緒に食事をするのが一番だ。

　ルスカのコーヒーは甘さの中にかすかな苦みがあってとてもおいしい。ケント州ではどの店に入ってもまともなコーヒーは出てこない。屋敷の年老いた料理人にコーヒー豆を挽かせる気にもならなくなった。彼女はひたすら、コーヒーに許しを請うばかりである。その一方で、セイロンで採れる茶葉に文句を言う者は誰ひとりいない。アイルランド人と似たようなもので、この国へたどり着くまでの間にイングランドっぽさを身につけるか、目くじらを立てられない程度のしたたかさを持つようになるのだ。屋敷の料理人は、一杯のお茶ほどイングランドらしいものはありませんと言うのが口癖だが、それは半分当たっていて、半分は当たっていない。

ミス・テリーは美味なるコーヒーを飲んでペルメルの紙巻きタバコを吸う。これこそロンドンの味だ。

差し迫った用事のない時間を味わえるのはありがたい。意気上がるロンドンを感じ、都会のことばのしぶきを顔に浴びて、揺れ動く期待さながらに開いたり閉じたりするよろい戸の活気を味わう。それにひきかえ、ふだん暮らしているケント州の田舎は、受け入れる気分になっていないときには退屈きわまりない。ベートーヴェンを聞きたいときに、村の踊り(モリスダンス)が聞こえてきたときのことを思えばいい。

自動車や、商人の荷馬車や、二階席が観光客でいっぱいの無蓋バスがハイド・パークやケンジントン・ガーデンズへ向かっていくのを眺めている。通り過ぎるバスからひとりの少年が彼女に手を振り、帽子を取って挨拶する。彼女は手を振り返し、キスを投げる。楽しいおふざけ。

ヴァシリエフ診療所の待合室には狩りの場面を描いた銅版画や、古い風刺画や、劇場のポスターが掛かっていて、紳士クラブの社交室を思わせる。背の高い花瓶にはパンパスグラスが生けてある。酒瓶が並んだトレイに、クリスタルの重たいゴブレットが載っている。美しい装幀の書物が詰まった本棚から彼女は詩集を一冊取り出す。たっぷり詰め物をした安楽椅子がキシキシ軋(きし)む。想像するよりも千倍坐り心地がいい。食器台の上に、飾りたてた真鍮(しんちゆう)製のサモワールがどっしり鎮座している。彼女は約束よりも少し早く到着したので、シェリー酒を注いで、安楽椅子で詩集を読みはじめる。イェイツの詩が彼女をスライゴーへ連れ去って、水鳥の鳴き声と青白い光と人間の苦しみに浸らせる。医師の娘が入ってきて診察室へ案内する。

ヴァシリエフ医師は妻に先立たれた学究で、机の上にはモンテーニュの胸像があり、張り出し窓のところの長椅子には詩集やピアノの譜面が置かれていることも多い。窓の外にはクレッセントの向かいにある公園のヒマラヤ杉が見える。その木立を見るたびに彼女は医師のまつげにそっくりだと思う。

熱心で、しかつめらしく、ぶっきらぼうなのがヴァシリエフ医師である。クローブをしゃぶる癖は他の人なら気になるところだが、この人の場合、大目に見たくなる。もう四十年間もロンドンに住んでいるのに、英語のなまりだけでなく彼の声全体から、今でもモスクワの音楽が聞こえてくる。おまけにビロードのような憂愁さえ伴っている。彼女は、最近孫が生まれた――女の子である――医師にお祝いのことばを述べる――「おめでとう（マズル・トーフ）」。（「イリアナと名づけました」と医師は言う。「わたしの母――どごしえに安らかに眠り給え――にちなんで名づけたのです」）。医師はいつもの通り、チャイを飲みませんかと勧める。彼女はいつもの通り辞退する。

かれこれ二十年間チャイを辞退し続けているのだが、帰り道でいつも後悔する。ヴァシリエフ医師のことを考えるとき、彼女はいつも顔が赤くなる。

医師がまなざしで症状を尋ねる。彼女はことばで説明しはじめる。

最近、もの忘れがひどくなった。話していて口ごもったり、道を間違えたり、鍵やメガネを置き忘れたりすることが増えたのだ。二週間ほど前、テンターデンの郵便局へ行ったときには、いくらの切手を何枚買えばいいのかがわからなくなって少々慌てた。代理人からの手紙を食器の水切り籠に入れたり、脚本を食器棚にしまい込んだりするようにもなった。先日、狩猟に出たときには散弾銃の弾を忘れた。果樹園に植わっているリンゴの木の数も出てこなくなった。他にも忘れたことはありそうだが、何を忘れたかを覚えていない。

「ヴァシリエフ先生、あたし、本当に困っているのです」

相手は医師なので、彼女がすでに知っていることがらを一からきちんと説明する――わたしたちの年代になると、その種の小さな厄介ごとが起きるのは珍しいことではありません。人生の各章には驚きが待ち構えていて、そうした驚きについては誰だって本で読んだり、聞いたり、信頼できる人から耳打ちされたりしているのですが、自分に限ってそういうことは起こらないと思い込んでいるのですよ。彼女はヴァシリエフ医師が見事なロシアなまりでしゃべるのを聞くのを好む。（「よぐおいでぐださいました、わがぶるき友人」）彼女はしばしば水曜日の午後に診察の予約を取るのだが、その主な理由は彼が「ずう゛ぃようび」と発音するのを聞きたいからである。

彼は善良で、おっとりしたしぐさが好ましい。彼女の血圧を測り、舌や耳を調べ、心臓に聴診器を当て、身体に不調がないかさまざまな質問をする。夫婦間でもしないような、極めて私的な質問を医者に許しているということ自体を一歩引いて考えてみると、彼女はいつも違和感を感じる。ヴァシリエフ医師はことばを空気でできた秤に掛けて、目方を量るかのようにしながら話す――

「特に異常はありませんが、血液循環をよぐする薬を処方じておきます。もしお望みならば、ビタミン注射もでぎますよ。鶏卵と赤身の肉を今よりも少し多めに食べるよう心がげてぐださい。そして毎日歩くこと。

眠るどきには窓を開けてぐださい。左足を動がすように。ごの年になると、おりにふれで、上質の赤ワインを一杯お飲みになるのば悪ぐありません。上質のブルゴーニュワインがよいでしょう。胃によいのです」

医師が手をもう一度洗い、引き出しから注射器を取り出す。彼女はふと医師の名前が思い出せない自分に気づく。

父と息子は医学博士ニコライ・ヴァシリエフ氏の診療所の前を素通りし、日当たりのいい側へ通りを渡って、チェルシー方面へ歩いていく。

ロンドンの空気に春がみなぎっている。甘くて燃えるような光に染められると、町は古都の風格を帯びる。だがストーカーにとってはこの前の発作以来、寒さが敵になった。汗ばむような日でさえ、ひざ掛けと手袋が手放せない。暖かいというのがどんな感じだったか思い出せないときもある。まるで最初の恋人の目の色を思い出そうとするようなものなので、そもそも知らなかったのだとあっさり認めてあきらめる。

「大丈夫かい、パパ爺?」息子が尋ねる。

「申し分ないよ、ノリー」

「トイレに行きたかったりしない?」

「大丈夫だ、先へ進もう」

自動車や、商人の荷馬車や、二階席が観光客でいっぱいの無蓋バスがハイド・パークやケンジントン・ガーデンズへ向かっていくのを彼は眺める。通り過ぎるバスからひとりの少年がかれらに手を振り、帽子を取って挨拶する。おもしろい子ども。将来が楽しみだぞ。

ハロッズ百貨店はなぜか閑散としている。彼女はエスカレーターで宝飾品売り場へ上がる。手持ちのブレスレットを作り直すために持参したのだ。金の上に小さなダイヤモンドを四十粒、エメラルドを三十粒埋め込んだその腕輪は、古い劇場プログラムやスクラップ帳が積み上がった物置部屋の、壊れかけた洋服ダンスの中に放り込んだままになっていたビロードのバッグの中で、十年間眠っていた品である。去年のクリスマスの前に、料理人がランチョンマットを探していたときに発掘した。

ずっしり重くて、触るとてもひんやりした。

「初期ジョージアン様式の最高級品です」ルーペを覗いて感嘆しながら宝飾部の主任が言う。「解体してしまうのはもったいなくありませんか、マダム？　細部の精緻な技巧をご覧ください。もうずいぶん前からこれほどの細工はできなくなっています。改造してしまうとこのお品の価値はかなり下がってしまうと申さなければなりません」

「でもこれはデザインがあまりにも古臭いし、以前から気に入ってなかったの。豪華すぎて安っぽく見えるのよね。家族連れ向け娯楽劇(パントマイム)の奥方役がつけるアクセサリーそのものだもの」

「出すぎたことを申しましたらお許しください。マダム、もしかしてこのお品をご売却なさるおつもりはございませんか？　四千ギニーでいかがでしょうか？　あるいはオークションに出せばかなりの値がつくと思いますが……」

「お申し出はありがたいけど、作り直して欲しいのよ。簡単なスケッチを描いてきたので、それに沿う形で作り直してくださる？　娘のエディに贈りたいの」

スケッチを検討するために宝飾部の主任と並んで立つのは気分がいい。男はかすかに夏の大聖堂みたいな香りがする。袖口から〈落とし格子〉の模様がついたカフスボタンが覗く。タイピンはオパールがアクセント。高級そうなペンの軸を真っ白な歯に当てている。瞳は「雌牛の茶色(カウ・ブラウン)」と呼ぶ以外にない色合い。振り向いて質問をするときのしぐさにえも言われぬ魅力がある。手の爪にマニキュアをして、指関節は引き締まっている。わずかに白髪が出はじめた髪にポマードをつけて、靴は完璧に磨き上げてある。スラックスの折り目に触ったら手が切れそうだ。

かねがね彼女は身なりのいい男に弱い。演劇関係者には少ないタイプである。演劇人の大半はやぶの中で寝て起きてきたように見える。

「マダム、留め金にイニシャルが刻まれていますね。〈HよりEへ〉とあります。こちらは消してよろしいですね？」

「娘のイニシャルはEなのでEは残してもらって、HをマミーのMに変えてください」

「費用はかかりますが」

「いいですよ」

「またもや出すぎた物言いをお許しいただけるなら、お客様は一本筋が通っておいでです」

もちろんよ、知らなかったの、とは言わずにおく。

話がついたあとで彼女は、きらきら輝く不思議の国のような台所用品と陶磁器売り場を探検して、料理人のために銀製の卵泡立て器と素敵な木綿のエプロンを買い、馬丁のジョンには、馬の頭の模様がついたピューター製のジョッキを買う。ふたりの誕生日がもうじき来るのだ。ハロッズで買ったと聞いたら大喜びしてくれるだろう。

俺には何も買ってくれなかった。

亡霊のぼやきには耳を貸さない。だが相手もしつこく、影のようにつきまとってくる。陶磁器売り場から男性用品売り場を通り、紳士服と狩猟用品売り場を抜けて、彼女のあとを小走りでついてきて、エスカレーターを一緒に降りる。レジカウンターに置かれた鈴のように亡霊の笑いが聞こえてくる。

俺なんか贈り物をもらう値打ちはないってことか？けちん坊な奴だな。

「死んだ人間にはシチュー鍋だって買うつもりはないわ」

待機中の自動車運転手が彼女の方を見つめている。うなずいて帽子を取ったのを見て、彼女は今のことばを口に出してしまったのに気づく。

制服を着た二人組のボーイが銀張りの扉を左右に開く。彼女がその真ん中を進んでいくと、魔法の洞窟のようなハロッズの婦人用品売り場があらわれる。

三人のハープ奏者が紙細工の鳩の群れに向かって、リヒャルト・シュトラウスの曲を奏でている。天井近くの高さまで香りつき石鹸が積み上がっている。貝殻のピンクと、スモモの黄色と、星のブルーでできたピラミッドだ。スカーレット、インディゴ、モーブ、チェリー、シルバーからブラックにいたるまで多種多様な口紅がずらりと勢揃いしている。頬紅、フランス製のタルカムパウダー、バスソルトが入った広口瓶も並んでいる。ガラスケースの中にはロウ製の黒い手がいくつか置かれていて、その上に赤や紫や緑や金色、さらには人工宝石(ディアマンテ)を星屑(くず)のようにちりばめた、アーモンド形のつけ爪が載っている。各種のオイル、コール墨、ヘンナ染料、リップクリーム、オードトワレ、芳香のあるマートルの葉、アイシャドウ、シャンパン色のリップグロス。瓶入りのさまざまなクリーム、軟膏、浮彫で飾った容器入りのシャンプー。粉おしろいとパフ、コンパクトに睫毛(まつげ)コーム、メイクブラシいろいろ。天井から下がるシャンデリアは熱気球型で、広い床にはペルシア絨毯(じゅうたん)が敷かれている。包み紙はミラノから輸入されたものだという。女性店員たちは生きた彫刻そのものだ。瞳は濃い色で、すべてを心得ており、光沢のあるぴっちりした服を身につけ、ライオンのように魅惑的で、香水の香りを周囲に振りまき、美の破壊者から秘密を守っている。彼女たちはあたかも、チャイコフスキーを嗅覚で味わっているかのようだ。

　すると突然、ショウウィンドウのガラスが砕け、女性たちが悲鳴を上げる。

　女性店員がのけぞって美しい石鹸のピラミッドに倒れかかる。その女性は慌てて石鹸の山を元に戻そうとするが後の祭り。石鹸の山は雪崩を打って、整列した口紅やシャンプーを蹴散らしながら、雪花石膏(アラバスター)製の階段の近くまで転げ落ちていく。

　他の店員たちはカウンターの後ろに隠れたり、恐怖で蒼白になって走ったりしている。ミス・テリーは磁石に吸いつけられるように、ショウウィンドウに開いた星形の穴へ近寄り、穴から騒然とした通りを覗く。

　ふたりの巡査が若い女を、警察車両へ引っ立てていくところだ。女は「女性にも選挙権を！」と叫ぶ。巡査が慌てて手袋をした手で彼女の口をふさぐ。道を行く男たちが「恥さらし」「牢屋へ入れちまえ」と吐き捨てる。高齢の英国陸軍退役軍人(チェルシー・ペンショナー)が通りかかり、彼女にいきなり殴りかかろうとしたので、巡査が羽交い締めにしてやめさせる。老人はわめきちらす――「婦人参政権論者って奴は人間の屑だ。ムチでこてんぱんにやっつけないと駄目なんだ。なんならわしがやってやるぞ！　こら、そこのでしゃばり女、聞くがいい。ムチ打ちの刑にしてやろうか……」

　ミス・テリーは店から通りへ飛び出していく。捕まった娘は鼻から血を流し、衣服はちぎれている。ふてぶてしく振る舞おうとはしているものの、怖くて泣いてしまい、破れた服を両手で押さえ、幼い子馬のように小刻みに震えている。年齢は十六歳になるかならないかだろう。

　大人の女性が三人あらわれて巡査に抗議し、娘に大声で何か言い聞かせている。その間に野次馬の輪は大きくなり、怒号が飛ぶ。ハロッズの優雅な男性店員たちが通りへ走り出てきて困惑している。通勤中の料理人がベルトに包丁入れを挿したまま足を止めて、あきれたように眺めている。

「お巡りさん」ミス・テリーが話しかける。「あなた、間違ってるわよ」

「マダム、いらぬお世話ですよ。口を出さないでください」

「一部始終を見ていたのよ。ショウウィンドウを割ったのはその娘じゃないの」

　巡査は品定めするかのように娘を見つめる。

「レンガを投げた女性はもっと年上でした」と彼女は言う。「少なくとも二十歳は超えていて、もっと肌が白くて、赤褐色（オーバーン）の髪が長かった。二人組で周到に準備していた感じで、別々の方向へ走って逃げたんですよ。あたしは最初から最後までずっと見ていたんです。あなたたちが捕まえたその娘は通りかかっただけで、何もしていませんよ。スローガンを叫んでいたかもしれないけれど、ガラスは割ってないの。放してやりなさいよ」

「あなたはもしかして……あの、もしかして？」

「誰だっていいでしょ」

「でもあなたは……えーと……ミス・テリーですね？」

「よく気づいたわね、でもへんに騒がないでくださいね、今日はここへプライベートで来ているので」

「真犯人は別にいると、あくまで主張なさるおつもりなのですか？」

「そうよ。なんなら割れたガラスの代金はあたしがお支払いしますよ。警察の責任者の前で何が起きたか説明してもいいわ。もちろん、このとてつもない乱暴行為にたいして、あなたたちふたりの巡査が稀に見る素早さで対処したことについても報告しておきます」

かわいそうなブラムがチーフについて語っていた口癖を思い出す。権力とぶつかったときにはふたつの選択肢しかない――降伏するか、混乱させるか。

巡査の片方が袖口をぴんと引っ張って同僚に告げる。

「娘を放してやれ。間違いだ」

「ありがとう、お巡りさん」とミス・テリーが言う。

レンガを投げた娘が年長の女性たちに連れていかれるとき、ミス・テリーと一瞬目を合わせる。いまだに騒ぎ立てている英国陸軍退役軍人（チェルシー・ペンショナー）を巡査たちが取り押さえる。ムチで打て。服を脱がせろ。こてんぱんに打つしかない。

年月が経ち、一九七一年のホテル火災でひとりの女性が死ぬとき、彼女は思い出すだろう。あの朝、ハロッズの前の通りで我慢が限界に達して、胸の奥を流れる炎の川と反抗心が氾濫したとき、野次を飛ばす群衆の中から知らない女の人があらわれたことを。

慈愛に満ちた厳しい顔。

仲間意識に溢れた表情。

舗道に散ったガラスの星屑。

人生は無駄ではなく、人間は猿（さる）と切り裂き魔ばかりではなく、この世に生きることには意味がある、とやがてわかるだろう。

チェルシー　ケール・ストリート
J・ダウリングズ映画館
午後零時一分

「今日上映するのは『テンペスト』です」と受付係の娘が言う。「出演者は知らないんですが」

間に合わせのチケット売り場で、ノエルが半ペニー銅貨を取り出して入場料を支払うと、退屈そうなマルタ人のドアマンが、ロビーの奥のみすぼらしいカーテンを指差す。

カーテンをくぐると、天井が低くて息苦しい大部屋がある。かつては劇団の稽古場か、何かの学校の試験用教室だったかと思われる。長いベンチをいくつも置き、窓は分厚くて黒いカーテンで覆い、シーツを壁に垂らして銀幕代わりにしている。

他に客はいない。すきま風のせいで少し埃臭い。

ストーカーは周囲を見回す。ここへははじめて来た。よその映画館と変わりはなさそうだが、息子を前にして感情を抑えることができるかどうか少し心配になる。

ガス灯が消される。さらに客がふたり来た。雨を避けるために路上生活者も数人入ってくる。

暗闇の中で目を凝らし、すでに涙ぐんでいる自分自身に気づく。

映画ほど奇跡的なものはない。克服可能なものがすべて克服されている。錬金術と魔法の産物。なにしろ写真が動くのだから。

最初にニュース映画が上映される。巨大な船。大海原の支配者の伝説から抜け出してきたような、無敵の、恐るべき、夢の大船。ベルファストの造船所。ちっぽけな人々がユニオンジャックの小旗を振っている。巨大船が気高くゆっくりと滑りだす。四本ある煙突のうちの三本から煙が出ている。煙さえ優雅に見える。

これが今という時代。この時代の写真は動く。この時代の船は沈まない。この時代の夢には際限がない。本編がはじまると、間に合わせの銀幕にちらちらと映し出される演劇の古雅な演出を目にしただけで、ストーカーは感動してしまう。脚本は三百年以上前にロンドンの演劇界で活躍した[3]男の作だ。「嵐が吹きすさぶ音と／雷鳴が聞こえる」。以前なら翼がはためく映像を見て、そこに聞こえてくるはずの音をどう真似て演奏するのがよいかあれこれ考えた。だが今は、路上生活者たちのつらそうな咳以外静まりかえったこの客席で、翼がはためく音を心の耳ではっきり聞くことができる。

銀幕の上でずぶ濡れの船長とおびえた水夫長が慌てている場面。観客は大波の塩辛さを味わい、土砂降りの雨を体感できる。じつに素晴らしい。信じがたい効果。彼は自分の目から涙があふれ出すのを感じる。

人間の野蛮さ、排他的で愚かな冷たさ、偽善、不正直、飢餓（きが）を見て見ぬ振り——映画が与えてくれる天真爛漫（てんしんらんまん）な驚きに浸っていると、そうした悪が埋め合わせできるかのように思われてくる。しかもお手軽で誰でも見られるのだ。映画を発明した人物は決して、やんごとなき皇帝や、ルビーの都に住む裕福な王様に映画を独占させなかった。彼は驚異の劇場を貧しい人々にも開いた。誰でも半ペニーの入場料を支払いさえすれば、自分はひとりぼっちではなく、地球が無の周囲を無意味に回り続ける岩の塊ではなく、目を開きさえすれば心は癒される、ということが身を以て理解できる。

銀幕の上で人々は身をよじり、右往左往する。真っ青な顔で、死を寄せつけまいとするかのように目を剝いて、不安に苦しみながら、ことばにならないことばをつぶやいている。もし亡霊が見えるなら、かれらこそ亡霊の姿だろう。

よその映画館では、銀幕上の映像に合わせてピアニストが即興演奏する場合もある。太古の人類が洞窟を出ていく物語に――ある冬の日、退屈しきった人類が洞窟を出ていく場面はそれ自体が演劇的である――ピアノ演奏がかぶさるのだ。だがそれにもまさる最高の効果音がある。ちょうど今がそれなのだが、斬り合いや誓いやキスの場面になると、観客のため息がかすかに聞こえてくる。それ以外には映写機のカタカタいう音しかない世界――。

静寂の中では音を越えた音が聞こえるようになる。空中を浮遊する真実はしばしばずぶ濡れみたいな音を立てるけれど、溺れ死んだりはしない。そういう場面にセリフはいらない。ことばはむしろ邪魔なので、月桂樹の葉や竪琴で飾られた美しい場面を眺めてさえいればいい。

怖がらないで、この島は音でいっぱいなんだ
音や素敵な調べは喜びをくれて、悪さはしない……
そういうわけだから、目覚めたときに
夢の中へ戻りたくて、泣いたりもしたんだ(4)

ストーカーは暗闇の中で息子が手を伸ばして、彼の手を取るのを感じる。ふたりとも音を立てずに泣いている。不思議なこともあるものだ。映画館を出て、頭痛がするほどまぶしい、雨上がりの日射しの中を歩きながら、ふたりともそのことには触れない。

「パパ爺」と息子が言う。「『タイムズ』紙の記事に載っていた場所へ行くのはやめたら？」

「いや、行くよ。ついてきてくれなくてもいい」

「どうしても？」

「おまえは好きにしなさい。ひとりで行けるから」

三十分ほどの間、ふたりはほとんどことばを交わさない。サンドイッチを食べて、タバコを吸うときも、ふたりは映画館で亡霊たちを眺めた余韻の中にいる。心に去来するのは甘美な旋律だけではないので、やさしさと穏やかさに他の感情も加わっている。

―◆―

演劇人が集まる高級ダイニングルーム

午後一時十八分

　微笑むのよ。知ってる人がいるかもしれないから。サヴォイ・ホテルなんだから。役者、製作者、興行主がうじゃうじゃ来てるの。時計ばかり見ている姿を見られちゃ駄目。痛くもない腹を探られて噂になるだけだから。迷惑をこうむらないようにしなくちゃね。

　ジンでも飲もうかしら？　でもひとりじゃ格好がつかない。

　あの人はどこにいるの？　約束の時間を二十分も過ぎてるのに。ショーっていう人はいつもこう。いつだって遅れてくるのよ。わざとなのかな、それがあの人の権力ってやつ、忙しく見せたいのね。下々の連中の時間よりも自分の時間の方が重要だって言わんばかり。

　もったいぶって、人を小馬鹿にしてるのよ。

　もったいぶった、いまいましい愚弄。

　もったいぶった、いまいましい、ひげ面の、身勝手な愚弄。

　一段高いところで弦楽四重奏している人たちがいるけど、みじめなものね。キーコキーコ弓を引いてる姿はヨハネの黙示録の四騎士そのもの。音楽性も魅力のかけらもありゃしない。ハイドンの美しい曲が台無し。ハイドンがこの、タキシードの下の飾り帯をつけた四人組の食屍鬼の演奏を聞いたら、愛用のフィドルを燃やして床屋になるわね。

　四人組の中のひとりか、さもなければ別の男とでもいいけれど、結婚したらどうなるかしら。

　男っていうものはうまく役を振り当てれば、世の中の役に立つ立派な人になれる。素敵な友人、恋人、ライオンの調教師、ローマ教皇、乾燥地帯や地図がない地域を調べる探検家、炭鉱労働者、砲手、飲み友達とか。男には誉めるべき単純さがあるから、意外性に欠けるところが心和むのよ。十五分も話せば一生を知ったのと同じで、男がそれ以上の驚きをくれることはない。どうすれば人を驚かすことができるかなんて、男には知るよしもないし、その方法を他人に尋ねるなんて、恥ずかしくってできやしない。でもね、男ってものがよき夫になるのが下手くそだっていうことだけははっきりしている。食料品店の列に並んだり、列車の席でたまたま隣り合わせになったりする女の人たちがいるでしょ、そういう人たちの誰を選んだとしても、世の中のどの男の人よりもよい夫になるわ。

　十二、三年前のある日、うちの土地の借地人に子どもが生まれたので、命名式をしたときのことを思い出す。お祝いの会で生牡蠣を食べてひどい目にあったのよ。丸三日間、体がヴェスヴィオ火山みたいになって、寒気がして、熱が出て、汗が出て、悶え苦しんだ。生まれなければよかったと思うようなことがお腹の中で起きて、うなって、熱に浮かされて、ため息をついた。拷問みたいな苦しみにさいなまれているのを見られるのは嫌だし、音を漏れ聞かれるのもいっそう嫌だったから、使用人たちに叫んで、家から出ていってもらった。その三日間、屋根の煙突から悪態が聞こえ続けたので、ミヤマガラスが寄りつかなかった。お腹の中は『マクベス』に出てくる魔女の大釜そのものだった。ようやく体調が元に戻ったときにひとつ悟ったの。三日間のどの瞬間をとっても、結婚していた日々よりはましだった。

　夫の話には耳を傾けなくちゃならない。話しかけなくちゃならない。理不尽な怒りや、もしかりに怒りをぶつけるとしてもぶつける相手が間違っていると思う怒りにも、耐えなくちゃならない。スープをすすっているところや、足の爪を切っているところや、シャツの匂いを嗅いでるところも見なくちゃならない。オットマンに足を乗せた男が、こっちは女だから何も知らないと思って、選挙やら遠くの大陸やらについて蘊蓄を垂れるときにも、つきあわなくちゃならないのよ。

　駅で見かけた女が着ていたみたいな服を着ろ、とか指図されたり、どこどこの保護領の先住民は反抗的で手に負えないとかいう話を聞かされたり、**笑ってごらん、その微笑み悪くないねえ**なんていうセリフも聞かされる（ふん！）。殿方がリベラル派と保守派の興味深い相違点を列挙したときや（あくび）、じつは虎はアフリカじゃなくてインドにいるんだよと教えてくれたときや（あら！）、自分自身の人格を否定するような逸話を面白おかしく語って、器の大きさを見せようとしたときや、今朝列車の中でどこの幼稚園児よりも自分の方がクロスワードパズルを早く解けたぞなんて得意気に話してるようなときには、女はちゃんと聞いてるふりをしなくちゃならない。

　男たちの鼻毛、体臭。床に残る濡れた足跡。男らしさについて誰かと意見が食い違ったときのことを何人もの声色を使って再現してみせる情熱。望遠鏡とは何かをめぐる講釈。「パラレル」の綴りの覚え方。誉められたい、どうしても肩を持ってもらいたい、という命がけの願望。そうこうするうちにベッドをともにするときがくる。それにしても、結婚を前提としないときの男たちのそれがはるかにましなのはなぜかしら？　その種の稀な、とはいえ悲しいかな、ひどく稀とは言いがたい機会に思い出すのは、人生を言い当てたホッブズの名言よ――〈不快、野蛮、つかのま〉。

　あまりにもピシッとプレスしているので、さぞ坐りにくいだろうと思わずにはいられないスーツを着た支配人が礼儀正しく近づいてくる。

「ごきげんよう、ミス・テリー、ようこそおいでくださいました。足りないものはございませんか？」

「ありがとう、ポール、ごきげんよう。その後、お変わりないかしら？」

「おかげさまで。ありがとうございます、ミス・テリー」

「ご家族の皆さんは？」

「おかげさまで三人の子宝に恵まれました、ミス・テリー」

「まあ素晴らしい。奥さんは大忙しね」

「伝言を持ってまいりました。じつはミスター・ショーが上の階の事務所へお電話くださいまして」

「あら伝言？」

「はい、プリンス・オブ・ウェールズ劇場でのリハーサルが長引いているとのことで、お約束の時刻にはお目にかかれないと。一時半までお待ちいただけないかとおっしゃっておられます。遅くとも二時までには必ず、と。わたくしは、抜かりなくミス・テリーのおもてなしをするように言いつかっております」

「わかりました」

「何か……？　冷たいものでもお持ちいたしましょうか？　お好みは？」

「そうね、あの厄介なアイルランド人がお見えになったら、伝言を伝えてくださる？」

「はい、もちろんですとも、ミス・テリー」

　そこから先、ほぼ一分間にわたって彼女の口から流れ出たことばの多くは、サヴォイ・ホテルのダイニングルームではめったに聞かれないたぐいのことばである。彼女自身、自分が知っていたことにはじめて気づく言いまわしも混じっていた。

「やっぱりいいわ、伝言はなしにします。ポール、コートを取ってくださる?」

支配人は少しほっとした様子でうなずく。


―――

競売会社のオークションルーム
午後二時十五分

父と息子はフォーリー・ストリートの向かい側から見つめている。湯気を上げる自動車やハンサム型二輪馬車が停車して、人々が雨の中へ出ると、競売会社の玄関から雨傘を差した社員が出迎える。玄関の頭上にカンバス製の雨よけが張り出している。買い手がぞくぞくやって来る。何かの公演を見るために観客が集まってきているかのようだ。

ストーカーはふいに不安になって、中へ入るのを躊躇する。息子はそれに気づいて父の肩に手を置く。

「パパ爺、やめとくかい?」

「いや、入ろう、ノリー」

オークションルームの窓は曇っている。道路からは室内がどうなっているのかよく見えないが、不恰好に梱包されたたくさんの荷物がニコチンの煙にいぶされている。窓ガラスに貼りつけられた案内書きが外から読める。

遺言執行者によるオークション
故サー・ヘンリー・アーヴィングの
私有動産物件
一九一二年四月十二日午後三時、当所にて開催

サー・ヘンリー・アーヴィングの逝去から七年が経過し、遺言書内容の適法性確認手続きが完了したので、遺言執行者はアーヴィング夫人とその家族の負担を軽減するため、サー・ヘンリーの所有物の一部を売却するのが適切であると判断するに至りました。骨董品、演劇関係の記念品、オーギュスト社のアトリエが制作した舞台衣装、小間物、雑貨、装身具、懐中時計、読書用メガネ、ウオールナット製書き物机、遺愛の衣服とブーツ、

ビリヤードのキュー、アクロポリスをかたどった文鎮、フェンシングの剣一対、高級スーツケース多数、モノグラムつきの手提げ旅行かばん、スケッチ、雑多な品目の寄せ集め（数箱に収めた古新聞、『パンチ』・『絵入りロンドン週刊新聞（イラストレイテッド・ロンドン・ニュース）』・『シアター・ガゼット』のバックナンバー多数）、録音済み蠟管、ナイト爵を示すメダル、その他。事前入札可能。全品目取引成立希望。お取り扱いは、現金または銀行手形のみ。以上に加えて一八八八年、ライシアム劇場にてミス・エレン・テリーがマクベス夫人を演じたさいに着用したビートル・ウィング・ドレス——本品はアメリカの文豪ミスター・マーク・トウェインが「わが人生に於いてこれほど見事で虹色に輝く舞台衣装を見たことはない」と評し、ミス・テリーが故サー・ヘンリーに贈った記念の品——が特別出品されます。さらに舞台上で使用されたさまざまな武器、カツラなどの小道具もすべて良好な状態のものが出品されます。精巧にかたどられたデスマスクも出品予定。

オークションルーム内は空気が籠（こ）もっている。虫除け玉と湿った外套の匂いがする上に、ほぼすべての男性がタバコを吸っている。ノートと出品目録を手に、拡大鏡とメジャーを腰のベルトに取りつけた専門の商人が小走りに動き回っている。部屋全体を覆っているのは、大事なものを見逃したら一大事だという不安と恐怖である。

　架台に天板を載せた長テーブルに黒布が掛けられ、ラベルがついた貴重な品々が陳列されている。コナン・ドイルから届いた署名入りの手紙。ヴィクトリア女王の署名入り肖像写真。フィラデルフィア市名誉市民の称号を授与する賞状。認め印を兼ねた指輪。タイピン。検証印つきの銀製の櫛。テニソン夫人から与えられた手袋。柄に宝石をちりばめ、故人が好きだった引用句——〈**俺たちを針で刺したとして、俺たちの身体から血は流れないのか？**〉[5]——を刻んだ短剣。

　高くしつらえた台の上に、ビートル・ウィング・ドレスを着た頭部のないマネキンが立っている。その周囲を円形に取り囲んでロウソクが灯され、白手袋をつけた係員がときどき、その中の一本を手に取ってマネキンの台座の周りを司祭のようにゆっくり回る。すると、ドレスの身頃からエメラルドとコバルトとシルバーの輝きが引き出され、ナイル川の緑色（オー・ド・ニール）が光へと変容して、タバコの煙で淀んだ空気の中でダンスをはじめる。ひとりの女性が三脚に載せた箱形カメラで、美しくも不可思議な光の効果を撮影しようとしている。だが光の魔術を捉えられるカメラなどありはしない。

　ストーカーは車椅子を自分で動かして、下手なスケッチが乱雑に壁に掛けられたところへ行く。特別なガラスケースの中に鎮座しているデスマスクを見るつもりはない。息子はビートル・ウィング・ドレスに見とれている。

　テーブルに置かれた蓄音機が回りはじめて、パチパチ鳴る雑音の荒海の中から聞こえてくる声に耳を澄ますうちに、アーヴィングの声だとわかる。長い年月を隔てて、こんな形で声に再会するのは驚きである。その声はアーヴィングそのものであるとともにかけ離れているようでもあり、彼が自分のものまねをしているかのようだ〈**剣を。取って。困難がわらわら。打ち寄せる。海原に立ち向かい。そいつらにとどめを。刺す**〉(6)。

　朗々と響く、大げさで古臭いセリフ回しにあらためて聴き耳を立ててみると、アーヴィングの肉声の記憶よりもはるかに、彼特有の発音の癖が強調されているように聞こえる。その声は脚本に奉仕するのではなく、自分自身と恋に落ちている。こんな流儀は今日では物笑いの種になるだろう。

　目の前にガラスケースが三つあって、メダルや額縁や、銀製のシガレットケースや、ウォーターフォード・クリスタルのトロフィーが陳列されている。

　彼の衣装は壁に立てかけたコルク板にピンで留められている。上着、膝丈のズボン、チョッキや肌着もある。皺の寄った靴が二十四足も一列に並んでいるさまは、はなやかな舞踏会を舞台にした悪夢の一場面を見るようだ。

　ひとりの買い取り業者がテーブルの上に積まれている品物の中から三角帽子を手に取り、自分の頭に載せて、同僚に向かってにやりと笑う。同僚はその男に向かって、帽子を戻せと目で合図する。さもないと競売会社の社員に追い出されちまうぞ。視線でこれほどの意思伝達ができるのはたいしたものだが、役者なら誰でも知っていることだ。

　会場の奥の片隅の、手洗い所の入り口に近いところに、ごみを漁（あさ）る人かくず物屋以外欲しがる人はいそうにないガラクタが積み上がっている。廃棄するのにお金が掛かりそうな品ばかりである。白カビが生えた劇場プログラム、染みのついたネクタイ、片方だけのスリッパ、封筒に入った半端なボタン、曲がった剣。これらのわびしい品物の山に近い窓ガラスに貼り紙がしてある――〈引き取り値段はいくらでもけっこうです。買い取った人は品物をただちに持ち帰ってください〉。

　古いカーテンの下にボロボロの箱があって、〈古本いろいろ〉と書いてあるのがストーカーの目に留まる。多くの本はジャケットがとれたり、紙魚がたかったりしている。『エドガー・アラン・ポー全作品集』は崩壊寸前。『ジェーン・エア』は第九版。ルイーザ・メイ・オルコットの『第三若草物語』は海賊版。欲しがる人がいるとは思えないものばかりである。湿っているので焚きつけにもなりそうにない。売れなかった小説本。読まれなかった詩集。出版人が間違った判断をしたせいで出た本、出版人がなんとなく気分がいいと思い込んで出した本、著者からの見返りを期待して出された本、受けた恩を返すために出した本など、すでに死んだ本ばかりがここにある。その箱の底に見覚えのある本が見えた。落ちぶれた旧友のような代物だ。背表紙がはずれ、全体にすり切れた『ドラキュラ』の初版本。第二章がもぎ取られている。黄ばんで皺が寄った扉ページに誰かが買い物リストを走り書きしている。パン、ワイン、ソーセージ半ポンド、ミルク。その下に、ストーカー自身が書いた献辞が消えかけている――

　　ヘンリーへ、ブラムより。永遠の愛を込めて

はからずも赤面した頬の火照りを紛らわすためにストーカーが目をそむけると、タバコの煙の奥の曇った窓を背にして幻が見える。オークションルームの向こう側で、つややかなドレスに身を包んで立っているのは、往年のエレン・テリーの幻影だ。生き生きとして、若やいだ威厳と落ち着きがある。あの年齢では持てるはずがなかった知恵を持つゆえの落ち着きがあるおかげで、無垢が経験よりも尊い叡智になり、かけがえのない生気を引き立たせている。

　命を賭けてでも彼女が欲しかった。好きだと言えばどうなるかはわかっていたので、決して口には出せなかったけれど……。

もちろん状況が違えば異なる展開もあり得ただろう。とはいえ、いくらなんでももう遅すぎる。とうの昔に終わった話だ。ことばがぐるぐる回っている。酸っぱい記憶のもろいかけら。レモンアイスのようにツンときて、塩のようにぴりっとくる、腐りかけた棺(ひつぎ)の匂い。これをネタに小説を書こうとしても、まとまらなかったのは無理もない。仕立て屋の床に散らばる端切れ同然なのだから、ろくな話にはならなかっただろう。

おそらく彼女を知ることができただけで――彼女の人生の一部分に参加できただけで――十分だった。彼女の人生が詩集だとしたら、自分などその中の一行に過ぎない。だがそれはゼロではない。全然ない。彼女が僕を盟友として、腹心の友として、彼女の影として認めてくれただけで十分なのだ。人間は生涯に真の友人を何人持てるだろう？　女性が真の友人を数えたとして、男が混じるのはごく稀なことではないのか？

光がよろい戸の隙間から入ってきてタバコの煙で霞んだ空気を照らしている。ストーカーは霰が降る音を聞いて、故郷に近いウィックロウ山地と、キライニーの長い浜辺を思い浮かべる。海の泡波をかぶる軍用道路も脳裡に浮かぶ。ダブリンも霰が降っているに違いない。

幻が振り向いて、ストーカーの背後の窓を見つめている。霰のせいで白っぽくなった光の中ですみれ色の瞳が輝いている。長年、幻と見なされるのに慣れた人物である。

買い取り業者の間を縫うようにして彼女が歩いてくる。業者たちは身振りで指し値を伝えているが、彼女は競り市に興味はない。

「あの、失礼ですが」と彼女が言う。「もしかしてミスター・ストーカーではありませんか？　わたしの母のよいお友達だった……。エディと申します」

蠟人形とおばけの殿堂ライシアム・パレス

午後三時三十二分

コヴェント・ガーデンの花売り娘から白百合を一本買い、廉価版の『ハムレット』からちぎり取ったページで花をくるんでもらう。午後の日射しが白っぽい。

エクセター・ストリートの事務代行請負所で、連続講演で話す原稿のタイプ清書を受け取る。ウェールズ出身の娘に会えるかなと思っていたのだが、結婚のために退社したという。請負所を仕切っているのは慇懃無礼なやせぎすの女で、何か不愉快なことがあるのだがその中身は決して明かさないという風情で、口をへの字に結んでいる。

彼女はエクセター・ストリートからサウサンプトン・ストリートへ入る。プラタナスの木立でナイチンゲールがさえずっている。そうそう今日はあれがあるのよ——たった今思い出したようにつぶやいてみるのだが、じつは何日も、何週間も前から気に掛かっていて、忘れようにも忘れられないのだった。そうね、こまごました用事があるからロンドンへやって来たの。そのついでに、なつかしい場所に寄ってみよう。

じつは今日、町の反対側で、アーヴィングの私物がオークションに掛けられている。彼の亡霊を衣服もろとも売り払ってしまおうという催しで、薄汚れた指をボタンホールやポケットに突っ込むのと同じことだ。俗悪な行為を嫌った彼には耐えられない仕打ちに違いない。彼女はオークションルームへ行く代わりに、アーヴィングの記憶を胸に秘めて劇場へ行ってみようと考えている。あそこのロビーにしばらく腰掛けて、そのあとで舞台に花を一輪手向けよう。そうして思い出に浸ってやろう。

俺は俗悪なことが嫌いなわけじゃない。少々の俗悪は気にならない。少しの間ここにいさせてくれ。もう少しだけ。

彼女は石段に杖をつきながら、ライシアム劇場の正面階段を上がる。そして正面扉を静かに押す。昔と違って現代風の回転ドアになっているので、うかうかしているとドアがお尻に当たりそうだ。正直な話、千年も変わらずに使ってきた昔ながらの扉のどこが気に入らなくて、こんなものに取り替えたのかしら？　進歩に熱を上げる人たちは本当にどうかしてるわ。

ロビーには誰ひとりおらず、チケット売り場は閉まっている。細い十字架形の窓から射し込む光の中で埃の粒子が舞っている。ロビーの壁には藤色と緑色の壁紙が交互に貼られていて、絨毯は饐えたタバコの匂いがする。かつて一階後方席へ行くのに使われていた十二段ほどの、真鍮の手すりがついた大理石の階段は撤去され、まっ赤に塗られた傾斜路になっている。年寄りでなくても上るのに苦労するほどの急傾斜だ。ティファニーのシャンデリアが取りつけてあった天井のバラ型台座は黒ずんでいる。かすかな風を受けてガラス玉がふれあってチリンチリン鳴る音を、今でも覚えている。

彼女は彼の亡霊がこの場所でくつろいで、空気や埃の一部になってくれたらいいと思っていた。だがそうはいかないようだ。ここではアーヴィングの声はまるで聞こえてこない。

昔壁に掛かっていた演劇関係の版画は消え失せて、バラエティーショーや見世物興行のポスターがべたべたと貼ってある。頭が地球儀の奥方。ボルネオの野生人。〈入れ墨〉の王マルドゥーン陛下。錆びついた噴水式水飲み器のそばに置かれたテーブルの上に、何足かのローラースケート靴と未使用の黄色いチケットの束が放り出されている。

行けよ、とローラースケート靴の声がする。俺たちには興味ないんだろ。俺たちがあんただったら、心ゆくまでスケートするけど。

そこの階段で、悲惨な末路をたどったオスカー・ワイルドと一緒に写真を撮られたことがある。彼がまだ名声を、高級毛皮（アーミン）の肩掛けみたいにまとっていた頃の話。王族と握手したり、夫を喪った貴族の令夫人からキスをもらったり、羽根ペンをヴィンテージの超高級貴腐ワイン（シャトー・ディケム）に浸してサインしたりしていた彼。死ぬ二年前のことだった。

あそこの壁がへこんだところで、さるやんごとなき人物があたしの室内履きにシャンパンを注いで飲み干して、氷山も顔を赤らめるような提案をささやいて、愛人になってくれと泣きついた。リハーサルへ向かうためにロビーを横切ると、チケット売り場に並んでいた男の人たちが、まるで妖精か一角獣を見たかのように静まりかえった。今では町を歩いてもほとんど気づかれることはない。ほんとにめったに気づかれない。メガネを掛ければ余計にそうだ。

向こうの扉から入ると、外から見えないボックス席へ行けた。あそこで起こったことを思い出すだけでなんだかへんな気分になる。『エクスカリバー』の初日公演の後だった。彼がアーサー王であたしがグィネヴィア。彼ったら放埒（ほうらつ）な性欲の塊で、雄牛そのものだった。若気の至り。壁にだって目があるんだから。穴が開くほど壁に見られて焦げるかと思った。

観客席から突拍子もない妖怪のような人物があらわ

れた。ヒョウ柄の海水パンツを穿き、全身にヒョウ柄のタトゥーを入れた、歩く絨毯みたいな男である。

「こんにちは、美魔女さん」跳ねるようなコックニーで男が挨拶する。そうして軽やかな足取りでチケット売り場へ行き、タバコを一箱手にして戻り、壁でマッチを擦って火を点ける。

「あら」と彼女が返す。「こんにちは」

相手はふと気づいて、「タバコいかがっすか？」

「ありがとう、吸わないの」

「アーンに会いにいらしたんすか、今いないんす」

「そうなの」

「おいでになったって伝えときましょうか？」

「いいの、待たせていただくわ」

「役者関係っすか、美魔女さん？」

「まあちょっとね。かつて」

「そうでしょ、そうでしょ。一瞬でわかったっす、フランクのやつ、あのオモシロイ出し物に出てた人でしょ。あの頃はどこに所属してたんすか？」

「じつはね、あたし、ライシアムによく出てたのよ」

「えっ、すげえじゃん。誰とかと？」

「あの頃、すごく有名だった、あの人を超える人はいないってみんなが言っていた役者がいたの、その人と一緒に出てたの」

相手が目を丸くする。「まさか、ひげベビーのビリーじゃないっすよね？」

「それほどすごくはなかったんだけど」

「よかったら、なつかしい芝居小屋を見てってくださいよ、美魔女さん。中へどうぞ。案内したいとこなんだけど、俺はここでちょっと人に会わなくちゃなんないんで。アーンが戻ってきたら……あいつの顔は知ってるんすよね？　俺もあとからあいつに合流しますんで」

「ありがとう。ご親切にどうも」

相手はにっこり笑う。「役者同士ですもんね、お安いご用っす」

かつて観客席だったところは座席が取り払われている。床一面とローラースケート・リンクを取り囲む低い壁は銀色に塗られている。というか、かつては銀色だったのが今では死骸のような灰色になっている。オーケストラピットは板で覆い隠されて、ボックス席も板で囲われている。舞台も木製の防火壁でまるごと隠され、壁の表面にはココアとダンス教室の広告が貼りつけてある。見なければよかったと思いはしたものの、彼女は舞台の脇の柱の下に白百合を置き、黙ったままでやるせない祈りを捧げる。

ありがとう、チーフ。

　忘れられたなんて思わないでね。

　スケート・リンクを取り囲む椅子席があったところには乱暴にペンキを塗った台座が並び、その上に蠟人形が置かれている。ラベルがついていなければ、どれが誰なのかわからないだろう。〈ヘンリー八世〉はぴったりした上着（ダブレット）と長靴下（ホース）をつけた、ただの太った男である。〈妻殺しのドクター・クリッペン〉は洋服屋で見かける山高帽子をかぶったマネキンそのもの。〈処女王（ヴァージン・クイーン）〉は無理やりスカートの後ろを広げる腰当て（バッスル）を着せられた、鉄血宰相ビスマルクにしか見えない。〈ロビン・フッド〉は市立図書館の司書がめかしこんだ姿。〈シェイクスピア〉は右手がとれている。誰かがみやげに持ち帰ったのだろうか？　舞踏会用のドレスを着た、胸の豊かな女性像には〈エレン・テリー〉のラベルがついている。髪の色も、目の色も、背の高さも、顔色も、体つきも違う。だがそれ以外は完璧に似ている。


　かわいそうなブラムのことを思い出す。公演初日の夜はいつも曹長みたいに見張りに立った。指をパチンと鳴らして場内案内係を担当位置につかせ、雛鶏みたいに新人の役者たちの面倒を見て、黒板を抱えて駆け回っていた。みんなが彼のことを笑っていたけど、それは愛情溢れる笑いだった。愛すべきブラム。元気かしら？　かつては夢によく出てきた。実際はずいぶん会っていない。アイルランドへ戻ったという噂を聞いたように思うのだけれど？　誰から聞いたのかしら？

　音信不通になったきっかけが思い出せない。あたしたち、ケンカをしたのかしら？　そんなことないと思う。彼はいつも礼儀正しくて、気配りをしすぎるくらいだった。ケンカを仕掛ける人ではないし、のけ者にされても黙っている方だった。

　おそらくいつのまにか離れてしまったんだと思う。知らないうちに疎遠になるのはよくあることだから。手紙をだんだん書かなくなって、誕生日を忘れてしまい、ついにある年、クリスマスカードを送らなくなる。そうして、もう元には戻れないところまで来てしまったとき、静寂が気まずいと気づく。誰かと何年も会っていない場合には、はっきり特定できない場合でも必ず理由がある。ブラムは今、どうしているのかしら？

ブラムはこの劇場では幸せだった。喜びで顔が輝いていた。彼はサヴィル・ロウのスーツみたいに物静かで臨機応変、それなのにいつも存在感を放っていて、自分が立っている場所を自覚していた。子どもの頃は重い病気だった。両親に捨てられた人。彼の本に孤児がよく出てくるのはそのせいかもしれない。劇場にしがみついたのも不思議はないわね。

肌寒いロビーへ戻ってきたら、さっきのタトゥーの若者はいない。それどころか誰ひとりいない。もともと誰もいなかったみたい。風の通り道になっているのか、回転ドアがゆっくり回っている。

立ち去ろうとしたとき、階段のあたりから誰かの視線を感じる。感じるという表現は正確ではなくて、もちろんわかっていると言うべきだ。視線の主が誰だかわかっているのだから。視線が強いので、わざわざ目をやらなくても相手の目が見える。強すぎる視線を承知しながら、結局振り向かずに終わってしまう。

さよなら、ミナ、とミス・テリーはささやく。親愛なる亡霊に神様のお恵みを。ここへ来るのはこれが最後よ。


ノエルです、僕の息子、覚えてるかな？　お母さんはお元気ですか？　あんなに小さかったのに、エディちゃんがこんなに美しい娘さんに成長したんですね。いや、もう目が悪いから、ちょっと一歩下がって、全身を見せてもらっていいかな。メガネが見つからないんですよ。どこへしまい込んだのかな。大事なメガネ。ときどき劇場に集まって、みんなで遊んだのを覚えていますか？　正直言うと、脳卒中の発作以降、僕はもの忘れがひどいのですよ。おお、メガネ、よく見える、見える。近頃は思い通りにならないことが増えてしまって。弟さんはお元気ですか？　確かエドワードというお名前でしたね？　おお、そうそう、ゴーディーでした。劇場で働いておられるのですね、それ自体驚嘆すべきことです。それにしても、あなたにまた会えるとは、なんとうれしい偶然でしょう。お母さんにくれぐれもよろしくお伝えください。ノリーと僕はそろそろ行かなくちゃなりません。約束があるのでね。残念ですが、これでおいとまします。お母さんにどうぞよ

ろしく。幸せな日々でした。それではまた。さようなら。さよなら、エディ。いえ、行かなくちゃならないので。

コヴェント・ガーデンは混雑している。ここはずいぶん変わった。きれいな店、小さなパブ、ささやかな花。昔よりも娼婦が増えた。若い子が増えたみたい。かわいそうに。街灯の下に立ってタバコの火を借りようとしている。お金で娘を買おうとする男はよっぽど落ちぶれているのかな？　それとも好き好んで、世間に顔向けできないことをしているのかしら？

街角に立つ娼婦を見ると思い出す。切り裂きジャックはいまだに捕まっていない。ロンドンにまだいるかもしれない。誰があいつでもおかしくない。ヒョウ柄のタトゥーの男。サヴォイ・ホテルのベテランのウェイター。ロンドンに住む人間ならあの頃味わった恐怖と悪寒を未来永劫忘れない。疑惑が今でも霧のように渦巻いている。

でも前へ進まなくちゃいけない。負けちゃ駄目。卑怯者や威張り散らす者にたいして、絶対に妥協しないこと。必ず手はある。諦めない。

わけもなく、繰り返し思い出すのは、失敗した日のこと。考えるだけで心がぐずぐずになる。アーサー王役のハリーが第一幕の終わりのところで、石に刺さった剣を抜く場面だった。神妙な顔をした騎士たちが見守り、王妃グィネヴィアのあたしもいた。ところが、指示を聞き間違えた舞台係が、剣を抜けないようにとりつけた石を舞台上に設置したせいで、押しても引いても剣は抜けなかった。

観客はハリーが渾身の演技をしていると勘違いして喝采（かっさい）を送ったのよ。こめかみに血管が浮き出して、目玉がブドウみたいに飛び出してたから。実際、ハリーは癇癪（かんしゃく）を起こして、石に毒づいて、蹴飛ばしたんだから——「こら、この、ろくでなしの御影石野郎、剣を抜かせろって言ってるんだ」。そこへ魔術師のとんがり帽子を揺らしながらマーリンまで駆けつけてきた。あたしは、ブラムが不安そうに見つめている舞台の袖へ逃げ込んで、必死に笑いをこらえた。お腹を両手でわしづかみにして、すごく悲しいことを考えたのよ。ブラムは幕が下りてから劇場内のバーで大笑いした。

ふだんの険しい顔が和んで、笑いすぎた涙があごひげまで濡らしてた。グィネヴィアは隣でジンフィズを飲んでた。しばらくしてハリーが重い足取りでやって来た。ドロドロになった化粧が化粧着にくっついていた。くわえタバコで、剣を片手に持って、「石を持ってる奴がいたら、今すぐこの剣を突き刺してやる」って言ったのよ。

かわいそうなブラム。あれからどうしているの？
あの頃はどこへ行ったのかしら？　狂おしく興奮して、燃え上がっていたあの頃、あたしたちは空の星をぐるぐる回していた。

彼女はふと思いついて、トッテナム・コート・ロードのブーツ愛書家図書館を覗いてみる。外出するときは図書館の利用券をつねに持ち歩いているのだ。館内で累積版の図書目録の直近四冊分をめくってみたが、ブラムの新刊は見あたらず、文学系の情報紙も所蔵していない。司書はスコットランド出身の男で、「ライブラリー」と発音するときに「R」の音がいくつも余計に入る。そっけない感じのこの男は言う――「ストーカー」という著者名は聞いたことないですね、今どき怪談を読む人はいないでしょう。もう二十世紀、科学と発見の時代ですから、戯言（たわごと）とつくり話は流行りません。個人的な意見を聞かれたら（って聞かれたことはないんですが）、あらゆる図書館（ライブラララリリリー）において怪談は所蔵禁止にすべきですね。

図書館の外へ出た彼女は、イギリス的な暇つぶしの中でも最も典型的な行為に数分を費やす。実際には出さないのだが、苦情の投書を書いてみたのだ。

本屋を捜した方がいいだろう。あいつは本屋にいるかもしれないぞ。
俺のことはほっといてくれ。
なんてね、やっぱり連れてってくれるよな？

彼女はハリーの亡霊に甘い顔を見せまいとして、ドレスメーカーのショウウィンドウをしばらく眺める。見事なドレス。薄青のオーガンジー・シルク。ハリーが静けさの中へ引きこもったのを確認してから、道路を渡ってフォイルズ書店へ行く。

ドアベルをチリンと鳴らして店に入ると、よい香りのする鎮痛剤のような静けさが待っている。これは昔の本が並んでいる場所特有の静寂。

さて、どこからはじめるかが思案のしどころだ。どの書架から見ようかな？　埃じみた正面の窓から差し込んでくる午後の光は豪華絢爛で、子どものための賛美歌集で見た、神様が描かれたさし絵そのもの。古い革装丁本や羊皮紙が放つ芳香もいい。

店員が近づいてくる。とても親切そうな目をした若者。書物が目を覚ますのを怖れてでもいるかのように、静かに口を開く。

「何かお探しですか、マダム？　あるいは目のお散歩でしょうか？」

「ストーカーという著者の新刊がないか探しているんです。前回、三か月ほど前に来たときに、彼の著書のタイトルを書いた紙を店員の方に渡しておきました。小説家で、超自然的な物語に特色がある書き手です」

「聞き覚えのある名前です、マダム、確かにどこかで聞きました。少々お待ちいただけましたら目録をチェックしてまいりますので、その間、店内をごゆっくりご覧いただけますか？」

彼女は人々が行き来する外の通りを眺めている。向かいのピアノ専門店から黒ずくめの服を着た若い娘が出てきて、一瞬足を止めて空を見上げてから、急ぎ足で去っていく。ロシア人のようなその娘は、黒テンの毛皮をまとった悲しみの擬人化のように見えて、忘れがたい印象が残った。

「お探しの著者を見つけました、マダム。エイブラハム・ストーカーでしょう？」

「その通りです」

「『屍衣の婦人』が数年前に、『白蛇の巣』が去年出版されています。それ以後新刊はございません。奇妙なタイトルばかりですね」

「その二冊、お店に在庫はあるかしら？」

「申し訳ございません、マダム。どちらもすでに絶版で、他の著書もすべて絶版になっています。ブーツ愛書家図書館か、川沿いに出ている露天商の古書店でお探しになるのがよろしいかと思います」

「その人に手紙を書くことはできそうかしら？　その著者に。住所を調べることはできないかしら？」

「さて、わたしにはちょっと。出版社に問い合わせればなんとかなるかもしれませんが……」

「そうね、やってみるわ。ありがとう。とても助かったわ」

「こちらこそ、ありがとうございました、マダム」そう言って店員は握手を求める。「またのご来店をお待ちしています。書物のことなら当店へ」なんだかずいぶん愛想がよくなったけど、これも時代ね。時代は変わる。

彼女はふと、握手をした店員が手袋をした彼女の手の平に、厳封した封筒を押しつけているのに気づく。「ご来店誠にありがとうございました」と彼は挨拶する。「探し物がうまく見つかりますように。ごきげんよう」

彼は目で出ていくように催促している。カウンターを隔ててこちらに手を振っている。

チャリング・クロス・ロードの舗道は混雑している。書店を出たところで、封筒に入っていた手紙を読みながらメガネを曇らせている老婦人に目を留める者など誰ひとりいない。肩がかすかに震えている。彼女は手首でこぼれ落ちる涙を拭う。


親愛なるお客様へ。わたしは、この手紙をあなたにお手渡しする若い店員と一緒にフォイルズ書店で働いている者です。一月九日にご来店いただいたときのお問い合わせにお答えいたします。隠しごとめいたやり方になってしまったことをお許しください。悪意はありません。わたしの父親は王立文学協会の慈善事業委員会のメンバーで、兄とわたしは秘書のような立場でときどき父親の仕事を助けています。この委員会の活動はもちろん内密で、自由裁量で決定される内容は外部からの影響は受けないのが建前です。わたしは名誉にかけて、当委員会の活動について公に議論はいたしません。とはいうものの、高齢の著者で適切な援助を受けていない方があれば、本委員会はさまざまな方法で手を差し伸べることができるのです。わたしはたまたま、あるひとりの高齢男性がそのような条件に当てはまることを知りました。高齢の著者の中には――男性でも女性でも――誇り高く、援助を受けたがらない方が多くおられます。当該男性の雇用主が先年死去した後、当該男性は無職となっております。発作に何度も見舞われて健康状態は悪く、経済的な欠乏状態が続いており、親しい友人もおられないのが現状です。当該男性の奥様も体調が悪く、故国の親戚に身を寄せておられるとのこと。協会へお問い合わせいただけましたら、さらに詳しい情報が得られることと存じます。内々にあなたのお役に立てればと考えております。あなたの友、フォイルズ書店勤務。

クラリッジズのテーブル

午後四時四十三分

　彼の目は彼女の姿をただちに見つける。カフェの一番奥の角にひとりで腰掛けている。お茶を飲みながら、詩集かと思われる薄い本を読んでいる。

　彼は衝動的に逃げようと思う。彼女を取り巻く孤独と静寂が美しすぎて邪魔などできない。だが彼女の娘が彼の肩に触れて、車椅子を前へ押しはじめる。派手な花束やアイスバケットが添えられたテーブルの間を縫って進んでいく。

「母さん」と娘が声を掛ける。

「エディ」

「オークションルームでこちらの方に出会ったのよ」

　沈黙が永遠かと思われるほど続く。

「あらまあ、どうしましょう」と彼女は言って、テーブルからゆっくり立ち上がる。「お元気なの？　会えてうれしいわ」

　彼は泣かないように我慢する。そして、差し伸べられた手にキスするとき、気をしっかり持つようにする。

「まあ、あなたなのね、ブラム？　ウェイター、メニューをもうひとつくださいな」

「お腹いっぱいなんですよ、ありがとう、エレン」

「何か軽いものでも召し上がれ」

「いや、大丈夫です」

「目の周りの化粧が台無しになっちゃった。なんとかしなくちゃ」

　娘が席を外したあと、ふたりは黙ったままお互いを見つめ合い、プレスの効いたリネンのテーブルクロスの上で堅く手を握り合っている。口を開けば昔のままの関係が蘇る。ハークスは南アフリカへ移住しましたよ、と彼が彼女に言う。ときどき手紙のやりとりをしていますが、ダーバンに住んでいるんです。ゴーディーは舞台装置のデザインをしているの。とても人気があって、自動車を買ったわ。

　ウェイターが彼女の食事を運んでくる。ミックスグリルの皿を彼女の前に置き、水差しからグラスに水を注ぐ。

「お茶ぐらいごちそうさせてくれない、ブラム？」と彼女が言う。「再会のしるしに?」

「お腹は空いてないんです」

「それじゃこれをちょっと手伝ってよ。この山盛り、ひとりじゃとうてい食べきれないもの」

「いや本当に――」

「ねえ、覚えてるでしょう、あたしって途方もない無駄をやらかす女なの。こんなに盛りだくさんの料理を頼んで、ひとりで食べきれるわけないのに。風船になっちゃうわ」彼女はにこっと笑ってウェイターを呼び戻して、取り皿とムートン・ロスチャイルドを一本持ってくるように言う。壁に取りつけられた古めかしいガス灯がぼんやり灯りはじめる。

「お嬢さん、とても美しいですね」と彼が言う。

「そうなの、きれいでしょ」

「うちの息子のノエルにお似合いだな」

「あなたの息子さんなら素敵に決まってるけど、ちょっと難しいのよ」

「どうして?」

「エディは、相手チームを勝たせるためにバットを打つ方だから」

「ああ、そういうこと」

「そう。ひとり娘がレズビアンだとわかって、あたしは心穏やかではいられないの。娘をありのままに認めてやれない自分を悔やんでいるのよ。くよくよしたって意味なんかなかったのに」

「今からでも間に合うんじゃないですか?」

「そうかもね」

「少なくともエディは、あなたのお金をどう使えばいいかわかってますよ。オークションに出た品物の半分は彼女が競り落としたんだから。しかも巧みに値をつり上げていた」

「そう、あたしが娘を行かせたの。あの人の遺品が嫌な奴らの手に渡るのは我慢ならなかったから。生きているときはとんでもない気取り屋のごろつきだったけど、ね。あたしが出ていったらすぐに正体がばれてしまうから、行けなかった。それから、奥さんに少しまとまったお金をあげたいとも思ったのよ。こう見えて、あの奥さんにはずうっと共感してたから。気難しい人だっていう噂もあって、サー・ヘンリーに先立たれた妻として女王様みたいに振る舞っているらしいんだけど、あの人でなしと結婚したら、どんな聖女だって気が変になるわよ。あたしにも悪いところはあったしね。

でもうすべて、水に流しましょう」

「会えてよかった。仕事のほうは今も忙しいんですか?」

「年老いた荷馬車馬が舞台の上をパカパカ走り回るのをうるさがらない場所を選んで、今でも地方巡業しています。ペンジとか、あんまりゾッとしないところでオフィーリアを演ったりしてるのよ。とってもはかない感じになるわね。そうそう、あたし今度、映画に出演します。ひどく俗悪なんだけど一発で大儲けできるの。一年間も時間を取られるのは嫌だけど、なにしろ今ブームだから」

「告白しますが、映画は大好きなんです。あれは後ろめたい喜びを与えてくれますね」

「そうよ、あれが嫌いな人はいない。そこが手に負えないのよ。正直に言ってね。あなたが今まで書いた小説の中には映画向きの登場人物がいるんじゃない? いつの日か、小説が映画になるのを夢見ることはないの?」

「そんな夢を見るのは正気を失った人間だけですよ」

「あたしのおしゃべりはこれくらいにするとして、あなた、体調はどうなの?」

「絶好調」そう言って彼は静かに笑う。「どんなふうに見えます?」

「あなたを援助させてもらえないかしら?」と彼女が言う。「経済的に、それからその他の面でも。少なくとも、自分の脚でまた歩けるようになるまでの間。どうしても援助したいのよ」

「お気持ちだけいただいておきます。話題を変えましょう」

「しばらくの間、スモールハイスの家に滞在するっていうのはどう? うちには部屋がどっさりあるの。ねえ、うんって言いなさいよ。楽しいことをいろいろ一緒にやろうよ。質素だけどおいしい食事ときれいな空気を楽しんで、夜はふざけあったり、古い友達の悪口を言い合ったりすればいいじゃない」

「それは確かに楽しそうですが、あいにく僕は田舎が苦手なんですよ」

「あいかわらず頑固で取り澄ましたミミズクさんね。いらいらするわ」

「あなたを怒らせるのがどれほどおもしろいか、ようやく思い出しました。怒るとあなたは輝きが増すんですよね」

「それじゃあ家へ来てくれる?」

「いえ、やめておきましょう。僕には僕の道があります。テムズ川から一マイル以上離れると湿疹ができてしまうんですよ。住み慣れた町が一番なんです」

「ねえ、なんであんなオークションへ行ったの? 昔のよしみって奴かしら?」

「いえ、妻への贈り物にできそうなものがないか探しに行ったんですよ。チーフが子どもの頃のノエルをスケッチに描いたりしてないかな、なんて思って。フローリーの誕生日にプレゼントしたいと思って。でも何も見つからなかった」

「残念ね」

「奇妙です。目録には〈少年の肖像〉っていう品物があったんですが実際には見つからなかった。でもまあいいです」

「本当に残念。ものごとは見た目通りにいかないものね、あたしの天使(モナンジュ)ちゃん」

「でも見た目通りにいかないことこそ、最高なんだと思いませんか? 海で遊んだあのときみたいに」

「それっていつの話だったかしら?」

「覚えてるでしょう。ノーフォーク州です。あなたは僕の手を握った」

「思い出せないんだけど」

「ノーフォークへ行ったことがあったかしら? 行ったことないと思うのよ、ブラム」

「みんなで行きました。三人とも子ども連れで。ロンドンと違う空気を吸おうってね。エディもゴーディーもノエルもいました。確かチーフが銀行との間で何かもめごとを起こして、大騒ぎになったんですよ。新聞記者たちが嗅ぎ回りはじめて、チーフが捨てたゴミ箱の中まで引っかき回した。それで八月の週末に、みんなでバーナム・オーバリーへとんずらしたんですよ」

「へえ、みんなで? 素敵じゃない。残らず話して」

「あの日は一日、子どもたちは農場を見学することになって、大人三人は小さな手こぎボートで海へ出たんです。ヘンリーとあなたと僕ですよ。ホルカム浜から。ウェルズ=ネクスト=ザ=シーの近くの。空気がリネンと白ワインの香りになる、イングランドの黄金の初秋の日。三人で歌を歌って、あなたが僕たちにハーモニーのつけ方を教えてくれた。**僕を信じておくれ、人に好かれる若さの魅力は……**。釣りの真似事もしたんだけれど、何も釣れなかった」

「あらまあ、あたし、すっかり忘れてる」

「ヘンリーは、俺の魔力で魚の大群を海底からおびき寄せてやるって言ってふざけはじめたんです。うまい昼食を食べた後だったから、上機嫌で僕たちを笑わせた。オールはオール受けに収めたままで、帽子を脱いで、グリム童話の魔法使いみたいに目を丸くしてみせた。そんなことをやっているうちに、ボートがぐらぐらしていたせいでしょうね、ヘンリーったらせっかく食べた昼食をぜんぶ——ラテン語で言うなら——オラムズ（ゲロ）——してしまった。彼ときたら十字を切ってましたよ」

「十字をね」

「そう、手の指で十字を切ったんです。そしたらいななきが聞こえた」

「まさか——もしかして馬がいたの？」

「ご名答。馬がいたんです」

「海の中で馬を見たような記憶があるのよ。そんなことってあり得るの、ブラム？」

「バーナム・オーバリーという土地は、バッキンガム宮殿の騎馬隊用の馬を休ませるために連れてくる場所なんですよ。ホルカム浜が訓練場になっていて、騎馬隊が入江の海へ乗り出していくんです。思い出したでしょう」

「そうね、大きな黒い、立派な馬たちだったわね？　ほれぼれするような姿で。確かアイルランド産の作業馬とサラブレッドだかを交配したのよね。高さが十六ハンドはあったと思う」

「夜の闇のように真っ黒な馬が首まで海に浸かって、バシャバシャ水を跳ね散らかして……あれほど気高い光景はめったに見られませんよ」

「それから何が起こったの？」

「あなたと僕はヘンリーを見て大笑いした。で、あなたはボートから落ちそうになった僕のカラーを摑んで助けてくれたんです。ボートがあそこへ着くのが一、二分遅かったら、あれほどたくさんの魚が集まってくることはなかったと思うんですが、数百匹の魚がハリーのオラムズ（ゲロ）めがけて水面へ出てきたんです。何千だったかもしれない。両手で抱えきれないくらい。バケツで何杯も取り放題でしたよ。この部分は覚えてますか？」

「へえ、そんなことがねえ。ぜんぜん覚えてないわ」

「陸へ戻ってから知ったことなんですが、あのとき僕たちのボートは、海軍の魚雷発射試験場のすぐ近くに迷い込んでいたんです。ヘンリーの〈魔法〉で魚の大群が浮上してくる寸前に魚雷が一本発射されてたんですよ」

「魚たちがわざわざ海の深みから上がってきて、チーフにご挨拶したように見えたのは、そういうカラクリだったのね」

「その通り。チーフの喜びようといったらなかったな。偉大なるペテン師です」

「あたしに言わせればうぬぼれ屋の悪魔よ。大たわけって奴」

「陸へ戻って、彼を宿の二階へ連れていって寝かせました。まだ船酔いしていたんでね。それからあなたと僕は海岸の遊歩道を一時間ほど歩きました。腕を組んで。黙り込んだままだったのがおもしろい。ただのひとこともことばを交わさなかった。回転木馬があったのでしばらく眺めました。ペンキを塗った木馬がぐるぐる回っていましたね。機械仕掛け(ワーリッツァー)のワルツに合わせて。僕は少々日焼けしました。その後、農場へ子どもたちを迎えに行く段取りになってました。あなたは――一秒か二秒でしたが――僕の手を握ったんです。それから僕の手にキスしました。僕もあなたの手にキスをした。その後歩いて、宿へ戻ったんです」

「そんなに素敵な思い出を忘れてしまったなんて、われながら信じられない。覚えていたらよかったのに」

「でも今、思い出したも同然ですよ」

「海原を行く馬たちはさぞ見事だったでしょうね？」

「神話に出てくる馬みたいだと、あなたはおっしゃってました。その通りだと思います」

「あたしは握った手を離すべきじゃなかったわね。ずうっと握り続ければよかった」

「もちろんそうでしたよ」

「あたしがあなたにぞっこんだったのは気づいてた？」

「熱愛でしたね。一週間半しか続かなかったけれど」

彼女は声を上げて笑う。

「僕たちはみんな、誰とでも恋に落ちることができたんですよ」と彼が言う。「それが若さって奴でしょう、悪いことじゃない」

「年を取っても」

「年を取っても。その通りです。愚かさに乾杯」

ブリックフィールズ・テラスの老人ホームの外

教会の鐘が午後十一時を知らせる。次は朝まで鐘は鳴らない。

ブラムは御者に、ビショップス・ブリッジ・ロードの角で降ろしてくれと指示しておいた。到着したので車椅子を降ろしてもらう。雲ひとつない寒い夜で、空にはトルコ石のような星が光っている。扉を閉ざしたトルコ式公衆浴場と図書館の前を通っていく。今日最後のタバコを吸う。

一日四本と決めているのだが、明日の一本目を先取りしたことになる。やれやれ。今日は特別だ。思いがけず彼女に会えたのだから。車椅子を自分で動かして坂道を下りながら、廃墟のような豪邸を見上げる。窓に月明かりが差し込んでいる。塀の隙間から野花が咲いている。

来週の週末が楽しみだ。彼女が屋敷に招待してくれたのだ。一日か二日、田舎で過ごすのは悪くない。彼女は釣りと狩猟が趣味らしい。狩りなんて何年ぶりだろう。狩りそのものは好きではないが一緒にしゃべったり笑ったりするのは歓迎だ。フォークストンまで自動車で遠乗りするなら、彼女の運転ぶりが見られるぞ。果樹園の梨の木の下で車椅子に乗っている自分の姿を思い浮かべる。紙吹雪のように散る白い花びらを浴びている、ひざ掛けをかけた老人。誰かがショパンを弾いている。

チクチク刺すような痛みがほお骨と頭皮を伝って、かすかにはじけている気配。痛みはじきに目の後ろへ移ってヘビに嚙まれたような衝撃に変わり、御影石の手に首を絞められているような感触へと変化するが、声を上げぬうちに、その痛みは消える。まるで、鍛冶屋の作業場でまっ赤に加熱された剣が、焼き入れのために氷水へ突っ込まれたみたいに――。

ふと目を上げると、煤(すす)まみれの寒気の中をあのピアノ教師がやさしそうに両手を広げて近づいてくる。以前は彼女の周りを何かが覆っているように思えたが、彼の痛みがその覆いを焼け焦がしたらしく、彼女の姿がはっきり見える。洞窟に住む人がはじめて外へ出て光を見たようなものだ。彼女の微笑みは音楽そのもの。彼は彼女が裸足なのに気づく。

「ヴィル・トゥー・レーイ?」と彼女が訊く。準備はできてる?

答える意志はあるのだが、どう言えばいいかがわからない。アイルランド語は得意でないから。一方、英語は頭から消え去ろうとしている。ピアノ教師と彼は星明かりを使って対話しているかのようだ。旅に必要なものを持っていきたい、と彼が言おうとする。部屋に戻ってかばんに詰めてもいいかな?　その必要はないわ、これから行くところには何でも全部揃っているから。彼は彼女の手を握って舞い上がろうとする。思ったよりも簡単だ。

廃墟のような豪邸の扉が、あごひげを生やした老水夫の手で開かれる。その男はレンブラントの夜警の絵から抜け出してきたのかもしれない。ピアノ教師と同じく男も裸足だ。両眼が磨き上げた銅貨みたいにギラギラ輝いている。

「ストーカー」と男が叫ぶ。「わがよき友よ」

「ホイットマンさんじゃないですか、向こうへ越えていく旅はいかがでしたか?」

「そっちは寒いだろう、こっちへ来ればいい。みんなが会いたがっている。こっちでちょっとした劇を上演するんだ。わたしはホメロスの役で出ることになりそうだよ」

ホームの玄関扉にいたる石段が氷結しかけている。ピアノ教師が手を貸してくれる。玄関へ入ると暖かくて暗い。扉の外には煌々と明かりが灯っている。鏡の中にやさしそうな目をした少年の顔が見える。

姉妹たち。両親。会ったことがない兄。オフィーリアがいる。デズデモーナとジュリエットがワイルドとパリの話をしている。プロスペローとヒースクリフとキャサリン・アーンショーが、泡立つ細いグラスをチリンと合わせて乾杯している。マクベスがジェーン・エアにメアリー・シェリーの肖像画を見せている。暖炉のそばで、マッチ売りの少女がパックとビー玉遊びをしている。どの部屋にも友人がたくさんいて、握手を求めたり抱きしめたりする。死んでしまった舞台係や蒸気管取りつけ職人、半ば忘れ去られた恋人たち、暗がりで暮らす罪人たちが脚光を浴びて舞台にいる。溺れているのをストーカーが助けた男までいる。かれらは皆、長ったらしい仮名を捨てて、本来かれらのものだった名前を得たかのように、まっさらな姿で立っている。

今まで聞いたことがない音階で音楽が奏でられている。力強く、もろくて、あり得ないほどに美しい。夜に向かって窓が開かれ、鳥たちがギリシア語を話している。

「上の階へ一緒に来てくれないか？　君に会いたがってる人がいるんだ」

「彼なら待たせておけばいいんです」とストーカーが言う。そしてたくさんの人々がいる部屋べやを振り返る。月光の美に酔い痴れながら。

ロンドン市
ピムリコ
セント・ジョージズ・スクエア二十六番地
一九一二年四月二十日

親愛なるミス・テリー、よろしければエレンと呼ばせてください。

　あなたと親しくおつきあいする機会がなかったのはとても残念です。長年にわたって公演初日の夜やパーティーなどでごく稀に、しかもお互いに忙しいときに、顔を合わせるだけでしたから。それでもお知らせしておきたいことがあって手紙を書いています。先週金曜日の夜、わたしの夫、ブラムは発作を起こし、そのまま意識不明になって今朝早く死去しました。

　ノエルとわたしは悲しみに打ちひしがれています。不幸中の幸いだったのは彼が苦しまずに逝ったことと、ノエルとわたしがベッドの脇で彼の手を取りながら看取ることができたことです。神に感謝。

　お察しかと思いますが、ビーとわたしの結婚生活は順風満帆ではありませんでした。今日では結婚なんて古臭い感じですが、わたしたちは伝統的な結婚を選んだのです。わたしもビーも、いかなる基準を当てはめても聖人君子ではありません。彼はむっつりしていて引きこもりがちで、わたしの方はせっかちで、怒りっぽかった。でも彼はわたしが知る限り、愛は決して変わらないということを存在のすべてで感じていた、ただひとりの人なのです。彼は完璧に辛抱（しんぼう）強く、果てしなく誠実で、愛する者や約束した相手をわざと裏切ることはできない人でした。ひょうきんで頼り甲斐があり、賢くて親切で、女性のような情け深さの持ち主でした。幸福だった時期は本当に幸せでした。底抜けの思いやりがあって、情愛が深く、力強くて、子煩悩な父親だったのです。息子を産んで本当によかった。息子も、父親の心はいつまでもわたしたちとともにあると思っているようです。

夫はあなたのことを、やさしさと愛情を込めてよく話していました。忙しさと人生の流れのせいだと思いますけれど、近年はあなたとお目に掛かる機会もなかったようで寂しがっておりました。夫はあなたの芸術的職業的な成功を大いに喜び、あなたとの間に結ばれたかつての友情を誇りに思っておりました。また、サー・ヘンリー・アーヴィングとの間に結ばれた、親しく、長く、愛情に溢れた友情も、夫はたいそう誇りにしておりました。わたしの目から見るところ、あのふたりはお互いが傷ついたときに、お互い同士が癒しになるような関係だったのではないかしら。あるいはもしかすると、あのふたりの孤独がうまくかみ合った結果、傷をぜんぶ癒す必要などはない、ということに気づいたのかもしれません。

夫はいつも勇敢でした。内なる炎が彼をなだめて、勇気の元になっていたのでしょう。女にはいろんな種類の勇気がありますが、男の人にはかわいそうに、たった二種類の勇気しかありません。若者をよく世話する、ものわかりがいい男のように見えて、じつは恩着せがましい態度を取りがちな、よく日焼けした年長者。夫はそういう人物になるつもりならすぐになれたし、そうなったとしても不思議はなかったのです。もう一種類は、クリスマスの朝テムズ川に張った氷を割って、川で泳いでみせて、他のみんなに劣等感を感じさせて喜ぶような男。わたしのビーはそういう男にもならなかった。わたしは、彼が自分自身から逃げおおせたのを喜んでいます。わたしにとって彼はいつも、寄せ波に立ち向かう勇猛果敢なハンサムボーイでした。十七歳のときにはじめて会ったときから何も変わっていなかったのです。

彼は『ドラキュラ』の中に、「すべて物事には、それはそれなりの理由というものがあるものでの」[7]と書いています。わたしにはまだ意味がわからないけれど、人生を終えた夫にはわかるでしょう。わたしに言えることといえば、彼が劇場で見つけた人生は、彼に大きな慰め（なぐさ）と目的を与えたということ。あなたなら理解してくださると思います。彼の子ども時代はつらくて孤独でしたし、彼の運命は幸せな結婚にも向かっていなかった。でも彼は自己憐憫とは無縁だったし、ましてや、自分に対して手加減することなどは決してなかった。彼が経験したたくさんの失望に、禁欲と威厳を持って向き合う勇気を与えたのは演劇人生でした。そのおかげで病気にも正面から向き合うことができました。あなたがわたしのビーに与えてくださった親切と愛に心から感謝申し上げます。

愛にはたくさんの種類があります。わたしはそれを心得ていますし、ビーもまた同じであったに違いありません。

かしこ

ミセス・ブラム・ストーカー

フローレンス

覚え書き、参考文献、および謝辞

『シャドウプレイ』は実際の出来事に基づいているが、小説である。事実関係、登場人物の性格描写、年代順の配列、さらにストーカーの比較的知られていない作品の刊行年月日などには、多くの変更が加えられている。事実の記録であるかのように見える因果的な連鎖も虚構である。信頼できる事実の記述を求める読者は以下の書物、およびそれらに含まれる文献目録にあたっていただきたい。

Edward Gordon Craig, *Ellen Terry and Her Secret Self*; Michael Holroyd, *A Strange Eventful History: The Dramatic Lives of Ellen Terry, Henry Irving and their Remarkable Families*; Joy Melville, *Ellen Terry*; David J. Skal, *Something in the Blood: The Untold Story of Bram Stoker, the Man Who Wrote Dracula*; Bram Stoker, *Personal Reminiscences of Henry Irving*.

『シャドウプレイ』にはストーカーの傑作小説『ドラキュラ』からの引用が多く含まれている。また、彼のその他の作品への言及も含まれている。本作の末尾近くの、「鳥たちがギリシア語を話している」という一節はヴァージニア・ウルフの書簡から借用した。

ストーカーの死後十年が経った一九二二年、ドイツのプラナ・フィルムが『吸血鬼ノスフェラトゥ』という映画を製作した。これはストーカーの著作権相続人である遺族に無断で『ドラキュラ』を映画化したものだが、ストーカーが書いた他の小説同様、今ではほとんど忘れ去られている。プラナにとっては残念なことだが、万人にとって残念な事態であるわけではない。フローレンス・ストーカーは果敢にも告訴し、勝訴することによって彼女が所有する著作権を守ったばかりでなく、著作権一般の基本的な管理方針に先鞭をつけた。あらゆる著者は彼女に感謝すべきである。

それ以降『ドラキュラ』は数千万部を売り上げ、百以上の言語に翻訳され、二百回ほど映画化されてきた。ブラム・ストーカーは自分が生み出した登場人物がこれほどまでに不滅性を獲得したことに驚くだろう。伯爵が得た不死身の生命は長く、比類がない。

サー・ヘンリー・アーヴィングの遺骨は、ウェストミンスター寺院の〈詩人コーナー〉のシェイクスピアの彫像の近くに埋葬されている。四万人のロンドン市民が彼の葬列を見守ったと伝えられる。一九六三年には、六十年もの間、アーヴィングの命日にバラを墓に供えてきた人物がウェストミンスター寺院に〈アーヴィングの十字架〉（アーヴィングが愛蔵した、十七世紀につくられた象牙製キリスト磔刑像）を寄贈した。

エレン・テリーの稀代の経歴は七十年に及ぶ。一九一一年、彼女はビクター・レコーディング・カンパニーのためにシェイクスピアの戯曲から五つの場面を抜き出して録音した。以後、彼女は多くの映画に出演している。一九二二年にセント・アンドルーズ大学から名誉学位を授与され、一九二五年には大英帝国勲章デイム・グランド・クロスを授与された。彼女の大甥（姉の孫）に当たるジョン・ギールグッドは一九三九年、ライシアム劇場で『ハムレット』に出演した。テリー、ストーカー、アーヴィングという三つの名字は、これら三人の傑出した芸術家たちを記念するために、ライシアム劇場のバーレイ・ストリート側の壁に刻まれている。

担当編集者のジェフ・マリガン、セッカーとヴィンテージの皆さん、イゾベル・ディクソン、コンラッド・ウィリアムズ、そして、ブレイク・フリードマン文学・テレビ・映画エージェンシーのチームのメンバー、ヘンリーとブラムのやりとりを脚本にしてみたらいいと勧めてくれたBBC北アイルランドのポール・マクギガン、その脚本を改作したものをBBCラジオ3で放送するさいに演出を担当してくれたスティーヴン・ライトに感謝する。わたしがこの本を書くのを可能にしてくれた友人たち、リムリック大学の同僚たち、すぐれた書き手であるドナル・ライアンとサラ・ムーア・フィッツジェラルドにも感謝、研究休暇を与えてくれた大学当局にも感謝申し上げる。

死後の生が単なる物語以上のものであってくれたらいいとわたしが願う理由のひとつは、この小説を献呈した人物に再び会いたいからだ。キャロル・ブレイクはわたしの友人であるとともに、二十五年間わたしの著作権代理人を務めてくれた。もし死後の世界が実在するなら、彼女はきっとその世界で魅力的なワインリストを持つ良いレストランを見つけているだろうし、すぐ隣の雲の上にはすぐれたデザイナーがいる靴屋を見つけているだろう。バックには、彼女が好きな中世の合唱曲も聞こえているだろう。そして彼女は最も新しい依頼人である神のために出版社と議論しているに違いない。神は聖書の著作権料を十分に受け取っているとは思えないので……。

いつものことだが、今回もアン・マリー・ケイシーに最大の感謝を捧げる。わたしたちの息子、ジェームズとマーカスには、かれらがくれた愛と思いやりと支えに感謝を。

ジョセフ・オコーナー

二〇一八年

訳注、または『ドラキュラ』への扉

本作には、ブラム・ストーカー作の小説『ドラキュラ』からの引用や人物名の借用、小説世界を連想させるほのめかし、さらには、シェイクスピア劇のセリフからの引用などがちりばめられているので、それらの典拠を以下にご紹介しておきたい。本作に見え隠れする、うまみ成分の解説として楽しんでいただければ幸いである。

なお、訳注内における『ドラキュラ』からの引用は、人口に膾炙(かいしゃ)した平井呈一訳（『吸血鬼ドラキュラ』、創元推理文庫、一九七一年）を用いた。平井は小泉八雲の『怪談』を皮切りに、ホレス・ウォルポール、ストーカーなどの恐怖小説・幻想文学の系譜に属する英語作品を次々に邦訳し、日本語文学を豊かにした名翻訳者である。

ただし、平井訳『吸血鬼ドラキュラ』にはところどころ原文を端折(はしょ)ったところがある。そういう部分にかんしては、詳細な訳注と資料を付した新妻昭彦・丹治愛による新訳（『ドラキュラ【完訳詳注版】』、水声社、二〇〇〇年）を参照・引用した。

シェイクスピア劇からの引用はすべて拙訳である。

1

1　このあたりの描写は『ドラキュラ』の冒頭近くの、ジョナサン・ハーカーが伯爵の城へ近づいていくところを想い起こさせる。たとえば、汽車を乗り継いだ後で乗合馬車に揺られていく場面――「その時自分は、ふと頭上の闇のなかに、山の裂け目かと思われるような、灰色の光のきれはしみたいなものを見た。それを見ると、乗客たちの騒ぎはいっそう大きくなった。おんぼろ馬車はここを先途と、太い皮のスプリングの上で猛烈に揺り上げ揺り下ろす。まるで大時化の海でもまれる小舟みたいな、たいへんなキリキリ舞いである。自分はしっかりつかまっていなければならなかった」(平井呈一訳、一九ページ)。

2 『ドラキュラ』の冒頭近く、ハーカーが乗った乗合馬車にドラキュラ伯爵の馬車が追いついてきたときの場面をふまえている。「むこうの馭者」のセリフからはじまるやりとりを引用する――

「きさま、その旦那(引用者注:ハーカーのこと)を、じつはこのままブコヴィナまでお連れしたかったんだろう。その手は食わんぞ。こっちはなにもかも見通しじゃ。おれの馬は早いわえ」

言いながら、むこうの馭者はニタリと笑った。への字に結んだ口元が、ランプの光で照らし出されたのを見ると、いやにまっかな色をした唇に、象牙のような白い尖った歯がのぞいていた。そのとき乗客の一人が隣りの客に、ビュルガーの詩「レノーレ」のなかの文句を小声でささやいた。

「死びとは旅が早いもの」

それが先方にも聞こえたのか、むこうの駅者は光った目でギラリと笑うと、乗合馬車の中をジロリとのぞいた。「レノーレ」の文句をささやいた客は、あわてて顔をそむけると、十字を切って、二本指でサッと払った。

（平井呈一訳、一一一ページ）

3 『ドラキュラ』によれば、吸血鬼に血を吸われた者は「不死者」となり、次の者の血を吸って生き続ける。ヴァン・ヘルシング教授の解説に耳を傾けよう——

「いったん『不死者』になるというと、死ぬ者を呪うようになってくるのだね。彼らは死ぬことができないかわりに、何代も何代もかかって、新しい犠牲者をふやしては、世の中に悪をふやしていく。つまり、『不死者』の餌食になって死んだ人間は、その死んだ人間がまた『不死者』になって、同じように同類の人間を餌食にしていくというわけだ。ちょうど水のなかへ石を投げた波紋みたいに、こいつが循環的にどこまでもひろがっていくのだから、目もあてられんよ。」（平井呈一訳、三二〇—三二一ページ）。

4 「ホルムウッド」は『ドラキュラ』の重要な登場人物のひとり、アーサー・ホルムウッド（＝ゴダルミング卿）の姓。

5 「ウェステンラ」は、アーサー・ホルムウッド（＝ゴダルミング卿）の婚約者ルーシー・ウェステンラの姓である。

6　赤い目は、白い歯と長身痩軀の体格とともに、ドラキュラ伯爵の身体的特徴である。たとえばこんな描写がある――「両眼はらんらんと輝き、まるで地獄の業火が目の奥で燃えているように、まっかな光を放っている」（平井呈一訳、六六ページ）。

7　ここからの数行はシェイクスピアの『ハムレット』の、三幕二場をしめくくるハムレットのセリフ。

2

1　シェイクスピアの『ハムレット』（二幕二場）のポローニアスのセリフの一行。娘のオフィーリアがハムレットからもらった恋文を見せてくれたので、その内容を読み上げているところ。

2　シェイクスピアの『ロミオとジュリエット』（二幕二場）の、二階露台にあらわれたジュリエットと彼女を見上げるロミオが恋心を語りあう有名な場面で、ジュリエットが語るセリフ。

3

1　ストーカーには「ホッゲン老人」と題された、老人の失踪と謎の死をめぐる中編ミステリー小説（一八九三年、新聞各紙に連載）がある。

2　白い歯と木杭はドラキュラにつきもののイメージである。たとえばドラキュラ伯爵の描写に、

「唇がいやに毒々しく赤く、そのせいかよけい際立って白く見える歯が一本、なにかのけだものみたいに鋭くむきだしている」（平井呈一訳、二六〇ページ）とある。また、吸血鬼を仕留める方法について、ヘルシング教授が、「首を切断して、口の中へニンニクを詰めて、からだに杭を一本打ちこむのだ」（同書、三〇二ページ）と説明している。

3　W・B・イェイツ（一八六五―一九三九、一九二三年にノーベル文学賞受賞）はアイルランドの土に根ざした民間伝承から神秘的・愛国的な文学を生み出そうとした、「ケルトの薄明」（本書二三ページ）を標榜する一派の中心人物。ストーカーはかれらの文学に全然興味がない。なおこのあたりの本文に描かれた時代は一八七八年頃だと思われるが、当時、現実のイェイツは十三歳、ロンドンに住んでいた。彼がロンドンとダブリンを行き来しながら文学活動を開始するのは、一八八〇年代後半以降である。

なお、イェイツはストーカー同様、アングロ・アイリッシュと呼ばれたイングランド移民の子孫で、プロテスタント（イングランド国教会に連なるアイルランド国教会）信徒の中流家庭に生まれている。イングランドの直轄統治下にあった当時のアイルランド（ストーカーが勤務していたダブリン城はその総督府）で、アングロ・アイリッシュは、人口の大半を占めるカトリック系の住民を支配する階層であった。オスカー・ワイルドもふたりと同じ階層の出身である。よく似た出自の三人の文学者がそれぞれ異なる道を歩んだのは興味深い。

4　この一言は、首筋に噛みついて生き血を吸うドラキュラ伯爵の行為をふまえている。

4

1　もちろんこれも3章の訳注4同様、吸血鬼に嚙みつかれてできた傷をほのめかしている。ストーカーはひげ剃りのときにできた傷だと言っているが、彼がドラキュラ伯爵ならぬアーヴィングに恋してしまった証拠であると解釈することも可能だろう。

2　『ドラキュラ』には蠟管録音が頻出する。ドクター・セワードは医師という職業のせいだろうか、新奇な発明品である蠟管録音機を愛用しており、日記を蠟管録音でつけている（平井呈一訳、一〇〇ページ、三二九―三三四ページ、四五九ページ）。だが録音機を失った（平井呈一訳、四八五ページ）後はペンで日記を書くはめになる。

3　ドラキュラ城の書斎を訪れたジョナサン・ハーカーに、ドラキュラ伯爵が昔話をしている場面（平井呈一訳、三七ページ）からの引用。

4　『ドラキュラ』では、この店の前で、馬車の中の「たいそう美しい娘さん」に見とれているドラキュラ伯爵が目撃される（平井呈一訳、二五九―二六〇ページ）。

5

1　この法律事務所の名前は『ドラキュラ』への目くばせである。「ブレイスウェート・ローリー」はホイットビーの墓地に埋葬されている男の名前（平井呈一訳、一〇九ページ）。「クロプストック」はジョナサン・ハーカーがドラキュラ伯爵の机上で見かけた封書の宛名として書かれていたブダペストの銀行名（平井呈一訳、五七ページ）である。

2　シェイクスピアの『夏の夜の夢』（三幕二場）のお茶目な小妖精ロビン・グッドフェロー（「パック」とも呼ばれる）のセリフ。

3　下宿屋の女主人が十字を切るしぐさは、『ドラキュラ』の冒頭近くで、伯爵に会いに行くジョナサン・ハーカーを見送る人々がおこなう魔除けのしぐさと呼応している――

ところで、馬車がいよいよ出るという時に、宿屋の前にあつまっていた連中――そのときは、もうかなりの黒山になっていた――が、なにを思ったか、いっせいに自分のほうに向いて十字を切り、二本指をサッと出した。へんなことをするなと思ったから、自分は乗客の一人をつかまえて、あれはなんのマネかといって聞くと、その男は、最初は返事を渋っていたが、こちらがイギリス人だとわかると安心したとみえ、あれは魔除けのまじないだとおしえてくれた。（平井呈一訳、一五ページ）。

6

1　このセリフはシェイクスピアの『ヴェニスの商人』（三幕一場）に登場するユダヤ人高利貸しシャイロックの長ゼリフをふまえている。キリスト教徒から不当な扱いを受けたシャイロックは、ユダヤ人はひどい目に遭わされても仕返しをしないというのか……と訴える。「俺たちを針で刺したとして、俺たちの身体から血は流れないのか？」はシャイロックのセリフからの引用である。**15**章の訳注1と**終章**の訳注5を参照。

2　言うまでもなくこの名前は、『ドラキュラ』の主要登場人物――ドラキュラ伯爵の城を訪ね、幽閉された後に脱出した若い弁理士――の名前を借用したもの。新妻・丹治訳の訳注によれば、この名は「ライシーアム劇場の舞台デザイナー、ジョウゼフ・ハーカーに由来するものかもしれない。彼の名は、ストーカーの『ヘンリー・アーヴィングの個人的思い出』（一九〇六）のなかにも出てくる」（新妻・丹治訳、三九八ページ）という。

3　これはもちろん、吸血鬼ドラキュラの習性への言及。

7

1　ピットマン式速記は一八三七年にアイザック・ピットマンによって考案され、ストーカーが生きた時代には広く普及していた。『ドラキュラ』では、弁理士ジョナサン・ハーカーの日記が速記で記され、ハーカーの妻となったミナの日記の一部も速記で書かれている。ミナはハーカーとの婚約時代から速記術を身につけるよう心がけ、タイプライターも練習していて、「結婚したら、ジョナサンの片腕ぐらいにはなれるでしょう」（平井呈一訳、九〇ページ）と考えている。しっかり者で実務に長けたミナには、ストーカーの妻フローレンスの面影があるかもしれない。

2　『ドラキュラ』に登場するアムステルダム大学名誉教授で、吸血鬼の生態と歴史に詳しい碩（せき）

学エイブラハム・ヴァン・ヘルシングのもじり。

3 これはイギリスのロマン派詩人ジョン・キーツの十四行詩「チャップマン訳のホメロスをはじめて読んで」の結末に近い詩行の引用。キーツはこの詩で、英訳された古代ギリシアの叙事詩を読んだ感動を、アステカ王国を滅ぼしてメキシコを征服したスペインの軍人コルテスが太平洋をはじめて見たときの感動にたとえている。

4 シェイクスピアの『ハムレット』（一幕五場）で、デンマークの先王であるハムレットの父の亡霊が語るセリフ。これに続くやりとりも同作からの引用。

5 この「霧」はドラキュラ伯爵を思い出させる。ミナ・ハーカーいわく「私の寝ているベッドのすぐそばに、霧の中から出てきたのか、それとも、霧がそんな人の形になったのか、一人の背の高い、痩せた、黒い服を着た人がヌーッと立っているのです。私、この人（引用者注：夫のジョナサン・ハーカー）の日記や何かで知っていますから、その男が何者であるか、ひと目でわかりました」（平井呈一訳、四一八ページ）。**14**章の訳注1を参照。

6 ストーカーはこれ以後、書き物をするのに、当時まだ新しかったタイプライターを活用する。『ドラキュラ』ではミナ・ハーカーが自分の日記をタイプライターでつけている。さらには、夫のジョナサン・ハーカーの日記の清書、精神病院長ジャック・セワードの日記の清書も、彼女がタイプライターでおこなっている。

8

1 シェイクスピアの『マクベス』（一幕七場）で、マクベス夫人が、夫である武将マクベスをスコットランド王ダンカン暗殺へとそそのかすセリフの一節。

2 シェイクスピアの『ハムレット』（三幕一場）でハムレットが生と死をめぐる迷いを沈鬱（ちんうつ）な調子で聞かせる、有名な長ゼリフの一節。アーヴィングはここから先、舞台上で延々とこの長ゼリフを語っている。**終章**の訳注6を参照。

9

1 シェイクスピアの『マクベス』（一幕一場）の冒頭のセリフ。

2 「ミナ」はもちろん、『ドラキュラ』に登場するヒロイン――弁理士ジョナサン・ハーカーの婚約者、のちに妻――の名前である。

3 この扉の描写は、『ドラキュラ』においてハーカーがドラキュラ城の中を探検していたときに見つけた、「むかしは高貴の婦人たちが寝起きしていた曹司（へや）だった」（平井呈一訳、六一ページ）と思われる部屋の扉口の様子をこだまさせている――「階段の一ばんてっぺんまで登ってみると、そこにも扉口が一つあった。ここも鍵がかかっているようだったが、押してみると、扉がすこし動く。しめた！　と思って、グイグイ押してみると、じつは鍵はかかってないで、蝶番（ちょうつがい）がはずれて重い扉が床に落ちたままになっているために開かないことが、わかった」

（同書、六〇ページ）。

4　土の入った木箱は、『ドラキュラ』におけるドラキュラ伯爵のベッドを連想させる。次に引用するのは、ジョナサン・ハーカーがドラキュラ城の礼拝堂の地下納骨所で木箱を発見するシーン。ストーカーが探検するのはライシアム劇場の屋根裏で、ハーカーが探検するのは地下だけれど、両者のイメージはよく似ている——

> 土け臭い匂いはだんだん濃くなり、しばらく行くと、扉につきあたったから、めくらめっぽうにそこを押しあけると、古い崩れ落ちたような礼拝堂へひとりでに出た。昔は墓所に使われていたところだろう。屋根は破れ、納骨所へ下りる石段が二カ所にある。でも、そこの地面はつい近頃掘り返されたらしく、掘り返した土はいくつかの大きな木箱に詰めてある。（中略）まっ暗けな下の納骨所へも降りていってみた。二カ所の納骨所にはいってみると、どちらも古い棺箱のこわれたのと、うず高い埃があるきりだったが、さらにその奥の三つ目の納骨所で、自分はえらいものを見つけたのである。
>
> 　そこは、新しく掘った土の上の山の上に、大きな木箱が全部で五十個ほど積み並べてあり、その中の一つに、伯爵が長ながと寝ていたのである！
>
> （平井呈一訳、八〇ページ）

5　このセリフは、ハーカーに食事を勧めるものの、自分は食事をしないドラキュラ伯爵のセリフをふまえている——「さあ、なにもないが、気らくに一つやってもらおう。わしが相伴（しょうばん）せんで申しわけないが、わしは夕食をすませたし、夜食はやらんのでな」(平井呈一訳、三三ページ)。ハーカーはやがて気づく――「ふしぎなことに、この城へきてから、自分はいまだに伯爵が飲み食いするところを見たことがない。よほど変わった人にちがいない!」(平井呈一訳、四七ページ)。

10

1 「新聞記者どもがいないのはなぜだ?」というこのセリフは、アーヴィング一座が人気絶頂だった頃、つねに新聞記者につきまとわれていたことを思い出させる。本書の二五三―二五五ページを見ると、劇団員全員を率いて田舎へ静養に出かけようとしているアーヴィングが、記者たちの取材を受ける場面が出てくる。アーヴィングがでまかせを振りまいて記者を煙に巻くところがおもしろい。

12

1 ヴィクトリア朝のイングランドはきわめて男性中心主義的な社会だった。事務職、役所勤め、店員などの職種は男性がほぼ独占していて、女性がありつける仕事といえば召使いがせいぜいで、それを逃したら工場か炭鉱で肉体労働をするか、娼婦になるくらいしか道はなかった。それゆえ、女性であるハーカーが仕事にありつくために男性になりすましたのは苦肉の策であったとはいえ、突飛な行動とは思われない。アイルランド最初の人気小説家とされるジョージ・ムーアは、ヴィクトリア朝時代のダブリンのホテルで、生涯男装してウェイターとして働いた女性を主人公とする小説「アルバート・ノッブスの人生」（磯部哲也、山田久美子訳、『クィア短編小説集　名づけえぬ欲望の物語』〔平凡社ライブラリー、二〇一六年〕所収）を書いた。またこの小説は『アルバート氏の人生』というタイトルで映画化（ロドリゴ・ガルシア監督、グレン・クローズ主演・脚本・製作、二〇一一年）もされている。ハーカーとアルバート・ノッブスは似たもの同士である。

2　これはシェイクスピアの『ハムレット』（三幕一場）のハムレットの有名な長ゼリフ。**8**章の訳注2を参照。

13

1　『パンチ』はイギリスの週刊風刺漫画雑誌である。アイルランド人を〈粗暴で無知蒙昧〉というステレオタイプにおとしめて風刺するため、猿に似た姿で描いた漫画が多数掲載されたことで知られている。この雑誌には《アイルランドの吸血鬼》という漫画が掲載されている（一八八五年十月二十四日号）が、その図柄は〈猿に似たアイルランド人〉ではない。この漫画は、アイルランドの民族運動指導者チャールズ・スチュワート・パーネルがおこなっていた、小作農の土地所有権を回復しようとする「土地同盟」の活動を揶揄したもので、満月の夜、まどろむエリン（アイルランドを擬人化した美女）に吸血コウモリ（左右の翼に「土地同盟」と描かれている）が飛びかかろうとしている図柄である。著者はアイルランドを揶揄したふたつのイメージを組み合わせながら、後に書かれる小説『ドラキュラ』を予告している。

2　ストーカーがかつて町で見かけ、再び見かけたので追跡してきた「黒いヴェールの女」の正体がここでようやく明かされる。黒ずくめの服を着たエレン・テリーのイメージには、『ドラキュラ』に登場し、「黒衣の夫人」（平井呈一訳、二六八ページ）と呼ばれている「人さらいの女」（＝「不死者」と化した女吸血鬼）のイメージが流用されている。また、「人さらいの女」は美貌の持ち主で、ごっこ遊びで彼女に扮した子どもたちの魅力には「さしものエレン・テリーも及ばない」（新妻昭彦・丹治愛訳、一九五ページ）という描写もある。この描写はエレン・テリーが十九世紀末に美のアイコンとも言うべき存在であったことを示している。それと同時にもしかすると、『ドラキュラ』の作者であるストーカーが彼女に惹かれていたことを密かに暗示しているのかもしれない。**19**章の訳注5を参照。

3　『ドラキュラ』において、ニンニクの花はドラキュラ伯爵を遠ざけておく効能を持つ。ヘルシング教授はドラキュラに血を吸われたルーシーに「ニンニクの花」を差し出し、「これがあんたには大きな霊験がある」ので、「このニンニクで部屋を飾るんだ」（平井呈一訳、二〇三ページ）と教えている。

4　ストーカーが賞賛する十四世紀の詩人ジェフリー・チョーサーが書いた、『カンタベリー物語』の冒頭に置かれた「総序の歌」の冒頭部分をもじって、ホイットマンを誉めたたえた。

14

1　『ドラキュラ』の中にこんな描写がある――「窓からではなくて、扉の合わせ目から、煙みたいに、あるいは湯気みたいに、霧は部屋のなかへはいってくるのだ。(中略)赤いガス灯の灯がいつのまにか二つに分かれて、まるで赤い二つの目玉のようにギラギラ瞬いている。(中略)想像がつくった最後の意識的努力で見えたのは、霧のなかから私の上にかがみこんでいる、青ざめた男の顔であった」(平井呈一訳、三七九―三八〇ページ)。7章の訳注5を参照。

2　これなどは、ストーカーが『ドラキュラ』を書く動機となった原体験のひとつだろう。

3　シェイクスピアの『リア王』(一幕一場)の、リア王のセリフ。リア王が三人娘の末っ子のコーディリアに王国の三分の一の土地を生前贈与しようとするのだが、彼女はふたりの姉とは違い、父王を喜ばすようなことを少しも言わないので、「感謝のことばを述べなければ贈与はしないぞ」と脅している。だがやがて、おべんちゃらを言わなかったコーディリアが父を一番愛していることが判明する。

15

1　ここまで断続的に出てきたセリフはすべて、シェイクスピアの『ヴェニスの商人』(三幕一場)で、ユダヤ人の高利貸しシャイロックが語るセリフである。シャイロックが恨んでいる相手は、彼の商売を妨害したヴェニスの商人アントーニオ。アントーニオは結婚資金が足りない友人を助けるために、シャイロックから金を借りて友人に与えるが、借金を期日までに返せない場合には自分の肉一ポンドをシャイロックに与える、という条件に合意している。『ヴェニスの商人』はかつて、悪辣なユダヤ人の高利貸しシャイロックが罰を受ける、自業自得の物語として解釈されることが多かったが、芝居の底流にはユダヤ人に対する苛烈な差別の物語も潜んでおり、今日ではその視点からの演出も多い。アーヴィングが迫真の演技で描き出すシャイロックには、不当な差別に苦しむ老人の横顔が見て取れる。**6**章の訳注1と**終章**の訳注5を参照。

2　ミナの亡霊が肩越しに覗き込んでいるストーカーの原稿は、『ドラキュラ』本文の二箇所の字句を少し変えながらはぎ合わせたものである。「血。血は生命だ」というのは、ドクター・セワードが凶暴な患者レンフィールドに襲われ、手首をナイフで傷つけられた事件を記した日記の一節。すでに吸血鬼の餌食となっているレンフィールドは床の敷物の上にできた血だまりを「犬みたいにペロペロなめて」、「血は生命だ！　血は生命だ！」(平井呈一訳、二一五ページ)と叫ぶ。

「わたしは意識していた」以降の部分は〈ストーカーがミナの亡霊の存在を意識していた〉と解釈できるのだが、「ミナが彼の背後へ忍び寄る」という情景は、ドラキュラ城を訪れたジョナサン・ハーカーが「むかしは高貴の婦人たちが寝起きしていた曹司(へや)」らしき「寂しい部屋」(平井呈一訳、六一ページ)で謎の女たちの来訪を受ける、以下の悪夢的な場面と呼応している。

自分は目をあけるのが怖かった。しかし、目をあけなくても、瞼(まぶた)の裏に、なにもかもありありと見えた。女は床に膝をついたまま、のしかかるように自分の顔をのぞきこんでいる。しなやかな首をさしのべて、猫か犬のようにピチャピチャ舌なめずりしているのが、へんに肉情的で、わくわくするような、そのくせ近寄ってはならないような、なにかじれったい感

（平井呈一訳、六五ページ）

じであった。

この少し後、ハーカーは自分の個室内にドラキュラの気配を感じるのだ。その部分の描写が「わたしは意識していた」以降にエコーしている――「ところがその時、ふいにべつの感覚が、稲妻のように自分の心にひらめいた。伯爵がこの部屋のなかにいる。しかも、怒りの嵐のなかに憤然として立っている。――それを自分は意識した」（同書、同ページ）。

17

1　パトリックの「症状」は、『ドラキュラ』で精神病院に入院しているレンフィールドの「症状」とよく似ている。ドクター・セワードの日記にいわく――

この殺人狂は異例であって、私はこれを新しく分類して、「肉食動物狂」（生命をくらう偏執狂）と命名した。彼の欲望は、できるだけ多くの生命を吸いとることで、それを少しずつなしくずしに仕遂げるという手口で、今までやってきたのである。彼は、一匹の蜘蛛に何匹もの蠅をあたえ、一羽の雀に何匹もの蜘蛛を与え、そして何羽もの雀を与えるのに一匹の猫（ねこ）をほしがった。これからあと、いったい彼はどういう道程を踏んでいくだろう？　この実験を完成することは大いに価値あることだ。

（平井呈一訳、一一六ページ）

18

1　ホイットビーの港町は『ドラキュラ』の舞台のひとつでもある。本文で紹介されているのと同様、『ドラキュラ』においても「町の高台に」「白衣の女の幽霊が出るという伝説」のある「ホイットビー寺院の廃墟（はいきょ）」があり、港には灯台がふたつあり、虚実入り交じった話をするのが好きな老人たちも登場する（平井呈一訳、一〇四─一一一ページ）。

　なお、新妻・丹治訳の訳注によれば、ホイットビーは「一八九〇年代にはリゾート地としても知られていた。ストーカー自身も一八九〇年八月にここで休暇をすごしたが、それがここが小説の舞台として選ばれる直接的原因となった」（新妻・丹治訳、四一一ページ）のだという。

2　クイーンズベリー侯爵は、詩人をめざしていた息子（三男）のアルフレッド・ダグラス卿がオスカー・ワイルドと同性愛の関係にあったのを快く思っていなかった。彼はふたりの関係を引き裂こうとして、「男色者らしきオスカー・ワイルドへ」と書いたカードをワイルドがよく行くクラブに残し、ワイルドはそのカードを受け取った。ワイルドがこの侮辱的な行為にたいして、クイーンズベリー侯爵を名誉毀損で訴えたために裁判がはじまった。公判はクイーンズベリー侯爵側に有利に進んだのでワイルドは訴訟を取り下げたが、その裁判の中でワイルドの同性愛が明らかになった。クイーンズベリー侯爵が訴えてワイルドは逮捕され、その後の刑事裁判で有罪判決を受けて、重労働を伴う二年間の懲役に服した。

3　現在のルーマニアの一部であるワラキア公国に君臨したヴラド三世（一四三一─一四七六）は、敵を処刑するさいに串刺し刑を多用したと伝えられる残虐な君主。〈串刺し公〉または

〈ドラキュラ公〉と呼ばれた彼は、ストーカーがドラキュラ伯爵を造形したさいのモデルのひとりと考えられる。新妻・丹治訳の訳注にいわく――

ストーカーが『ドラキュラ』を執筆する際に参照したウィリアム・ウィルキンソンの『ワラキアとモルダヴィア両公国の歴史』（一八二〇）によれば、「ドラキュラはワラキア語で悪魔を意味する。ワラキア人は当時も現在同様、勇気か残虐な行為か狡猾さかによって異彩を放つ人物にたいして、姓としてこの称号をあたえたのだった」

（新妻・丹治訳、三九九ページ）

4　シェイクスピアの『マクベス』（一幕七場）のマクベス夫人のセリフ。

5　この段落は『ドラキュラ』の次の場面と響き合う――

「この杭を死骸の胸に打ちこむのだ。それで『不死者』の悪魔は退散して、われわれの愛する死者は昇天する」

アーサーは杭とハンマーを手に握った。（中略）アーサーは杭の先を死骸の胸の上にあてた。白い胸の肉にすこし食いこんだのを私は見た。やがて、アーサーは満身の力をこめて、えいとハンマーを打ちおろした。

とたんに、棺のなかのものは声もなく、悶えるように身をよじりもがいた。と、開いた赤い唇から、まっかな血がガッとかたまって噴きだした。

（平井呈一訳、三二一ページ）

6 「ドラキュラ」という単語が本書の中ではじめて登場している。この部分は『ドラキュラ』の末尾に近い部分の草稿のようだ。ジョナサン・ハーカーがドラキュラ伯爵を殺した直後の一節にいわく——「ドラキュラ城は、いま、赤い夕焼け空に高だかとそびえ立っている。そのこわれた銃眼の石の一つ一つは、落日の光に対して、何やらものいいたげな風情である」（平井呈一訳、五四五ページ）。

7 このあたりの文章に描かれているのは、オスカー・ワイルドの有罪判決が出たことにより、同性愛者にたいする警察の取り締まりが強化されるのではないかと怖れた人々がとったさまざまな行動である。一八九五年五月、有罪判決が出た日の夜、ふだんは閑散としているドーバーの港からフランスのカレーに向かう海峡連絡船に、六百人以上の同性愛者が殺到したと伝えられる。アメリカの作曲家ロバート・モラン（一九三七—）はこの夜、連絡船の甲板にたたずんだ人々の不安な胸中を描いて、室内楽と男声合唱のためのミニオペラ *Night Passage*（一九九五年初演、日本では未上演）に仕上げた。またモランは、女性オペラ歌手の吸血鬼を主人公としたオペラの大作 *The Dracula Diary*（一九九四年初演、日本では未上演）も作曲している。台本はどちらも詩人のジェームズ・スコフィールドが担当した。

19

1 一八九七年に出版された『ドラキュラ』の初版本は、黄色い表紙に赤い文字でタイトルと著者名が記されていた。

2　『ドラキュラ』の、ジョナサン・ハーカーの日記の中に「その気があれば、伯爵は有能な弁護士になれたにちがいないという印象を持った。イギリスへ行ったこともなく、事業というものに疎い人物にしては、彼の知識と洞察力は見事であった」（新妻・丹治訳、四六ページ）という一節がある。

3　この三人の名前は異なる肩書きがついて、『ドラキュラ』にも登場している。ジョナサン・ハーカーが、伯爵が書いた手紙を覗き見る場面を引用する――「手紙の一通目は、ウィトビー、クレセント街七番地、サミュエル・F・ビリングトン宛てであり、二通目はヴァルナのロイトナー氏宛て、三通目はロンドンのクーツ商会宛て、四通目はブダペストの銀行家のクロップストック氏とビルロイト氏宛てであった」（新妻・丹治訳、四七ページ）。

4　レンフィールドは『ドラキュラ』の登場人物。**15**章の訳注2と**17**章の訳注1を参照。

5　『ドラキュラ』には美貌の「人さらいの女」が登場する。子どもたちがその女に扮するごっこ遊びをしている場面で、彼女に扮した子どもたちの魅力には「さしものエレン・テリーも及ばない」（新妻昭彦・丹治愛訳、一九五ページ）という一節が出てくる。**13**章の訳注2を参照。

20

1　シェイクスピアの『マクベス』（一幕七場）冒頭のマクベスのセリフをもじった表現。

2　これは『ドラキュラ』に登場する、ドラキュラ伯爵が棺をベッド代わりにして眠ることへの言及。**9**章の訳注4を参照。

3　マクダフはシェイクスピアの『マクベス』に登場するスコットランドの貴族。妻と息子をマクベスに惨殺されたため、マクベスを仇として狙い、しまいにはマクベスを討ち取る。

21

1　アーヴィングはストーカーの『ドラキュラ』の主人公のモデルとなり、自分のイメージが作中人物として永遠の命を獲得したのを喜んでいるようだ。**1**章の訳注3を参照。

2　これはシェイクスピアの『ハムレット』（一幕二場）のハムレットの有名なセリフ「弱きもの、汝の名は女」のもじり。

3　これは『ハムレット』（三幕一場）の中で、ハムレットが恋人オフィーリアに告げる有名なセリフ。

4　もちろんこれは『ドラキュラ』への目くばせである。**3**章の訳注2と**18**章の訳注5を参照。

終　章

1　この屋敷は『ドラキュラ』に登場する空き家を彷彿とさせる。「隣りの空屋敷」（平井呈一訳、一五九ページ）、「荒れ屋敷」（同書、一七〇ページ）、「隣りの屋敷」（同書、三六六ページ）と表現されるあの怪しい空き家である。

2　ホール・ケイン（一八五三―一九三一）はストーカーと同時代を生きたイギリスの超人気作家。家族内に起こる問題を扱った小説を十五冊書き、英語圏で一千万部という驚異的な売り上げを記録した。また、戯曲も十作以上書き、劇場で上演されれば必ず大成功したという。皮肉なことに、ストーカーが夢見たことをすべて成し遂げた人物である。

3　シェイクスピアの『テンペスト』（一幕一場）冒頭のト書き。

4　シェイクスピアの『テンペスト』（三幕二場）のキャリバンのセリフ。キャリバンは今では、孤島を支配する魔法使いプロスペローの奴隷となっているが、本来はこの島の先住民である。

5　シェイクスピアの『ヴェニスの商人』（三幕一場）からの引用。**6**章の訳注1と**15**章の訳注1を参照。

6　シェイクスピアの『ハムレット』（三幕一場）の「生か死か」ではじまる有名な長ゼリフの一部。**8**章の訳注2を参照。

7　この一節は『ドラキュラ』に実在する。平井呈一訳、三九ページ。

栩木伸明

ドラキュラ、シェイクスピア、古きロンドン——訳者あとがきに代えて

本作はいくつかの貌（かお）を持つ小説である。

表面上のあらすじはシンプルで、十九世紀末から二十世紀はじめにかけてのロンドンが主な舞台。ダブリンで役所勤めをしていたブラム・ストーカーが当代一の名優ヘンリー・アーヴィングに誘われてロンドンへ移住、劇場支配人として奮闘する物語だ。

一見凡庸（ぼんよう）なストーカーには秘められた顔がたくさんある。物書きとして成功する野望を胸に秘め、白昼夢に耽りがちで、夜中の町を歩き回る奇癖を持つ。おまけに、フローレンスという妻がいるにもかかわらず、当代一の女優エレン・テリーに惹かれている。その一方でアーヴィングとストーカーの間には、単なる友情を越えた深い愛が感じられる。

本書巻頭の人物紹介にもあるように、主要な登場人物たちは実在した。とはいえ、小説内のかれらの行動には伝記的事実と虚構が綯い交ぜになっている。「シャドウプレイ」（影絵芝居）というタイトルと、「隠された自我」こそ「最もおもしろ」いと述べる巻頭の引用（エピグラフ）が暗示するように、本作には実像と影法師、表向きの自我と隠された自我、昼と夜、現実と幻想、理性と想像力などが織りなす万華鏡のような世界が広がっている。

『シャドウプレイ』を構成するいくつかの貌の輪郭（りんかく）を簡単にご紹介しよう。

まず第一に、本作は、ストーカーが書いた吸血鬼小説の古典的名作『ドラキュラ』がいかにして構想されたかをめぐる物語である。ストーカーの読書や経験の断片が組み合わされて小説が着想され、アーヴィングをモデルにしてドラキュラ伯爵が造形されていく経緯が本作の中に再現されてい

る。その意味でこの小説は『ドラキュラ』由来記と言ってもよさそうだ。

もちろん、作中に描かれるエピソードや『ドラキュラ』へのリンクは虚構の産物なのだが、『ドラキュラ』の本文と並べて読むと、小説家オコーナーの機知に富んだ小技の数々が見えてくる。詳細は「訳注、または『ドラキュラ』への扉」を参照していただきたい。ここでは、『ドラキュラ』に登場するジョナサン・ハーカーがヨーロッパの辺境とみなされていたトランシルヴァニアへ分け入ってドラキュラ伯爵と会見したのにたいして、本作のストーカーは、ロンドンのど真ん中の蒼古(そうこ)たる劇場内で迷宮めいた奥地へ分け入る……とだけ申し添えておこう。

第二に、本作における語りの手法は『ドラキュラ』のパロディーである。書簡体小説である『ドラキュラ』は、さまざまな登場人物が書いた日記、新奇な蠟管録音による音声の書き起こし、手紙などが並置された作品で、文章の一部は風変わりな速記やタイプライターによって書かれたという設定になっている。本作は『ドラキュラ』にウインクしながら、奇抜な小道具や語りの手法を駆使することで、多数の声が響き渡る小説世界をこしらえている。演劇的なセリフの応酬があるかと思えば、インタビューに答えるひとり語りがあり、胸の内を吐露した長い手紙も出てきて、種々の語りことばが生け捕りにされたような小説になっている。

各章の冒頭には、ヴィクトリア朝小説に倣った思わせぶりな梗概(こうがい)がついている。また、手紙や地の文には十九世紀風の、たゆたうように行きつ戻りつする、息継ぎの長い文体が採用されている。原文が長々と続きすぎるところには多めに句読点を入れて、息切れせずに読める日本語に吹き替えるよう心がけた。

なお、「終章」の舞台は一九一二年。古き良きヴィクトリア女王の時代は遠く過ぎ去り、ジョージ五世の治下である。モダニズムの芸術と第一次世界大戦がすぐそこに迫っている。オコーナーはそうした時代の変化に合わせて、「終章」では語りの方法を変えている。

お手本はジェイムズ・ジョイスである。モダニズムを代表する長編小説『ユリシーズ』の中に、たくさんの人々がダブリンの町を行き交うショート・フィルムをはぎ合わせたかのような、「さまよえる岩々」という挿話がある。その挿話の中では、小説の中ですでにおなじみの人物たちが見知らぬ人のように町を歩いている姿が何度も目撃される。この章はその手法をパロディーにしている。「終章」を読み進むうちに、老いたストーカーが気になっている〈謎のピアノ教師〉がそれとなく目撃されるので、見つけたら、〈あ、オコーナーはジョイスをやっているぞ！〉とつぶやいていただきたい。

第三に本作は、ヴィクトリア朝の演劇界を覗き見る小説として読むことができる。すでに紹介したように、ヘンリー・アーヴィングとエレン・テリーは当時並ぶ者のない大スターで、ストーカーが支配人を務めたライシアム劇場では、このふたりがシェイクスピアの芝居を次々に上演して大好評を得ていた。

本作には当時の劇場建築の内部、大道具や小道具の準備、役者たちがたむろする楽屋、アーヴィングの大仰な演出やセリフ回しの特徴、観客が喝采する様子などがリアルに描きこまれているので、読者はヴィクトリア朝にタイムスリップして何度も観劇することになる。『ハムレット』『マクベス』『ヴェニスの商人』など、アーヴィングが得意としたレパートリーから引用されたセリフの出典は「訳注、または『ドラキュラ』への扉」に拾っておいた。

なお作中には、当時の演劇界に名前が轟(とどろ)いていた二大巨頭、ジョージ・バーナード・ショーとオスカー・ワイルドに関する噂話がひんぱんに出てくる。ショーは禁酒・菜食を実践し、リアリズムを掲げて、市井の人々の物語を劇場で演じることにより、観客の目を社会に向けようと考えた。他方、ワイルドは派手な生き方を見せびらかし、社交界の風俗や恋愛を描いた芝居をたくさん書いて、沈滞していた演劇界を盛り上げた。

アーヴィングは日常を忘れさせる夢を見せることこそが劇場の使命だと考え、享楽的な生き方がワイルドと響き合ってもいたので、ワイルドには一目置き、ショーを毛嫌いしたのである。ワイルドがある晩予告なしにライシアム劇場を訪れ、公演後のパーティーでアーヴィングを相手に、当意即妙な話術を披露する場面が、この小説の見せ場のひとつなのでどうぞお楽しみに！

ヴィクトリア朝のロンドンは、ライシアム劇場の外にもリアルに広がっている。本作には実在の通りを歩くシーンが多く、公衆浴場や書店の様子などが詳細に描かれているが、中でも圧巻なのはストーカーが夜間に町をさまよい歩くところ。当時のロンドンは犯罪史に悪名を残す〈切り裂きジャック〉が跋扈(ばっこ)していたのだが……これ以上は言わずにおこう。

最後に四番目の世界――「隠された自我」の主題にからめて、本作の底流に見え隠れするものについて触れておきたい。十九世紀末のイングランドが抱えこんでいたジェンダーとセクシャリティの問題である。

まず、先ほど紹介したオスカー・ワイルドがこうむった悲劇が作中に描かれる。万能の書き手として向かうところ敵なしだったワイルドが、同性愛を禁じた当時の法律によって裁判に掛けられ、有罪が確定したのである。天才作家は収監され、二年間にわたる懲役に服した後、失意のうちに死んでいく。さらに、ストーカーの妻となったフローレンスはある時期、ワイルドと婚約していたので、ストーカーとワイルドには因縁めいた関係がある。このことを頭に置いて本作を読むと、冒頭近くで若かりし日のストーカーがダブリンの警察署へ駆け込んだ気持ちがよくわかる。

次に、有能で人柄も申し分なく、ストーカーの片腕として劇場運営のために活躍する、ジョナサン・ハーカーに注目していただきたい。小説を注意深く読んでいくと、彼は物語の途中で彼女へと変容するのであるが……この点についても皆までは言わずにおこう。

さらにもうひとつ、ストーカーとアーヴィングの関係についても「隠された」部分が読みとれるかもしれない。ふたりの親密な関係にフローレンスが嫉妬したり、アーヴィングとストーカーが指輪を交換したり、アーヴィングが前世でストーカーと結婚していた幻を見たと語ったり、ワイルドが「男の子たちと遊び回ってる」という噂にフローレンスがピリピリしたりする場面などは、ストーカーとアーヴィングの愛憎関係が同性愛であったと解釈できる可能性をほのめかしている。

以上、訳者あとがきとしては少々踏み込みすぎたかもしれないけれど、この小説に秘められた多面性の一端を述べてみた。

—

作者のジョセフ・オコーナーについて簡単に紹介しておこう。

一九六三年、アイルランドの首都ダブリンのカトリック信徒の家に生まれた彼は、ユニヴァーシティ・カレッジ・ダブリンでアイルランドにおける英語文学を専攻して修士号を取った後、イングランドのリーズ・メトロポリタン大学に進み、映画脚本創作で修士号を取った。

若い頃にはシンガーソングライター、シネイド・オコーナー（一九六六―二〇二三）の兄として知られ、ロックスターを夢見てダブリンからロンドンへ出る若者を主人公とした小説（『アシッド・ハウス・ブルー』茂木健訳、大栄出版、一九九五年）や、アメリカ合衆国各地に「ダブリン」という地名がついた場所を訪ねて移民の足跡や音楽文化について考える紀行文（『ダブリンＵＳＡ　アイリッシュ・アメリカの旅』茂木健訳、東京創元社、一九九九年）などを書いた。

二〇〇二年、歴史小説 *Star of the Sea* が英語圏で百万部を売り上げる大ベストセラーになり、オコーナーは一挙に知名度を上げた。聖母マリアを表す〈海の星〉というのは、十九世紀半ばにアイルランドでじゃがいも飢饉（ききん）が起きたさいにアメリカへ大勢の移民を運んだ船の名前で、この小説にも本作同様、日記、手紙、新聞記事、インタビューなど多彩な語りがあらわれる。多くの人々の人生の物語がからみ合い、殺人ミステリーの要素まで組み込まれた大作であった。

二〇一〇年には、成功を夢見る若い女優と天才的劇作家ジョン・ミリントン・シングの恋愛を描いた小説 *Ghost Light* が話題になった。

二〇一四年以降、オコーナーは、アイルランド南部のリムリック大学に設けられた〈フランク・マコート記念創作講座〉の初代教授として文学作品の創作を教えている。

ブラム・ストーカーになぜ興味を持ったのかについて、オコーナーは、ダブリンの雑誌 *Hot Press*（June 25, 2019）に掲載されたロング・インタビューの中で語っている——彼は幼い頃、母方の祖母にしばしば怪談を話してもらっていたのだが、その祖母の先祖がガス灯の点灯夫で、夜歩きが趣味だったストーカー本人を知っていたというのである。そのせいでオコーナーはなんとなく、ストーカーを親戚のように感じていたのだが、ジョイスやベケットをはじめとするアイルランドの文学者たちの名前が建物や通りや橋につけられているのに、ストーカーの名前は忘れられていると思った。また、他の多くの作家たちはアイルランドにこだわった詩や小説や戯曲を書いたのに対して、ストーカーはアイルランドへのノスタルジーを描かずに、まったく違うことをやろうとしたのも気になっていたようだ。

没後百十年を迎えたストーカーの人生が本作で鮮やかに蘇（よみがえ）ったことを、皆さんとともに喜びたいと思う。


本作に出合ったのはダブリンに長期滞在していた二〇一九年五月二十六日のことである。出版記念会で作者のオコーナーが、静かなのに表現力に溢れた声で自作朗読するのを聞いて惚れ込んだ。しんみり聴きいる聴衆から時折湧き起こった爆笑が今も耳に残っている。その日以来、ぼくはこの

小説の翻訳出版を心に決めたのだが、出版社がなかなか見つからなかった。ところが東京創元社編集部の小林甘奈さんに相談したらすんなりとオーケーが出た。小林さんにはキアラン・カーソンの『トーイン　クアルンゲの牛捕り』（創元ライブラリ）に引き続いてお世話になった。今回も彼女のエレガントなセンスと怜悧な頭脳に助けられて、大いに楽しみながら仕事をさせていただいた。

二〇二四年二月一日（聖ブリジッドの祝日）　東京にて

栩木伸明

シャドウプレイ

著　者　ジョセフ・オコーナー
訳　者　栩木伸明

2024年5月10日　初版

発行者　渋谷健太郎
発行所　(株)東京創元社
〒162-0814　東京都新宿区新小川町1-5
電話　03-3268-8231（代）
URL　https://www.tsogen.co.jp
装　画　大河原愛
装　幀　柳川貴代
印　刷　萩原印刷
製　本　加藤製本

ISBN978-4-488-01134-5 C0097